纸上行军

刘笑伟 著

鲁迅文学奖获奖作家自选集

山东文艺出版社

图书在版编目（CIP）数据

纸上行军 / 刘笑伟著. —济南：山东文艺出版社，2023.6
ISBN 978-7-5329-6833-6

Ⅰ. ①纸… Ⅱ. ①刘… Ⅲ. ①文艺评论—中国—当代—文集
Ⅳ. ①I206.7-53

中国国家版本馆CIP数据核字（2023）第026709号

纸上行军
ZHI SHANG XINGJUN

刘笑伟　著

主管单位	山东出版传媒股份有限公司	
出版发行	山东文艺出版社	
社　　址	山东省济南市英雄山路189号	
邮　　编	250002	
网　　址	www.sdwypress.com	

读者服务	0531-82098776（总编室）
	0531-82098775（市场营销部）
电子邮箱	sdwy@sdpress.com.cn

印　　刷	山东新华印务有限公司
开　　本	710 毫米 × 1000 毫米　1/16
印　　张	19
字　　数	339千
版　　次	2023 年 6 月第 1 版
印　　次	2023 年 6 月第 1 次印刷
书　　号	ISBN 978-7-5329-6833-6
定　　价	59.00元

写在前面

编选这样一本书，还是要简单说几句。

第一句是，为什么出这本书。我坚持业余创作已有几十年，出了一些书，发表的作品则更多。随着年龄的增长，便想着从发表过的作品中"淘"出一些带点色泽的东西来。想想容易，做起来却有点难。因为发表的作品各种类型都有，为了不搞成"大杂烩"，就必须归类，这是一个难题。好在大致整理之后，除了各类文学作品，文艺评论不少，就朝着这个方向努力。

第二句，为什么书名叫《纸上行军》。几十年来，笔耕不辍，调动情绪，运筹文字，颇似在纸上行军打仗。思维是将帅，文字是士兵，向着一个又一个文学阵地发起冲锋。纸上行军的感觉，是我所喜欢的，几十年来乐此不疲。纸上行军，记录着自己逝去的年华，记录着燃烧过的情感，也记录着对于文学与人生的所思所想。年少时是"为赋新词强说愁"，现在是"却道天凉好个秋"。在纸上留下了行军的痕迹，这是岁月抹不去的。

第三句，关于编排顺序。本书分为四个部分，第一辑"问道"，主要是关于社会主义文艺方向的一些学习体会。第二辑"凝眸"，主要是对各类文艺热点和现象的观察思考。第三辑"论剑"，主要是针对具体文艺作品的评论。第四辑"补白"，则是自己的一些创作谈和回答记者的访谈。

感谢山东文艺出版社出版我的这本自选集。我读过这家出版社出版的不少好书，印象深刻。

谨以此书，向新时代坚守在精神高地的人们致敬，向自己的青春岁月致敬。

目 录
CONTENTS

第二辑 凝眸

第三辑　论剑

第四辑　补白

第一辑　问道

仰望灿烂的文艺星空

习近平总书记《在文艺工作座谈会上的讲话》全文甫一公开发表，便引发了军内外的广泛关注和高度赞誉。尤其是其中提到了20多部中外文学名著和120多位享誉世界的中外作家、艺术家，可谓"视通万里，思接千载"，为我们打开了一扇通往古今中外经典文艺殿堂的窗口。

人类文明的赓续离不开文艺经典的传承，文化的相互交融在很大程度上是以文艺经典的传播为媒介的。所谓"经典"是在同时代人，更重要的是在后人的反复研读、解说与传播中逐渐被筛选并最终建构成形的。文艺经典薪火相传，精神血脉奔流不息。对中华文明各个历史时期的经典文艺作品的阅读、欣赏不仅会使个体启迪心智、陶冶情操、温润心灵，更会让当代中国人凝聚出"和""同"的思想共识、情感基础、价值追求和理想信念，最终汇集成中华儿女为实现民族复兴"中国梦"而共同奋斗的强大精神动力。

当今世界的竞争，并不完全是经济与军事的竞争，还有文化力与思想力的竞争。文艺作为一种精神性的力量，它对社会的积极作用，必然体现为它对人们意识或精神的影响和塑造。习总书记的重要讲话给全军官兵指出了一条汲取人类文明养分的路径，列出了一份需要不断理解学习的书单。有了文艺经典的滋养和强军文化的支撑，广大官兵的精神视野会更加开阔，坐标定位会更加清晰，聚焦"中国梦、强军梦"的目光亦会更加坚定澄澈。

一

2015年10月15日，已进入秋天的北京，虽然天气略显清凉，可全军和武警部队的作家、艺术家和文艺工作者们，还是可以感受到春天般的暖意。一大早，打开报纸的人们，读到了习近平总书记一年前《在文艺工作座谈会上的讲话》（以下称《讲话》）。这是习总书记此次讲话全文第一次公开发表。习总书记的《讲话》，科学地回答了文艺创作的一系列重大问题，成为指导当前和今后一个时期党的文艺工作和文化建设的纲领性文件。

万里胸怀展书卷，灿烂星空分外明。习总书记的《讲话》，一如既往地旁征博引表明立场，鞭辟入里阐述观点，纵横捭阖富于讲话艺术，提到了20多部古今中外文学名著，提到了120多位中外作家、艺术家，可谓画龙点睛、妙语连珠，引发了读者的同鸣共振，引起了军内外的广泛关注和高度赞誉。

习总书记在《讲话》中提到的经典名著，既有代表着早期人类文明的古代典籍，也有当代具有广泛影响的名作；既有亚洲、欧洲等地的文化瑰宝，也有从古至今的中华杰作；既有哲学、历史类佳篇，也有文学、艺术类著作，还有影视作品；……习总书记《讲话》中提及的艺术家，既有作家、画家，也有音乐家、雕塑家，120多位文化名人闪烁其间，熠熠生辉，点亮了人类文化的灿烂星空。

站在这灿烂星空下仰望，习总书记给全军官兵指明了一条汲取人类文明养分的通途大道，列出了一份需要不断理解学习的名著书目。站在这灿烂星空下沉思，作为向着党在新形势下的强军目标阔步迈进的广大官兵，我们应该树立怎样的学习观念，应该养成怎样的思考习惯，应该形成怎样的胸怀格局，应该怎样践行习总书记提出的"打造强军文化"的战略思想？

历史蓦然回眸，时代驻足聆听……

二

仰望灿烂的文艺星空，我们想到了中国军人，应该具有的世界眼光。

习总书记曾深刻指出，每一个国家和民族的文明都扎根于本国本民族的土壤之中，都有自己的本色、长处、优点。习总书记此次在文艺工作座谈会上的讲话中提到的外国经典名著，都是不同国家、不同民族在数千年的历史变迁中，经过岁月的淘洗，积淀下来的灿烂文化，这些文化风格迥异，但都闪耀着人类的智慧和精神。

习总书记在讲到第一个问题，即"实现中华民族伟大复兴需要中华文化繁荣兴盛"时，首先提到了德国哲学家雅斯贝尔斯的《历史的起源与目标》。雅斯贝尔斯是德国海德堡大学的哲学教授，于1949年写成了《历史的起源与目标》一书，主要从哲学的高度和文化形态视角，对人类社会的种种历史现象进行深刻阐释和理论概括，并提出了"轴心期"理论。在他的著作中，西方世界并不是人类文明的唯一中心，因与在西方广泛传播的"西方中心论"并不一致，所以在很长时间内为西方学术界所忽视。

习总书记提到的《梨俱吠陀》《阿达婆吠陀》《娑摩吠陀》《夜柔吠陀》四种本集，是印度上古时期一些文献的总称，"吠陀"的本义是"知"，也就是知识。这四种本集，相当于"中国的《易经》《尚书》"，千百年来在印度被奉为圣典。

习总书记在谈到第二个问题，即"创作无愧于时代的优秀作品"时，提到了"心中引起了很大的震动"的长篇小说《怎么办？》。该书创作于1862年至1863年期间，是俄国19世纪现实主义文学的优秀代表作，作家车尔尼雪夫斯基因坚定反抗沙皇封建专制主义和农奴制被捕入狱，在沙俄的监狱中写下了被誉为"生活教科书"的《怎么办？》一书，产生了极大影响，作家本人被列宁誉为"未来风暴中的年轻舵手"。

习总书记当年在陕北农村插队时，"走了30里路去借"的《浮士德》，是德国伟大诗人歌德创作的一部诗剧，长达一万多行，通过对浮士德所经历的校园、爱情、政治等生活的描述，表达了作者追求真理和完美人生境界的精神历程。

被习总书记引为"精品"的《包法利夫人》，是19世纪法国现实主义大师福楼拜的作品，描写了农家女爱玛悲剧的一生，揭露了造成其人生悲剧的浮华社会。

习总书记提到的"反映了两河流域上古人民探求自然规律和生死奥秘的心境和情感史诗"的《吉尔伽美什》，是目前世界现存的最古老的史诗，4000多年前就在两河流域口头流传，并在大约公元前19至16世纪被记录成文字。《荷马史诗》是古希腊人民创作的英雄史诗，"赞美了人民勇敢、正义、无私、勤劳等品质"。

习总书记在《讲话》中还提到了《神曲》《十日谈》《巨人传》，这些作品都是欧洲"文艺复兴"时期涌现出来的传世佳作。

爱读书者，必有大志；善读书者，必有大成。习总书记为什么读这些外国名著？为什么在文艺工作座谈会上提到这些人类文明的经典？

军队的现代化，首先是人的思想的现代化。中国军队越是面向世界、面向未来，就越是要善于汲取外来养分。文明没有高低、优劣之分，每一种文明都具有自己独特的内涵、特征，人类文明在价值上是平等的。作为21世纪的中国军人，我们必须尊重各国各民族文明，向经典致敬，向经典学习，从而开阔自己的文化视野。作为军队的作家、艺术家，更应善于借鉴和吸收世界上一切优秀文明成果，洋为中用，民为军用，赋予强军文化以昂扬的、有血性和阳刚之气的鲜明特征；要以世界视野、全球眼光，大胆吸收国外优秀文化成果，不断丰富中华军旅文化宝库。

三

仰望灿烂的文艺星空，我们想到了中国军人，应该具有的中华情怀。

习总书记《在文艺工作座谈会上的讲话》提到的中华优秀文化经典，有《格萨尔王传》《玛纳斯》《江格尔》史诗。《格萨尔王传》是藏族人民集体创作的一部史诗作品，以丰富的内容，磅礴的气势和高度的艺术价值，受到各族人民的喜爱，人们称之为研究古代藏族社会的百科全书和"东方的荷马史诗"。《玛纳斯》是柯尔克孜族的英雄史诗，描述了英雄玛纳斯和其子孙领导本民族群众与外来侵略者进行英勇斗争的气壮山河故事。《江格尔》是一部年代非常久远的蒙古族史诗，歌颂了蒙古族英雄的感人故事。《格萨尔王传》《玛纳斯》《江格尔》史诗，被并称为我国三大英雄史诗。

此外，习总书记在《讲话》中先后提到的中华经典名著有《红楼梦》《文心雕龙》《古诗源》《诗经》《创业史》……提到的名篇佳作还有《弹歌》《七月》《采薇》《关雎》《天问》《敕勒歌》《木兰诗》《满江红》《可爱的中国》《游子吟》……这些名篇，我们大多熟悉，倍觉亲切。

习总书记《在文艺工作座谈会上的讲话》全文，我们越是学习越是深切感受到习总书记传播中华优秀传统文化的博大胸怀。习总书记对中华优秀传统文化充满尊敬和自信，具有深厚的国学底蕴。

习总书记对中华优秀传统文化的重视，可以从他的一系列重要讲话中体现出来。

——2012年11月15日，在新一届中央政治局常委同中外记者见面时，他发表讲话指出，我们的民族是伟大的民族。在5000多年的文明发展历程中，中华民族为人类文明进步做出了不可磨灭的贡献。

——2013年3月1日，他在中央党校建校80周年庆祝大会暨2013年春季学期开学典礼上的讲话指出，中国传统文化博大精深，学习和掌握其中的各种思想精华，对树立正确的世界观、人生观、价值观很有益处。

——2013年3月17日，他在十二届全国人大一次会议闭幕会上讲话指出，中华民族具有5000多年连绵不断的文明历史，创造了博大精深的中华文化，为人类文明进步做出了不可磨灭的贡献。

——2013年8月19日，他在全国宣传思想工作会议上讲话时强调，中华民族创造了源远流长的中华文化，中华民族也一定能够创造出中华文化新的辉煌。

——2013年12月30日，他在中共中央政治局第十二次集体学习时讲话指出，提高国家文化软实力，要努力展示中华文化独特魅力。

——2014年2月24日，中共中央政治局就培育和弘扬社会主义核心价值观、弘扬中华传统美德进行第十三次集体学习，习总书记在主持学习时强调，继承和发扬中华优秀传统文化和传统美德，广泛开展社会主义核心价值观宣传教育。

——2014年10月13日，中共中央政治局就我国历史上的国家治理进行第十八次集体学习，习总书记强调指出，对绵延5000多年的中华文明，我们应该多一份尊重，多一份思考。

……

在出访等各种国际场合，习总书记密集地推介中国的优秀传统文化，引用中国传统文化中的名言、诗词、警句，向外国学校赠送中华文化经典。可以深切感受到，习总书记对继承和弘扬优秀传统文化、实现中华民族伟大复兴寄予的厚望。

是啊，中华文明，是世界上唯一持续了5000多年而没有中断的文明。中国，是世界上唯一在不断的大碰撞、大融合中保持自己文明、文字和风俗习惯的世界大国。中国精神，是一部无比厚重的大书，当她的光芒在世界的东方升起时，会令世界再次感到震撼。

习总书记深刻指出，文艺创作不仅要有当代生活的底蕴，而且要有文化传统的血脉。中华优秀传统文化是中华民族的精神命脉，是涵养社会主义核心价值观的重要源泉，也是我们在世界文化激荡中站稳脚跟的坚实根基。增强文化自觉和文化自信，是坚定道路自信、理论自信、制度自信的题中应有之义。文化自信，是习总书记提出的第四个自信。

黑格尔说："历史题材中有属于未来的东西，找到了，作家就永恒。"全军和武警部队的作家、艺术家和文艺工作者，都要从中华优秀传统文化中汲取营养，投身于火热的军旅生活！书写中国军队向强军目标迈进的波澜壮阔的时代画卷。

四

仰望灿烂的文艺星空，我们想到了中国军人，应该具有的责任担当。

当前，我们处于一个令所有中国人意气风发的历史阶段。新中国成立特别是改革开放以来，我们开辟了中国特色社会主义道路，形成了中国特色社会主义理论体系，确立了中国特色社会主义制度。今天，我们终于可以扬眉吐气地告诉这个世界：中华民族伟大复兴的中国梦，离我们如此之近！

我们站在了一个新的历史起点。

习总书记《在文艺工作座谈会上的讲话》中深刻指出，实现"两个一百年"奋斗目标、实现中华民族伟大复兴的中国梦是长期而艰巨的伟大事业。伟大事业需要伟大精神。实现这个伟大事业，文艺的作用不可替代，文艺工作者大有可为。

我们现在是大步地追赶世界，这意味着什么？发达国家几百年时间完成的现代化建设任务，我们要在很短时间之内来完成，他们几百年时间之内陆陆续续遇到的问题，我们在几十年的时间内都会遇到。任务、矛盾、问题、困难、挑战都集中在很短的时间之内，所以我们感到的矛盾和压力会更明显。

可以说，目前中国处在一个由富向强的历史关头，中国共产党要带领全国人民克服前进中的困难，就必须提出振奋全体中华儿女的响亮目标——实现中华民族伟大复兴的中国梦，就必须牢牢抓住团结一心实现中国梦的精神纽带——中国精神。中国精神是实现中国梦的必不可少的软实力。中华民族奔向中国梦的壮丽征程，须臾离不开中国精神的鼓舞和激励。

我们正处在一个全新的时代，时代的新变化和新发展迫切要求提炼和弘扬能够适应时代要求的时代精神，借以引领中华民族、中国军队大步走向现代化和现代化的文明。任何一个时代都有一种特有的时代精神。我们这个时代，就是中国梦的时代，就是弘扬中国精神的时代！

在中国由富向强迈进的伟大历史进程中，中国的经济力量已无可争议地进入世界前列，展望未来，中国的文化力量也必将走向世界，深刻地影响人类文明的进程。中国精神，必将成为一种中国软实力的象征，巍然屹立于世界民族精神之林。

强国兴军，是我们这代军人的伟大梦想。如何弘扬中国精神和强军文化，正是这个时代让我们必须深刻认识和认真回答的重大课题。作为当代革命军人和军队的文艺工作者，一定要抓住千载难逢的机遇，认真学习习总书记《在文艺工作座谈会上的讲话》，认清肩负重任，勇于开拓创新，让我们的军旅文艺作品始终唱响爱国主义的主旋律，让我们的军旅作家、艺术家打造出更好更多的艺术精品，不辜负时代的召唤，不辜负人民的期待！

70多年前那个5月，从革命圣地延安出发，中华民族开始了一次前所未有的文化征程。今天，我们仰望灿烂的文艺星空，心中充满了万丈豪情，更加明确了前进的方向！

文运与国运

一

2016年11月30日，习主席在中国文联十大、中国作协九大开幕式上发表重要讲话时，人民大会堂的灯光璀璨，一如满天繁星照亮夜空，也照耀在人们的心里。

"文运同国运相牵，文脉同国脉相连。"习主席的话掷地有声。这一重要论述深刻阐述了文化对于国家建设和民族复兴伟业的重要性，让人感佩在心头奔涌，豪情在胸中激荡。

二

何为文运？文学艺术之气运也。何为国运？国家之前途命运也。相牵相连，指的是文学艺术的气运与国家前途命运的紧密联系。

文运与国运的关系，为我们提供了一个了解中华民族历史的独特视角。"中华民族生生不息绵延发展、饱受挫折又不断浴火重生，都离不开中华文化的有力支撑。"文化精神是文艺之魂，没有强劲振奋的文化精神就难有真正繁荣昌盛的文学艺术。纵观中国历史上的强盛时期，其文学艺术都呈现出博大深厚、乐观豪迈、坚毅自信的风格气派。秦代创造了壮丽无比的建筑、规模宏大的兵马俑、书法艺术中的小篆和隶书等，真可谓"秦王扫六合，虎视何雄哉"。汉代的歌赋、画像石刻、雕塑、碑帖、印章等等，无不展现出蓬勃奋进的力量、建功立业的豪迈，呈现出一种生机勃勃和视野广阔的巨丽之美。盛唐之时，唐代文艺形成了明朗、高亢、奔放、热烈的气质和"有容乃大"的气派，以博大的胸襟广为吸收外域文化，其辉煌令后世追慕不已。诗歌的壮丽雄奇、石窟造像的博大华贵、唐三彩的绚丽色彩等等，都展现出欣欣向荣、自信开放的青春旋律和"国容何赫然""乘运共跃鳞"的繁荣气象。

研究文运与国运，宋代是个绕不过去的时代。许多人会说，宋代的文运尚好，为何国运不佳？其实，两宋时期文艺尽管也不乏一些恢宏大气乃至忧思悲愤之作，更有不少光彩夺目的文艺大家，但这一时期文艺最大特点是市井文艺勃兴。这是一种相对封闭、内倾、柔弱的文艺。宋词有雅的特点，它起源于市井歌谣，侧重音律和语言的契合，幽约怨悱，细腻惆怅，但没有"走出方寸天地，阅尽大千世界"，只是"咀嚼着身边的小小的悲欢"。文艺最能代表一个时代的风貌，同时也会引领一个时代的风气。试想，一个在柳巷中反复吟咏传唱着"晓风残月"的民族，能够抵挡住来自大漠的滚滚铁骑吗？宋代的文艺是繁华的，但那些杂剧、杂技、说书、皮影、花鼓等，不能振奋民族精神，更没有体现民族的尚武精神，这样的繁华难道不是脆弱的繁华吗？难怪辛弃疾慨叹：千古江山，英雄无觅。

文运与国运的关系，为我们提供了一个了解伟大复兴时代的独特视角。今天，我们处于一个令所有中国人都神采飞扬的历史阶段。百多年来，饱经风霜的中华民族，经历了多少苦痛、悲伤、抗争，在命运的"过山车"上历尽了艰难和曲折。新中国成立以来特别是改革开放以来，我们开辟了中国特色社会主义道路，形成了中国特色社会主义理论体系，确立了中国特色社会主义制度。今天，我们终于可以扬眉吐气地告诉这个世界：中华民族伟大复兴的中国梦，离我们如此之近！中华民族伟大复兴中国梦的实现，将是世界上首个十亿人口级别的大国和平崛起的范例，将深刻影响人类文明发展的进程。一个民族要生存发展，一个国家要兴国强国，就要有精神力量的支撑。中华民族实现伟大复兴的壮丽征程，须臾离不开文艺的鼓舞和激励。推动文艺繁荣发展，必将激励中华民族在辉煌和奋斗中大踏步走向明天。中国实现"两个一百年"奋斗目标，必将伴随着一次文艺的大发展、大繁荣，也必将为世界提供一种全新的文明样式。

三

鲁迅说过，唯有民魂是值得宝贵的，唯有他发扬起来，中国才有真进步。

毋庸讳言，我们在走进市场经济、发展市场经济的过程中，也遇到了"拜金主义""重利轻义"的挑战和考验；也有极少数人在各种原因支配下，干着"亵渎祖先、亵渎经典、亵渎英雄"的事情；还存在着炫富竞奢的攀比、低俗媚俗的炒作、见利忘义的陋行等。物质富有起来了，为什么精神反而贫乏？欲望在吞噬理想，多变在动摇信念，物质在抛弃心灵，道德在偏离底线。在聆听习主席的重要讲话之后，我反复问自己：有没有在网络上围观"小月月"们并打鸡血般地叫好？有没有曾经期待一个个没有价值、没有是非、只有搞笑的低俗节目？物质贫乏不是社会主义，精神空虚也不是社会主义。实现中华民族伟大复兴，要求我们不仅要在物质上强大起来，也要在精神上强大起来。因此，文艺对民族精神的塑造、培育和弘扬，在这个伟大时代显得更为重要和迫切。高擎民族精神火炬，吹响时代前进号角，以文运的勃兴助推国运兴起的时代重任，历史般地落到这一代文艺工作者的肩上。

四

思考这篇文章时，正值12月13日南京大屠杀死难者国家公祭日。一篇写到南京大屠杀幸存者陈德贵的文章，让我久久难忘。据陈德贵回忆，1937年12月15日，30多个日军守在江边，两个日军把百姓押到江边枪杀，从上午到傍晚，没有反抗，没有呼喊，3000多人的血染红了江水。可见，一个群体、一个民族失去血性，缺失了民族精神的鼓舞，付出的代价会是多么巨大，多么令人痛彻心扉。

文艺事业是党和人民的重要事业，文艺战线是党和人民的重要战线。军事文艺作为繁荣社会主义文艺的重要力量，作为我军精神文化的活跃因素，必须以坚定的自信和强烈的担当，在讴歌党的领导、铸牢忠诚品格上，在服务备战打仗、锻造战斗精神上，在劲吹新风正气、传承红色基因上积极作为，发挥自己的独特作用。

中国的军事文艺有个"文脉"，是几千年来延续的、从不曾中断的传统，那就是爱国主义、英雄主义、理想主义的风骨，崇高、阳刚、壮美的品格。读屈原的辞"诚既勇兮又以武，终刚强兮不可凌"，杜甫的诗"剑外忽传收蓟北，初闻涕泪满衣裳""出师未捷身先死，长使英雄泪满襟"，再到陆游的诗"王师北定中原日，家祭无忘告乃翁"，再到文天祥的诗"人生自古谁无死，留取丹心照汗青"，再到陈毅元帅的《梅岭三章》、方志敏的《可爱的中国》，一样地令人慨叹，一样地具有强烈的感召力量。几千年来，中国军事文艺的文脉一直没有中断过。军事文艺本质上是战斗文艺，在革命年代，我们的军旅文艺工作者创作了多少荡气回肠的诗句，多少催人奋进的篇章。

文运兴，国运兴。国家文运的勃兴，离不开军事文艺的繁荣发展、同频共振。强军事业呼唤强军文化。作为军队文艺工作者，我们必须认识到肩头的重任，更加重视打造强军文化，加倍努力真情唱响维护核心、听党指挥的忠诚之歌，加倍努力书写强国强军、追梦圆梦的时代篇章，加倍努力弘扬热爱祖国、礼赞英雄的主流价值，使军事文艺成为培养"四有"新一代革命军人、锻造"四铁"部队的炉中之火，成为催生部队战斗力、强军兴军雄浑交响中的壮丽乐章。广大军队文艺工作者要全面系统学习习主席的重要讲话，把对文艺工作者提出的四点希望切实牢记在心。中国军队曾与亿万中华儿女一起，创造了震撼世界的井冈山精神、长征精神、延安精神、"两弹一星"精神、九八抗洪精神、抗击非典精神、抗震救灾精神等伟大精神，也必将在强军兴军的伟大实践中写出新史诗，筑就新高峰。记录这个伟大时代，创作无愧于伟大时代的优秀作品，成为军队文艺工作者的世纪重任。

五

习主席在讲话中强调，"实现中华民族伟大复兴，是一场震古烁今的伟大事业，需要坚忍不拔的伟大精神，也需要振奋人心的伟大作品。""中国不乏生动的故事，关键要有讲好故事的能力；中国不乏史诗般的实践，关键要有创作史诗的雄心。"

人民大会堂穹顶，灯光闪耀时，灿如繁星。那天，与我一起参会的一位代表写下了一句诗：灿烂星空下，燃情文艺人。是的，我们身处的是中华民族伟大复兴的时代，这个时代也应该是中国文艺伟大复兴的时代。从历史的角度看，习主席的重要讲话，将照耀着这个伟大的征途。军队文艺工作者学习重要讲话、贯彻重要讲话，任重而道远。

平"语"何以近人

——习近平主席在首届中国国际进口博览会上的主旨演讲带给我们的思考与启示

2018年11月5日，习近平主席出席首届中国国际进口博览会开幕式并发表主旨演讲。这篇重要演讲，把握历史大势、着眼人类未来，深入阐释了进口博览会的重大意义，明确提出了共同建设一个更加美好世界的中国主张，郑重宣示了进一步扩大开放的中国行动，既有深邃的思考，又有务实的举措，引发与会嘉宾强烈共鸣，引来国际社会广泛关注，"引爆"中国老百姓的"朋友圈"。"狂风骤雨可以掀翻小池塘，但不能掀翻大海""经历了5000多年的艰难困苦，中国依旧在这儿"等句子，瞬间传遍大江南北。

从文化的视角看，这篇主旨演讲引发广泛共鸣，是一种内涵丰富的文化现象。平"语"何以近人？既因为态度鲜明、掷地有声，也因为平实生动、贴近人心；既因为有中国主张，有务实举措，也因为其中包含着伟大的中国智慧。

党的十八大以来，习主席在不同的重大场合，发表了一系列重要讲话、演讲，大力传承中华优秀传统文化、赋予中华优秀传统文化时代内涵、运用中华优秀传统文化治国理政、阐发中华优秀传统文化应对国内外重大挑战，将中华优秀传统文化提升到新的阶段，使之成为实现"两个一百年"奋斗目标和中华民族伟大复兴中国梦的强大精神力量。在这些重要讲话、演讲中，习主席旁征博引，纵横捭阖，妙语连珠，富于讲话艺术，一次次引发了读者的同鸣共振，引起了广泛关注和高度赞誉。

以习近平主席在首届中国国际进口博览会开幕式上的主旨演讲为例，我们可以学习领悟到中华文化的精髓：

习主席的这一演讲，饱含着中华文化的奋斗精神。"大道至简，实干为要""改革开放40年来，中国人民自力更生、发愤图强、砥砺前行，依靠自己的辛勤和汗水书写了国家和民族发展的壮丽史诗"……中国传统文化历来洋溢着自强不息的奋斗精神，《周易》有"天行健，君子以自强不息"的记述，孔子主张"三军可夺帅也，匹夫不可夺志也"，《史记》中说"文王拘而演周易，仲尼厄而作春秋，屈原放逐，乃赋离骚，左丘失明，厥有国语……"在中国历史上，不管时代多么昏暗，不论现实多么悲惨，中国人对国家和民族命运有屈原式的悲愤，但绝对没有绝望。因为我们的传统文化中有一个重要的理念：否极泰来。这个理念已经深化于民族心理之中。所以在漫长的五千年里，山河破碎时，中国人没有失去希望；到了近代亡国灭种的边缘，中国人也没有失去希望。这些都说明，中华民族的奋斗精神包含着愈是遭受挫折愈是奋发进取的坚韧意志。正是因为有了这种精神，中华民族才历经磨难而又不断迎难而上、发展壮大；正是因为有了这种精神，一代又一代宁死不屈、坚韧不拔的仁人志士，才在世所罕见的艰难中以生命和鲜血为代价，换来了中华民族伟大复兴的光明前景。这种精神，使中华民族在五千年的历史进程中历尽沧桑而依然巍然屹立，"经历了5000多年的艰难困苦，中国依旧在这儿"。

习主席的这一演讲，饱含着中华文化的理性精神。2500多年前，孔子就曾说过"毋意，毋必，毋固，毋我"，老子也在《道德经》中说"不自见""不自是""不自伐""不自矜"。这些经典表述，都传递着一种强烈的理性精神，深深影响着中华文化的精神气质。"人类可以认识、顺应、运用历史规律，但无法阻止历史规律发生作用。历史大势必将浩荡前行""中国开放的大门不会关闭，只会越开越大。中国推动更高水平开放的脚步不会停滞！中国推动建设开放型世界经济的脚步不会停滞！中国推动构建人类命运共同体的脚步不会停滞"。习主席的重要论述，深刻表明了中国共产党人对历史发展规律的清醒认识和时代发展潮流的准确把握，表达着中国政府在各种风险挑战加剧背景下做出的庄严承诺。这种判断，这种坚定，都是理性精神的生动彰显。

习主席的这一演讲，饱含着中华文化的包容精神。习主席在演讲中既深刻指出"弱肉强食、赢者通吃是一条越走越窄的死胡同，包容普惠、互利共赢才是越走越宽的人间正道"，也生动形容中国国际进口博览会"不是中国的独唱，而是各国的大合唱"。中华文化包括儒、佛、道、法等多种思想体系，以及各种民间信仰、知识、习俗等，先后形成了先秦诸子学、两汉经学、魏晋玄学、南北朝隋唐佛学、宋明理学、明清实学、清代朴学等多种主导潮流，且这些体系和潮流相互包容。中华文化历来强调"中和"，即自然和社会的事物尽管千差万别、矛盾交织，却最终能够实现多样的统一和复杂的平衡；世间万物聚在一起却能和谐协调、共生并存，达到"和而不同"的境界。在世界各个文明形态中，也只有中华文化可以包括儒、佛、道、法等诸多思想体系，可以包容多民族的民间信仰和风俗习俗等。"海纳百川、有容乃大。"正是这种包容的心态，才使中华民族虽历经五千年之久，仍然充满活力。在演讲中，习主席提出

"共建创新包容的开放型世界经济，向着构建人类命运共同体目标不懈奋进，开创人类更加美好的未来"的鲜明主张，显示出中国领导人的大国气度和中华文化源远流长的气韵。

习主席的这一演讲，饱含着中华文化的创新精神。《易经》里说，"穷则变，变则通"，《大学》中讲"苟日新，日日新，又日新"。创新是中华民族进步的灵魂，也是中国兴旺发达的不竭动力。也正是凭着改革创新精神，我们才创造了改革开放40年来举世瞩目的辉煌成就。以改革创新为核心的时代精神，已深深熔铸在中华民族的生命力、创造力和凝聚力之中，成为社会主义核心价值体系的精髓之一。习主席在这篇主旨演讲中，深刻指出"创新是第一动力。只有敢于创新、勇于变革，才能突破世界经济发展瓶颈"，再次以伟大的创新精神，宣布中国改革开放新举措，宣布增设中国上海自由贸易试验区的新片区，在上海证券交易所设立科创板并试点注册制，支持长江三角洲区域一体化发展并上升为国家战略，这些都生动体现了中华文化不断创新的深厚底蕴。

习主席的这一演讲，还体现了其鲜明的语言风格。演讲简短精练，善于高度的凝练和概括，让人在最短的时间内记住并听懂。比如，他用寥寥数语，就高度概括和深刻阐明了经济全球化的发展大势，明确提出了各国积极推动开放合作、实现共同发展的三点倡议。习主席经常使用群众喜闻乐见的语言，拉近与受众之间的距离。比如在这一演讲中，习主席用"一花独放不是春，百花齐放春满园"这句古诗，鲜明表达了追求幸福生活是各国人民共同愿望的思想。习主席也非常注重吸收为大众所接受和认同的新表达方式，不断推陈出新。"大海有风平浪静之时，也有风狂雨骤之时。没有风狂雨骤，那就不是大海了。狂风骤雨可以掀翻小池塘，但不能掀翻大海。经历了无数次狂风骤雨，大海依旧在那儿！经历了5000多年的艰难困苦，中国依旧在这儿！面向未来，中国将永远在这儿！"这些语言，让全体中华儿女更加坚定了实现中华民族伟大复兴中国梦的信心和勇气。

文化是有力量的。习主席在众多重大场合，经常引用中国传统文化中的名言、诗词、警句，反复强调弘扬中华优秀传统文化，为我们继承和弘扬优秀传统文化指明了努力方向，使我们看到了中华文化光明的前景和未来。习主席对中华传统文化的重视，可以从他的一系列重要讲话中体现出来。他多次强调要加强对中华优秀传统文化的挖掘和阐发，使中华民族最基本的文化基因同当代中国文化相适应、同现代社会相协调，把跨越时空、超越国界、富有永恒魅力、具有当代价值的文化精神弘扬起来，激活其内在的强大生命力，让中华文化同各国人民创造的多彩文化一道，为人类提供正确精神指引。在2018年8月召开的全国宣传思想工作会议上，习主席明确指出"要把优秀传统文化的精神标识提炼出来、展示出来，把优秀传统文化中具有当代价值、世界意义的文化精髓提炼出来、展示出来"。

习近平主席在首届中国国际进口博览会开幕式上的主旨演讲，身体力行地弘扬了中华优秀传统文化，也给军事记者锤炼"四力"和写文章、做发言等，带来深刻的启示：

努力提高马克思主义的理论素养，经常从党的创新理论中汲取养分，增强洞察力和判断力；努力学习中华优秀传统文化，阅读中华传统文化的经典，善于运用古代典籍、经典名句，增强文章的艺术表现力和感染力；多下基层采访，进一步贴近受众、贴近实际、贴近生活，站在基层官兵立场，多倾听官兵意见，讲基层官兵想说的话、爱听的话和听得懂的话。只有这样，受众才愿意听、听得进，文章才能读得懂、传得开。同时，还要学会通过故事讲道理，通过故事把党的创新理论和习近平强军思想传播出去，达到深入浅出、引人入胜、春风化雨的效果。

军事文艺要深扎中华传统文化之根

中华文化博大精深、光辉灿烂。每一个中国人从孩提时代起都会或多或少地背诵唐诗宋词。凝练优美的语言、旷达隽永的意境、真挚率性的情感、深邃悠远的思想，都浓缩在短短的几行汉字中间，美丽、典雅、灵动、蕴藉。以唐诗宋词为代表的中国古典文艺以其强烈的形式美感和独异的音韵节奏，向后来者倾吐着文人的衷肠，诉说着历史的变迁，传递着知识的秘密，彰显着文化的力量。中华文化是中华民族生生不息的丰厚滋养。

几千年来，"中华文化既坚守本根又不断与时俱进，使中华民族保持了坚定的民族自信和强大的修复能力，培育了共同的情感和价值、共同的理想和精神"。习近平《在文艺工作座谈会上的讲话》中深刻指出："没有中华文化繁荣兴盛，就没有中华民族伟大复兴。一个民族的复兴需要强大的物质力量，也需要强大的精神力量。""求木之长者，必固其根本；欲流之远者，必浚其泉源。"习主席曾多次引用并列举那些深刻影响历代中国军人的传统诗词，强调要从中华优秀传统义化中汲取营养，培养战斗精神。在新起点上繁荣发展军事文艺，离不开对中华美学精神的传承和弘扬。

回望来路，军事文艺的发展始终与国家民族的整体命运紧密相连。"铁马秋风、战地黄花、楼船夜雪、边关冷月"，特定的题材内容塑造了军事文艺慷慨悲歌、雄浑壮丽、崇高阳刚的审美品格，也传承了中华文化丰饶发达的根系中入世、刚健之一脉。军事文艺厚重的文化传统、独特的精神气质、深刻的思想内涵不是凭空生出，更非照搬西方，而是植根中华文化的沃土，直面中国现实的境遇，代表民众普遍的愿望，回应时代热切的呼唤。

上溯中华文化之源流，军事文艺底蕴深厚；汇入中华文化的主潮，军事文艺奔流不息。

一

习主席在文艺工作座谈会上深刻指出，"中华民族从来不是一帆风顺的，遇到了无数艰难困苦，但我们都挺过来、走过来了，其中一个很重要的原因就是世世代代的中华儿女培育和发展了独具特色、博大精深的中华文化，为中华民族克服困难、生生不息提供了强大精神支撑。""中华优秀传统文化中很多思想理念和道德规范，不论过去还是现在，都有其永不褪色的价值。我们要结合新的时代条件传承和弘扬中华优秀传统文化，传承和弘扬中华美学精神。"

放眼中外，纵览古今，凡是在世界历史上有重大影响的国家和民族，在其发展进步的道路上都会孕育出光辉灿烂的文化，都会迸发出影响深远的思想。文化是支撑一个国家和民族不断兴旺发达的宝贵精神财富，反过来国家的发展进步又会托举民族文化迈上新的台阶。今天，伴随着中华民族走向伟大复兴的进程，中华文化必将焕发出更加蓬勃旺盛的生命力。

中国当下的文艺创作中，或多或少地存在着"言必称希腊"、对西方文化盲目崇拜、受西方价值观影响支配的倾向。拍电影，注意学习的是美国大片的理念；文学创作，崇尚的是欧美流行的技法；美术领域，则以西方现代艺术为摹本。有的人"以洋为美、以洋为尊、唯洋是从"。某个作家就宣称自己只看外国文学经典，很少看中国古典文艺的典籍。别人问他："你为什么不从中华传统文化中汲取营养？"他的回答令人惊诧："中华文化糟粕多，精华少。"现在互联网上有不少鄙薄中华传统文化的言论，有一些文化名人、"网络博主"也参与其中，推波助澜。军营并没有隔离于社会之外，这些现象，对军事文艺创作也产生了不同程度的负面影响。

军事文艺创作不仅要有扎实的军旅生活积累，还要有深厚的中华文化传统积淀。世界上那些传世的作家、艺术家，从其作品中无不可以读出本民族的文化脉络，无不可以见出本民族文化传统的浸润滋养。伏尔泰说过一句很经典的话："从写作的风格来认出一个意大利人、一个法国人、一个英国人或一个西班牙人，就像从他面孔的轮廓、他的发音和他的行动举止来认出他的国籍一样容易。"在现实的艺术创作中，我们也总是能从一些大家的书法、画作里，一眼看出临摹过哪些碑帖、取自哪个朝代的技法；总是能从一首优秀诗歌中，读出哪一句传承着唐诗或是宋词的韵味。深入学习领会习主席在文艺工作座谈会上的讲话，我们愈发认识到，军队作家艺术家一定要带头增强文化自觉和文化自信，带头大力传承和弘扬中华优秀传统文化，要坚守中华文化立场、传承中华文化基因、展现中华美学精神。

二

军队作家艺术家如何传承和弘扬中华优秀传统文化？我想，最基本的是要树立对中华优秀传统文化的尊重和自信。只有自尊才能自强，没有自强就谈不上复兴。自己都看不起自己，怎么能让他人看得起你？清末民初时，王国维为什么自杀？是因为他痛感中华文化的沉沦，"我非自殉于清朝，乃是自殉于中华的礼乐文化"。文化自信的丧失对具有文化自觉的人而言，无疑是一种巨大的心理打击。网络上流传甚广的"天鹅临终之歌"——西雅图酋长宣言，有人说是环保主义者的宣言，其实更像是印第安人面对外来文化侵略时的哀叹。

与古埃及文明、古印度文明、古巴比伦文明等几个世界著名的古老文明相比，中华文明最大的特点就在于她的一贯性、连续性和传承性。中华文明从来没有中断过，始终表现出巨大的生命力和卓越的创造力。中华文化曾经长时间地"领跑"于世界，中国曾长期是亚洲甚至世界实力最为强大且文化最为先进的国家之一。在世界历史上，中华文化的国际影响力与传播力是巨大的。德国文豪歌德在比较中西文学后说了一句话："当中国人已拥有小说的时候，我们的祖先还正在树林里生活呢。"如今，美国文化在全世界流行，其实在16世纪前后，也就是欧洲文艺复兴的鼎盛时期，在欧洲社会风靡的是中华文化。当时，孔子的哲学思想、中式工艺的装饰风格、园林艺术、诗与戏剧，都进入了西方人的主流生活，成为他们热议的话题、模仿的对象以及创造的灵感来源。中华文化向欧洲人展示了他们"梦寐以求的幸福生活的前景"。法国的启蒙思想家，如笛卡尔、卢梭、孟德斯鸠、狄德罗等，都不同程度受到中华文化的影响，对中华文化推崇备至。伏尔泰供奉着孔子的画像，把孔子奉为人类道德的楷模。他认为中华文化博大精深，呼吁欧洲人在中华文化面前一要赞美，二应自惭，三须模仿。伏尔泰在他的《哲学辞典》中写道："我全神贯注地读孔子的这些著作，我从中吸取了精华，除了最纯洁的道德之外我从未在其中发现任何东西，并且没有些许的假充内行式的蒙骗的味道。"他还说，"在这个地球上曾有过的最幸福的并且人们最值得尊敬的时代，那就是人们遵从孔子法规的时代。"那时，中国是"由美丽的山脉、鲜花、或耕耘着自己土地的一群既是学者也是绅士的农民组成的奇妙乐土"。那时，中国形象是美好的、积极的、向上的，很多欧洲人对中国价值观可以说非常认同甚至心向往之。这和近代中国，人们对中华文化产生的怀疑、自卑形成了多么鲜明的反差！

不忘根本才能开辟未来，善于继承才能更好创新。中华文化所孕育出的中国古典文艺，是其最精彩的内容之一。无论是楚辞汉赋还是唐诗宋词，无论是元代戏曲还是明清小说，都是世界文艺发展史上的瑰宝，蕴含着中华民族的文化基因。习主席在文艺工作座谈会上谈到的王愿坚、柳青、贾大山等当代作家，也都是扎根于中华文化的深厚土壤，从民族传统文化中获得了有益的滋养。可以说，中华优秀传统文化是当代中国文艺的根脉，是中国文艺创造活力的不竭源泉。中国的作家艺术家们，只有深深扎根于这片土地，从中华优秀传统文化中汲取灵感和智慧，才能创作出具有永恒艺术魅力的传世之作。军队作家艺术家，更要不断增强对中华优秀传统文化的自信。只有将创作之根深扎于中华优秀传统文化的沃土之中，才能结出丰硕的艺术果实。

三

除了从传统文化宝库中汲取营养，军队作家艺术家还要通过自己的作品大力弘扬中华优秀传统文化中的思想精髓。从横向看，中华传统文化包括儒、释、道、法等多种哲学和宗教思想体系，以及各种民间习俗、知识、伦理等；从纵向看，中华传统文化历史绵长，先后形成了先秦诸子学、两汉经学、魏晋玄学、南北朝隋唐佛学、宋明理学、明清实学、清代朴学等多种思想潮流，并在自我完善中与时俱进。中华文化典籍博大精深，既蕴含着崇仁爱、重民本等思想，也蕴含着自强不息、敬业乐群等传统美德，还蕴含着诸如"毋意，毋必，毋固，毋我"的理性精神、"海纳百川、有容乃大"的包容精神、"和而不同""和实生物"的中和精神、"协和万邦"的和谐精神、"天行健，君子以自强不息"的自强精神、"民为邦本、本固邦宁"的民本精神、"忧劳兴国、逸豫亡身"的道德精神、"否极泰来"的"重生"精神等等。以"修身、齐家、治国、平天下"为代表的处世哲学既洞悉了个体的生存之道，亦支撑着成就功业的进取精神。这些思想理念和精神资源内蕴深厚，特色鲜明，体现着中华民族的世界观、人生观、价值观、审美观，有着永不褪色的经典魅力和恒常价值。这些宝贵的文化资源，还可以为世界上不同国家治国理政提供有益借鉴，为人类道德建设提供有益启发。

"文以载道"，重视作品的思想道德意蕴是中华传统文学艺术的重要特征。军队作家艺术家，就是要坚定中国立场、讲好中国故事、彰显中国气派、弘扬中国精神，以富有感染力的艺术语言传达中华文化的哲学思想和价值理念，打牢中华儿女共同的思想道德基础。在我国传统的军事文艺宝库中，军旅诗词具有重要的地位，至今仍绽放着超越时空的艺术光彩，在不同的历史阶段都激励着将士们奋不顾身，浴血杀敌，捍卫民族利益，保卫国家疆土。诸如"愿得此身长报国""一寸赤心惟报国"的爱国情怀、"捐躯赴国难，视死忽如归"的崇高情操、"黄沙百战穿金甲，不破楼兰终不还"的战斗精神、"惟有烈士心，白刃不能夺"的忠贞气节、"拼将十万头颅血，须把乾坤力挽回"的豪迈意志等，深深激发着军队的战斗精神，砥砺着官兵的品质意志，提升着部队的战斗力。军队作家艺术家，要大力弘扬中华优秀传统文化中所蕴含的尚武精神，将之转化为动人的故事、感人的形象，以官兵喜闻乐见的艺术形式表现出来，让这些思想和观念融入官兵的血脉，以锤炼战斗意志，熔铸品格情怀，为培养"四有"新一代革命军人提供丰厚有力的精神支撑。

四

大力传承和弘扬中华优秀传统文化，还要注意继承中的转化与创新。弘扬中华优秀传统文化，不是为了复古而是为了复兴。习主席深刻指出，传承中华文化，绝不是简单复古，也不是盲目排外，而是古为今用，洋为中用……"以古人之规矩，开自己之生面"，实现中华文化的创造性转化和创新性发展。

文化的生命力在于创新，中国文学艺术未来的发展也在于创新。从人类文化发展的历史看，固守僵化、缺乏创新，是文化走向没落和衰亡的重要原因之一。中国是世界四大文明古国之一，其文化之所以不断发展，绵延几千年兴而不衰，就在于它具有强大的应变能力和对外来文化的吸纳整合能力。

守正出新才能历久弥新。军事文艺要在继承中华传统文化的基础上，去其糟粕，取其精华，增强自身的创造力、影响力和感召力；要拓新题材，全方位融入改革强军的火热生活，围绕深化国防和军队改革、新型作战力量建设、管理组训模式变革等现实生活的新变化拓展表现领域；要创新形式，坚持思想性与艺术性相统一，以官兵所喜闻乐见为追求，推出更多具有中国特色、中国风格、中国气派的文艺精品；要创新风格，表现主旋律，不能形式化、口号化、标签化，要别具匠心、别出心裁、别具一格；要深化主题表达，以社会主义核心价值观为价值标准，将鲜明的民族特性和强烈的时代气息融为一体；此外，还要认真学习借鉴世界各国人民创造的优秀文艺作品，使军事文艺因借鉴而生动，因交流而多彩。

激荡的长河，永远的"长征"

——写在"长征副刊"创刊40周年之际

一

今天，在全军上下深入学习贯彻习近平总书记《在文艺工作座谈会上的讲话》、军队文艺工作迎来新的繁荣发展之际，"长征副刊"创办40周年的喜庆日子也悄然而至。

这是一条在辽阔与丰饶的军事文艺沃土上激荡奔流的大河。40年——如果把数千张报纸接续排列开来，我们看到的将是一条波澜壮阔的报纸的"河流"。这"河流"承载着铁血荣光，激荡着铿锵交响，贯穿着战斗之声，散发着时代芬芳，虽然由纸组成，但它比钢铁还重。

如果说长征是一段旷古未有、震撼世界的壮丽史诗，那么创办于1975年11月9日的"长征副刊"，则传承了长征的精神，在新中国军事文艺史上写下浓墨重彩而又精彩纷呈的动人篇章。

二

40年前的今天。那是乍寒尚暖的初冬，"文革"尚未结束。"长征副刊"第1期承载着思想的热力和广大官兵的希冀，走进了人们的视野。当那几位富有朝气和满腔热情的编辑，将文学副刊拟定为"长征"这个名字的时候，可能不会想到自己正在书写一段历史。是的，今天，"长征副刊"已坚守40年，名扬军内外，出版了近4000期，可以无愧地说：她创造了辉煌，融入了历史。

40年后，当我们再次品味这个名字，心中充满的依然是深深的敬意和厚重的情感。

我们寻找着"长征"与长征精神的血脉关系。长征是人类历史上罕见的英雄史诗，是一场不畏艰难的远征。"长征副刊"的面世，使全军广大官兵有了一块崭新的文艺阵地，也率先在文艺战线吹响了解放思想、百花齐放的响亮号角。没有不畏艰难的精神，就不会有"长征副刊"的面世。长征是坚韧不拔的远征。书写长征史诗的，是人民军队；高扬长征精神的，理应是中国军人。40年的漫漫长路，见证了中国当代军事文艺的坚守，见证了中国精神的传扬。"长征"是传播精神的远征。"长征副刊"自创刊那天起，就通过文艺作品焕发精神力量，激励着全军官兵向着正确目标不断向前迈进，助推着人民军队不断攻坚克难、在改革强军中实现一次次跨越，凝聚起全军官兵从胜利走向胜利的如火激情和战斗情怀。长征精神是"长征副刊"剪不断的精神脐带。

为什么"长征副刊"能够薪火相传、新美如画？因为一代又一代"长征"人，弘扬着长征精神，在"长征"路上勠力跋涉，留下晨兴夜寐的身影，洒下辛勤耕耘的汗水。

40年后，坐在编辑部里，我们用"心"去体味这个品牌的内涵，依然可以听到一种能够穿透时光的心灵回声，听到一种在岁月中沉积已久、震撼人心的旋律！

三

2015年的5月14日，我们听到"长征"路上的冲锋号角那样嘹亮：人们看到当天的报纸，可以感受到文字的千钧之力和思想的喷涌：从这一天开始，"强军文化论：军旅文化名家的时代思考"隆重推出。这是为了贯彻古田全军政治工作会议精神、落实"打造强军文化"的战略思想而推出的"系列工程"。在近一个月的时间里，连续刊载23篇整版文章，在军内外产生了广泛影响。

站在军事文艺的历史长河边回望过去，我们可以看到一座座这样雄奇的山脉——这是长征精神在历史传承中达到的精神高度。

回首"长征"路，我们可以发现一路美丽的风景。从最初的"文化副刊"，到1961年1月6日易名的"进军号"，到1962年7月2日再次更名的"文化园地"……这是"长征"的源头和血脉，在今天这样的日子里，让我们静下心来，再次感受她的荣光。

老一辈无产阶级革命家对"长征副刊"关爱有加。毛泽东主席有多首诗作在"长征"上与读者见面；朱德、刘伯承、徐向前、聂荣臻、叶剑英等开国将帅的文艺作品，不时在"长征"上发表。肖华、萧克、张爱萍、杨得志、杨成武、秦基伟、洪学智、吕正操、廖汉生等战功卓著的将军们，也将自己的作品寄给"长征"。军委、总部领导或做出批示指示，或推荐惠寄稿件，或对"长征"给予关心支持。这是"长征"的激情和动力，在今天这样的日子里，让我们静下心来，再次见证她的辉煌。

"长征副刊"创办以来，一批又一批军内外作家艺术家惠赐稿件，为"长征"增添了夺目的光彩。刘白羽、廖沫沙、徐怀中、李瑛、林默涵、叶楠、冯牧、徐光耀、李国文、邓友梅、金敬迈、黎汝清、阎肃、孟伟哉、莫言、李存葆……这一串读者非常熟悉、十分亲切的名字，记载着"长征"在军事文艺历史上的辉煌；一篇又一篇精品力作，通过"长征"走进读者心田，被国内有影响的报刊转载并获得全国全军性大奖。这是"长征"的亲情和后盾，在今天这样的日子里，让我们静下心来，再次领略她的魄力风采。

回首40年的"长征"路，我们越来越深切地体会到，在新闻宣传中，副刊宣传占有着十分重要的地位，发挥着不可替代的作用。实现强国兴军的伟大事业，军事文艺一直责无旁贷，必须一马当先。"长征副刊"创办以来，始终继承和发扬军队文艺工作的优良传统，始终牢牢把握副刊宣传的正确导向，始终紧跟人民军队改革建设的铿锵步伐，始终坚守先进军事文化的价值高地，成为全国报纸副刊中独具影响力的品牌，深受基层官兵和广大读者喜爱。"长征"，无愧于她的名字，无愧于她所代表的时代特质。

"长征"路上，一座座雄奇的山脉耸起，这是英雄的山脉，是信仰的山脉，更是精神的山脉。

四

有激流，有险滩，有随着河岸的蜿蜒，有伴着风雨的奔流……终于，大河进入了开阔的平原，沉静下来。今天，我们站在军事文艺的历史长河边，可以感受到"潮平两岸阔"的境界。孔子云，四十不惑。为何不惑？因为有了事业的基础，有了经验的积淀，有了进一步前进的方向。

新闻抓读者，副刊留读者。为什么能够留读者？因为优秀的文艺作品，新颖活泼，沉厚醇香，愈放愈加珍贵，越品越有滋味。"长征副刊"一以贯之地传承着党的文艺工作的优良传统，部队的中心工作在哪里，"长征人"就会追踪到哪里，"长征"的号角就会吹响到哪里。国家和军队有大事喜事，"长征"一直见事早，行动快。2008年，适逢纪念改革开放30周年，及时启动"我与改革开放30周年"征文活动，并在"长征副刊"重点推出。从各级领导到普通战士，用传神妙笔，书写了人民军队改革发展的壮丽画卷，被认为是中国报纸副刊史上前所未有的一大突破。"以新闻的速度，昂扬向上、大气庄重的文学品质"及时全面反映部队中心工作，为"长征"在广大读者中赢得赞誉。

时代在发展，副刊也在不断进步。2013年1月30日，对于"长征副刊"来说，是一个重要的日子。这一天，一个生动活泼讲述官兵自己故事的专版"故事兵阵"创办。这个"格调向上、眼睛向下"的专版，将最具吸引力和文学性的故事奉献给读者，受到基层官兵的热烈欢迎。很快，被评为"全国报纸副刊最佳专栏"。2013年7月10日，"士兵面孔"这个"长征"新栏目诞生了。开设这一栏目的灵感，来自于"长征"与基层战士的一次邂逅。烈日下战士黝黑的脸颊，成为"士兵面孔"的核心意象。于是，一个以"看到的是面孔，感触的是心灵"为主题的新栏目来到了全军基层战士身边。今天，在我们心目中，大副刊的概念呼之欲出：文艺评论、军旅文化、文化观澜、人物纪实、军史发现、烽火影视、迷彩书屋等争奇斗艳，军事文化的"百花园"在我们面前渐次铺展开来。

"长征副刊"的成功经验之一，是要致力培养和团结一支富有才华和品位的作者队伍，引导作者更多地创作出描绘火热军营生活、反映军队发展进步、讴歌强军兴军伟大精神的，现实感强和富有情感的作品。2013年4月16日，首届"长征文艺奖"评选结果在"长征副刊"上公布，还编辑出版了获奖作品集《硝烟芬芳》。6月16日至18日，在武汉后方基地成功举办"聚焦强军目标"军事文学创作与评论研讨会暨首届长征文艺奖颁奖。他们描绘的是强军兴军的宏伟画卷，他们记录的是强军人物的时代风采，"长征"的精神意蕴与强军主题在这里完美地融合在一起。

"长征副刊"每一步发展，离不开编者的默默奉献，离不开读者的关心厚爱。今天，我们要向曾在"长征副刊"工作过的老领导、老编辑和为这个光荣的集体做出过贡献的所有人，表达我们由衷的敬意和深深的祝福！向所有关心、支持、帮助过"长征副刊"的各级领导、各位作者和读者朋友们，表示最真挚的谢意，并致以崇高的军礼！

强军征程，风景无限；"长征"路上，有你有我！

五

大河宽广，水波浩渺。蓦然，火红的水面上，阳光跃出河岸，旭日喷薄而出……

2015年10月15日，习近平总书记一年前在文艺工作座谈会上重要讲话的全文第一次公开发表。习总书记的重要讲话，阐明了文艺和文艺工作的地位和作用，把对文艺工作的认识提升到了一个新的高度，进一步明确了文艺工作者肩负的历史使命和光荣职责。在迎接"长征副刊"创办40周年的日子里，我们这一代"长征"人反复学习习总书记的重要讲话，深深感到作为军事文艺参与者、创造者、推动者的重大责任。

今天，站在军事文艺的历史长河边，在实现强军兴军的宏伟征程中，再次品读"长征"的历史，再次重温那一段段精彩纷呈乐章中的激昂旋律，那旋律中传递的精神力量依然令人心潮澎湃。

纸质的报纸会随着时光的流逝而泛黄，但它所承载和弘扬的精神，将会化为永恒。这个世界上，唯有精神永存。

我们深切感到，铭记光荣的最好方式，就是以"长征"的名义再次集结，以"长征"的名义再次出发。

围绕中心、服务强军，是军事文艺的天职。当前，我军正处于向强军目标迈进、加快战略转型的重要时期，这对军事文艺提出了很高的要求，也提供了广阔的舞台。打造强军文化、繁荣军事文艺，为强国强军提供强大精神文化力量，就是我们前进的目标；坚持以文化人、以情动人、以美育人，刊发更多军味、兵味、战味浓郁的优秀作品，就是我们努力的方向；传统媒体与新兴媒体融合发展，对我们的工作提出了新的更高要求，我们要努力紧跟时代的发展和技术的进步，在报网融合中不断扩大副刊的传播力影响力，交上一份属于"长征"人的合格答卷……

长征正未有穷期。明天，我们将信心满怀地继续行进在"长征"路上！

新时代与当代军旅诗的发展

习近平总书记在十九大报告中指出："经过长期努力，中国特色社会主义进入了新时代。"新时代是我国发展新的历史方位，对于诗歌创作而言，思想观念也应该进入新时代。

进入新时代，中国诗歌也要产生与伟大时代相匹配的"大诗"，也要诞生能够见证这个时代的杰出诗人。按照我的理解，新时代诗歌，其内涵是中国新诗发展到新的历史阶段产生的诗歌；其关键是坚持以人民为中心的创作导向；其使命是弘扬中国精神、讴歌中国人民在追梦逐梦的历史进程中展现出的精神风貌；其目标是创作无愧于时代的优秀作品，把最好的精神食粮奉献给人民。

在中华优秀传统文化中，在诗词中，边塞诗是最具阳刚之气、最具理想风骨的那部分。我国的《诗经》《楚辞》里，就有不少军旅题材的诗歌，《全唐诗》更是收录了2000余首边塞诗。边塞诗是唐代诗歌的重要题材之一，思想深刻、想象丰富、极具艺术感染力。强盛的唐帝国为边塞诗的繁荣发展提供了坚实的物质基础，边塞诗也同样为初唐盛唐提供了昂扬向上的时代精神。如果没有边塞诗，唐王朝就不是完整的唐王朝，其光彩要大打折扣。在历史长河里，边塞诗人们留下的无数令人回肠荡气的诗句，具有强烈的感召力，具有独特的英雄主义、理想主义风骨，具有崇高、阳刚、壮美的美学品格。可以这样说，边塞诗从一个独特角度撑起了中国诗歌的精神，堪称世界诗歌史上的一道奇观。

百年前诞生的中国新诗，继承了中华文脉的爱国主义传统，产生了大量脍炙人口的名篇。作为中国新诗的重镇，军旅诗无论是在战争年代还是和平时期，都挺立在时代潮头，有效地激励着中国军人弘扬爱国精神，彰显英雄气概，培育尚武精神，传承红色基因，也为全社会提供着奋发进取的精神力量。

军旅诗人们应该深刻认识到，正如边塞诗之于初唐盛唐一样，军旅诗是新时代中国文学的重要组成部分，在诗歌繁荣发展中有着独特的地位和作用。在中国特色社会主义进入新时代的历史阶段，参与构建和发展中国特色社会主义文化，推动新时代文学和诗歌创作的振兴，是军旅诗人的重大历史责任。

进入新时代，军旅诗为现代诗的繁荣发展，在语言形式、审美风格、文本探索等方面又增添了新的活力。新时代的军旅诗创作，在传承中国诗歌优良传统的同时，怎样才能直面时代变革、引领诗歌创作、创造传世诗篇，成为军旅诗人需要关注和解决的现实课题。

"一秒钟都不脱离这个时代之外"

与时代脱节，与人民绝缘，是现在诗歌创作的通病。一段时间以来，诗歌界放弃了大我追求小我，放弃了现实追求内心，过于讲究怎么写而不讲究写什么，不同程度存在着远离时代、不接地气、喃喃自语、不知所云等问题。造成的结果就是诗歌越来越"小众"，越来越成为文字游戏和"杯水风波"。诗歌评论家谢冕在《中国新诗史略》一书中，对新世纪以来的中国新诗表达了某种程度的失望："失去了精神向度的诗歌，剩下的只能是浅薄。同样，失去了公众关怀的诗歌剩下的只能是自私的梦呓。"应该说，这个评价是对当代中国诗坛自我陶醉的一记"当头棒喝"。其实，新诗诞生之初，白话诗很好地继承了中华诗词现实主义的优良传统，其精神是"入世"的，既有《女神》对创造的讴歌，也有《死水》对社会的嘲讽，还有《大堰河》对普通民众的深刻同情。朦胧诗之后，中国新诗似乎越来越远离古典传统、主流价值和大众生活，逐渐向内心的独白、日常生活的扫描和小众化发展，在美学风格上表现为越来越口语化、口水化、庸常化，造成的结果是，一些诗歌越来越远离时代、远离人民、远离生活、远离崇高，在群众中的影响力也越来越小。习近平总书记说："任何一个时代的文艺，只有同国家和民族紧紧维系、休戚与共，才能发出振聋发聩的声音。"这句话对于当代中国诗坛，具有巨大的提示和指导作用。

当前，中国特色社会主义进入了新时代，国防和军队建设也进入了新时代。军旅诗理应成为强国强军伟大时代的风向标。必须指出的是，与中国军队取得日新月异的变化和巨大成就相比，我们的军旅诗创作也和当代诗歌一样犯着"脱离症"，远远落后于火热的强军实践。如果一个当代军旅诗人的诗作中，看不到迈向世界一流军队的矫健身姿，听不到先进武器装备竞相列装的蓬勃心跳，感受不到浴火重生的军队实现强军目标的感情迸发，还奢谈什么军旅诗的突破？谈什么军旅诗的地位和作用？用诗讴歌和记录这个伟大的时代，是军旅诗人的神圣使命，也是军旅诗人的庄严答卷。谁这个答卷回答得好，谁才会在诗史中留下自己的身影。

新时代的军旅诗创作，要理直气壮地唱响时代主旋律。在传播我党我军的价值观方面，军队作家一直走在前列，军事文学也一直是中国特色社会主义文化中最阳刚、最正大、最富于理想、最振奋人心的部分。作为军旅诗人，要发挥好这个光荣传统和独特优势，带头学习贯彻党的十九大精神，始终坚定践行习近平总书记关于文艺工作的一系列重要论述，带头处理好诗歌创作与时代的关系，在书写时代中找到自己的方位，深入到部队火热的生活中去，忠实记录中国军队全面建成世界一流军队的伟大实践，紧紧追赶强军兴军的铿锵脚步，让自己的作品充满艺术理想，充满生活气息，充满硝烟味道，创作出无愧于时代的优秀诗篇。

注意汲取中华优秀传统文化的养分

当代诗坛还有一个通病，就是"言必称希腊"：大讲借鉴外国诗歌，不讲继承古典诗词传统；重视对外国诗歌、诗人的研究，忽视对古典诗词应有的尊重。现代诗里食洋不化的现象比比皆是，连外国诗中为照顾韵律需要的分行也基本照搬过来。不问青红皂白，生硬分行断句，早已泛滥成灾。诗歌越来越失去意境，丢失了语言的精妙，更不要说内在的仪式感和音乐性了。更为令人担忧的是，现在很多诗人是学习和模仿译诗进行新诗创作的，而现在译诗本身就存在着诸多乱象和问题。

中华优秀传统文化为中华民族生生不息、发展壮大提供丰厚滋养，是我们的文化血脉，是我们民族最强的软实力。习近平总书记深刻指出："只有扎根脚下这块生于斯、长于斯的土地，文艺才能接住地气、增加底气、灌注生气，在世界文化激荡中站稳脚跟。"在党的十九大上，他再次强调"坚守中华文化立场"。不忘根本才能开辟未来，善于继承才能更好创新。中华文化蕴含着丰富的爱国主义、英雄主义、集体主义等精神力量，带有鲜明的民族特色，有着永不褪色的时代价值。作为军旅诗人，要传承好中华文脉，"深入挖掘中华优秀传统文化蕴含的思想观念、人文精神、道德规范，结合时代要求继承创新，让中华文化展现出永久魅力和时代风采"。要自觉从传统中寻找根基、血脉、方法，在继承的基础上创新，让汉语言的美在军旅诗中优雅绽放。一个诗人能够称得上伟大，就必须对丰富发展本民族的语言做出杰出贡献。屈原的《离骚》、但丁的《神曲》是如此，歌德的《浮士德》、普希金的《叶甫盖尼·奥涅金》也是这样。当代军旅诗人的国学修养还有待提高，从古典诗词中汲取的养分还不够充分。古诗词中那些精微的生命感发、精妙的审美意境、精简的语言风格、精当的对仗韵律，都值得当代军旅诗人借鉴。

大胆吸收借鉴外国诗歌的优秀成果

军旅诗人是一个比较特殊的群体。在学习借鉴外国优秀诗歌方面，还存在着不小的差距，结果是军旅诗的艺术表现方式平庸，形式单调，手法老套，缺少灵性、新鲜感和深刻的洞察力。其实，诗歌是多彩的，诗歌因多彩才有交流互鉴的价值；诗歌是尚新的，诗歌因尚新才有交流互鉴的动力。百年以来，正是注重对外国优秀诗歌的吸收借鉴，中国新诗才能不断奔流向前。徐志摩、闻一多等人的诗，受英美影响较大；艾青、李金发等人的诗，可以看出法国诗歌的影子；冯至等人的诗，则受益于歌德、海涅等德国诗人；宗白华等人的诗，都与日本近代诗歌有着千丝万缕的联系。从军旅诗的角度而言，世界各国有20多位获得过诺贝尔文学奖的诗人，战争诗在其创作中占有相当的比重。艾略特、埃利蒂斯、塞弗尔特等诗人，更是以战争题材诗歌获得诺贝尔文学奖。新时代诗歌的生命力在于创新，军旅诗的发展也在于创新。因此，军旅诗要大胆向外国优秀诗歌学习，认真借鉴世界各国人民创造的优秀诗歌作品，使新时代的军旅诗因借鉴而生动，因创新而精彩。

在艺术上打造出新气象

现代诗之所以被人诟病，有一部分原因是没有形成自己的气象和格局。一些诗作诗意缺失、口水泛滥，低俗盛行、以丑为美，使现代诗失去了人民的喜爱。在打造新时代诗歌的新气象方面，军旅诗有自己的强大优势，可以走在前列，起到示范和带动作用。

军旅诗的优势是什么？是国家情怀、正大气象和铁血品格。军旅诗人一定要发挥军旅诗的优势，放眼时代、壮大格局，要有"大视野、大情感、大气派"，在伟大的新时代形成自己的新气象，发出洪亮而独特的声音。

在形成新气象过程中，一定要注意：主旋律并不是大白话，也不能是生硬的。诗是诗人用生命在吟唱历史。在强调思想性时，一定要有"历史的个体感"。越是重大的历史事件，越需要"感时花溅泪"般的个体生命体验，只有这样，诗才不会流于直白，流于空洞，流于口号。在强调艺术性时，一定要有"个体的历史感"。脱离时代的呐喊，只能是喃喃自语；远离生活的激情，只能是无病呻吟。没有艺术性，诗很可能滑向打油诗；没有思想性，诗也只能是纸草、塑料花，不可能有生机和活力。优秀的军旅诗人就是要在这种"险路"上达到"优美的平衡"，在"戴着镣铐"的同时，跳出优美的"生命舞蹈"，推出更多具有中国特色、中国风格、中国气派的军旅诗作，将鲜明的艺术特性和强烈的时代气息融为一体。只有这样，才能让军旅诗在新时代大放异彩，让优秀的军旅诗人成为这个伟大时代的代表性诗人。

习近平总书记深刻指出，"中国不乏生动的故事，关键要有讲好故事的能力；中国不乏史诗般的实践，关键要有创作史诗的雄心。"新时代催生新使命，新使命指引新方向。今天，站立潮头，引领潮流，打造精品的重任历史地落在了军旅诗人的肩上。只要军旅诗人们认真学习、躬行实践习近平总书记的重要讲话，拥抱时代，努力创作，就一定能写出无愧于伟大时代、无愧于伟大人民军队的传世诗篇！

新时代诗歌的美学风范

中华民族正处于走向伟大复兴的新时代。新时代意味着什么？意味着中国的经济实力、科技实力、国防实力、综合国力进入世界前列，国际地位显著提升，党的面貌、国家的面貌、人民的面貌、军队的面貌、中华民族的面貌发生了前所未有的变化，中华民族正以崭新姿态屹立于世界的东方。这就是我们当前的一个历史方位。文运同国运相牵，文脉同国脉相连。新时代是文化上更加自信的时代，新时代文学要为伟大新时代增添精神动力与历史光彩。新时代文学是与中华民族伟大复兴关键时期同频共振的文学，是为弘扬中国精神、实现中国梦提供精神力量的文学，是始终坚守人民立场的文学，是饱含创新创造、呈现恢宏气度、产生世界影响的文学。新时代文学既要以新时代的眼光、新时代的创作理念和方法，去抒写党团结带领中国人民在各个历史阶段取得的伟大成就，更要细致入微地倾情抒写党的十八大以来党和国家事业取得的历史性成就、发生的历史性变革。新时代文学既肩负着神圣的使命，又承担着重大的责任。只要广大作家在习近平总书记关于文艺工作的一系列重要论述的指引下，胸怀"国之大者"，树立创作史诗的雄心，练就讲好故事的能力，就一定能够创造新时代文学的辉煌，让文学的价值、文学的尊严、文学的温暖在中华大地上永远矗立。

中国是诗的国度，在弘扬国运，振兴国脉上，诗歌理应"当先锋、打头阵"。值此建党100周年的伟大历史时刻，中国作协组织了诗歌创作工程，《诗刊》在七月上半月刊推出了20多首抒写百年历程特别是新时代的长诗，是文学界献给党的百年华诞的一份厚礼，也为新时代诗歌创作留下了珍贵文本，值得认真总结思考。

新时代诗歌创作，要担负起在文学创作中"打头阵"的历史责任

诗歌创作是文学创作的风向标，历来是文学创作中最活跃、最领时代风气之先、最善于变化的一部分。我们的历史方位进入了新时代，文学创作要紧跟新时代，创造新时代的主题，展现新时代的风貌，寻找新时代的意象，汇聚新时代的旋律。诗歌创作要为新时代文学探索出一条新路。在题材上，要深入挖掘新时代独有的、以前从未

有过的主题。建党百年之际，《诗刊》社陆续推出的"庆祝中国共产党成立100周年作品选"中，就有不少诗作涉及脱贫攻坚、生态文明建设、"一带一路"倡议、高科技发展等时代主题。在内容上，要精心发掘与寻找新时代的诗歌意象。在这方面，《诗刊》2021年7月上半月刊中发表的作品，进行了积极的探索。在这些意象中，有飞驰的高铁，有雄伟的港珠澳大桥，有快递中国，有C919大飞机，有新工业材料，等等。最关键的一条，新时代诗歌还要在人民大众中创造出一种新的诗歌形象。在相当长的一段时间里，诗坛和诗歌创作不同程度地存在个人化、西方化、学院化的倾向。其实，只要不影响主流，诗歌创作是需要百花齐放，需要鲜明的个性化创造的，但所有的诗歌作品都"只见个人、不见时代"就有些问题了。这不符合中国诗歌"入世"的光荣传统，不符合中国共产党百年来倡导的为时代而歌、为人民服务的光荣传统，也不符合广大人民群众对于诗歌的热切期待。新时代诗歌创作，就是要让诗歌真正进入时代、深入人民，以人民为主题，为人民而抒写，由人民去检验。我在创作《坐上高铁，去看青春的中国》一诗时，对于主题创作进行了深入的思考，感到新时代诗歌，不仅要写出"小我"，更要写出"大我"；既要写出个体性，更要写出人民性；既要有多样性，也要有一致性；不仅要进行创作题材的突破，更要进行诗歌艺术的突破。为此，我选择了"高铁"这一和大家息息相关的、能代表中国建设发展成就的意象，进行了一次精神上的、诗艺上的"飞驰"，从新时代中国大地的处处新貌，写到抗疫，写到脱贫攻坚，写到科技发展。通过诗歌创作，写出了新时代的风貌。

新时代诗歌创作，要真正饱含着对这个时代的深厚情感

能够写入诗歌史的作品，无一不是艺术地见证时代的作品。不是艺术的，就只是口号，不可能流传；不是见证时代的，就只是一己悲欢，也不可能流传。中国诗史上，能够广泛流传的，都是以个人的独特生命体验观照时代、书写时代的作品。而只写个人悲欢的作品，即使再精美、再艺术，也只能归于"花间词"一类，在小圈子里欣赏与传播。在创作《坐上高铁，去看青春的中国》一诗时，我在思考，新时代诗歌需要确立新的诗歌价值取向，这个价值取向既要有传统的内容，又要注入新的时代内涵。一是传递出对党的百年历程的深深崇敬和对新时代的深厚情感。100年来，中国共产党以"敢教日月换新天"的伟大气概，带领中国人民取得了伟大历史成就，我们要怀有深深的敬意。党的十八大以来，我们党解决了许多长期想解决而没有解决的难

题，办成了许多过去想办而没有办成的大事，党和国家事业取得历史性成就、发生历史性变革，为实现中华民族伟大复兴提供了更为完善的制度保证、更为坚实的物质基础、更为主动的精神力量。对于伟大的新时代，我们要充满感情，只有充满了感情，才能够有情感认同，有了情感认同，才会创作出真心的作品。新时代是伟大的时代，也是一个需要情感喷发的时代。我们要用诗来完成这一使命，记录这个时代，赞美这个时代。二是要传递出属于我们这个伟大新时代的文化自信。我们创造的辉煌成就是无与伦比的，我们创造的文学艺术也毫不逊色。新时代诗歌中呈现出的饱满情感、崭新形象，都有别于传统的诗词，充满了时代气息。在《坐上高铁，去看青春的中国》一诗中，我努力寻找新时代的意象："中国人的梦想，璀璨得让太空升起/多少颗闪亮的星星。梦想的金色大厅里/歌声越来越充满青春的力量/放飞神舟，让年轻的梦一飞冲天/在太空印上大红的中国印"，努力让人们看到一种属于新时代的价值取向，新时代的青铜旋律。三是要更加主动地继承中国传统诗词中的爱国主义、现实主义光荣传统。一段时间以来，诗歌创作中存在着一种"言必称希腊"的现象，诗人们借鉴外国诗人较多，对传统诗词关注较少，同时也忽视了传统诗词中洋溢的爱国主义、现实主义、英雄主义传统。新时代诗歌创作应该接续这段文脉，赓续这个传统，让自己的作品里能够听到人民的呼吸、时代的旋律；既扎根于大地之中，又高蹈于历史之上。

新时代诗歌创作，要真正创造出属于自己的美学风范

新时代诗歌必须形成自己的美学风范。一般来讲，诗人处于一个新的时代，就会有新的感受，有了一种感受，就会升华出一种价值追求，最终通过艺术创造形成自己的美学风格。纵观中国历史上的强盛时期，其文学艺术都呈现自己的美学风格。秦代创造了规模宏大的兵马俑、书法艺术中的小篆和隶书等，展现出"秦王扫六合，虎视何雄哉"的气魄与风范。汉代的歌赋、画像石刻、雕塑、碑帖、印章等等，无不展现出蓬勃奋进的力量、建功立业的豪迈，呈现出一种生机勃勃和视野广阔的巨丽之美。盛唐之时，诗歌的壮丽雄奇、石窟造像的博大华贵、唐三彩的绚丽色彩等等，都展现出欣欣向荣、自信开放的青春旋律和"国容何赫然""乘运共跃鳞"的繁荣气象。新时代呼唤总体性诗人，呼唤自己的美学风格。

新时代诗歌要形成的自己的美学风范，应该具有正大气象。诗歌折射出时代之光。新时代是创造了伟大业绩的时代，是令每一个中国人意气风发的时代，诗歌应当

具有汉唐诗歌的正大气象。这个气象，并不排斥风格多样化，而是指主流的风格。它应该是"何处春江无月明"的阔大，是"大风起兮云飞扬"的雄浑，是"若个书生万户侯"的气概，而不是"花褪残红青杏小"的柔婉，不是"梧桐更兼细雨"的苦闷。换言之，新时代诗歌的主基调应该是明朗的、阳刚的。

新时代诗歌要形成的自己的美学风范，应该具有梦想品格。新时代是奋斗的时代，是充满激情的时代。文艺是时代的号角，必将反映出这个时代独特的音质。新时代诗歌应该充满瑰丽的色彩，梦想的旋律，应当既宏大又精微，既古老又现代，既雄壮又柔情，让人阅读后充满新鲜的阅读体验，产生前行的力量。在《坐上高铁，去看青春的中国》一诗中，我努力追求着这样的美学风格。比如，在结尾，我这样写道："让高铁穿越春风呼啸的中国/穿越浩荡的平原、山川/穿越怀揣梦想的草木、森林/穿越大风中歌唱的鸟群/穿越抒情诗般明亮而多情的炊烟……前方，那个光辉的站台已逐渐清晰可见/那个站名已被我们的梦想大声朗读：伟大复兴！"

新时代诗歌要形成的自己的美学风范，应该具有现代意识。现代诗自诞生以来，就一直在现代化的探索之路上。从《女神》对《草叶集》的现代化转换，到"九叶派"诗人对新诗现代化的探索，再到朦胧诗人、后朦胧诗人对西方现代派诗歌的借鉴，新诗现代化走出了一条属于自己的道路。新时代是一个走向复兴的时代，是一个具有无限包容性与可能性的时代。这就要求诗人们大胆探索新诗现代化道路，大胆借鉴西方现代诗歌的优秀成果，使自己的诗歌创作充满独特的艺术魅力。

打造新时代的新"边塞诗"

什么是新时代的军旅诗？就是中国军队发展到新的历史阶段催生出的、能够反映新时代军队风貌的、具有独特艺术水平和价值的诗歌作品。新的形势和任务，使当代军旅诗面对着新的机遇和挑战。

认清新时代军旅诗的历史方位

人民军队建立90多年来，军旅诗作为中国现当代诗歌的重要支脉，推出了众多诗歌名篇，成长出一大批杰出的诗人。今天，因为新老交替尚未完成等原因，军旅诗创作队伍显得底气不足、信心缺失。这个问题，与找不到新时代军旅诗的历史方位不无关系。一是要认清新时代军旅诗是新时代诗歌的重要组成部分。不管创作环境如何改变，军旅诗都是中国当代诗歌的重镇，在民族文化振兴中有着像唐代的"边塞诗"一样独特的地位和作用。二是要认清新时代军旅诗在弘扬主旋律中的重要职责。在中国特色社会主义进入新时代的历史关头，参与构建和发展中国特色社会主义文化，是军旅诗人在新时代的重大历史责任。军旅诗是诗歌中的天然主旋律，要积极把握大势，为新时代奉献出弘扬主旋律的精品力作。三是要认清新时代军旅诗在"培根铸魂"中的重要作用。纵观中国历史，诗歌一直在抒写家国情怀、凝聚人民情感、激励民族精神等方面发挥着重要作用。进入新时代，中华民族要克服前进道路上的艰难险阻，必须有"强大的精神支柱"，而诗歌作为文学作品中最具活力和情感温度、最能直接鼓舞人心的样式，一定会在构筑中国精神中发挥独特而重要的作用。军旅诗更是责无旁贷，理应走在前列。

找到新时代军旅诗突破的瓶颈问题

现在人们常说，诗歌的影响力越来越小，军旅诗的影响力也越来越小。究其原因，有社会和人们思想深刻变革、各种娱乐方式和手段的冲击等，也可以在我们的诗歌创作中找到缘由。一个时期以来，诗歌与现实生活脱节，逐渐演变为诗人抒发个人"杯水风波"的文字游戏，这个现象不可忽视，军旅诗创作也到受影响。进入新时代，军旅诗创作要关注以下几个方面：一是走出小我，拥抱时代。诗歌不光是给诗人读的，更是给人民读的。作为军旅诗人，必须把笔触伸向中国军队取得的日新月异的变化和巨大成就，彻底解决抒写现实能力不够的问题。二是坚定自信，尊重传统。当代军旅诗创作中，有的注重借鉴外国诗歌作品，忽视继承中华优秀文化传统。在技巧上，很多作品生硬移植外国文学作品，而忽视了官兵们的审美标准和需求。作为军旅诗人，要传承好中华文脉，在继承的基础上创新，让新时代军旅诗焕发出时代光彩。三是格调高雅，基调明亮。正是因为犯了远离生活、远离人民的"脱离症"，诗歌作品出现了格调低下、基调灰暗等问题。在这方面，军旅诗也或多或少地受到了影响。在中华诗歌史上，诗歌历来是介入现实的，不是自弹自唱的；历来是鼓舞人心的，不是颓废低迷的；历来是温暖人心的，不是带来黑暗的。军旅诗一定不能沾染世俗风气、丧失理想风骨，要挺立在时代潮头，有效地激励中国军人彰显英雄气概，培育尚武精神，也要为全社会提供奋发进取的精神力量。四是艺术优劣，人民评判。这涉及诗歌的评判标准问题。一段时间以来，什么是好诗，什么是差诗，好像只有少数人说了算，造成有些读者认为读不懂的才是好诗。强调现代性，而忽视了传统；强调先锋性，而忽视了人民性和可读性；强调实验性，而把文本实验作为艺术的唯一标准，这些观点对于诗歌创作都是无益的。其实，人民是诗歌作品优劣的唯一评判者，被人民所喜爱，在人民中长久流传，才是诗歌作品的最重要的评价体系。军旅诗歌作品，一定要让官兵爱读，读后过目不忘，而且读后能够滋润灵魂、产生精神力量，这才是真正好的军旅诗。

完成新时代军旅诗的经典化过程

当前，军旅诗创作之所以面临着影响力下降、读者减少，军旅诗人之所以存在自信不足的问题，有一部分原因是没有形成新时代军旅诗的气象和格局。在打造新时代军旅诗新气象方面，军旅诗人还要进行艰辛的努力和探索。新时代，呼唤军旅诗人的总体性写作，呼唤军旅诗的经典化进程。一是形成自己的独特审美。从军旅诗的传统来看，就是要有国家情怀、正大气象和铁血品格。而这些，正是我们必须坚守的精神宝藏，也是新时代军旅诗应该形成的新审美。二是在艺术上打造新气象。只有形成了革命战争年代一样的经典作品，才标志着新时代军旅诗形成了自己的新格局。这就需要军旅诗人们抵近改革强军大潮下的军旅生活现场，创作出更多时代特色鲜明的军旅诗作品，在新时代写出新"边塞诗"。三是要大胆吸收借鉴外国诗歌的优秀成果。认真借鉴世界各国人民创造的优秀诗歌作品，使新时代的军旅诗因借鉴而生动，因创新而精彩，形成自己独特而丰饶的样貌。

军旅报告文学的转型与拓新

报告文学这一文学体裁，与报纸副刊密切相关。这一文体是基于新闻传媒特别是报纸而起源，在新闻报道和文学作品之间相互借鉴与拓展逐渐演化而成。在纸媒占据主导地位之时，报纸副刊和文学期刊对于报告文学的推动起到了主阵地作用。实际上，许多著名的记者，如范长江、刘白羽、魏巍等，本身就是优秀的报告文学作家。在国外，海明威等很多著名作家都当过战地记者。

因此，报告文学既是一种新闻形式，也是一种文学形式；报纸副刊既属于新闻学范畴，也是文学的重要阵地。对于广大读者来说，阅读报纸副刊，不仅仅是为了深入了解新闻事实，更是陶冶道德情操、提高品德修养的需要，所以报纸副刊常常被誉为"精神家园"。由于报告文学作品是集新闻性、文学性、史诗性于一体的文学体裁，其在报纸副刊占据着重要地位。作为中央军委机关报《解放军报》的副刊，"长征"一直牢记初心使命，高擎精神火炬，坚守文化高地，持续刊发了大量有风骨、有温度、有质地、有品位的报告文学作品，在全国报纸副刊中具有很强的辨识度和广泛的影响力，深受读者朋友的喜爱。

新时代的舆论传播环境，已进入全媒体时代。新闻传播的载体和方法手段等，都发生了深刻变革，这不可避免地给报告文学文体带来挑战。笔者认为，"全媒体"这一概念，有三层内涵：一是对于传播主体来说，已由传统的新闻机构演变为人民大众，人人都有麦克风，人人都是信息源。二是对于传播形态来说，已由单一的文字、图片演变为综合运用声、光、电，更加直观立体。三是对于传播手段来说，已由纸媒、广播电视媒体，扩张为涵盖上述媒体的多媒体（如电脑、手机），使传播具备了包括文字、图像、动画、声音和视频等多种手段。在全媒体时代，受众获得的新闻信息更及时、更直观、更立体、更多元，给军旅报告文学的写作、传播带来深刻影响。原来依赖单一媒体传播、没有全媒体时代冲击与分流的报告文学，面临着何去何从的艰难选择。本文从全媒体时代的角度，以《解放军报》的"长征副刊"近年来刊发的优秀报告文学作品为例，探讨新时代报纸副刊报告文学的转型与创新。

把握时代性，在全媒体"语境"中保持嘹亮之声

我们正处于强军兴军的新时代，这个时代给军事文学以更加丰赡辽阔的题材和视域。纵情讴歌强军新时代，理应成为军事文学的主旋律，而这旋律里应该包含着更加昂扬的基调，更加丰富的语言，更加独特的视角，更加多彩的样式。全媒体是信息传播的历史趋势，报纸副刊做好媒体融合发展的大文章，在网络时代保持自己的影响力，刊发与新时代匹配的优秀报告文学作品，最重要的是把握时代性，明确自己的发展理念、路径和方法。

一是坚守核心价值。无论媒体样态、舆论环境如何改变，报纸副刊的"根"不能改，"魂"不能丢。作为中央军委机关报的副刊，"长征"永远是党的"喉舌"，记录伟大时代、讴歌人民军队、书写广大官兵，是"长征副刊"永恒不变的职责。"长征副刊"要始终聚焦部队中心工作、聚焦练兵备战，把"军味""战味""硝烟味"落实到版面上。"长征"的目光，要远向着强军兴军聚焦；"长征"的战鼓，要远为备战打仗擂响；"长征"的颂歌，要永远为时代英雄高唱。

二是转变叙事方式。不吸引受众就没有传播效果。过去，由于媒体单一，且具有明显的权威性与"话语权"，受众可以选择的消遣方式也并不多，因此，大部头的、写作技巧并不出众的报告文学作品，也可以有一定的读者。如今，原来以新闻性为主要依托、以纸媒为主要阵地的报告文学，受到丰富多彩娱乐形式分流受众、纸媒阵地不断萎缩等影响。在这样的全媒体"语境"中，报告文学如何保持嘹亮之声就显得尤为重要。因此，必须转变叙事方式吸引读者，放下身段，突出精短，写出个性，增加细节，提高技巧，平等交流，以达到吸引读者的目的。近年来，"长征副刊"上的报告文学作品，在转变叙事方式上进行了可贵的探索与实践。

三是借助新媒体力量实现立体传播。对于新闻传播来说，挑战往往意味着机遇。传统媒体与新兴媒体不是取代关系，而是迭代关系，也不必去分谁强谁弱，而是要优势互补。有了这样的观念，就可以在深刻变动的传媒格局中化"危"为"机"。报告文学虽然是基于文学形式传播的，但可以通过制作插图来实现图文并重，也可以借助新媒体的力量为传播插上"翅膀"，实现立体化。近年来，我们借助科技的力量，探索让"长征副刊"的报告文学作品从单一的语言文字叙事实现多媒体叙事，从纸质媒介到电子媒介。比如，在作品后面附上二维码，受众可以通过手机扫码听音频、看视频，

"扫一扫，更精彩"。再比如，通过解放军报微信公众号、陆军新闻公众号等新媒体，请名家朗诵"长征副刊"的精短报告文学作品，或是将作品拍成小视频。这些形式实现了立体传播，受到年轻官兵的欢迎。

增强指导性，在全媒体传播中做服务中心的"文学轻骑兵"

报告文学是记录时代风云的，副刊是服务中心工作的。所以，副刊的报告文学作品，必须在全媒体传播中进一步增强指导性。可以说，只有当好服务中心的"文学轻骑兵"，报告文学才能焕发光彩，副刊才能保持正确方向。

一是生动描摹强军画卷。时代性是报告文学最基本的特征。"长征副刊"具有关注时代风云、关注军队发展进步的优良传统。部队的中心工作在哪里，"长征人"就会追踪到哪里，"长征"的号角就会吹响到哪里。每当国家、军队有大事，"长征副刊"都会浓墨重彩发表记录重大事件的报告文学，刊发过《人民利益》《党员本色》《奔涌的潮头》等影响巨大的作品。近年来，伴随着国防和军队现代化建设脚步，"长征副刊"精心记录和描绘着人民军队强军兴军的壮丽画卷。以近年来获得"长征文艺奖"的作品为例，现实题材作品占了相当大的比例。如《三问苍穹》讲述了中国航天员执行重大任务的传奇故事；《逐梦海天问》以独特的视角，讲述了全军挂像英模人物张超为实现强军梦付出的牺牲；《长剑啸九天》以生动的笔墨，聚焦火箭军战斗力生成；《黄连长巡逻记》则重点关注戍边将士的战备生活……如果将这些作品排列在一起，就组成了强军新时代的写实长卷。

二是致力聚焦练兵备战。把军味战味熔铸进文字里，把汗水味硝烟味落实到版面上，是"长征副刊"孜孜以求的品位。在近年来获得"长征文艺奖"的作品中，直面演习、实战化军事训练的作品一直是最受关注的。把笔墨投向基层官兵，把镜头对准演训场练兵备战的火热生活，这是"长征副刊"报告文学作品的鲜明导向。如《突击，突击》聚焦于"北斗"攻坚团队敢于亮剑、勇于冲锋、无惧挑战的英雄胆魄。《迎着亚丁湾的海风》《只为下一站高飞》《群山的心跳》《我们点亮星空》等作品，直面练兵备战一线，真实刻录官兵的昂扬斗志和铁血意志。

三是倾情抒写英雄情怀。在"长征副刊"一个个版面累积起来的文化高地上，巍然站立着人民军队灿若群星的英雄方阵。彭继超的《永远的马兰花》，从一盆摆放在邓稼先家里的"令人怆然心动"的马兰花入手，以独特的视角，写出了"两弹一星"

元勋邓稼先的伟大人格和高尚情怀。正如"长征人物奖"颁奖辞所写："没有比脚更长的路，没有比人更高的山。将奉献，隐匿于荒原，将伟大，隐藏于平凡。一声惊天巨响，换来一片晴空大地；一生攀登跋涉，为了一句无声的誓言。战士的果敢、智者的深邃，都在你身体中流淌，一段无悔的青春，化作戈壁上那朵最美的马兰。"《坚守6号哨位》，着墨于"八一勋章"获得者、战斗英雄韦昌进所坚守的"这潮湿的哨位"，栩栩如生地写出了年轻士兵血染的风采和"为了胜利，向我开炮"的英勇无畏。官兵们正是通过这些报告文学作品，更加立体地认识了英雄，更加理解了英雄的精神，也从中汲取了源源不断的精神力量。

四是始终着眼铸魂育人。文化的力量最持久深沉，也最润物无声。"长征副刊"一直坚持用报告文学作品引导官兵自觉传承红色基因。获得"长征文艺奖"的报告文学《初心如此壮丽》，讲述了1920年早春，陈望道在家乡翻译《共产党宣言》的精彩故事。那墨汁的甜味，正是信仰的味道，也是一位共产党人应有的精神境界与价值追求。《永远的军姿》讲述了老英雄张富清坚定信仰，淡泊名利的人生故事。这些作品，都是用今天的视角，生动的语言，重新讲述着传统故事，续写着红色传奇，力争通过精彩而感人的叙述，打通历史的隧道，让红色血脉奔腾流淌。

近年来，"长征副刊"报告文学作品的传播力、影响力在全媒体"语境"中稳步扩大：多篇作品获得中国新闻奖，在各类年度报告文学选本里，"长征副刊"刊发过的作品不时出现；"学习强国""中国作家网"等主流网站和学习平台经常从"长征副刊"选载作品。

提高艺术性，在全媒体时代讲好强军故事

全媒体时代是报告文学必须转型的时代。原来报告文学的纪实功能、新闻功能，由于人们获取信息的渠道大大拓展，已变得不那么重要。但是，社会越发展，技术越发达，生活越纷繁复杂，人们对高质量精神生活的追求会越高。受众不是不爱听故事，而是要看你怎么讲这个故事。报纸副刊只有提供更有品质、更有温度的作品，才能在全媒体环境中站稳脚跟。从这个意义上说，报告文学作品只有提高文学性、艺术性，才会实现全媒体环境下的有效传播。那么，如何讲好新时代的强军故事？

一是写作风格之探索：宏大与精微相结合。报告国家、军队的重大事件，很多作品习惯于构建宏大的叙事结构，追求汪洋肆意的语言风格。进入全媒体时代，受众对

这种方式产生了审美疲劳。这就要求报告文学写作必须做出改变，从重视新闻性到重视故事性，从强调宏大叙事到关注细微的日常生活。为了适应这一转变，有人提出了"非虚构"这一概念。其实，概念并不重要，重要的是找到适应时代、实现转型的方法。"长征副刊"对报告文学的写作的要求是，既要坚持军事文学的优良传统，提高政治站位，书写国之大事、军队大事，为国家和军队"留史"，也要深入生活，发现日常训练、备战打仗中的闪光瞬间，为普通官兵的生活"立像"。比如《古田会议的前前后后》记录的是重大历史，一笔一墨皆可见时代风云、历史光彩。《坚强的父亲养育坚强的兵》，则写了"排雷英雄"杜富国，和他的父亲杜俊的日常生活。写了杜俊看到病床上刚刚经历生死考验的儿子时的肝肠寸断，也写了他重返儿子部队、踏上雷场时的深情和心潮澎湃。这些片段，总能折射出家国大义，不能不说主题就不重大。其实，越是宏大的主题，越需要感动人心的细节；越是精微的日常，越需要从中折射时代之光。做到两者的结合，自会产生新时代报告文学的精品力作。

二是叙事方式之转变：尝试跨文体写作的可能性。有人说，报告文学写作的文学性、艺术性能否有突破就在于能否跨越文体。这从一个侧面反映出在媒体融合的时代，报告文学的写作也要追求融合。客观上，文学形式的相互兼容性，为提高报告文学写作的艺术性提供了新的路径与可能。"长征副刊"分三次连续刊登的反映"人民楷模"王继才守岛32年感人事迹的报告文学作品《岛》《家》《旗》，就进行了跨文体写作的实验。有评论指出，新闻、小说、散文、诗歌等多种文体要素在这3篇报告文学中得到了有机融合，使文本兼有小说的悬念、新闻的简洁、散文的抒情、诗歌的灵动。"巧妙营造戏剧性的冲突场面，成为本部作品的一个突出亮点""写作者借鉴电影与纪录片的表达技巧，用立体的思维与角度观察人物，使作品富有画面感"。《逐梦海天间》充分运用了抒情散文的"代入式"写作方法，以朋友的视角，讲述了张超如何将对妻子的爱，升华为对祖国和人民的挚爱。他的深情和体贴，让人感到温暖，也让人看到了一个英雄的柔情。跨文体写作，为报告文学的写作提供了新的发展空间，注入了新的活力，使故事更生动、更多彩、更吸引人、更耐人寻味，自然也更能打动人、感染人。

三是实现路径之转换：从提高"四力"入手。文学是泉水，涌出的泉水有多少，在于你对大地的挖掘有多深。进入强军新时代，报告文学要讲好故事，必须深扎基层、走向战位、迎向硝烟。获得"长征文艺奖"的报告文学作品《重返战位》，是作者数次赴东北实地采访，从几十万字的采访笔记中提炼出来的。这篇生动感人的作品，讴歌了用生命守护国家某重点试验平台的老兵姜开斌等人的英雄壮举。报告文学需要敏锐的洞察力。只有登高望远，才能把握大势；只有做时代的瞭望者，才能真正更好地成为时代的记录者。如何从平凡中发现非凡，如何从日常生活中发现亮点，考验着报告文学写作者的眼力。《坚强的父亲养育坚强的兵》一文中，正是作者敏锐地发现一张珍藏于手机里的照片、一次转发到朋友圈里的留言，才让杜俊、杜富国父子的家国情怀变得愈加清晰，仿佛伸手可触。提高笔力，对于报告文学作品来说尤其重要。笔力来自于汗水的积累，也来自于对写作的长期坚持。脑力决定作品的思想性，也决定作品的指导性。对于报告文学作者来说，面对全媒体时代的受众，就要用最短的文字，写出对一个新闻事件的解读，对于一个新闻人物的理解，而这些离不开写作者对于新闻的深刻思考和准确判断。即使对于写作而言，脑力也可以决定作品的艺术性。比如，在"长征副刊"刊发的一些精短的报告文学作品中，读者总会发现一条叙事弧线的存在，使所讲的故事更加曲折、生动、有趣。

四是表达方式之借鉴：从文字表达到多媒体叙事。全媒体时代，已不仅仅是"读图时代"，随着5G技术和移动互联的进一步深化，越来越多的年轻受众其实已经进入了"看短视频"时代。如何借取新媒体的力量，走纸媒与新媒体融合之路，探索报告文学作品"图文声像一体化""融媒传播立体化"，将成为未来报告文学创作新的生长点。内容是王道。报纸副刊生产出的优秀报告文学作品，如何在全媒体时代挺进主战场、在移动互联条件下实现"华丽转身"，达到"光彩四射"，考验的是新闻媒体改革重塑的成果，考验的是媒体融合的力度。"我们永远在长征"，因为长征没有终点，只有新的起点。

新时代军队报纸副刊的阳刚之气

中国特色社会主义进入了新时代，国防和军队建设也进入了新时代。这就是军事新闻人所要面对的新的历史方位和时代坐标。全面提高新时代备战打仗能力，是习主席立足实现"两个一百年"奋斗目标、实现中华民族伟大复兴中国梦的战略全局高度，对新时代提高打赢能力提出的核心要求，明确了军队全部工作的聚焦点、着力点和落脚点。全面提高新时代备战打仗能力，推动军队一切工作向能打仗、打胜仗聚焦，具有重大的现实意义。紧紧围绕中心工作，积极服务备战打仗，是坚持"军报姓党"的必然要求。近年来，"长征副刊"作为《解放军报》的重要组成部分，以文学的手段传递新闻，以艺术的情怀传播价值观，以独特审美形成阳刚之气，大力倡导军人的"风花雪月"，走进官兵的精神世界，在服务备战打仗方面发挥了独特的作用。

与备战打仗的时代强音同频共振

在强军新时代，军报副刊何为？"长征副刊"作为军报的重要组成部分，不断面临着如何更好聚焦中心、服务中心的课题。"跟"得太紧了，和新闻版面容易"撞车"，且因为缺乏情感温度和灵魂韵味，令读者不喜爱、不认可；"跟"得太远了，就会与中心工作脱节，版面成为纯文学的"孤岛"，失去军营"烟火气"，读者也不喜爱、不认可。近年来，在聚焦备战打仗这个中心工作方面，"长征副刊"进行了艰辛探索与实践：

一、同频共振，就要努力聚焦。党的十八大以来，军队能打胜仗，是习主席从实现中国梦强军梦战略高度深深思考的课题。"我想的最多的就是，在党和人民需要的时候，我们这支军队能不能始终坚持住党的绝对领导，能不能拉得上去、打胜仗，各级指挥员能不能带兵打仗、指挥打仗？"这一"胜战之问"，萦绕在习主席的心头，也是解放军和武警部队官兵必须用实际行动问答的问题。三军将士闻令而动，在处处军营掀起实战化训练热潮，绘成一幅幅波澜壮阔的强军画卷。如何在报纸副刊展示这样的画卷？这就需要聚焦：把"长征副刊"做成一个记录历史大潮的文学范本——从这个范本中，读者可以清晰而鲜明地感受到，近年来中国军队实战化军事训练的壮阔图景。为了展示实战化训练的图景，近年来，"长征副刊"刊发了200多篇直面军队训练场的精短报告文学作品。这些作品中，有名家和专业作家，但更多的是来自基层部队一线的业余创作骨干。这些精短作品，或写人，或记事；有全景式的扫描，有局部细节的描绘。都带着硝烟味泥土味，都流淌着基层官兵训练时的汗水，都近距离地生动描绘着中国军队训练场上的动人故事，让读者触摸到中国军队近年来实战化训练的蓬勃脉动。

二、同频共振，就要自觉延伸。军报副刊的本质是什么？副刊具有"从属性"，即必须紧紧围绕服务党和军队工作大局，作为新闻版面的延伸，关注部队热点，指导部队工作，只有这样才能使副刊不是报纸的"附张"。同时，副刊也具有"自主性"，即通过更独特的视角、更丰富的情感、更细腻的语言讲好强军故事，只有这样才能做到副刊不"副"。近年来，我们在强调"自主性"、提高作品文学品质的基础上，致力于做好副刊是新闻版面自然延伸的工作。比如，随着我军联合作战的观念不断深入和联合作战体系的不断完善，联合文化建设的重要性日益凸显。为此，我们专门在"强军文化论"专栏推出关于联合文化建设的"头脑风暴"系列文章。《联合制胜的文化之"道"》《"联心"之路，我们可能遇到什么》《合编后，怎样奏好联合"交响"》等文章，在习主席视察军委联合作战指挥中心后连续推出，以文化评论的形式，反映了各单位联合文化建设的有益探索和实践，也为全军官兵中树立联合作战观念起到了积极推动作用。这也使得副刊与前面的新闻版面实现了无缝链接。

三、同频共振，就要搞好融合。副刊必须与新闻版面形成"生命共同体"，才能立得住、走得远，传得响，因此我们十分注重这种与新闻版面的融合工作。一是在重大庆典中有作为，结合建军90周年、新中国成立70周年等，我们先后受中央军委政治工作部宣传局委托，举办了"与改革同行""强军进行时"等全军文学征文活动，引导全军和武警部队的文学创作向中心工作聚焦、向备战打战聚力。二是在重要会议活动中不缺席。2019年初，中央军委军事工作会议召开期间，"长征副刊"连续两天以整版篇幅推出一部名叫《前线》的话剧作品（缩写版），并配发了《习主席为何提起话剧〈前线〉》《前线在哪里》两篇评论文章，呼吁官兵永远翘首世界军事战略高地、勇敢向未来战场进军，在官兵中引起强烈反响，有的部队党委中心组还把这两天的"长征副刊"作为学习材料。2018年初，中央军委举行开训动员大会之后，"长征副刊"也随即推出了《时刻准备上战场》等报告文学作品。三是在热点事件中显身手。副刊作品的先天优势，就是"收藏品"，不是"易碎品"，在热点事件中深耕细作，才能更加凸显这种优势。近年来，"长征副刊"紧跟热点事件深入挖掘，刊发了不少激励官兵士气的作品。如"排雷英雄"杜富国的事迹成为热点后，"长征副刊"第一时间推出了报告文学作品，受到基层官兵的关注和点赞。

把"硝烟味"落实到版面上

习主席在视察解放军报社时强调，新形势下办好解放军报，必须坚持军报姓党。作为中央军委机关报、党在军队的喉舌，解放军报本质上是党的报刊，必须坚定地传递党的声音。进入新时代，军队要牢固树立战斗队思想，军队新闻单位也要牢固树立战斗队作风。近年来，《解放军报》"长征副刊"积极聚焦练兵备战，坚决克服新闻宣传中的"二八现象"，努力使舆论引导向主责主业聚焦，让军报副刊真正洋溢出军味，把"硝烟味"落实到版面上，营造备战打仗的浓厚氛围。

一、强化官兵备战打仗意识。强化官兵备战打仗意识，军报副刊的作用是独特的，也是新闻版面无法取代的。因为文艺作品的重要作用就是启迪思想、陶冶情操、温润心灵，就是以文化人、以文育人、以文培元。换言之，文艺作品影响人润物无声，更加深入、持久。"长征副刊"刊发的作品，正是向着这个方向努力。1944年，经毛泽东主席推荐，一部话剧在弥漫着硝烟的抗日战场被战士们观看。这部叫作《前线》的苏联话剧，激励着官兵斗志，推动着战斗力提升，为夺取世界反法西斯战争的最后胜利发挥了重要的精神作用。多年之后，习主席在军队一次重要会议上的讲话，让它重现时代光彩。习主席告诫全军，我们千万不要做苏联话剧《前线》中那个故步自封的戈尔洛夫。2019年初，"长征副刊"刊发了这部作品，并在评论中指出：兵只有为打仗而养，才能为打仗所用。明天的前线，一定让它每时每刻呈现在我们面前，呈现在我们的军事斗争准备中，这是当前我们重温《前线》的目的所在。稿件迅速引起强烈反响，被官兵称为"有力的思想武器"，许多单位组织官兵进行了力戒"客里空"的大讨论，强化了官兵练兵备战的意识。

二、服务官兵提高备战打仗本领。运用报纸指导工作，是我党的光荣传统。军队报纸作为"无声的指导员"，在练兵备战中也可以发挥重要作用。作为报纸副刊，在引导官兵阅读文艺作品、书籍，观看影视剧等方面，要发挥独特引领作用。要把需要传递给官兵的思想，融汇在文章里，呈现在版面上，真正起到春风化雨般的作用。2018

年，中央军委隆重召开开训动员大会，习主席向全军发布训令，号召全面加强实战化军事训练。从我军历史看，提升实战化军事训练效果，强军文化的作用不可忽视。为深入探索实战化军事训练背景下打造强军文化的途径，充分彰显强军文化的战斗特质，提高官兵的打赢本领，"长征副刊""强军文化"专版及时推出了"实战化军事训练的文化思考"系列文章，刊发了《长剑飞天的闪亮坐标》《"磨刀石"的哲学》等稿件，给官兵以深刻启迪。2018年进入新年度，"长征副刊""迷彩书屋"版第一期的主题就是"阅读兵书"。刊发了题为《把目光投向未来战争》《在波澜壮阔的战史中前行》等文章，并在编者按中指出：作为军人，最好的阅读就是研读兵书，最美的姿势就是研究和准备战争，号召官兵掀起一个阅读兵书的热潮，提高练兵备战本领。

三、多重维度培育官兵战斗精神。进入新时代，军队报纸副刊也要求新、求变。"长征副刊"要吸引官兵，必须努力做到文艺性与新闻性融合，指导性与可读性兼备。以文学的手段，从不同侧面培育官兵的战斗精神，是重要路径之一。

一是让传统故事开出时代新花。在"长征副刊""军事发现"专版中深入挖掘军史记忆，打通历史与现实之间传承红色基因的纽带。2019年以来，刊发了《志愿军入朝第一仗》《八路军的"精神手榴弹"》《两任王师长：靠前指挥血洒疆场》等军史中的珍闻，让官兵在阅读传统故事中砥砺战斗品格。配合"不忘初心、牢记使命"主题教育，在"文学作品"专版开设"回望初心"专栏，刊发了《山中怀玉》《闽东巾帼》等12篇作品，生动讲述革命先烈的战斗故事，展现军人用生命和鲜血捍卫荣誉，用牺牲和奉献保家卫国的高尚情怀。在"烽火影视"专版开设回顾红色经典、正能量优秀影片赏析等专栏，引导官兵关注和欣赏优秀影视作品，在优良传统中汲取精神养分。

二是热情讴歌强军人物。在社会风气和传媒生态深刻变动的今天，作为解放军报的副刊，就是要理直气壮地把宣传英雄模范作为自己的重要职责和使命。因此，近年来，"长征副刊"格外关注和垂青英模人物。经中央军委批准，增加林俊德、张超为全军挂像英模后，"长征副刊""人物纪实"专版很快推出了反映"献身国防科技事业杰出科学家"林俊德的报告文学《大漠深处 耀眼光华》和"逐梦海天的强军先锋"张超的纪实作品《逐梦海天间》。2017年，中央军委颁授"八一勋章"和授予荣誉称号仪式隆重举行后，"长征副刊"推出了反映"八一勋章"获得者韦昌进战斗事迹的《坚守6号哨位》等报告文学作品，引起社会反响，并多次在军地获奖。在书写英雄中，"长征副刊"倡导的是真实细腻的抒写和震撼心灵的表达。2018年9月，作家彭继超写的反映邓稼先事迹的报告文学《永远的马兰花》刊出后，邓稼先的夫人许鹿希教授手捧着"长征副刊"泪流满面，连声称赞写得生动感人。2019年，在新中国成立70周年之际，国家表彰一批"最美奋斗者"，"长征副刊"立即精心选出部分英模，委托军地知名诗人进行创作，推出"致敬，最美奋斗者"诗歌专版，作为献给英雄的礼赞，受到社会各界好评。

三是细腻描摹官兵心灵。文学作品要有力度，更要有温度。近年来，"长征副刊"在这方面也进行了有益尝试，在"士兵面孔"专版中，我们聚焦备战打仗的普通士兵，向读者传递士兵最动人的细节、最真挚的情感、最值得记忆的青春片段，把中国士兵的战斗精神和热血情怀向心灵升华，向信念延伸。读者读到以"泪光闪烁""倔强生长""迎风奔跑"等为主题的版面后，纷纷称赞"读到了中国士兵闪光的心灵"。

阳刚之气与副刊之美

我们正处在强军兴军的伟大新时代，官兵期待着有一块心灵园地，能够读到有时代气息、有热血温度、能够浸润灵魂的文艺作品。随着全媒体时代的到来，社会多元化趋势加速，新媒体异军突起，传统媒体迎来了前所未有的新挑战。如果一个报纸的副刊，没有精准定位，没有自身特色，没有丰富的内容，没有独特的品位，就很难吸引受众。

如果把报纸的版面铺开来，《解放军报》"长征副刊"就会形成一条雄浑的纸质河流。阅读这条奔腾的河流，读者就会发现一个审美特征：阳刚。把军报打造成留住读者的园地，打造成"政治上更强、传播上更强、影响力上更强"的高地，打造成服务备战打仗的阵地，要求"长征副刊"必须具有阳刚之气。

"长征副刊"阳刚之气的形成，有着深厚的历史传统。一代又一代"长征人"，以青春为笔，以汗水作墨，书写了"长征副刊"的一个又一个辉煌。在接续奋斗下，有着军队特色的、符合时代特点的、为备战打仗提供支撑的、富有阳刚之气的"长征副刊"，越来越在全国报纸副刊中显得独树一帜，影响力也在不断扩大。下一步，"长征副刊"还要继续"长征"：

打造阳刚之气，"长征副刊"必须有"魂"。这个"魂"就是办报的方向和灵魂。必须坚持政治家办报，使文艺作品同样具有坚定正确的政治方向，始终紧扣时代脉搏，唱响强军主旋律。

打造阳刚之气，"长征副刊"必须有"骨"。好的副刊，不可无风骨。每一件文艺作品，都要有很强的思想性、指导性、服务性，有很强的辨识度，让读者一看就是具有风骨的好文章，从而留住读者。

打造阳刚之气，"长征副刊"必须有"肉"。每一篇文章都要生动活泼、有血有肉，靠故事感动人心，靠叙述增添魅力，靠细节打动读者，给读者留下深刻印象。

打造阳刚之气，"长征副刊"必须有"情"。充分调动和运用情感的力量，带着感情发现线索，带着感情编发稿件，带着感情呈现版面，使副刊的稿件有心灵的热度、情感的温度和精神的高度。

打造阳刚之气，"长征副刊"必须有"格"。作为军报副刊，一定要自己的品格、格调。"长征副刊"是党报的副刊、是中央级大报的副刊，一定不能低俗，而要高尚；一定不能迎合，而要引领。一定不能感染低俗之风，沾染萎靡之气。

打造阳刚之气，"长征副刊"必须有"韵"。这个"韵"就是版面和稿件的美感和韵味。每一个版面，从标题、版式到配图等，都要精益求精，呈现出副刊之美；每一篇稿件，都要有独特的韵味，值得读者细细品味，得到美的感染和熏陶。

军旅诗的突破点

军事文学的繁荣是改革大潮影响下的必然结果。近年来，以军事为题材的小说和报告文学，早已取得了超出军营范围的巨大影响，为全国读者所瞩目和称道。可是一个时期以来，军旅诗似乎一直没有走出它的卡夫丁峡谷，没有出现与小说、报告文学相一致的繁荣局面。从文艺现象学的角度看，这一时期没有出现影响大、涉及面广、为世人所传颂的优秀之作。从作者队伍来看，一些军队诗人近年来把军旅诗搁在一边，把主要精力投入到其他题材的诗歌创作中，真正钟情于军旅诗的专职作者寥寥无几。以读者自身来看，广大官兵普遍反映，一些作品太晦涩、看不懂，另一些作品太直白、不愿看，大部分作品，看了以后触动不大。

我们究竟该怎样看待处于低谷的军旅诗创作？我认为，一方面，纵观古今中外的文学史，透析纷繁复杂的文艺现象，一种文学形式处于低谷，是非常正常的现象，我们不必苦闷，更不应丧失信心。另一方面，文学是人的创造，因此，人的能动作用也同样决定文学的流向与衰荣，只要通过我们部队文艺工作者的自觉努力，军旅诗的迅速繁荣也并非天方夜谭。

那么，军旅诗创作的突破点究竟在哪里？或者说，怎样才能使军旅诗的创作迈向更高的层次？我认为，第一要贴近生活，真正投身到火热的生活中去。不少同志错误地认为，只有战争才是军事文学的源泉，觉得没有战争的烘托，就创作不出厚重的和震撼人心的军旅诗作。这是一种狭隘的创作心理，这些人的军旅诗在和平年代就只能局限于对"站岗""怀乡"等一系列浅表层现实的描述。但是，火热的生活远非这样简单，在改革大潮冲击下的个人心态的复杂性，也并非涉及不到军人，这些都需要我们在改革的大背景下，用马克思主义的观点去深刻地认知和描述。这就要求我们要有健康的奋发向上的创作心理，要热爱火热的生活，要有为军旅诗创作倾尽毕生精力的恒心。

第二，要找准诗歌情绪与军人情绪的结合点。塑造人物尤其是社会主义新人，是当前军事文学所肩负的重要使命，而诗歌自身的特性对塑造形象的限制，似乎使军旅诗远离生活。诗歌是一种情绪化的极富感情色彩的文学形式，它并不通过形象本身，而是通过形象的情绪，或者说感情，来传达时代的脉搏和人民的声音。因此，我们的军旅诗作者们所需要认真考虑的，就是如何使这种诗化的情绪与军人现实的情绪不着痕迹地结合在一起。李瑛、周涛等人的诗作，正是这种目的性（诗歌主人公的情绪）和规律性（军人现实的情绪）高度统一，从而达到了审美的感染作用，使诗作富于巨大的感染力和震撼人心的效果。另外，在找准诗歌情绪与军人情绪的结合点上，切不可忽视军营的特色。我们的军旅诗作者们应该认识到，越是军人的，就越是全体人民的。军营充实紧张的生活，军人博大的胸怀，令人惊叹的奉献精神，对生与死的独特思考等等，都是军旅诗所独具的巨大魅力。如果抛弃表达壮美、雄浑和壮阔的军旅情怀，而表现其他的感受，与其说是一种遗憾，不如说是买椟还珠、舍本求末了。

第三，要警惕消极的文艺思想对军旅诗创作的影响。一个时期以来，反英雄、反崇高的玩文学的态度，似乎成了世界的一种时尚。更令人担忧的是，一些病态的、悲观的、单纯追求感官刺激的诗作，反而被某些人吹捧成新的探索，当成勇于解剖自己的优秀之作。这些人似乎认为，只有灰色阴暗才能表现人的生存力量，只有新奇怪异的表现手法才能追踪人的内心的复杂和冲突，这就从根本上违背了社会主义文艺的精神实质，把文学与人民大众割裂开来。这种思潮使一些军旅诗人不同程度地受到了影响，他们创作出的那些供少数几个人吟咏玩味的作品，最终只能作为精装的垃圾，丢弃在被军人遗忘的角落里。同时，我们绝不排斥探索，但在肃清消极思潮对军旅诗创作影响的过程中，一定要把握好借鉴现代外国诗歌技法与读者心理承受程度之间的关系。我们鼓励技法上的探索和创新，可反对不顾本民族审美习惯、一味机械照搬外国现代诗的表现方式。因为这样做的结果，只能造成诗作与读者之间的隔阂，加深读者对军旅诗的冷漠感，那样就会直接影响到军旅诗创作的成败。

新时代诗歌应克服西方化、小众化、庸俗化倾向
——在"新时代诗歌十年：进步与空间"主题论坛上的发言

这次论坛的主题是"新时代诗歌十年：进步与空间"。它提醒我们，从2012年党的十八大开始的新时代诗歌创作，已经进入了第十个年头。纵观这十年诗歌创作，取得了不少成绩，新时代诗歌从概念提出到形成共识、躬行实践，诗歌界付出了巨大的努力。但不得不指出，目前的诗歌创作也不同程度地存在着西方化、小众化、庸俗化的倾向。在"新时代诗歌十年"这个关键时间节点上，我们有必要全面梳理回顾新诗创作的得失，以利新时代诗歌创作更为健康地发展。

克服"小众化"倾向，树立诗歌创作的大时代观

"小众化"倾向是中国诗坛的一大顽疾。这主要表现在，一些诗人的作品与时代脱节，作品里没有时代的折射、国家的命运、人民的呼声，只有个人的悲欢、私人化的感悟、语言的"客里空"。特别是一些年轻诗人的创作，千篇一律的是个人情感与私人空间的写照，没有时代的风云之气。"入世"一直是中国诗歌的光荣传统。从《诗经》《楚辞》开始，中国古典诗歌的主流一直随着时代跳动。肇始于救亡图存时代的白话诗，像郭沫若的诗集《女神》、艾青的《火把》《吹号者》《向太阳》等诗篇，其核心意象也一直追随着时代。直到20世纪80年代前后，还不时有书写时代风云之气的黄钟大吕般的诗作涌现。大约从20世纪末开始，时代的呼声在中国诗歌中开始渐渐沉寂，书写时代成了"假大空"的代名词，主旋律创作也一直被人诟病。这其中既有主旋律诗歌创作本身的问题，也有我们对诗歌创作的引导不够的问题。新时代是中华民族走向伟大复兴的时代。在这个新的历史方位上，作为文学门类中最为敏感、最富变化、最能领风气之先的文体，诗歌在记录时代方面理应发挥更大作用。

"作家艺术家应该成为时代风气的先觉者、先行者、先倡者"，"任何一个时代的文艺，只有同国家和民族紧紧维系、休戚与共，才能发出振聋发聩的声音"，"为时代画像、为时代立传、为时代明德"，"要树立大历史观、大时代观，眼纳千江水、胸起

百万兵，把握历史进程和时代大势，反映中华民族的千年巨变，揭示百年中国的人间正道"……这些都是习近平总书记关于文艺工作的重要论述，对于新时代诗歌创作如何树立大时代观具有根本指导作用。新时代的诗歌创作，就是要把自己融入新时代，写出新时代的情感、意象、梦想、追求，让诗作在时代的风云中放射璀璨光芒。

克服过度"西方化"倾向，坚守新时代诗歌的人民立场

进入新世纪以来，中国诗歌受到西方的极大影响。我们应该正向地来看待这种影响，但也必须反思其中存在的问题。这种影响不仅限于诗歌技巧，更重要的是诗歌创作的理念。在一些诗人那里，诗歌的来源不是深入生活、扎根人民，而是翻阅书本、冥思苦想；诗歌创作成了个人灵感与技巧的产物，很多作品存在脱离人民、脱离生活、晦涩难懂等问题；没有深刻的主题、找不到讴歌的对象，诗歌作品成为"看似深刻的浮萍"；诗人的创作语言、技巧甚至分行，也盲目地崇拜和模仿翻译自西方的诗作。

这些问题的出现，原因有很多，但最根本的一条，是诗歌创作的人民立场出了偏差。社会主义文艺，从本质上讲，就是人民的文艺。从这个意义上说，新时代的诗歌创作，本质上就是为了人民、书写人民、由人民评判的诗歌创作。

关于人民立场，习近平总书记有过很多重要论述。比如，"文艺创作方法有一百条、一千条，但最根本、最关键、最牢靠的办法是扎根人民、扎根生活"；比如，"歌唱祖国、礼赞英雄从来都是文艺创作的永恒主题"；再比如，"源于人民、为了人民、属于人民，是社会主义文艺的根本立场，也是社会主义文艺繁荣发展的动力所在"。从方法、主题、立场等方面，突出强调了"人民是文艺之母""生活就是人民，人民就是生活"。新时代的诗歌创作已进入第十个年头，在坚守人民立场上，应当形成更为广泛的共识。我们的诗歌应该是来源于人民、来源于生活的。诗歌创作的主题，应该是反映人民的喜怒哀乐，讴歌人民的崇高情感和情怀的；诗歌创作的成果，还要更广泛地让人民群众接受；诗歌的优劣，应该由人民群众评判。对于新时代的诗人来说，个性化的创造是重要的，人民性的书写更是必不可少的。

克服"庸俗化"倾向，塑造高尚的诗人品格

新时代涌现出了不少文质兼美的优秀诗作、德艺双馨的优秀诗人。但不可否认，

诗坛还存在着一些庸俗化倾向：有的作品格调不高，追求低级趣味，以丑为美；有的诗人不在作品本身上下功夫，而是热衷于炒作，博取眼球；有的评论者打着正义的旗号，干着破坏团结、造谣抹黑的行径。在广大人民群众心目中，无论是诗坛还是诗人的形象，都因此受到了不同程度的影响。

进入新时代，是到了重塑诗人形象的时候了。诗人应该是高贵的，广泛受到人们的尊重；诗人应该是圣洁的，带给人温暖、光明和希望；诗人应该是阳光的，在性格上和人格上都应当闪烁光芒。

习近平总书记深刻指出："文学家、艺术家是有社会影响力的，一举一动都会对社会产生影响。大家要珍惜自己的社会影响，认真严肃地考虑作品的社会效果。一个文艺工作者如果品行不端，人民不会接受，时代也不会接受！不自重就得不到尊重！"习总书记还强调，"文艺要通俗，但决不能庸俗、低俗、媚俗。文艺要生活，但决不能成为不良风气的制造者、跟风者、鼓吹者。文艺要创新，但决不能搞光怪陆离、荒腔走板的东西。文艺要效益，但决不能沾染铜臭气、当市场的奴隶。"这些都值得新时代的诗人们认真思考。

什么样的人就会写出什么样的诗。这次座谈的主题是"进步与空间"，就包含着这样的意思——提高诗人的品格、格调，为新时代诗歌的进步提供成长的空间。

吹响强军兴军的号角

——五年来军事文学巡礼

2016年11月30日，在中国文联十大、中国作协九大开幕式上，习近平总书记指出："我们这个时代的中国文学家、艺术家不仅有这样的雄心，而且有这样的能力，一定能创作出无愧于我们这个伟大时代、无愧于我们这个伟大国家、无愧于我们这个伟大民族的优秀作品。"五年来，军事文学创作在改革中前行，在重塑中坚守，在挑战中突破，高举精神旗帜，聚焦备战打仗，涌现出一批优秀作品，生动记录了强军兴军的伟大历史进程，讴歌了人民军队重整行装再出发的精神风貌。

坚守精神高地

如果用一个词来形容五年来的军事文学创作概况，最贴切的莫过于"坚守"二字了。五年来，军旅作家们面对着种种困难与挑战，依然坚守在军事文学的精神高地之上。军事文学，历来是我国文艺工作的重要组成部分；部队的作家、艺术家，历来是我国文艺主力军的重要一翼。无论是革命战争年代，还是社会主义建设与改革阶段，高扬时代主旋律的军事文学作品，始终伴随着人民军队的前进步伐，鼓舞着一代代官兵在党的旗帜下前进。同时，优秀军事文学作品的广泛传播，也让人民群众更加了解、更加亲近、更加信赖人民军队。

文运同国运相牵，文脉同国脉相连。伟大的党领导人民军队的历史，决定了军事文学是天然的主旋律，军事文学作品中洋溢的爱国主义、革命英雄主义等精神，一直以来就是人民群众的重要精神滋养，对中国社会产生着巨大影响，在社会主义精神文明建设中发挥着引领作用。党的十八大以来，经过持续努力，人民军队体制一新、结构一新、格局一新、面貌一新，实现了整体性、革命性重塑。在这样的历史关头，更加需要军事文学为强军兴军记录历史进程，吹响前进号角，提供精神动力。

作家徐怀中的《牵风记》获得了第十届茅盾文学奖，被誉为"开拓了中国战争书写新高度"，是军事文学在国家级奖项中的一个重要收获。它通过战争中"三个人和一匹马"的故事，打造出属于历史也属于作家本人的战争史。五年来，一批优秀的军事文学作品赢得好评。在第七届徐迟报告文学奖评选中，《试飞英雄》《世界是这样知道长征的》《刀尖上的舞者》等作品获奖。在第五届全国党员教育培训教材展示交流活动中，解放军出版社编辑出版的《家·国：人民楷模王继才》《林俊德：献身国防科技事业的杰出科学家》《张超：逐梦海天的强军先锋》等3部报告文学获得"优秀教材奖"。国家有关部门推出的农家书屋推荐书目、中国好书等，《迟到的勋章》《跨过鸭绿江》《红船启航》等军事文学作品也屡屡榜上有名。

五年来，军旅小说取得了不少重要收获。彭荆风的遗作《太阳升起》通过云南佤族窝朗牛一家在新中国成立前后的遭遇，描写了佤族人从原始部落进入新社会的历史进程。在这个进程中，党和人民军队起到了至关重要的作用。这部长篇小说以清新明快的描写，在故事讲述中有机融入佤族的独特风俗、佤山的美丽风物，让读者见证了中华民族大团结的历史。

徐贵祥的长篇小说《英雄山》《对阵》等以独特的结构方式，不着痕迹的跳跃、穿插叙事，在战争背景中探寻生存与信仰、成长与蜕变等诸多哲学问题，丰富了战争历史题材小说的叙事，塑造出更加多元立体的英雄人物。朱秀海的长篇小说《远去的白马》是对"不忘初心"的英雄的歌颂，小说以空灵的笔调、从容的节奏、充满张力的叙述，塑造出赵秀英这个具有强烈传奇色彩的女性人物。她是舍生取义的"大爱"的代表，是革命战争年代女性的典型人物。《远去的白马》是一名军人对前辈英雄的敬礼。远去的是白马，革命前辈创立的功业却永远不会远去。王凯的长篇小说《导弹和向日葵》以独特的日常生活视角观照当代军人的精神生活，并将笔触延伸向当代军人的内心世界，于理想与现实的冲突、放弃与坚守的抉择中，讲述普通军人个体的悲欢离合，折射出的正是作家对生命本质和军队使命的深刻思考。王筠的《交响乐》则再现了抗美援朝第五次战役波澜壮阔的历史画卷，以细腻的描写与从容的叙述，塑造了一批有信仰、有血性的志愿军官兵形象，热情讴歌了革命英雄主义精神。陆颖墨多年把创作目光盯在大海和礁盘上。战士和军犬在岛礁上艰苦异常的坚守，让他的长篇小说《蓝海金钢》情节跌宕起伏，也让小说的英雄情结呼之欲出。此外，石钟山的《五湖四海》、陶纯的《浪漫沧桑》、余之言的《生死叠加》、曾剑的《向阳生长》、王昆的《天边的莫云》等小说，或精微刻画出当代军人的人物形象，或对战争历史进行深入挖掘，建构出独具新质的现实感，描摹出党史军史中的典型人物群像。

五年来，军事文学的坚守者中，不乏女性的身影。裘山山、张子影、文清丽、周鸣、董夏青青等军旅女作家们保持着旺盛的创作活力，创作出一批小说、报告文学、散文和诗歌作品，为军事文学百花园增添了柔情与亮色。"新生代"军旅作家群体的崛起与日渐成熟，使军事文学的坚守更加坚实。王凯、西元、王龙、曾皓、丰杰、高满航等一批青年作家，聚焦部队实战化军事训练，创作了一批兵味战味浓郁的作品，在创作观念和题材选择等诸多方面，丰富了军事文学的多样化表达。

五年来，军旅散文和诗歌继承发扬优良传统，直面"传承红色基因、担当强军重任"的主题，创作更加贴近现实，生动反映了强军兴军伟大实践和官兵奋勇担当、备战打仗的精神风貌。王久辛、曹宇翔、刘立云等军旅诗人分别推出了自己的新时代军旅诗作。

在军事文学理论批评领域，2019年，《中国军旅文学经典大系》出版，收录了军旅文学的代表性作品70卷。《中国军旅文学史（1949—2019）》是一部集学术性和资料价值的当代中国军旅文学大全，也堪称"70年来军旅文学砥砺前行一步步铸就的一座历史丰碑"。《"新生代军旅作家"面面观》是文学界第一部系统性研究、评论、推荐"新生代军旅作家"群体的专著，为广大读者和研究者提供了可靠的阅读参考与学术资料。

抵近强军现场

现实主义的创作方法，深入生活的创作姿态，一直是军事文学的光荣传统。军队作家一直坚守人民立场，使"抵近"成为五年来军事文学创作的第二个关键词。党的十八大以来，强军新时代为军旅作家们提供了更加丰厚的土壤和更加宽广的舞台。五年来，军事文学呈现出向现实主义回归的强劲态势。聚焦练兵备战和"能打仗、打胜仗"，成为军事文学创作的主责主业；深入生活、抵近强军现场的文学轻骑兵，成为创作的常态。在专业创作队伍精简的同时，业余创作队伍稳步成长，作为创造强军兴军伟大业绩的基层官兵，有些正在同时成为军事文学创作的新生力量，这不能不说是一个可喜的变化。

2019年年底，解放军出版社推出了六卷本的"强军进行时"报告文学丛书，作家们深入到各军兵种的部队基层一线，经过了几年的采访与写作，继承和发扬了军旅报告文学轻骑兵的光荣传统，为抵近强军现场做了生动的注解。《中国蓝军》《风动中国》《大国行动》《导弹兵王》等报告文学作品，生动记录了强军兴军的壮阔历程和辉煌足迹，热情抒写了当代军人的动人故事，生动展现了全军官兵在新时代的强军实践和精神风貌。

徐剑的长篇报告文学《大国重器》全景再现战略导弹部队的发展历程，视角宏大，语言充满激情与张力，生动刻画了火箭军部队的发展壮大，是作者深入生活、扎实采访的重要收获。黄传会的报告文学集《站在辽宁舰的甲板上》聚焦新装备，塑造新形象，书写新经验，反映新生活，彰显了军旅报告文学作家的自觉追求，敏锐及时地抒写强军新时代的种种变化。

与军旅报告文学相似，军旅小说也以更开放的姿态迎接与书写着强军新时代。王凯的中篇小说《星光》，虽然书写的是和平时期的军营生活，人物也同样是来自基层连队，但在层层推进的叙述中，小说渐渐有了新时代的光泽，指涉到"初心"的宏大主题。他的短篇小说《洞中》则直接聚焦实战化军事训练，对强军新时代军事演习全过程的描写，让人感受到作家对于新时代精神的感悟与认知，以及透析部队新情况新变化的思辨与写实能力。周鸣的中篇小说《航母故事》以女性视角，细致入微地描写了航母上几位女军人的生存状态及心理变化，背后折射与思考的是"高科技武器装备与军人的结合"等重大主题问题。武器装备的发展，呼唤着新型高素质军人的形象，这也为军事文学如何更好地抵近强军现场，提出了一道深刻而尖锐的思考题。

孙彤的小说《移防》、丰杰的小说《沙场》等，也直面部队移防和实战化军事演习等现实主题，在典型环境中展开叙事，惟妙惟肖地展现人物的内心世界。一些更年轻的作者，也通过创作的军事文学作品，或记录抢险救灾，或书写护航维和，或展现跨国军演等多样化军事任务，切中了强军兴军的现实脉动。

彰显英雄叙事

五年来，军事文学肩负彰显英雄叙事的重要使命，给中国文学留下一道道闪光的印迹。"英雄"成为解读五年来军事文学的又一个关键词。多少年来，高扬着革命英雄主义旗帜的军事文学作品，不仅在军内有着广泛读者，而且在全社会都受到普遍关注。那些流淌着英雄旋律、闪烁着金属光泽、呈现出阳刚气象的军事文学作品，不仅为中国文学提供着强大的精神动力，也参与构建着社会的主流价值观，培养着全社会的健康高尚的审美情操，影响着其他艺术门类的创作。

克劳塞维茨说，物质的原因和结果不过是刀柄，精神的原因和结果才是贵重的金属，才是真正的利刃。人民军队是英雄辈出的群体，最需要革命英雄主义的滋养和传承。进入新时代，军旅作家始终高扬革命英雄主义的精神旗帜，努力发现、宣传新时代英模人物，大力宣扬在强军兴军伟大时代人民军队一往无前的战斗气概、不怕牺牲的血性胆魄、坚韧不拔的顽强意志、勇于争先的进取精神。

在记述英雄故事、书写重大主题、完成重大创作任务方面，军旅报告文学作家从来没有缺席。2021年，军旅作家出版了三部军队支援地方抗击新冠肺炎疫情的长篇报告文学，形成了一次英雄叙事的"集团冲锋"。《武汉抗疫：解放军来了》直击抗疫现场，直面描述了人民军医这一英雄群体，兼具史料价值和文学价值。《决战江城——军队支援湖北医疗队抗疫纪实》全景展示全军部队听从号令，积极支援地方疫情防控，为打赢疫情防控人民战争、总体战、阻击战做出突出贡献的生动实践。《"红区"日志——火神山的日与夜》聚焦火神山这一特殊战场，塑造了无私奉献、英勇奋战、与时间赛跑、与病魔较量的英雄人民军医形象，把真实的抗疫现场书写得惊心动魄、感人肺腑。

长篇纪实文学《迟到的勋章》讲述了抗美援朝著名战斗英雄柴云振的战斗经历，以及隐功埋名、不改初心的人生传奇。军旅作家王龙向历史深处开掘，破译柴云振革命英雄主义的精神密码，塑造了一位志愿军老兵的英雄形象，充满了震撼人心的艺术感染力。丁晓平的长篇报告文学《红船启航》塑造了早期中国共产党人的英雄群像。它从一个独特视角，向读者展现了尘封已久却充满温度的历史。让读者从历史的细节中了解中国共产党是怎样创立的、中共一大是怎样召开的、红船精神是怎样提出和弘扬的、南湖革命纪念馆是怎样建立的，浓墨重彩勾勒出史实的原貌，也为新时代文学的英雄叙事增添了光彩。《家·国：人民楷模王继才》记述了王继才守卫孤岛32年、在平凡岗位上书写不平凡人生华章的故事，全书没有惊天动地的大事件，却通过"一个岛、两个人、一面旗"这些动人细节，真实再现了王继才的英雄形象。作者在深入采访中打捞诸多鲜活细节，于细微处见真情，探寻到王继才"守岛就是报国"的精神密码，为立体书写新时代英雄形象提供了范例。

壮大创作队伍

五年来，军事文学的沃野一直洋溢着生机，萌动着新绿。所以，考察五年来的军事文学创作，"壮大"也是一个关键词。军事文学的优良传统就是最大的推动力。在强军新时代，官兵们时刻被日新月异的军营生活所震撼，被党在新时代的强军目标所召唤，努力探寻着军事文学新的发展空间和新的生长点。

五年来，军事文学在题材、文体、内容、形式等方面都有新的拓展，彰显了军旅文学强大的发展动力和不竭的创造活力。军旅作家们以丰硕的创作成果，为当代军旅文学增添了光彩，为新时代的主旋律文学注入了活力。新时代的军事文学呈现出了不同以往的审美新质，对人类精神空间和英雄叙事的探索也达到了新的高度，文学的肌理更加细腻生动、丰富立体。

必须指出的是，尽管五年来军事文学取得了比较大的成绩，也屡有佳作问世，产生了一批文学新人，但是，军事文学创作与我们所处的伟大强军新时代的要求，与部队广大官兵对军事文学的期望，还相距较大。军旅作家对强军兴军给部队带来的变化、对高科技装备和部队的新体制新编成还缺乏了解，对塑造新时代的英雄形象还嫌乏力。我们的军事文学精品力作不是太多，而是太少。每一位担当使命责任的军旅作家，都应该更加深入地植根于军营的沃土，与强军新时代同频共振，不断提高自己的创作水平，创作出无愧于时代的高峰之作。同时，军事文学的理论批评一直是一个弱项。帮助军旅作家在强军兴军的新时代获得对文艺创作现实的总体性认识，推动军事文学创作繁荣发展，还缺乏催生主动性与创造性的机制和人才。振兴军事文学，必须有针对性地研究解决这些问题，拿出管用可靠的办法。

向着荣光与梦想

——写在《解放军报》"长征副刊"出刊5000期之际

当《解放军报》"长征副刊"标记到"第5000期"字样的时候，一个醒目的路标又在我们眼前高高矗立。

路标，承载的是记忆，铭刻的是征程。此时此刻，站在它的身边，我们情不自禁把目光回望，深情回望一段独特的生命旅途，细细体悟那经由岁月积淀的荣光与梦想。

一

副刊，是一张报纸的重要阵地。作为中央军委机关报，《解放军报》在创刊号上就开始刊登文艺作品。之后，《解放军报》逐渐有了自己的副刊品牌。从最初的"文化副刊"，到1961年1月6日易名的"进军号"，到1962年7月2日再次更名的"文化园地"……这些都是"长征副刊"的源头和血脉。

1975年11月9日，在隆重纪念红军长征胜利40周年的日子里，《解放军报》在当天第3版的右上角上刊发了一篇短文——《致读者》，宣告"长征副刊"正式诞生。从这一天开始，第1期、第2期……"长征副刊"一天一天、一步一步积淀自己的生命厚度。

截至今天，5000期"长征副刊"，已然跨越45年的光华。

二

轻抚那一张张带着时间质感与温度的新闻纸，回看那一次次反复出现的"长征"二字，我们内心充满了深深敬意。

"长征副刊"从诞生那天起，就得到了党和国家领导人、军委领导的关怀与厚爱。毛主席有多首诗作在"长征副刊"上与读者见面；朱德、刘伯承、徐向前、聂荣臻、叶剑英等开国将帅的文艺作品，不时在"长征副刊"上发表。肖华、萧克、张爱萍、杨得志、杨成武、秦基伟、洪学智、吕正操、廖汉生等战功卓著的将军们，也将自己的作品寄给"长征副刊"。长期以来，军委领导或做出批示指示，或推荐惠寄稿件，或对"长征副刊"给予关心支持。这是"长征副刊"享有的特殊荣光，也是激励"长征副刊"不断迈向新境界的不竭动力。

与此同时，一大批军内外作家艺术家为"长征副刊"增添了夺目的光彩。刘白羽、廖沫沙、徐怀中、李瑛、林默涵、叶楠、冯牧、徐光耀、李国文、邓友梅、金敬迈、黎汝清、阎肃、孟伟哉、莫言、李存葆……这一串广大读者非常熟悉、十分亲切的名字，记载着"长征副刊"在军事文艺史上的辉煌。那一篇又一篇精品力作，通过"长征副刊"走进读者心田，也不断夯实着"长征副刊"的底蕴。当然，数十年来，还有无数读者从"长征副刊"开始起步自己的文学人生。他们在"长征副刊"发表的作品，或被国内有影响的报刊转载，或因此获得全国全军大奖。他们中还有不少人逐渐走向文艺界的前沿，成为享誉军内外的文化名家。所有这些，都让军内外读者一次次领略了"长征副刊"的文化魅力，也是"长征副刊"被誉为"军事文化高地"的重要原因。

回首5000期一路走来的足迹，我们愈加深切地感受到，"长征副刊"的荣光，是一代代作者、读者共同托起的荣光。这份荣光永远闪耀在"长征"二字上，也永远留存在一代代"长征人"心里。

三

目光回望，我们一边感受荣光，也一边在认真思考：那一个个清晰可见的足迹背后，到底凝聚着什么？那一篇篇哪怕过去多年、今天读来依然仿若初见的文字，对我们这支军队和广大读者来说，又意味着什么？

这是历史的文学日历，也是时代的壮丽诗篇。"长征副刊"自诞生以来，就始终与国家和军队向前迈进的脚步同频共振，从来没有缺席过一次重大事件。国防和军队改革、边境作战、抢险救灾、维和护航、联合军演、疫情防控阻击战……在波澜壮阔的时代潮流里，人民军队的旗帜在哪里飘扬，官兵的身影冲到哪里，"长征副刊"的眼睛就会在哪里聚焦，文学的号角就会在哪里吹响。在那些难忘的日子里，"长征副刊"以"新闻的速度，昂扬向上、大气庄重的文学品质"，给时代、给今天的我们都留下难忘记忆。这是我们党的新闻和文艺工作的优良传统，也是"长征副刊"的精神坚守。正因为这种坚守，5000期的"长征副刊"就像一面面镜子，从不同侧面映照出我们国家和军队的点滴变化，映照出代代英雄儿女为国家军队建设牺牲奉献的万千风采。

这是广大官兵共有的精神家园。2013年7月10日，"士兵面孔"这个栏目在"长征副刊"上诞生了。开设这一栏目的灵感，来自于"长征"与基层战士的一次邂逅。烈日下战士黝黑的脸颊，成为"士兵面孔"的中心意象。于是，一个以"看到的是面孔，感触的是心灵"为主题的新栏目来到了全军基层战士身边。这样的创意，是5000期"长征副刊"始终以贴近官兵、服务官兵、为官兵构建精神家园为己任的缩影。45年来，"长征副刊"始终把军委首长机关和基层官兵的心紧紧连在一起，用每一个浸透着忠诚与本色的印记，高高擎起爱国主义、英雄主义的精神火炬，在无声中烛照代代子弟兵的心灵世界。在"长征副刊"累积的文化高地上，巍然站立着人民军队灿若群星的英雄方阵。官兵们通过这些作品，更加立体地认识了英雄，更加理解了英雄的精神，也从中汲取了源源不断的精神力量。

高擎精神火炬，坚守文化高地，永远为伟大时代书写、为人民军队书写、为广大官兵书写，或许这就是5000期"长征副刊"，在今天留给我们最多的启示。

四

回望来路，是为了迎接明天更美的朝阳。

今天，走过5000期的"长征副刊"，已经迈入新时代。"长征副刊"如何在新的历史条件下，更好地肩负起自己的使命与担当？这块中国报纸副刊界的老品牌，如何在新的时代环境下迸发出新的活力？这些都是我们今天必须深入思考和不断实践的课题。

前方是强军兴军的猎猎战旗，是广大官兵勠力奋进的铿锵足音。在这个实现中国梦强军梦的伟大时代，我们深知，牢牢聚焦部队中心工作、聚焦练兵备战，既是"长征副刊"的一贯本色，更是"长征副刊"需要埋头进取的方向。"长征副刊"只有真正把"军味""战味""硝烟味"落实到版面上，才能在这一伟大历史进程中实现自己的价值。近些年来，"长征副刊"围绕国防和军队改革、传承红色基因、联合作战等重大主题，深入挖掘强军故事、礼赞强军英雄、记录部队战斗力建设的重要里程碑，推出了众多有影响力的稿件。未来，我们仍将在这些方向上不遗余力地下功夫。"长征"的目光，永远向着强军兴军聚焦；"长征"的战鼓，永远为备战打仗擂响；"长征"的颂歌，永远为时代英雄高唱。

当然，作品是文化副刊立足的根本，持续推出精品力作也是坚守文化高地的关键所在。对于人民军队来说，无论未来战争形态如何变化、武器装备如何更新、生活条件如何改善，我们都必须有在关键时刻能凝聚军心士气、点燃英雄激情的恢宏作品。今天，在文化市场更加繁荣、官兵文化需求更加多样，而军事文艺创作遭遇冲击的背景下，"长征副刊"如何推出更多佳作新人？如何让"长征副刊"推出的作品，更加具有征服人心的力量？这是我们面临的压力，也是激励我们不断进取的动力。从一年一度的"长征文艺奖""长征人物奖"评选，到各类大型征文活动等，再到涵括"强军文化""文艺评论""烽火影视""军史发现""迷彩书屋"等众多板块的"大副刊"格局，目前"长征副刊"正在向着打造精品力作、着力提升文化影响力的目标，做出扎扎实实的努力。相信这些努力，在未来必将结出应有的果实。

五

太阳每一天都是新的。

"长征副刊"是为纪念长征胜利而诞生的。从80多年前红军完成那段艰苦卓绝的伟大征程开始，"长征"就成为人民军队一个内涵极为丰富的文化意象，它意味着理想信念、英雄壮举、勇往直前……"长征副刊"之所以能够薪火相传、历久弥新，就是因为其始终秉承着与长征精神一样的价值追求，把长征精神自觉融入了不断延伸的"文化长征路"。

此时此刻，我们再一次想起在"长征副刊"第一期《致读者》中说的，"希望大家都来关心和支持这个专刊，使它成为我们在新的长征路上的亲密战友"。随之，耳畔仿佛又传来那熟悉的诗句："雄关漫道真如铁，而今迈步从头越"……

第二辑　凝眸

强军史诗的铿锵回声

——《人民文学》等名刊关注军旅文学的背后

金色的八月，正值中国人民解放军建军九十一周年。全国多家著名文学杂志在八月号不约而同地集中推出一系列军事题材作品，生动展现新时代中国军人的精神风貌，引起了广泛社会反响，形成一道独特而壮丽的文学景观。

已连续5年将刊物第8期作为军旅文学特刊的《人民文学》，是全国最权威的综合性文学刊物。今年，他们推出了以"强军文化"为主题的专号，集中刊发精选的四部中篇和一部短篇小说、一部剧本，以及一组诗歌、散文作品。在文学作品的生动呈现中，一批有灵魂、有本事、有血性、有品德的新时代革命军人形象让人印象深刻。已创刊61年、在国内外拥有广泛读者和影响力的《诗刊》，推出了"新时代·军旅诗人特辑"。7位军旅诗人以激越昂扬的诗句，记录了强军兴军的铿锵步伐，抒写了新时代军人的情怀。

被誉为"军事文学重镇"的《解放军文艺》，在今年第8期推出"诗颂强军新时代"诗歌专号，40多位军旅诗人的诗作，歌唱祖国、礼赞英雄、讴歌时代、抒写心灵，思想视野和艺术手法都呈现出崭新面貌。此外，《中国作家》纪实版第7期推出了军旅作家徐剑的长篇报告文学《大国重器——中国火箭军的前世今生》。《十月》杂志推出了军旅作家王昆的非虚构作品《UN步兵营战事》，全景再现了中国军人走出国门、执行维和任务的历史进程。《北京文学》等有影响的地方性文学杂志也加入了这壮观的"军旅文学大合唱"，于第8期推出了报告文学《接兵纪事》等军事题材作品……

名刊关注军旅文学的背后是广大读者对新时代军人形象的强烈关注。文艺是时代前进的号角，最能代表一个时代的风貌。人民军队建军91年来，军旅文学作为中国现当代文学的重要支脉，推出了众多文学名篇，创造了一大批光彩夺目的人物形象。进入新时代，红色基因在传承，英雄情怀在延续。人们渴望了解新时代军人的形象，渴望走进新时代军人的心灵。《人民文学》"强军文化"专号刊出的中篇小说《楼顶上的下士》《弹壳落地》《一艘军舰的意识》《风雪高原》和短篇小说《兵家列传》等，涉及陆军、海军、空军等多个兵种，通过军事训练、调整改革、出海巡航、戍守边关和日常生活等诸多角度，生动地塑造出新时代军人的人物群像。王凯的中篇小说《楼顶上的下士》，既写了工作有想法、有魄力、有韧劲的指导员，也写了一个低调却又较真的战士姜仆射。在小说里，"楼顶上"成为一种深沉的隐喻，指导员锁上了通往楼顶的门，也开启了使小姜变成一个他理想中好兵的大门。《人民文学》主编、著名文艺评论家施战军说："作家们需抵近改革强军大潮下的军旅生活现场，把握构建军旅文学的动态版图，创作出更多时代特色鲜明的新英雄人物形象。"这一期杂志的作品，对广大渴望了解新时代军人形象的读者来说，无疑是一种生动而及时的回应。

名刊关注军旅文学的背后是人民群众对强军兴军的热切期待。读者的关注点正是文学刊物的着力点。这些名刊之所以把珍贵的版面留给记录人民军队强军兴军伟大实践的作品，正是因为人民群众对军队实现强军目标的渴盼与希冀。每一个国家和民族的崛起，无不依赖于强大国防和军队的有力支撑。在实现中华民族伟大复兴的进程中，人民群众对军队能打仗、打胜仗的期待是必然的。党的十八大以来，人们欣喜地看到，在习主席的坚强领导下，军队强力正风肃纪反腐，恢复和发扬我党我军光荣传统和优良作风，重整行装再出发；人们欣喜地看到，人民军队组织架构和力量体系实现革命性重塑；人们欣喜地看到，军队聚焦能打仗、打胜仗，大抓练兵备战和军事能力建设，全力推进国防和军队现代化。

这些强军兴军的伟大实践在文学创作中都有生动的反映。在第八期《人民文学》里，言九鼎的中篇小说《弹壳落地》，塑造了在改革强军进程中尽管面对进退去留，却又勇挑重担的新时代军人形象。在实弹射击训练中，读者从"铜黄的弹壳上反射着鱼鳞状的光芒"里，似乎看到了实战化军事训练的动人图景。李潇潇的中篇小说《一艘军舰的意识》，书写了茫茫大海里军舰上的军人们独特的时间体验，何尝不是一曲驾驭新型作战装备的官兵的奉献之歌。在谈到军旅诗歌对军旅现实生活的书写时，《解放军文艺》主编、诗人姜念光说："今年第八期刊发的作品中，诗人们以各自不同的语言风格，面向改革强军和全军官兵备战打仗的现实，体验和发掘着明亮、纯正的激情。这些诗歌扎根于多彩的军事生活，出自当代军人的眼光与心灵，包含着丰富的文化信息和时代信息，整体上呈现出从容、慷慨、严整、绚烂的风貌，洋溢着热烈劲健的生命力和宏阔的精神气息，生动记录了强军兴军的火热实践。"

名刊关注军旅文学的背后，是全社会对振奋民族精神的深情呼唤。第八期《人民文学》把弋阳高腔剧《方志敏》放在头条位置刊发，是极富文学意义和现实考量的。革命历史题材现代戏《方志敏》运用烈士家乡戏的形式，将时空线聚焦于1935年方志敏从被俘到牺牲的短短几个月，彰显了什么是共产党人的初心，什么是永不褪色变质的红色基因，什么是革命先烈的坚定信仰。

2014年10月15日，习主席主持召开文艺工作座谈会并强调："没有先进文化的积极引领，没有人民精神世界的极大丰富，没有民族精神力量的不断增强，一个国家、一个民族不可能屹立于世界民族之林。"

毋庸讳言，在当前的某些文学作品中，缺乏的正是先进文化的引领和昂扬向上的精神。曾几何时，阴暗灰暗、日常庸常成了小说的主色调，远离时代、喃喃自语在诗歌舞台上演"独角戏"，"宫斗""戏说"成了影视的潮流。更有甚者，打着各种各样的幌子，贩卖着历史虚无主义的货色，诋毁正义、诋毁英雄、诋毁党的领导，解构党史、解构军史、解构人民的共同记忆和心灵史。在物质化、多元化的时代，军旅文学为什么打动了人们？正是因为军旅文学有英雄主义的情怀，有光明正大的品格，有牺牲奉献的精神，有永不言败的斗志。而这些，正是我们这个时代所需要珍视的品质，是我们这个民族所需要的精神宝藏。

当今的中国正在发生广泛而深刻的历史性巨变，作为有理想的作家，作为有社会责任的文学刊物，都应该勇敢地承担起引领时代风气的重要职责，努力创作、刊载反映时代生活、体现时代精神的作品。今天，当读者在军旅文学中找到精神的土壤，在名刊大刊中聆听强军兴军的铿锵足音，他们会深刻体会到：一个创造奇迹的时代必然是英雄辈出的时代，一支浴火重生的军队依然是英雄云集的军队。而历史终会发现，人民军队所创造的坚定信仰、爱国情怀、英雄气概、奉献品格等等已悄然融入读者的血脉，成为实现中华民族伟大复兴的宝贵精神财富。正因如此，我们有理由向《人民文学》《诗刊》等权威文学刊物为此付出的努力致敬。

倾情抒写新时代英雄

一首战歌的旋律，永远回荡在生命的脉动里："风烟滚滚唱英雄，四面青山侧耳听""敌人腐烂变泥土，勇士辉煌化金星""为什么大地春常在，英雄的生命开鲜花"……

70年前，中国人民志愿军将士以血肉之躯，与"武装到牙齿"的敌人进行了一场殊死较量。"这个军队具有一往无前的精神，它要压倒一切敌人，而决不被敌人所屈服，不论在任何艰难困苦的场合，只要还有一个人，这个人就要继续战斗下去。"正是因为有了这种革命英雄主义精神，志愿军将士"地陷进去独身挡，天塌下来只手擎"，亮出了钢铁意志，打出了血性军威，战胜了貌似不可战胜的强敌。

他们都是英雄。共和国正是在一代又一代英雄的奋斗牺牲里，走出苦难，迈向辉煌。1986年，"两弹元勋"邓稼先弥留之际，要求乘车绕行天安门广场。那个时刻，他问夫人许鹿希的是，"再过10年、20年，还会有人记得我们吗？"英雄不怕牺牲，怕的是遗忘。忠实记录英雄、热情讴歌英雄，一直是军事新闻宣传的主旋律。正是因为有了那张油印的《战士》报，强渡大渡河的勇士才被永远定格；正是因为有了《谁是最可爱的人》，志愿军将士"钢少气多"的血性胆魄，才更加激励感染了保卫建设新中国的热血青年……一代又一代军事新闻工作者以手中的笔，忠实抒写着英雄的壮举与情怀。

人民军队走过90多年风雨历程，已由过去单一军种的军队发展成为诸军兵种联合的强大军队，由过去的"小米加步枪"发展成为基本实现机械化、加快迈向信息化的强大军队。如今，人民军队站在了崭新的起跑线上。事实证明，革命英雄主义精神已经融入官兵血脉，在人民军队90多年历史征程中，显示了强大威力，发挥了巨大作用。

当今世界正经历百年未有之大变局，我国正处于实现中华民族伟大复兴关键时期，机遇前所未有，挑战也前所未有。人民军队要开创新时代强军事业新局面，需要革命英雄主义的支撑，必须大力弘扬革命英雄主义精神。在这一点上，全体军事新闻工作者肩负着重要职责。

把人民军队的红色基因作为军事新闻宣传的精神底色。人民军队向世界一流军队迈进的伟大征途中，既需要利剑的支撑，更需要强大的精神力量。人民军队是英雄辈出的群体，最需要革命英雄主义的滋养和传承。《解放军报》等解放军新闻传播中心的媒体矩阵，一直把人民军队的红色基因作为军事新闻宣传的鲜明底色，不断推出英雄群体和个人，让人们记住了一个又一个闪亮的名字。进入新时代，我们更要心怀崇敬，浓墨重彩记录英雄、塑造英雄，让英雄在新闻作品中得到传扬。要始终高扬革命英雄主义的精神旗帜，努力发现、宣传新时代英模人物，大力宣扬在强军兴军伟大时代人民军队一往无前的战斗气概，不怕牺牲的血性胆魄，坚韧不拔的顽强意志，勇于争先的进取精神。要把目光投向基层官兵，聚焦练兵备战一线，不断锤炼提高"四力"，以"记者在战位"的冲锋姿态，忠实描绘官兵的精神风采。

为革命英雄主义注入情感温度、时代亮度。不久前，由解放军新闻传播中心广电部组织的一场特殊的网络媒体进军营活动，在陆军第81集团军某合成旅成功举办，受到官兵欢迎。在移动互联时代，新技术产生新魅力和更大影响力，要求我们必须把新的技术手段用于宣传革命英雄主义精神，使之富于时代的亮度。要充分运用"两微一端"新平台，VR、H5等新技术手段，运用多媒体语言讲好英雄故事。让英雄事迹进入图片、声音、视频、沙画，进入动态网页，进入交流互动，使之更加立体、生动。在全媒体时代，新的媒体格局正在生成、新的传播技术加速演变。军事新闻人要带有情感的温度，饱含情感讲好英雄的成长故事，通过细节刻画英雄的心理，透过平凡彰显精神的伟大，让每一位英雄真实、可信、可感、可学。

要对歪曲英雄、抹黑英模的言论敢于亮剑。对英雄的质疑、戏说和嘲讽，动摇的是我们的精神支柱，亵渎的是我们的灵魂殿堂。对于从互联网等渠道传出的质疑英雄、抹黑英雄、诋毁英雄等杂音，军事新闻工作者必须发出自己坚定的声音。每一位军事新闻工作者，在移动互联时代都要善于发现不良倾向，勇于面对舆论场中的问题，以笔为枪捍卫英雄。

军事新闻工作者因为记录时代而豪迈，因为讴歌英雄而光荣。为了"春常在"的大地，为了"美如画"的战旗，为了英雄"开满鲜花"的生命，军事新闻人要拿起如椽巨笔，把新时代勇士的辉煌化为金星，载入人民军队的史册！

英雄血脉永远奔涌

2021年7月1日，中国共产党建党一百周年纪念日。当旭日汇集着光明与希望从地平线上升起，　·张张鲜活的面孔，在霞光中渐渐清晰。

是他们！张思德、董存瑞、黄继光、邱少云、雷锋、苏宁、李向群、杨业功、林俊德、张超，10位英模，若星辰闪耀，似火炬燃烧，让一座座军营光彩夺目，有了节日的热度和心灵的温度。

民族有希望，因为英雄挺立；国家有前途，因为先锋辈出。

10位英模，10座丰碑。

他们，诞生于不同年代，都沐浴着党的光辉。他们，在战争年代浴血奋战，在和平年代舍生忘死；服务人民无限忠诚，献身国防鞠躬尽瘁。他们在历史中升起为星辰，凝聚为灯塔，闪耀为坐标，激励着一代又一代革命军人在履行使命中奋勇前进。

日月之行，若出其中。星汉灿烂，若出其里。在中国共产党100年波澜壮阔的奋斗历程中，人民军队在党的旗帜指引下，为了民族独立与解放，为了新中国的建设、改革与发展，涌现出多少视死如归的革命烈士，诞生了多少不懈奋斗的英雄人物，出现了多少无私奉献的先进模范！

历史的全部质感和温度，在于人，在于人所创造的业绩与精神。在7月1日这个庄严而神圣的日子来临之际，这些英雄的身影在党旗下聚集，这些鲜活的面孔在历史中浮现，组成了一个个气势磅礴的英雄方阵！人民军队一批又一批英雄模范，灿若星辰，让光辉闪耀在历史的星空，把光明播种在铁打的营盘。共同的理想信念，共同的价值追求，共同的赤诚初心，深深激励着新时代官兵，照亮了他们前行的道路。

红色基因，永远在传承；英雄血脉，永远在奔涌！

看，英雄的天幕中，他们是闪耀的星。

他，叫张富清。在革命战争年代屡立战功，新中国成立后深藏功名……英雄无我，却在人民心中永驻。

他，叫韦昌进。在边境作战中坚守着6号哨位，用报话机呼喊"为了祖国，为了胜利，向我开炮！"血性，在一代代军人身上传承。

他，叫杜富国。排雷危急时刻，一句"让我来"，响彻云霄外，回荡天地间。

她，叫陈薇。一次次与致命病毒短兵相接，一次次在"无形战场"拼死搏杀。

他，叫祁发宝。宁洒热血，不失寸土。为了祖国的和平与安宁，纵使向前一步死，决不后退半步生……

岁月冲刷，冲不淡英雄的光芒；时代变迁，英雄的精神永远明亮。崇尚英雄的国度，英雄的背影会越来越清晰，英雄的精神会越来越光彩夺目。对英雄最好的纪念，就是传承他们的革命精神。

建党百年，在党的旗帜下前进，人民军队无往而不胜。建军百年，伟大的目标清晰可见，召唤我们勇毅前行。

致敬英雄，致敬峥嵘岁月，致敬百年奋斗。

崇尚英雄，把英雄的精神写进圣洁的民族精神殿堂，让灿若星辰的英雄在历史的天空中永恒！

精神是有颜色的，那是永不褪色的火红。

精神是有味道的，那是洒遍大地的芬芳。

精神是有声音的，那是激越昂扬的心跳。

7月1日，英雄的光芒照亮祖国大地的日子。

这是一个伟大的时代。伟大的时代呼唤灿若星辰的英雄，呼唤拼搏奋斗的乐章。

星汉灿烂，初心永恒。奋斗吧，沿着英雄的足迹。拼搏吧，传承时代的精神！让我们不忘初心，牢记使命，不懈奋斗，永远奋斗，在强军兴军的征程上，汇聚起磅礴力量，书写出新时代的英雄史诗。

在强军征程上书写时代画卷

北京，红山脚下，一场大型声乐套曲《西柏坡组歌——人间正道是沧桑》在国防大学上演。今年以来，这个剧目已在军地巡演数十场。大家称赞，这是一部荡涤心灵的红色音乐史诗，这是一部共产党员的灵魂叩问之作，我们这个时代需要这样的好作品。

伟大的时代离不开文艺的繁荣发展，文艺的繁荣发展需要科学理论的指引。一年来，在习主席文艺工作座谈会重要讲话引领下，各级更加关心支持文艺工作，广大军队文艺工作者以"走在前列"的文化担当，自觉践行讲话精神，讴歌党、讴歌时代、讴歌人民、讴歌军队，文艺工作的方向导向更加坚定鲜明，文艺领域的难点问题正在得以破解，彰显出军事文艺繁荣发展的新进步新气象，为实现中国梦强军梦提供了强有力的精神文化支撑。

科学指南，军队文艺工作迎来新的春天

新形势下需要什么样的军事文艺，军队文艺战线如何推进建设？习主席在文艺工作座谈会上的重要讲话，对文艺工作的重要地位和作用做出精辟论述，创造性地回答了事关文艺繁荣发展的一系列带有根本性方向性的重大问题，为新形势下军事文艺繁荣发展提供了科学指南。

运用文化的力量推动事业发展是习主席治党治国治军的重要方略，打造强军文化是强军兴军的战略举措。实现中国梦强军梦的宏伟事业，需要文艺工作鼓舞斗志；革命精神的传播弘扬，需要文艺作品强力助推；打好意识形态领域斗争主动仗，需要文艺战线交锋亮剑；推进改革建设事业，需要文艺号角唤醒激情。用文化的炉中之火熔铸强国强军的精神之魂，是时代赋予我们的紧迫课题，也是军事文艺肩负的使命担当。

军委领导高度重视，亲自推动习主席重要讲话精神的深入贯彻落实。总政治部迅速发出通知，要求全军各级把学习贯彻习主席重要讲话精神作为一项重要政治任务，作为团以上党委中心组学习和干部理论轮训的重要内容，自觉用以武装头脑、指导实践、推动工作。

学深悟透，才能有所作为。2014年11月，军队文艺工作座谈会在京召开。来自全军和武警部队的政工领导和文艺工作者济济一堂，在学习讨论中深化对习主席战略思想的认识，在汇报交流中碰撞军事文艺繁荣发展的思想火花。今年4月，全军文艺创作座谈会召开。"缺生活、缺苦功、缺创新"等制约打造精品力作的突出问题引起普遍重视，军事文艺精品创作亟须的规划计划、责任落实、制度机制、人才培养等有了新的具体打算。

新形势下，加强和改进军队文艺工作调研深入展开。26个不同层次的座谈会，127名领导干部、89名文艺单位领导和专家艺术家，以及260多名部队官兵表达心声、提出建议，形成了有价值的调研成果。

理清思路，找准方向。今年以来，打造强军文化系列工作逐步铺开：加强军队文艺工作顶层设计和统筹规划，在深入调研基础上起草指导性文件，制定发展规划；抓好中国梦强军梦主题文艺创作，一批文艺精品初现；广泛开展群众性文化活动，推动强军文化在基层落地生根。

连日来，全军各级和文艺工作者重温习主席在文艺工作座谈会上的重要讲话，依然备感振奋、深受鼓舞。大家深有感触地说，一年前，习主席为文艺繁荣发展指明了路径、绘制了蓝图、开启了新征程；一年来，习主席重要讲话精神深入人心，日益显示出巨大理论价值和实践威力。当前，意识形态领域形势十分复杂，文艺工作中存在的问题依然突出，推出精品力作的任务依然繁重。一定要深入学习贯彻习主席重要讲话精神，开创军事文艺繁荣发展的新局面。

打造精品，真理力量催生佳作力作

有一幕至今让军队文艺工作者记忆犹新。在文艺工作座谈会上，习主席深切勉励："我们的军旅文艺工作者，应该主要围绕强军目标做自己该做的事情"，并表示赞同"铁马秋风、战地黄花、楼船夜雪、边关冷月"这样的"风花雪月"。

这样的"风花雪月"意味着什么？意味着军事文艺80多年来铸就的精神本色。回顾历史，军事文艺从一开始就深深烙印着对党忠诚的政治底色，始终扛起爱国主义和革命英雄主义的精神旗帜，奏响了一曲曲时代强音。

今年9月23日，话剧《兵者·国之大事》第100场在八一剧场上演，座无虚席。这部现实军事题材作品，一经公开演出就在军内外引起强烈反响。为什么一部话剧能够受到如此关注？是因为这部作品让人们看到了当代军人对强军梦想的不懈追求，感受到了当代军人克服和平积弊、敢于直面现实矛盾的血性和担当，触摸到了变革中的中国军队不断走向强大的时代脉搏。

如果说《兵者·国之大事》代表了军事文艺在过去一年中面向强军实践的深度开掘，那么长篇纪实文学《抗日战争》和电影《百团大战》等作品，则在民族复兴的伟大历史关头，自觉把目光投向我党我军艰苦卓绝的革命历史画卷。在纪念中国人民抗日战争暨世界反法西斯战争胜利70周年的日子里，从大型交响场景演唱会《血肉筑长城》到电影、小说、诗歌，再到全军美术书法作品展览，特别是千人军乐团、合唱团在天安门阅兵场演绎的雄浑乐章等，进一步推动了革命历史题材创作的繁荣，为塑造中国心、凝聚民族魂、提振强军志发挥了重要作用。

是的，衡量一个时代的文艺成就最终要看作品。在习主席文艺工作座谈会重要讲话的引领下，歌剧《天下黄河》、话剧《小平小道》、舞剧《铁道游击队》等一批深入人们精神世界、真正触及灵魂、引起强烈共鸣的军事文艺作品竞相绽放。这是精神之源浇灌的现实之花，这是真理力量催生的优秀作品。军队文艺工作深入贯彻习主席重要讲话精神，必须紧紧围绕强军目标，始终坚守一脉相承的精神本色，坚持思想性、艺术性的有机统一，努力让人们从中感触到一个民族、一个国家和一支军队在伟大复兴之路上强有力的心跳。只有这样，才能在社会主义文艺的灿烂星空彰显出特有品格与魅力。

以文化人，滋养"四有"新一代革命军人

2014年金秋，习主席在古田全军政治工作会议上鲜明提出"打造强军文化""培养有灵魂、有本事、有血性、有品德的新一代革命军人"，这为繁荣发展军事文艺明确了出发点和落脚点。

一年来，军事文艺站在打造强军文化的时代潮头，始终坚持以官兵为中心的创作导向，把服务官兵与引领官兵结合起来，为培养"四有"新一代革命军人发挥特殊作用。

初夏时节，以著名英模杨业功为原型创作的歌剧《导弹司令》，在第二炮兵某基地演出。至此，这个剧目已为全军部队官兵演出29场次。官兵反映，这样的作品，以高雅艺术的独特感染力，更加生动地诠释了"四有"新一代革命军人的深刻内涵。《导弹司令》的巡演，是一年来全军文艺精品惠及基层官兵的一个缩影。在不同省市，在

座座军营，话剧《共产党宣言》、杂技剧《破晓》等一大批优秀军事文艺作品深深感染和影响了基层官兵。与此同时，军委政治机关配合部队开展"学习践行强军目标、做新一代革命军人"主题教育，组织词曲作家和美术工作者深入部队采风，创作了一批深受官兵喜爱的歌曲和宣传画；开展优秀影视片展映展播活动，向官兵推荐电影、电视剧和专题片52部，为基层部队制作下发"百部军事题材优秀故事影片DVD节目集"3200套。这些优秀军事文艺作品宛如春风细雨般沁入基层官兵的精神世界，滋润着一个个年轻的心灵。

实践让军队文艺工作者进一步加深了对习主席重要讲话精神的理解认识，增进了对部队官兵的深厚情感，真切地体会到军事文艺只有植根官兵生活才能枝繁叶茂，只有贴近官兵思想文化需求才会释放出铸魂育人的精神力量。

今年5月，一份来自全军各大单位文艺创作的选题报告，让人眼前一亮：反映当前部队火热生活和新型作战力量建设的报告文学丛书《强军进行时》，反映海军联演联训、护航撤侨等重大任务的歌舞剧《大梦远航》，反映空降兵训练生活的音乐剧《从天而降》，反映潜艇部队训练生活的话剧《来自大洋深处的报告》，反映"磨刀石"蓝军部队的话剧《蓝军旅》……这些作品纷纷把目光瞄准强军实践中具有英雄特质和时代感的主人公，表现广大官兵把个人梦融入中国梦强军梦、奋力拼搏、梦想成真的感人故事，着力刻画陆上猛虎、水下尖兵、空中骄子、航天英雄、导弹专家等高素质新型军事人才。这些不久将成为激励广大官兵扎根军营、矢志强军的生动教材。

今年以来，全军各大单位把"强军故事会"活动作为基层文化活动的重头戏，组织官兵以立足本职矢志打赢的真人实事为素材，采取写、讲、听、传等形式，广泛传播强军好故事，释放强军正能量。一个个冒着军营热气、带着训练场硝烟味的强军故事从帐篷里、甲板上、阵地边传播开来，以微电影、漫画等喜闻乐见的形式走进了官兵心里，迅速掀起一股争当强军故事主角的热潮。

文艺是烛照心灵的火炬。今天军事文艺讲述的，不管是过去的故事，还是眼下的故事，其最大的意义都在于站在实现强军目标的时代坐标上，让革命优良传统最宝贵的血脉基因在更多的官兵身上生动起来，让强军文化精神的潜移默化影响不断沁入大江南北的座座军营，让人民军队长期积淀的精神品格在新一代革命军人身上更加鲜明。

正风肃纪，努力立起军队文艺战士好样子

北国边陲，乌苏里江边的某哨所。战士们至今还记得那个动人的画面：刚刚融化的江水中满是冰凌，阻挡了前来慰问演出的总政歌舞团艺术家们，他们顶着刺骨的寒风为哨所的4名战士隔江演出。歌唱家们唱了一曲又一曲，声音都嘶哑了，但在战士们心中，这是最难忘的天籁之音。

广大文艺工作者应身体力行践行社会主义核心价值观，努力做到言为士则、行为世范。习主席的殷殷嘱托和关怀厚望，正化作军队文艺战线的自觉行动。

艺风折射着党风政风。各级把学习贯彻习主席在文艺工作座谈会上的重要讲话精神和在古田全军政治工作会议上的重要讲话精神结合起来，认真落实《关于规范大型文艺演出、加强文艺队伍教育管理的规定》等规章制度，结合"三严三实"专题教育整顿，在文艺队伍持续开展作风纪律专项整治，坚持刀口向内，重点管住管好明星名人，认真纠治价值观不正、主责主业不清、作风形象不好等问题。严格考核奖惩，把完成任务、为兵服务、作风形象作为重要标准，对思想品德存在问题、业务考核不合格、群众评议差的人员，给予严肃处理。

"把最美的歌送到战士心坎上，把最真的情暖到官兵心窝里。"军队文艺工作者坚持走边防、进哨所，爬高山、下海岛，饱含深情说兵事、演兵情。大家因陋就简，不给基层添负担，在流动车厢内化妆，在野外露天吃盒饭，在简单的舞台上、朴素的灯光下，完成了一次次震撼官兵心灵的演出。仅今年以来，全军专业文艺团体累计为基层官兵演出节目2200多场次，观众达90多万人次。西藏军区政治部文工团大力弘扬"高原文艺轻骑兵"的优良传统，不畏天寒地冻、山高路险，一年来为驻藏部队和边防官兵慰问演出100多场。日前，第四届"全国中青年德艺双馨文艺工作者"评选揭晓，军队7名文艺工作者作为优秀代表榜上有名。

大家普遍表示，我们什么时候都不能忘记"党的文艺战士"的特殊身份和要求，始终坚持德艺双馨标准，做到永葆红心向党的本色、坚守姓军为兵的方向、胸怀追求卓越的抱负、挺起以身载道的风骨，真正立起强国强军助推者、精神高地守望者、文明风尚引领者的好样子！

走在前列，做改革强军的旗手、鼓手、推手

弘扬中国精神，高扬社会主义核心价值观的旗帜，是军队文艺工作者肩负的重大责任。亲历文艺工作座谈会的军队文艺老战士阎肃说，从战火硝烟中孕育的军事文艺，历来是时代最刚强的音符，军队艺术家历来是弘扬时代主旋律的先锋和中坚。

一支支恢宏刚劲的舞蹈，一首首激昂澎湃的歌曲，一幕幕万众一心的场景……在纪念中国人民抗日战争暨世界反法西斯战争胜利70周年文艺晚会《胜利与和平》的创演中，军队文艺工作者发挥主力军作用，精彩的演出给现场数千名中外人士带来了强烈的艺术感染与心灵震撼。

"一个民族的历史是这个民族的精神图谱，民族英雄是这个图谱中的精神坐标。军队文艺工作者要勇当中国精神的创造者、践行者和传播者，高举革命英雄主义的旗帜，这是时代赋予我们的重大使命。"著名作家王树增回忆起去年参加文艺工作座谈会时的情景感触良多。他表示，在创作《抗日战争》的关键阶段，习主席重要讲话精神给自己注入了强大动力。

老一辈军队文艺工作者创作的《红岩》《长征组歌》《英雄儿女》等经典作品，教育激励了一代代官兵，至今仍具有穿透岁月与心灵的巨大力量。编剧孟冰、导演宁海强等认为，今天，繁荣发展军事文艺的光荣使命，历史地落到了新一代军队文艺工作者身上，我们应努力创作更多无愧于民族、无愧于时代的作品。

国家和军队的历次重大变革，文艺战线都发挥了历史见证者、记录者、助推者的重要作用。深化国防和军队改革为军事文艺繁荣发展提供了难得机遇和广阔空间。许多文艺工作者谈到，文艺是时代前进的号角，我们要在改革大潮中积极作为，努力为深化国防和军队改革鼓与呼，弘扬改革精神，助力观念变革，记录改革进程，展现崭新风貌，奏响改革强军的时代强音。

军事文艺代表着一个国家的软实力，是塑造中国形象的重要窗口。今年6月，新西兰梅西大学和维塔工作室一行11名专家访问解放军艺术学院，来宾们饶有兴趣地了解参观了学院师资力量和教学成果，观赏了师生创作的美术作品和表演的精彩节目，对中国先进军事文化留下深刻印象，对中国军人的艺术创造力和整体文化素养充满敬意，并热情邀请师生们到新西兰广泛开展文化交流。9月15日，中国军事文化周在俄罗斯举行，形式多样的系列活动展示了中国军事文化的独特魅力，受到俄罗斯社会各

界的高度评价，掀起了一波中国军事文化热。此外，在上海合作组织成员国两届军乐节、APEC峰会，在中俄、中巴等备受瞩目的军事演习中，人们通过那些昂扬的旋律、精彩的节目、嘹亮的歌声来感受中国军人的形象，了解中国军队的风貌。

举精神之旗、立精神支柱、建精神家园，是当代中国军事文艺的崇高使命，也是军事文艺工作者永恒的价值追求。

展望未来，深入贯彻落实中推进繁荣发展

从南昌枪声到井冈红旗，从抗日战争到抗美援朝，从抢险救灾到维和护航……军事文艺伴随人民军队一路前进，不少经典作品成为国家和民族的精神财富。

党的十八大以来，军队文艺工作大力推进创作、强化整风整改、坚持为兵服务，出色完成重大创演任务。清醒面对成绩，理性看待不足。各级认真调研、查找分析影响和制约军事文艺发展的矛盾问题：精品力作还不够多，队伍管理还有待加强，个别人言行失当损害军队形象修补不易，人才建设立足军队土壤培养不够……

新形势下繁荣军事文艺、打造强军文化，为军队文艺工作者搭建了广阔舞台。深入贯彻落实习主席重要讲话精神和中央《关于繁荣发展社会主义文艺的意见》，军队文艺工作展开了新的蓝图：

——加强顶层设计，强化任务牵引。研究制定《关于繁荣发展军事文艺实施意见》，明确新形势下繁荣发展军事文艺的指导思想、方针原则和具体举措。论证出台《2021年前军队文艺创作重点选题规划》，紧紧围绕时代主题，突出讴歌中国梦、反映强军实践、传承红色基因和弘扬中华文化，规划重点选题，加强政策扶持，继续推出一批有筋骨、有道德、有温度、艺术震撼力强的精品力作。

——进一步加强军队文艺队伍建设和管理。出台《加强军队文艺干部队伍建设规定》，从调整补充、培养提高、考核评价、晋升淘汰、教育管理、建立全军文艺专家库和奖励激励等方面，对文艺干部队伍建设进行规范；持续开展"弘扬文艺工作优良传统、树立文艺战士好样子"专题教育，深入纠治问题、清除积弊；建立全军文艺专家库，明确专家库成员选拔、职能作用、管理机构、数量规模和运行方式等具体内容。

——繁荣军营网络文化，促进强军文化创新发展。推出统一风格标识的强军文化系列频道，推动国家优秀文化信息资源进军营，促进军事文化产品数字化、网络化，创办接地气、有人气的网络文化品牌，拓展网络文化服务。

——优化结构、理顺机制。适应深化国防和军队改革的要求，整合资源、合理布局，建强综合的，打造特色的，夯实基础的。

10月20日，北京，京西宾馆。参加繁荣发展社会主义文艺推进会的军队代表深有感触，习主席重要讲话管根本、管长远，要作为文艺工作的经典文献学深悟透，用于长期指导，切实推动军事文艺大繁荣大发展。

风劲扬帆正当时。回顾军队文艺工作一年间，在习主席文艺工作座谈会重要讲话精神引领下，生机勃勃、春意盎然；站在新的历史起点上，展望改革强军的时代画卷，军队文艺者信心倍增、豪情满怀！

军事文艺：风劲帆扬气象新

真理，总是在实践中放射光芒；讲话，愈学习愈能体会磅礴力量。两年来，全军深入学习贯彻习主席在文艺工作座谈会上重要讲话，军事文艺呈现出一派围绕中心、服务强军的大格局，军味、战味浓郁的新气象。

当排头：弘扬主旋律更加坚定

军队文艺工作是繁荣社会主义文艺的重要力量，是新形势下政治建军的重要内容，举精神旗帜、立精神支柱、建精神家园，更应走在社会前列。两年来，全军在深入学习习主席重要讲话中，更加注重发挥文艺工作在强军兴军伟大征程中的重要作用，不断通过推动文艺创作塑造中国心、民族魂、强军志。

2014年11月15日，全军召开文艺工作座谈会，强调要认真贯彻落实习主席重要讲话精神，为实现中国梦强军梦提供有力精神文化支撑。2015年4月，全军文艺创作座谈会在京召开，提出要以走在前列的文化担当和"重整行装"的政治自觉，打造具有鲜明时代特色的红色经典。2015年10月，全军繁荣发展军事文艺推进会召开，指出要以《讲话》公开发表为契机，以走在前列的标准，进一步把学习贯彻讲话精神引向深入……

越学习越感到肩头责任重。各级以高度的政治责任感使命感，在文艺工作中贯彻落实习主席重要讲话精神。两年来，军事文艺聚焦中国梦强军梦时代主题，以社会主义核心价值观为引领，以培育"四有"新一代革命军人为根本任务，有力地集聚了正能量，提振了精气神，在国家纪念抗战胜利70周年、长征胜利80周年重大文艺活动中发挥了重要作用，爱国主义和革命英雄主义的主旋律更加高扬。这一个个镜头里，记录着文艺工作的脉动："强军风采"系列文化活动在部队持续开展，基层文化一派"战斗风"；中国梦强军梦歌曲创作研讨班举办，强军旋律响彻训练场；全军影视剧创作座谈会召开，银屏上跳动着时代多彩壮丽的音符；与"改革同行"军事文学征文活动，充分发挥军事文学记录改革历程、弘扬改革精神的独特作用；"鉴古开今"军旅书法家作品巡回展览等美术书法活动，让官兵们感受和汲取中华传统文化的养分……

立潮头：打造精品更加聚力

2016年10月，北京。话剧《从湘江到遵义》上演，场场人流如织，次次掌声如潮。这部叙述体话剧，没有简单地再现长征，而是以艺术的方式引领人们重温革命先烈对信仰的坚守。连日来，剧中的一些经典对话在新媒体上广泛传播。话剧《从湘江到遵义》的成功，是军事文艺从"高原"向"高峰"扎实迈进的一个缩影。

打造时代特色鲜明、军味战味浓郁的文艺精品，是军队文艺工作者的中心任务。两年来，全军文艺工作者以习主席重要讲话为根本，深入生活、扎根基层，苦练内功、甘于寂寞，敢于超越、勇于创新，创作出了一大批精品力作。军队文艺工作者们遵照讲话要求，克服跟风、克隆现象和浮躁心态，注重开掘军事题材的独特魅力，提升了文艺的原创力；改进主旋律作品的表达方式，克服形式化、口号化、标签化，坚持思想性与艺术性相统一；为文艺作品积极注入时代元素，推动艺术与科技的融合，深受官兵欢迎。

两年来的文艺创作，折射出我军向强军目标迈进的时代剪影。长篇小说《第四级火箭》《瀚海》，纪实文学《抗日战争》，电影《百团大战》《战狼》《古田会议》《勇士》，电视剧《陆军一号》《彭德怀元帅》《海棠依旧》《马兰谣》，大型声乐套曲《西柏坡组歌》，话剧《兵者·国之大事》《从湘江到遵义》，舞台剧《英雄核潜艇》《守望长空》《导弹司令》，歌曲《把青春压进枪膛》《我们的舰旗高高飘扬》《联合作战》，巨幅油画《重整行装再出发》……这些"无愧于时代"的厚重作品，记录着一支向世界一流军队迈进的雄师劲旅的铿锵足音。

扎根脉：为兵服务更加自觉

"说你小，你很小，你是中国版图上的一粒沙；说你大，你很大，你的礁盘上刻着泱泱中华……"一曲《天涯男儿》响彻碧海蓝天，这是海军组织文艺工作者赴海岛、为守岛官兵献上精彩文艺节目的一幕感人场景。

文艺来自人民，军事文艺的根永远在官兵。两年来，军队文艺工作者时刻牢记习主席的教导，把姓军为兵、服务部队作为主责主业，把更多的镜头对准官兵，把更多的笔墨留给官兵，把更多的舞台交给官兵，仅2015年就为作战部队和边海防官兵演出服务2200多场。

作风就是形象，形象重于生命。全军广泛开展"弘扬文艺工作者优良传统、树立文艺战士好样子"活动，引导文艺工作者讲大德、重艺德、弘美德，坚守艺术理想，践行新风正气。两年来，一支德艺双馨、形象良好的文艺工作者队伍，越来越赢得官兵的喜爱和社会的认可。

风劲帆扬气象新。在繁荣军事文艺、打造强军文化，为强国兴军提供强大精神文化力量的征途上，军队文艺工作者正在勇毅前行，从"高原"向"高峰"迈进！

强军文化，托举中国梦

从一定意义上讲，历史是由一个又一个纪念日组成的。纪念日，镌刻着文化的印迹，凝聚着民众的情感，助推着历史的前进。

3年前的今天，习近平等党和国家领导人来到国家博物馆，参观《复兴之路》展览。其间，习主席发表了重要讲话。他说，现在大家都在讨论中国梦，我认为，实现中华民族伟大复兴，就是中华民族近代以来最伟大的中国梦。

中国梦，就是要实现国家富强、民族振兴、人民幸福。中国梦，归根到底是人民的梦。中国梦有着深厚的历史底蕴，最广泛地调动起了全国各族人民团结奋进建设祖国的积极性，也最广泛地调动了一切热爱祖国、支持祖国的炎黄子孙的积极性。中国梦所唤起的全体中华儿女实现民族伟大复兴的伟力，必将随着时间的推移更加清晰地呈现在世人面前。

中国梦是强国梦，对军队来说，也是强军梦。中国梦包含强军梦，没有一支强大军队，就难以支撑强国伟业。中国梦强军梦一经提出，就燃起了全军官兵追梦圆梦的火热激情。2014年10月，习主席在古田全军政工会上，提出了"打造强军文化"的战略思想。强军文化，为实现中国梦强军梦找到了坚实的依托，有力助推着梦想的实现。

今年5月14日开始，《解放军报》用近一个月时间，连续推出"强军文化论·军事文化名家的时代思考"系列文章，引起读者广泛关注，引发官兵深深思考。官兵们越来越真切地认识到，忠诚是强军文化的灵魂，实现中国梦强军梦，必须依靠党的领导。只有坚持党的领导，进一步增强对中国特色社会主义的理论自信、道路自信、制度自信，走中国道路，弘扬中国精神，凝聚中国力量，才能早日共圆中国梦；只有按照"绝对"标准去铸牢军魂，一心一意听党话、跟党走，把革命血脉深深植根于自己的灵魂，才能保证早日实现强军梦。

一年来，全军和武警部队继续广泛开展中国梦强军梦主题文艺创演活动，作家艺术家纷纷走向基层，一批接地气、有兵味战味，激励官兵投身强军实践的作品接续而来。官兵们越来越真切地认识到，实现中国梦强军梦，必须依靠实干。实干兴邦、实干兴军，指明了实现中国梦强军梦的根本途径。一分部署，九分落实。贯彻落实强军目标和军事战略方针，履行好军队使命任务，以更大的智慧和勇气深化国防和军队改革，归根到底靠实干。只有实干，才能实现我们共同的梦想。

一年来，演训场上强军战歌飞扬，强军故事会"舞台"就在官兵间。集体的力量，团结的旋律，回荡在官兵心间。官兵们越来越真切地认识到，实现中国梦强军梦，必须依靠团结。一盘散沙里不可能有梦想的存在，涣散的斗志里也不会有胜利的踪影。团结一心，为共同梦想而奋斗，力量就会无比强大，就会凝聚起意志、统一起行动，共同迈向实现中国梦强军梦的壮丽征程。

一年来，《兵者·国之大事》等优秀剧目在各部队巡演，为什么场场反响强烈，次次座无虚席？因为这些现实军事题材作品，引起了每一位观众身临其境般的深深思考。官兵们越来越真切地认识到，实现中国梦强军梦，必须依靠我们每一个人。人民是历史的创造者，群众是真正的英雄，官兵的身躯就是筑梦的舞台。每个人都是民族复兴伟业的直接受益者，为民族复兴出力、为强军兴军流汗就是为自己创造幸福生活，就能够实现自己的人生价值，从而将个人前途命运同整个民族和军队的前途命运更加紧密地融为一体……

一家外国报纸曾发表评论员文章说，海外华人曾怀抱各种不同的"梦"走向各国，书写了一部"酸甜苦辣、尽在其中"的生存发展史，也走过了坚忍不拔、始终如一的"寻梦"历程。中国梦的提出，终于使所有中国人有了一个共同的、实实在在的、能对人类做出更大贡献的梦想。

仰望长天，静听风雪，回首中华民族一路走来的筚路蓝缕，我们每一人才能真正体会到"11月29日"这一天的分量，才能充分认识到这一天对于中华民族的意义。

3年前的今天，所有中国人心中，升腾起一个共同的、真实的、美丽的梦。寻梦，追梦，筑梦，我们的生命为之富有尊严和激情，我们的人生为之富有光彩和意义！

宝塔光辉映照信仰伟力

"毛泽东的队伍穿过黄褐色的山谷——头道川，来到地处陕西黄土高原心脏地带一个尘土飞扬的小镇吴起……在未来的漫长岁月里，他们将越来越习惯于窑洞生活。"这是美国记者哈里森·索尔兹伯里多年之后在《长征：前所未闻的故事》中对中央红军到达陕北的描述。

那时，人们没有想到，中国共产党这支弱小的力量，竟然能成为全民族抗战的中流砥柱；更没有想到，她又只用短短十几年的时间，领导和组织人民革命取得胜利，建立起一个新中国。

1937年1月，中共中央领导机关迁驻延安。当时，延安只是一个不起眼的西北古城、偏远山城和贫瘠小城，但中国共产党人的胸襟和眼光却远远超越了时空。山城虽小，却胸怀着中华民族的命运；油灯虽暗，却照亮了中国革命的航向；窑洞虽土，却孕育出引领时代的思想；条件虽苦，却创造了崇高伟大的精神。

何谓延安精神？主要内容是：坚定正确的政治方向、解放思想实事求是的思想路线、全心全意为人民服务的根本宗旨、自力更生艰苦奋斗的创业精神。

"只要还有一口气，爬也要爬到延安城"

国破家亡，风雨如晦。红军进行艰苦卓绝的反"围剿"斗争和长征之际，中华民族也正如《义勇军进行曲》里所唱的，"到了最危险的时候"。

九一八事变后，日本相继侵占了东北全境和热河省，并将侵略矛头指向整个华北。1935年下半年，随着日本侵略者制造华北事变步伐的加快，华北局势急剧恶化。学生们悲愤地大声疾呼："华北之大，已安放不下一张平静的书桌！"

1935年12月9日，在中共地下组织的领导下，北平学生走上街头，一二·九抗日救亡运动由此席卷全国。

中国向何处去？中国共产党紧紧依靠人民，高举起抗日救亡的旗帜。

坚定正确的政治方向，如暗夜的熊熊火炬，吸引着无数有志之士。

1939年6月4日，菲律宾爱国华侨王雨亭在得知儿子王唯真选择奔赴延安之后，写下这样一封家书——

真儿，这是个大时代，你要踏上民族解放战争的最前线，我当然要助成你的志愿，决不能因为舐犊之爱而湮没了我们的民族意识……锻炼你的体魄，充实你的学问，造就一个强健而又智慧的现代青年，来为新中国而努力奋斗！

"新中国"！这是多少中国人的热切期望啊！

七七事变后，中国共产党制定和实施全面抗战路线和持久战的战略总方针，广泛发动群众，开展游击战争，取得平型关大捷等许多重大胜利，深入敌后开创了晋察冀、晋西北等抗日根据地，狠狠打击了日本侵略者的嚣张气焰。

中国人民越来越真切地认识到：只有共产党才能挽救民族危亡，只有共产党才可以把中国带向光明的未来。

于是，无数知识分子和青年学生前赴后继，冲破层层阻碍，在黑暗中选择光明，在生死考验中选择献身，无惧重重危险奔赴延安，汇成一道气势磅礴的时代大潮。

我要去延安！这是20世纪三四十年代中华大地上回荡的嘹亮声音。在通往延安的崎岖而艰险的路上，出现了一张又一张坚毅的面孔。他们，有从沦陷区来的，有从国民党统治区来的；有富裕家庭的子弟，有贫苦人家的儿女；有从大城市来的，有从小山村来的，还有从国外辗转而来的爱国华侨。他们有的母女相约，有的夫妻相约，也有的兄弟姐妹相约，师生朋友相约，不怕艰难困苦，无惧长途跋涉，越过层层封锁，奔赴心中的圣地延安。

从西安到延安，800华里蜿蜒起伏的山路，是用汗水和鲜血铺成的"信仰之路"。大部分青年都是背着沉重的行李，冒着国民党军队围堵、绑架和杀头的危险，突破封锁线，徒步来到延安。

这一支支奔赴延安的铁流，让我们在时空跨越中触摸到了信仰的力量。有了共同的理念信念，他们在小米和大米之间选择了小米，在跋涉与安稳之间选择了跋涉，在牺牲与苟活之间选择了牺牲。来到延安后，他们宁愿自己挖窑洞、抡起开荒的镢头；宁愿"桦树皮当纸，膝盖当课桌"，在"窑洞大学"学习最先进的革命理论；宁愿穿着带补丁的粗布衣，吃着黑豆小米，并且以苦为乐。崇高的理想信念给了他们战胜一切艰难困苦的力量和勇气。

"打断骨头连着筋，扒了皮肉还有心，只要还有一口气，爬也爬到延安城。"一位广东青年经西安奔赴延安，路上不幸病倒，在他生命的最后时刻，执着地把头朝着延安方向，双手抠进黄土地，艰难地爬行，倒在了通向延安的路上。

渴求信仰的生命如大江大河，只有不断流淌、一路前行，才能收获奔流入海的壮阔境界；只有经历九曲十八弯，才会迸发出惊人力量。

窑洞里的烛火照亮了中国

1936年12月12日，震惊中外的西安事变爆发。担任《大公报》记者的范长江决定涉险去西安、延安进行采访。

1937年2月9日，范长江来到延安，在凤凰山窑洞里见到了毛泽东。毛泽东就中国革命的性质、任务和当时共产党的抗日民族统一战线等问题做了精辟的分析。那晚的谈话让范长江觉得，中国的出路找到了。

这就是思想的力量。

1940年5月31日，爱国华侨陈嘉庚经西安到达延安。通过对延安各方面的考察，陈嘉庚说，中国的希望在延安，"得天下者，共产党也"。

给陈嘉庚留下深刻印象的，是中国共产党领导人的人格魅力和深邃思想。毛泽东在延安住的是土窑洞，吃的是小米饭，穿着补丁衣服开会、讲课，让人感佩和崇敬。美国记者斯特朗采访毛泽东、周恩来等共产党领导人后，称赞他们是头脑敏锐、思想深刻、具有世界眼光的人，在谈笑中就会揭示一个时代的伟大真理。

延安时期，以毛泽东为代表的中国共产党人从中国实际情况出发，把马列主义与中国实践相结合，逐步形成了毛泽东思想，成为指导中国人民进行革命和建设的有力思想武器。

延安时期，毛泽东阅读了大量哲学著作。斯诺回忆道："毛泽东是个认真研究哲学的人……他读书的范围不仅限于马克思主义的哲学家，而且也读过一些古希腊哲学家和斯宾诺莎、康德、黑格尔、卢梭等人的著作。"

1937年7月至8月间，毛泽东撰写了后来编入《毛泽东选集》时题为《实践论》和《矛盾论》的文章，为解放思想、实事求是的思想路线奠定了坚实的理论基础。

延安期间，毛泽东还阅读了大量军事学著作，并先后发表了《中国革命战争的战略问题》《抗日游击战争的战略问题》《论持久战》等著作。

灯烛辉煌，光焰灿烂。1939年10月，毛泽东在党内刊物《共产党人》发表发刊词，总结了建党以来统一战线、武装斗争、党的建设三方面的发展成果，提出了党的"三个法宝"的观点。

1939年、1940年之交，毛泽东发表《中国革命和中国共产党》《新民主主义论》等重要理论著作。

延安期间，面对各种复杂局面，中国共产党之所以能够实行正确的大政方针，靠的就是解放思想、实事求是。

在敌后抗日根据地大发展的形势下，各地对干部的需求一时间变得异常迫切。面对民族解放斗争的新形势，1938年3月，中共中央决定大力发展党员。大批来到延安的青年知识分子入党，有力地壮大了革命的力量。

党中央和毛泽东高度重视对革命青年的教育，创办了中国人民抗日军政大学、陕北公学、马列学院、鲁迅艺术学院、自然科学院、延安大学等数十所干部院校，培养了一大批革命所需要的精英人才。

一孔孔简陋的窑洞，一件件打满补丁的衣服，一碗碗粗粝的小米饭，就是一座座熔炉，熔炼着来自全国各地的青年。毛泽东曾风趣地说，你们是过着石器时代的生活，却学着当代最先进的科学——马克思列宁主义。

抗战进入相持阶段，延安也面临着重重困难。

毛泽东说，中国古代有个寓言，叫作"愚公移山"……现在也有两座压在中国人民头上的大山，一座叫作帝国主义，一座叫作封建主义。中国共产党早就下了决心，要挖掉这两座山。我们一定要坚持下去，一定要不断地工作……全国人民大众一齐起来和我们一道挖这两座山，有什么挖不平呢？

一项项符合实际的政策，一篇篇振聋发聩的文章，一次次鼓舞人心的演讲，无不闪耀着从实践中来、到实践中去的真理的光芒。

当年，毛泽东把"实事求是"作为中央党校的校训，其深刻含义不言自明。

为人民服务，向群众学习

张思德，中共中央警备团战士，四川仪陇人，共产党员，1933年参加红军，经受过长征的考验。

1944年9月的一天，张思德因公牺牲。毛泽东得知消息后悲痛地说，开追悼会，我要讲话。

1944年9月8日下午，张思德烈士追悼大会在枣园隆重举行。毛泽东走上讲台，他说："我们的共产党和共产党所领导的八路军、新四军是革命的队伍。我们这个队伍完全是为着解放人民的，是彻底地为人民的利益工作的。"

在延安，保持党同人民群众的血肉联系，是党中央和毛泽东经常思考的重大课题。

毛泽东十分重视知识分子和革命骨干向人民学习。针对他们当中存在的脱离实际等问题，毛泽东指出："群众有伟大的创造力。中国人民中间，实在有成千成万的'诸葛亮'，每个乡村，每个市镇，都有那里的'诸葛亮'。我们应该走到群众中间去，向群众学习……"

到人民中去学习、到实践中去摔打。后来成为著名音乐家郑律成夫人的丁雪松，1938年奔赴延安时刚刚20岁，在中国女子大学就读。1940年底开始，中国女子大学高级班的同学被抽调参加陕甘宁边区乡、县、边区三级政府选举。丁雪松被派遣到绥德参加此项工作。

据丁雪松晚年的回忆，到了绥德，她发现当地人难得洗一次澡，自己的衣服上也很快传上了虱子。她想起临走时领导反复叮嘱过：要深入群众，必须和群众打成一片，不能嫌脏，不要怕长虱子！于是，她坚持了下来。后来，她慢慢发现了农民勤劳朴实的一面，从而端正了对工农的态度。

站稳人民立场。当时，有不少有文艺特长的青年来到延安。在延安的舞台上，人们经常能看到《钦差大臣》《伪君子》等一些国外的著名话剧，但反映群众生活、人民喜闻乐见的作品很少。

1942年5月，中共中央在延安召开文艺工作座谈会。毛泽东对文艺工作者们说，你们现在学习的地方是小鲁艺，还有一个大鲁艺，还要到大鲁艺去学习。大鲁艺就是工农兵群众的生活和斗争，广大人民就是大鲁艺的老师。

延安文艺座谈会后，文艺工作者的创作焕发出勃勃生机。他们自觉投入实际斗争生活之中，与人民群众相结合，精神面貌发生了根本变化，创作的新歌剧《白毛女》等作品受到人民群众的热烈欢迎。

"瓜连的蔓子，蔓子连的根。老百姓连的共产党，共产党连的人民。"这首信天游，永远在历史的天空中回荡。

自己动手，丰衣足食

花满河谷，碧草如茵。今日的南泥湾，荒山早已不见。延安时期，这里却是砥砺中国共产党人自力更生精神的"磨刀石"。

抗日战争进入相持阶段后，日军集中主要兵力打击敌后战场的八路军和新四军；加上国民党顽固派对陕甘宁边区实行经济封锁，延安的财政经济遇到了前所未有的困难。

面对这种局面，毛泽东说，我们是确信我们能够解决经济困难的，我们对于在这方面的一切问题的回答就是"自己动手"四个字。

轰轰烈烈的大生产运动开始了。在这场对抗外部封锁的全民大生产运动中，延安军民自己开荒种地、纺羊毛、烧木炭、种菜、造纸……

陕甘宁边区流传的"马兰草纸的故事"至今依然耐人寻味。

1937年，25岁的华寿俊奔赴延安，先后在延安抗日军政大学、马列学院和延安自然科学院学习和工作。当时，延安条件很艰苦，青年学生们甚至连学习用纸都难以保障，有时用敌人传单的背面书写。

当时，边区的造纸原料主要是废麻袋，产量少、质量低，难以用于印刷。1940年，党组织安排华寿俊到陕甘宁振华纸厂工作，任务就是提高纸张的质量。

一天，华寿俊发现，当地群众用一种草搓草绳。他向老百姓请教后，得知这是当地特有的一种草，叫马兰草。马兰草特别适应陕北的气候，到处都是，用它作造纸原料，成本低，来源广。经过多次试验、改进，用马兰草造纸终于成功了。这让延安的造纸产量一下子提高了几十倍。

到抗战结束，延安已拥有炼铁、炼油、机械制造、军工、化工等行业，纸张、煤炭、棉花等产品也实现了自给或半自给。

自力更生、艰苦奋斗的创业精神，从另一个维度书写着延安的传奇。

永远的回响

这里，是落脚点，也是出发点。人们说，小小延安绘制着未来共和国的蓝图。中国共产党人在延安，以胸怀天下的气魄，铸就了延安精神，开拓着新民主主义建设的"试验区"。

从这里走出了一大批新中国建设所需要的经济、政治、文教、外交等方面的人才，奇迹般地创造了一批中国现代文化史、学术史上的精品，科技方面的成就也引起了国际科学界的高度关注。

一串串闪光的名字，一个个人才的方阵，让延安更加璀璨夺目。

当年怀揣梦想奔赴延安的王唯真，不久之后就成为新华社的优秀记者；曾被抽调参加陕甘宁边区政府选举工作的女青年丁雪松，新中国成立后，成为第一位女大使，先后出使荷兰和丹麦；那位创造了"马兰草造纸"传奇的华寿俊，新中国成立后，成为中国科学院化学研究所的首任党委书记。

那些在风起云涌的时代奔赴延安的有志之士，新中国成立后，有的成为党和国家的领导人，有的成为将军，有的成为科学家、理论家、文艺家、教育家，为新中国的建设和发展立下了不朽的功勋。

中国共产党在延安时期创建的各类学校，成为中国人民大学等中国著名高等学府的前身。今天，这些大学延续着当年的梦想，为中华民族的伟大复兴培育一代又一代英才。

革命战争年代，这里是无数人舍命奔赴的光明之地；到了新时代，这里依然是中华儿女汲取精神营养的沃土。延安时期虽然已经成为过去，但延安精神成为新时代永远传承的红色基因。

岁月流金，信仰永蠡。今天，站在"两个一百年"的历史交汇点上，我们迎来中国共产党百年华诞。从南湖驶来的那艘小小红船，已经成为领航中国的巍巍巨轮。中华民族伟大复兴的大门已经开启，万众一心奋斗拼搏的旋律愈来愈激越昂扬。

"革命的道路千万里，天南海北想着你……"让我们从延安精神中汲取不竭力量，向着光辉的未来勇毅前行。

回眸"陕北的好江南"

80年前，南泥湾是什么样子？处处荒山，没有人烟。陕西人民美术出版社出过一本《延安精神颂》，生动记录了1941年春天，王震带领第三五九旅官兵，在这里征服荒山野岭的最初时刻："一连驻地在西沟，连长带领战士来到了这里。呼的一声，从芦苇蹿出一只大灰狼，直扑过来，二排长眼尖手快，手举枪响，恶狼就倒在血泊之中。一位战士找到一孔破窑洞，正待进窑察看，突然跑出两头大野猪。野猪跑了，这里就成了连部办公室。"

今天的南泥湾是什么样子？花满河谷，绿树满山。金光菊、马鞭草组成的"花海"，巨大稻穗拱起的稻香门，红色党徽雕塑点缀的广场，迎接着远方的来客。满眼绿色湿地，遍地崭新民居，处处安居乐业，让人联想到美丽的江南。

是什么力量让南泥湾发生了沧桑巨变？

一

北京，人民大会堂。2008年4月11日，纪念王震同志诞辰100周年座谈会在这里举行。时任中共中央政治局常委、中央书记处书记、国家副主席习近平出席座谈会并发表重要讲话。讲话中，习近平谈到了王震在南泥湾的岁月，"为克服根据地日益严重的物质生活困难，他率第三五九旅部队在南泥湾开展了轰轰烈烈的大生产运动，为人民军队和抗日根据地树立了'自己动手、丰衣足食'的光辉旗帜。"

可以这样说，正是因为有了敌人的封锁，才有了这面"光辉旗帜"，才有了"自力更生、艰苦创业，同心同德、团结奋斗"的南泥湾精神。

从1940年开始，在日军的残酷扫荡和国民党顽固派的严密封锁下，敌后抗日根据地和陕甘宁边区出现严重的经济困难，到1941年进入极端困难时期。毛泽东说："我们曾经弄到几乎没有衣穿，没有油吃，没有纸，没有菜，战士没有鞋袜，工作人员在冬天没有被盖。国民党用停发经费和经济封锁来对待我们，企图把我们困死，我们的困难真是大极了。"

自诞生之日起，伟大的中国共产党和永远在党旗指引下的人民军队，哪一次不是在困难中奋起，在逆境中成长，在弱小中壮大？

置之死地而后生，置于绝境而后存。中国共产党人从来不怕打压和封锁，从来无惧艰苦与牺牲。面对异常严峻的考验，党中央和毛泽东及时地提出了"发展经济、保障供给"的总方针和"自己动手、丰衣足食"的号召，轰轰烈烈的大生产运动开始了。

南泥湾，位于延安东南部，距延安城约45公里。"一把镢头一支枪，生产自给保卫党中央"，是王震在全旅指战员誓师大会上提出的口号。1940年12月初，第三五九旅第七一七团首先开赴南泥湾。1941年3月后，旅直属机关和第七一八团、第七一九团、第四支队、特务团相继到达南泥湾。刚刚进驻南泥湾之时，战士们描绘的场景是："南泥湾啊烂泥湾，方圆百里山连山。雉鸡成伙满山噪，狼豹成群林里窜。猛兽当家百年多，一片荒凉没人烟。"

这是伟大精神开拓的沃土，这是奋斗青春创造的奇迹。官兵们在南泥湾种稻田2000亩，不仅解决了自己的供应保障，还节约了大量经费，上交公粮500万公斤。还自己动手盖房667间，挖窑洞1264孔，建礼堂3座，购置、自造农具万余件。250名职工使用自造的织布机，每月可出宽台布1000多匹，毛巾500打，毛毡百余条。短短几年时间，第三五九旅官兵把一个遍地荆棘、野兽出没的荒山野林变成了"到处是庄稼，遍地是牛羊"的"陕北好江南"。

1943年2月4日，一部电影纪录片在延安大礼堂试映，整个延安城都轰动了。这部电影名叫《生产与战斗结合起来》，是中央军委总政治部电影团拍摄的，生动记录了第三五九旅官兵在南泥湾开荒生产的事迹。值得一提的是，该纪录片的解说词中，第一次提到了"南泥湾精神"这一概念，而且这部电影是经党中央审定的。

1943年3月，延安文艺界劳军团和鲁迅艺术学院秧歌队一行80多人，来到南泥湾慰问第三五九旅官兵，师生们带来了自己创作的新秧歌《挑花篮》。"花篮的花儿香，听我来唱一唱……"当秧歌舞中的一首插曲《南泥湾》唱起时，官兵们热烈鼓掌。经典歌曲，总是记录着那个时代，一首脍炙人口的歌曲就这样诞生，并被世代传唱。

二

组织大生产运动是为了解决生存问题，却在实践中铸造出一种崇高的革命精神。

中国共产党人以执着追求民族独立和人民解放的坚定理想信念，以必胜的姿态向困难进军，在艰苦环境中淬炼出了坚不可摧的南泥湾精神。南泥湾精神是在南泥湾大生产运动中创造的，是中国共产党及其领导下的人民军队在困境中奋斗、在艰苦中壮大的强大精神力量，是中国共产党人精神谱系的重要组成部分。

1942年12月，毛泽东在为高干会议提供的《经济问题与财政问题》的长篇书面报告中，谈到大生产运动，他说："这是中国历史上从来未有的奇迹，这是我们不可征服的物质基础。"

《南泥湾》的曲作者、音乐家马可于1962年在《中国青年报》撰文，生动描绘他来到南泥湾时受到的震撼："早晨，霞光破窗而入。这时候，山沟、山坡和山顶上，一队队战士早已开始劳动。他们冒着早春的寒冷，砸破薄薄的冰层，扬起烽烟和野火，催促着大地早些苏醒。他们刨掉那几十或上百年的老树根，砍去刺人的枣刺，烧掉拦路的藤蔓，翻开那肥沃的黄土，让这不知荒芜了多少年的土地敞开它的胸怀。山沟两旁的低洼地，有更多的战士在修水田，挖水塘。按照他们的说法，要把这西北高原上的一条普通山沟变成鱼米之乡的江南。这真是一幅又新又美的图画！"这样的画面，这样的改造山河的劳动气氛和创造精神，使得马可"心里充满了创作的激情"。

从南泥湾感受到精神力量的，又何止马可一人！南泥湾精神极大调动了抗日军民的生产热情，使陕甘宁边区渡过了难关，为推动中国革命胜利奠定了扎实的基础，激励着一代又一代中国人前仆后继，为实现中华民族伟大复兴而接续奋斗。

自力更生是南泥湾精神最光彩夺目的一笔。政治上的独立自主，中国共产党坚持敌后抗战，发展壮大人民革命力量，八路军、新四军发展到100多万人，民兵发展到200多万人，成为抗日战争的中流砥柱。经济上的独立自主，更使得各革命根据地经济发展、丰衣足食。1943年11月29日，毛泽东在招待边区劳动英雄大会上自豪地说："吃的菜、肉、油，穿的棉衣、毛衣、鞋袜，住的窑洞、房屋，开会的大小礼堂，日用的桌椅板凳、纸张笔墨，烧的柴火、木炭、石炭，差不多一切都可以自己造，自己办。我们用自己动手的方法，达到了丰衣足食的目的。"大生产的过程，就是独立自主、自力更生观念不断深入人心的过程。实践证明，面对任何艰难险阻，中国人民有决心、有能力、有办法走出自己的道路。

艰苦奋斗是南泥湾精神最激动人心的乐章。一位到边区采访的外国记者，与众不同地注意到王震手上的老茧，"王旅长的双手像他的部下一样，由于劳动而生满了老茧。"在今天看来，这老茧何尝不是一种精神的积淀。没有房子，第三五九旅官兵就用树枝搭简陋窝棚；没有粮食，就挖野菜、啃树皮；没有耕牛，就靠镢头；没有工具，就自己制造，谱写了一曲艰苦奋斗的不朽壮歌。越艰难，他们越充满革命乐观主义情绪；越困苦，他们越紧密团结如一人。正是官兵们具有这种任何物质力量都不能代替的强大精神力量，他们创造了中外军队历史上的奇迹。靠着无穷的精神力量，八路军以小米加步枪，打败了装备优良的日本侵略者。靠着无穷的精神力量，中国共产党人从一个边区小城走向了全中国。正是因为有了这种精神力量，毛泽东才充满信心地说："我们中华民族有同自己的敌人血战到底的气概，有在自力更生的基础上光复旧物的决心，有自立于世界民族之林的能力。"

三

习主席深刻指出："我们党在革命、建设、改革各个历史时期都遇到了种种艰难险阻，我们的事业成功都是经过艰辛探索、艰苦奋斗取得的。"

新中国成立后，面对敌人的全面封锁，我们依靠自力更生、艰苦奋斗的精神，取得了抗美援朝的伟大胜利，开始了社会主义建设。面对外部势力的石油封锁，我们打出了大庆油田，把贫油国的帽子"永远扔进了太平洋"。有了自力更生、艰苦奋斗的精神，越是有惊涛骇浪，就越能展现奋斗者的风采。没有封锁，哪有天空上熠熠闪光的北斗；没有封锁，哪有中国人自己的天宫、嫦娥？

党的十八大以来，面对错综复杂的国际形势，面对艰巨繁重的国内改革发展稳定任务，中国共产党带领全国人民披荆斩棘、砥砺奋进，绘就了一幅幅气势恢宏的画卷，谱写了一曲曲感天动地的壮歌，在建党百年的重要时刻，在中华大地上全面建成了小康社会。今天，我们正意气风发地向着全面建成社会主义现代化强国的第二个百年奋斗目标坚定前行。

前行的道路无坦途。我们每一个人，都应该成为南泥湾精神的传人，成为新时代的"拓荒者"。

如果信念有颜色，那一定是中国红。如果精神有港湾，那应该是南泥湾！

律令如山的文化意蕴

2012年12月10日，广州依然是花红树碧的季节。习近平主席接见驻广州部队师以上领导干部时深刻指出，依法治军、从严治军是强军之基。那一天，官兵深深感觉到，依法治军在实现强军目标中的全局性、基础性、战略性地位得到凸显；那一刻，人民军队革弊鼎新、重整行装的浪潮已然在激荡。

回望历史，我军改革开放40年来治军的实践，在我们眼前铺展开波澜壮阔的历史长卷。

制胜的法宝：人民军队完成历史使命必须依法治军、从严治军。

加强纪律性，革命无不胜。古今中外的军队，都把严明法纪作为治军通则。习主席深刻指出，厉行法治、严肃军纪，是治军带兵的铁律，也是建设强大军队的基本规律。

法治是一种治军方式，从严是一种治军状态。这种治军方式和状态，战时可以决定军队的胜败，平时可以决定军队的成败。因此，古今中外对于治军需要铁律，认识是高度一致的。纪律对于一支军队，犹如空气之于生命；法治对于一支军队，犹如翅膀之于苍鹰。

党的十一届三中全会后，我国走上建设有中国特色的社会主义强国的伟大征途，军队的历史使命有了新的延伸。解决军队肿、散、骄、奢、惰和各级领导班子软、懒、散的问题，邓小平依靠的正是依法治军、从严治军，也正是秉持着"一靠理想二靠纪律"，我军才逐渐走向了革命化、现代化、正规化之路。经过一系列建章立制、拨乱反正，人民军队恢复了传统作风，有力确保了全党工作重点的战略转移，有力确保了"百万大裁军"等重大任务的完成。

改革开放40年间，战争形态和作战样式的新演变、军队使命任务的新拓展、官兵成分结构和思想行为方式的新变化，对依法治军、从严治军提出了新要求。中国军队将依法从严贯穿到国防和军队建设各领域全过程，不断推动依法治军、从严治军实践向纵深发展。

进入新时代，中华民族实现了从站起来、富起来到强起来的历史性飞跃。习主席指出，一个现代化国家必然是法治国家，一支现代化军队必然是法治军队。党的十八大以来，习主席站在实现中国梦强军梦的战略高度，深刻阐述了依法治军、从严治军是我们党建军治军的基本方略，把依法治军、从严治军体现为党的意志，纳入依法治国总体布局，开创了法治军队建设的新局面。

时代的呼唤：军队的每一次转型，都催生治军方式的转变

一支能打胜仗的军队，必然是一支能够成功转型的军队。与40年前不同的是，人民军队建设与发展面临的内外环境已发生了深刻改变。

习主席提出治军方式的"三个根本性改变"，正是着眼于军队能够在国家由大向强、使命任务拓展、战争形态演变等情况下完成变革重塑、实现强军目标。

2014年10月23日闭幕的党的十八届四中全会，审议通过了《中共中央关于全面推进依法治国若干重大问题的决定》，其中的第七部分，提出了深入推进依法治军从严治军。这就明确了要把依法治军、从严治军纳入全面依法治国的总体布局，把治党治国治军进行一体推进。

党的领袖、军队的统帅为何如此重视依法治军、从严治军？

只有放眼全球格局的深刻演变，纵观世界军队的发展趋势，深悟伟大复兴的历史进程，才会感知党的领袖、军队统帅尊崇法治、厉行法治的站位之高远，思考之深邃。党的十八大后，依法治军、从严治军有几个关键词值得关注。

第一个是"纳入"，将依法治军、从严治军纳入全面依法治国的重要组成部分。党的十八大后，我们党更加注重发挥法治在国家治理和社会管理中的重要作用，也必然要求建设一支与法治国家相适应的法治军队。习主席指出，深入推进依法治军、从严治军，是全面推进依法治国总体布局的重要组成部分，"整个国家都在建设中国特色社会主义法治体系、建设社会主义法治国家，军队法治建设不抓紧，到时候就跟不上趟了"。一个"纳入"，凸显出法治军队在法治中国中的方位坐标。

第二个是"上升"，将依法治军、从严治军上升为我们党建军治军的基本方略，上升到强军之基的高度。这是中国军队法治建设的一次历史性飞跃，标志着我们党对新形势下建军治军规律的认识达到一个新高度。军队越是现代化、越是信息化，越是要法治化，因为法治是理性之治、科学之治、公正之治，对于军队治理现代化具有普遍意义。一支军队能不能进入现代化建设的高级阶段，一个重要的标志是能不能沿着法治化轨道向前发展。一个"上升"，凸显出依法治军对我军现代化转型的战略意义。

第三个是"保证",把依法治军、从严治军作为实现强军目标的重要保证。习主席关于"依法治军、从严治军是强军之基"的科学论断,以及为此制定的一系列法规制度,保证了党的意志主张和决策部署在军队得到不折不扣地贯彻执行;保证了部队建立健全一整套适应现代军队建设和作战要求的组织模式、制度安排和运作方式;保证了运用法治手段推进和保障军队改革,解决体制性障碍、结构性矛盾和政策性问题;保证了部队紧跟武器装备不断升级、战争形态和作战样式不断演进的新步伐提高实战化、信息化水平。一个"保证",凸显出依法治军、从严治军对我军实现强军目标的重要作用。

壮阔的实践:铁律生威的关键在于"踏石留印、抓铁有痕"地执行

历史,是由一个个生动细节组成的;历史事件,也是由一个个具体人物见证的。从依法治军、从严治军的角度说,我们每个人都是历史的见证者。

就在不久前,笔者到驻云南的边防部队采访。一路上,我印象最深的几句话是:"现在成长进步,再也不用跑、不用送了""风气好了,一直到了末梢(边防哨所)"……来自边疆基层官兵的这些话,让人感慨和振奋!

改革开放40年来,特别是党的十八大以来,依法治军、从严治军不断迈出坚实步伐,取得了巨大成就。这两年有一句话——"解决了许多长期想解决而没有解决的难题,办成了许多过去想办而没有办成的大事",从治军的角度看也是如此。这充分说明,制度已发力,铁律已生威。

铁律何以生威?"天下之事,不难于立法,而难于法之必行。"习主席深刻指出,法律的生命力在于实施,法律的权威也在于实施。不严格执法,军事法规制度就会成为"橡皮泥""稻草人"。

——领袖的重要论述,彰显了执行的决心意志。党的十八大以来,习主席就深入推进依法治军、从严治军做出一系列重要论述、重要指示,是推进新形势下国防和军队法治建设的理论指引,是建设法治军队的行动指南,彰显了执行的决心意志。党的十八大以来,人民军队依法治军、从严治军之所以取得伟大成就,最根本的是习主席的指引、领导和推动。

——制度的笼子越编越密,支撑着执行的法治空间。党的十八大以来,人民军队围绕构建完善的中国特色军事法治体系,提高国防和军队法治化建设水平,做了大量

的工作，形成了系统完备和严密高效的军事法规制度体系、军事法治实施体系、军事法治监督体系和军事法治保障体系；中央军委巡视实现全军各大单位全覆盖，纪律检查监督和责任追究常态化，军委审计署调整组建全部实行派驻审计，组建新的军委政法委坚持有案必查、有罪必究……

——踏石留印、抓铁有痕的力度，强化了执行的效果。党的十八大以来，习主席和中央军委从解决官兵反映强烈的突出问题入手，从腐败问题易发多发领域入手，一个领域一个领域整治，一个节点一个节点推进，向全军传递以上率下、严于律己、全面从严的坚定决心，传递出永远在路上的强烈信号。一手抓惩治，纠治"四风"，打"虎"拍"蝇"，使出铁腕惩腐的雷霆万钧之力；一手抓预防，张开利剑高悬、震慑常在的监督大网。官兵说，高压线"带电"，铁律才真正具有了严肃性和权威性。

深刻的启示：法治信仰、法治军营将托举起法治军队的明天

1986年8月13日，这一天的《解放军报》头版，刊登了一条几百字的短消息《用法律手段管理部队》。这是官兵第一次在《解放军报》上读到了"依法治军"这个词汇。回顾改革开放40年来的变化，人民军队依法治军、从严治军的步伐何等威武雄壮，何其铿锵有力！

40年的实践，带给人们的启示是深刻的，也是珍贵的。

依法治军、从严治军，必须坚持把党对军队绝对领导作为核心和根本要求，从法理上坚决捍卫党对军队绝对领导的根本原则，坚持和完善党对军队绝对领导的一整套制度，以法治强制力确保党指挥枪的原则落地生根。军委主席负责制是宪法规定的，是党对军队绝对领导的最高实现形式，是实现党和国家长治久安的根本要求。维护和贯彻军委主席负责制必须成为建设法治军队的铁律。

依法治军、从严治军，必须坚持战斗力这个唯一的根本的标准。能打仗、打胜仗是军队建设的主旋律，也应当成为军队法治建设的目标。如果不通过制度使战斗力标准牢固确立，那么从严治军就有可能成为"消极保平安"的借口。必须通过建立一系列的法规制度，使军队能打仗、打胜仗的核心能力进一步提升，从而实现党在新时代的强军目标。

依法治军、从严治军，必须坚持依法治官、依法治权。在这方面，我们有过深刻的教训。因此，转变治军方式关键在领导干部，必须健全依法运转的工作机制，一定

要抓住关键领域、关键环节、关键少数。

依法治军、从严治军，必须使法治成为官兵的信仰。"法治必须被信仰，否则形同虚设。"习主席强调，首先要让法治精神、法治理念深入人心，使全军官兵信仰法治、坚守法治。文化的力量是巨大的，也是无声的，更是长远的。深入推进依法治军，不仅要使官兵掌握法律法规，更重要的是培养官兵的法治信仰，要在军营中大力发展军事法治文化，让法治精神融入官兵血脉，转化为思维方式和行为习惯。展望未来，一个个形成法治信仰的官兵，一座座充满活力的法治军营，将托举起法治军队建设与发展的灿烂明天。

女排精神催人奋进

历史是有温度的。

1981年11月16日，中国女排在第三届女子排球世界杯中夺得冠军的那个夜晚，至今仍温暖着国人的心灵。那一刻，永载史册。从那一刻起，女排姑娘们创造的女排精神，回响在改革开放的道路上，汇聚起"振兴中华"的时代旋律。

改革开放之初，中国女排创造了"五连冠"的骄人战绩。近些年，中国女排在2015年世界杯、2016年奥运会、2019年世界杯上三度夺冠。女排姑娘们所创造的女排精神，极大地激发了全国各族人民的爱国热情，增强了人民的民族自信心和自豪感，成为激励国人万众一心、实现中华民族伟大复兴的重要精神力量。

女排精神是用激情与梦想、拼搏与奋斗书写的心灵史诗，是中国精神中不可或缺的英雄篇章。实现美好梦想，不会一帆风顺；成就伟大事业，不会信手拈来。当前，在强国强军的伟大征程上，愈加需要女排精神等中国精神的激励。中国梦是强国梦，也是强军梦。对于每一位新时代革命军人来说，同样需要学习女排精神，在各自岗位上创造新的辉煌。

学习女排精神，要学习她们"祖国至上"的精神信念。作为运动员，祖国的荣誉是第一位的。作为军人，祖国的安危是第一位的。新时代革命军人，必须把爱国奉献作为永恒的精神底色，把全部心思和精力聚焦于备战打仗，把爱国精神转化为奉献的实际行动。

学习女排精神，要学习她们"团结协作"的优良作风。"这力量是铁，这力量是钢"，团结的力量使中国女排一次次赢得胜利。现代战争信息化程度越高、联合指挥越复杂，就越需要团结协作的精神，越需要官兵团结一致。

学习女排精神，要学习她们"顽强拼搏"的战斗品格。金牌不可能总是得到，但拼搏的精神可以永远赓续。女排姑娘们的可敬之处，在于"敢于亮剑"的拼劲、打不垮的韧劲。作为新时代革命军人，我们需要的正是这种精气神和战斗作风。今天，我们的钢多了，气要更足，骨头要更硬。

学习女排精神，还要学习她们"永不言败"的顽强意志。再艰难的跋涉，只要永不放弃，总会抵达目的地；再艰苦的战斗，只要永不言败，就会取得胜利。强军路上，我们需要拼搏奋斗，开拓进取，也需要坚持不懈，勇往直前。

女排精神具有丰富的精神内涵和永恒的精神价值。悉心体悟和学习女排精神，相信我们每一个人都能从中获得启迪和激励。女排精神之花，必将在未来绽放出更加灿烂夺目的光芒。

拥抱春天

不知不觉中，春节长假就要过去了，春天的脚步来临了。

乙未羊年岁末，军旅文化现象的主题或许可以称之为：告别与新生。过去的一年，我们因改革经历了各种各样的告别：告别撤销或调整组建的单位，告别奔赴新岗位或离开军营的战友，告别各种标牌、臂章、饰物……体验了多姿多彩的"告别文化"；在新闻媒体，在微博、微信圈里……过去的一年，"你们的转身，军队的转型"等等各种告别的话语和励志的文章，感动我们的心灵，激荡我们的热血。这一切，作为一支军队特殊时期特有的文化现象，凝结成美丽的窗花，随着这个春节一起定格在记忆的窗口。

在即将告别春节长假，迎来猴年新春第一个工作日之际，期待战友们在春光里，用春草萌动般的新生写就我们新年的文化现象！

春光里，让告别成为记忆。我们只有眷恋，没有伤感；我们只有忠诚，没有遗憾！一切告别，皆为序章；一切春天，都是新始。军队转型之时，正是建功之际！告别成为一种文化现象时，新生就更应该成为一种重要的心态，更应该成为一种有生命力的文化。

春光里，让实干成为坐标。改革强军，架构渐次清晰；腾笼换"脑"，呼唤思想风暴。改革伟业，靠的是我们每一个人，改变旧观念，告别旧习俗，充满自豪与激情，创造性地干好本职工作。在中国梦强军梦伟大征程上阔步前进的人民军队，召唤着新一代"四有"革命军人去承担重任，开创未来。

春光里，让看齐成为常态。强国强军需要核心，干事创业必须看齐。要把对党的忠诚融入血脉和灵魂，向党的理论和路线方针政策看齐，向改革强军的各项决策部署看齐，坚决听从党中央、中央军委和习主席指挥，坚决投身改革的洪流，坚决完成新年度的各项任务。

116年前的2月，梁启超作《少年中国说》。每读此篇，心潮澎湃。党的十八大以来，人民军队在强军目标的引领下，吹响了强军兴军的新号角，开启了强军兴军的新征程，重整行装，浴火重生，其气势与"少年中国"何其相似——"红日初升，其道大光；河出伏流，一泻汪洋；乳虎啸谷，百兽震惶；鹰隼试翼，风尘吸张……"一支朝气蓬勃、让党和人民更加信任的人民军队，正在展现出新的时代风采，正在书写强军兴军新的篇章。

相信只要有我们的努力，必然可以在改革强军中实现"前途似海，来日方长"的壮丽境界！

春光里，让我们一起出发：向前，向前，我们的队伍向太阳！

春晚，军人是最亮的"星"

日前，中央电视台发布消息，猴年春晚收视率最高的节目是情景剧《将军与士兵》。春节前（1月31日），"烽火影视"版曾刊出此节目的"预告"文章《猴年春晚有"阅兵"》。看过报道，对这个节目自然更加关注。

获得"收视冠军"，是这个节目的光荣，也是军事文艺者的光荣。猴年春晚，最难忘的节目是《将军与士兵》，最亮的"星"自然就是军人了。

有人说这个节目接地气、聚人气、鼓士气，也有人说"感动得热泪盈眶"。互联网上，也是一片赞誉，人们总结出"不想当士兵的将军不是好将军"等经典语句，为将军和士兵同时点赞！

全国观众对这个节目的关注，反映了人们对"9·3"大阅兵的高度认可。艺术来源于生活，火热的生活能够成就精湛的艺术。"9·3"大阅兵，纪念了中国人民为世界反法西斯战争胜利做出的巨大贡献，表达了中华民族对历史和先烈的尊重和铭记，对和平与未来的珍爱和希冀，受到举国上下和国际舆论的高度评价。这段铭刻进历史的日子，成为《将军与士兵》的创作源泉。可以说，观众看的是这个节目，回想的是"9·3"大阅兵。

对这个节目的关注，也反映了人们对改革强军的高度关注。去年底开始，深化国防和军队改革的大幕开启，让所有中国人都高度关注。改革后这支军队会是什么样子？能不能担负起神圣的历史使命？人们在期待。情景剧中展现出的人民军队的士气豪气和铁血担当，令多数国人热血沸腾。从这个节目的高收视率，我们可以感受到：民意所指，民心所向，强军可期，改革必成！

对这个节目的关注，还反映了人们对军队改变作风的高度评价。"9·3"大阅兵最大亮点之一，是将军领队。50多名将军始终与官兵同训练、共流汗，以自身的过硬形象影响和带动了受阅部队。这是党的十八大后，军队转变作风的一个缩影。将军冲锋，士兵必会看齐；以上率下，效能大大提高。从节目赢得的热烈掌声里，我们可以感到广大群众对人民军队浴火重生、整装出发的发自内心的喜悦、拥护和爱戴！

军旅题材节目荣膺春晚收视率榜首，可能是春晚举办以来的第一次。对猴年春晚，观众各有各的评价。在艺术追求中承载更多的文化责任，大方向是正确的。突破不易，转型更难。如何运用创新形式手段，让春晚更令人民群众喜闻乐见，是大家所期待的。《将军与士兵》创演的成功，或许就提供了这样一个方向。

高价不一定高雅

看到两则文化新闻，感觉有话要说。一则是某女歌手的演唱会爆出"天价票"，被指"饥饿营销"，在网上炒得沸沸扬扬；一则是在几家新媒体上看到，某画家新春拍卖会人头攒动，画价几十万一平尺，成交几亿，云云。

高价不一定高雅，更不代表高贵。天价票，如果不能让人欣赏到高水准的演唱艺术之美，只是一场豪华舞台上演绎的空洞"故事"、注水表演，那么这样的演出只能是被金钱包装的商品，与真正的艺术相去甚远；天价画，如果只从"生产线"上生产出来，以市场标价为目标，而没有美的发现、美的创造，如何能温暖人、鼓舞人、启迪人？

艺术与市场的联姻，在一定程度上促进了文化事业的繁荣。但是，如果艺术创作由此染上了铜臭，就必然偏离艺术创作本来的轨道，作品的艺术价值也将大打折扣。特别是，这样的风气，如果在艺术领域成为一种所谓的潜规则，成为一种大家都心知肚明却睁一只眼闭一只眼的文化惯性，那么对于一个时代的文艺事业，将是莫大的伤害。而且，这种伤害带来的恶性影响也将是持久的。

"人民需要艺术，艺术更需要人民"。如果"天价"输了"天理"，那么炒作最终会炒掉人民群众对艺术家的信任和尊重。时代需要艺术大师，但绝不是那种眼里只有价码的"大师"。"只有永远同人民在一起，艺术之树才能常青"。时光之河，会把一切庸俗者、虚伪者、炒作者的痕迹，冲刷得干干净净。只有扎根人民、尊重人民、服务人民的艺术家，才能最终为人民所喜爱、所选择。

以经典开新境

——"鉴古开今：军旅书法家作品展览"观察

丙申夏末，一场令人惊叹的书法艺术盛宴在北京81美术馆拉开帷幕。解放军美术书法研究院组织47位军旅书法家，精心选录经典诗文名句，倾心创作了127幅书法作品在这里开展。专家纷纷赞叹，观众好评如潮，一时成为年度军旅文化的盛事。

立意高远的文化"集体冲锋"

为什么办这个展览？

党的十八大以来，习近平主席多次强调要弘扬中国精神、传承中华文化，在一系列重要讲话中引用大量名言诗句，言简意赅、意蕴深厚，体现了中华文化精粹的智慧光芒和思想价值。优秀传统文化是砥砺品行、修身益智的精神滋养，党的领袖、军队统帅如此重视中华传统文化，这是最好的引领。

为帮助大家更好地学习理解习主席治国理政思想，感悟博大精深的历史传统文化，进一步提升思想道德境界，军内的书法名家进行了一次弘扬中华传统文化的"集体冲锋"——47位军旅书法家精心选录经典诗文名句，倾心创作127幅书法作品，可谓真草隶篆诸体俱备、各臻其美。

经过多方协调和精心筹备，"鉴古开今——军旅书法家作品展览"，于2016年8月10日在北京开展。展览分为"铸魂篇、立身篇、尚武篇、崇德篇"四个部分，意在以书法艺术为载体，重温经典、以文化人。

笔者走进现场，深深感受到展览的整体面貌呈现出"阅兵式"的庄严感。由于作品尺幅巨大，艺术精湛，一进入展厅就令人感受到强烈的视觉冲击！在书法家意气昂扬的书写中，扑面而来的是中华传统文化的正能量。火箭军政治工作部文艺创作室副主任、中国书法家协会副主席刘洪彪介绍说，此次展览是军旅优秀书法家的一次集体亮相，由于展览指定了作品的书写内容、尺寸和字体，而且尺幅巨大，创作难度显而易见。如今，书法已经走入了展厅时代，它转换了自己的生存方式，跟古代的书法环境大相径庭。为了使书法艺术适应这样的时代，军旅书法家作为当代书法的重要生力军，勇敢地承担起了创作任务，以巨幅作品彰显出军旅书法的浩然正气。

句句金石之声，字字风云之润

"志于道，据于德，依于仁，游于艺"。书法作为六艺之一，是蕴含中国文化精神的独特艺术形式，其中包含着道之奥妙、德之精粹、仁之意蕴。丙申夏末的这次文化"集体冲锋"能够为人们所瞩目，需要的是艺术的底蕴，是内容与形式的统一，教育功能与审美功能的统一。

参展的军队书法家们，以强烈的责任心使命感投入创作，将书法作为传达文化内涵的重要载体，使观者在为艺术沉醉之时，也能感受到中国传统文化的博大精深。

据军委政治工作部宣传局领导介绍，"精心构思布局，反复打磨修改"，是书法家们的普遍创作状态；"笔笔有来历，字字求完美"，成为书法家们创作时的生动写照。

在策展等相关工作上，有关人员"从创意策划、人员遴选到组织创作、评选展出，始终表现出严格的艺术标准、强烈的创新精神和很高的艺术追求"。从展览取得的效果看，这个评价非常中肯。

中国书法家协会主席苏士澍说，展览非常令人振奋，阵容强大，充溢着浓厚的正能量和正大气象。此次展览把书体、内容和形式完美结合，是当代军旅书法的榜样。

中国书法家协会分党组书记、驻会副主席陈洪武评价道，这次展览展现出军旅书家的整体风貌和实力，笔墨之间爽爽洒脱地传达出军人的气派、气度和气象，在金钩铁画之间尽显军人风采。

中国书法家协会顾问胡抗美赞誉说，从此次书法展中我看到了军队的战斗力，军旅书家亮出了自己的真本领，给人以耳目一新的震撼感受。

中国书法家协会分党组副书记、秘书长郑晓华指出，展览是非常成功的，全面展示了全军书法创作的面貌，也体现出目前军队书法人才的雄厚实力。军队能够将军旅文化的发展和传统文化的传承放在重要位置，部队为书家提供了良好的条件，这批精英人才和优秀作品的汇聚正是军旅书法进一步发展的强大动力。

"书品如人品"，此次展览书写的内容均是中国文化的精粹，在书法作品中凝聚了中国古人治国理政之道、为人处世之道和修身养性之道，观者在参观过程中不仅欣赏了书法作品，还咀嚼了前人智慧，是一个艺术和文化相结合的优秀范例。中国文联书法艺术中心主任刘恒这样评价。

"思想精深、艺术精湛、制作精良、特色鲜明"……从这一声声赞语中我们可以感受到，这次展览给人们留下了难以忘记的艺术感受和精神启迪。

让艺术在思想教育中发挥更大作用

"看了这些作品，我对习主席系列重要讲话中引用的名句有了更深的理解。"观众们这样说。

"经典深入心灵，警句催人奋进。通过这次展览，我们争做新一代'四有'革命军人的行动更加自觉了。"官兵们有这样的体会。

"这是以书法形式创新思想政治教育的尝试，为我们提供了新的途径和思路。"前来参观的政治工作者产生了这样的感慨。

强军事业呼唤强军文化。为什么？因为文化无处不在，文化的作用是独特而巨大的。党的十八大以来，"打造强军文化"已经成为习主席治军方略的重要组成部分。

文化如何为改革强军服务？如何在新形势下焕发出时代光彩？是每位军队文艺工作者都在思考和回答的重大课题。

"鉴古开今——军旅书法家作品展览"为什么能够取得成功？为什么反响如此强烈？为什么许多官兵反映"感受到了文化的滋养、精神的振奋"？正是因为文化发挥了独特而巨大的作用。

在书法的大气磅礴中，观众感受到了中华优秀传统文化的洗礼；在艺术的润物无声中，观众们感悟到了强国强军的时代精神；在"铸魂、立身、尚武、崇德"四个篇章的赏析中，官兵们不知不觉间接受了"四有"新一代革命军人的培育和熏陶。

推陈出新，才能奏响时代旋律；鉴古开今，才能谱写强军乐章。何为古今？这不仅仅是一个时间的概念，更蕴含着当代军队艺术工作者如何学古、释古、融古的重要课题。当中国传统书法艺术与培育"四有"新人这一时代主题碰撞交融之时，就形成了融古纳今的时代交响，从而洗涤观众的心灵，振奋官兵的精神，达到传播中华文化、聚焦强军目标的目的。

一次展览，是一次深刻的思考，也是一次有益的创新，更是一张合格的答卷。相信只要军队艺术工作者们能够始终坚持正确创作方向，深入学习贯彻习主席系列重要讲话精神特别是在文艺工作座谈会上的重要讲话精神，唱响时代主旋律，热情服务改革强军，紧贴部队官兵，提升艺术品质和道德修养，不断在"鉴古开今"中打造精品力作，就一定能够在强军兴军伟大实践中发挥出更大作用！

关注网络阅读

以前，出于保密等需要，官兵大多数时间与互联网处于"绝缘"状态，特别是入伍前在网络世界任意畅游的战士们，感觉"网上的世界很精彩，断网的日子很无奈"。

过不了网络关就过不了时代关。今年7月，四总部联合颁发规定，对手机网络使用做出规定，在符合保密要求的前提下，军队人员在课外活动时间、休息日、节假日等个人支配的时间，可以使用手机（含智能手机），可以通过个人移动终端或者军营网吧使用互联网。随着规定得到贯彻落实，官兵们的业余时间与互联网将更紧密地联系在一起，网络阅读、"移动阅读"会越来越广泛地进入官兵的生活。

网络阅读有别于传统的基于纸质媒介上的阅读。比如说，网络阅读的丰富性，让大家感觉很有吸引力。在网络上，你读到的不仅仅有文字，还有图片，甚至还有视频。形象地说，网络阅读是从读"文"时代走进了读"图"时代，从纸质媒介的阅读走进了多媒体的阅读。再比如，网络阅读的便捷性让大家深有感触。在网络时代，你不需要花钱去订阅报刊，只需要打开手机，用手指就可以"查阅"一篇篇文章；也不用抱着厚厚的书本，只要点击下载就会有海量的作品等着你"阅览"。网络阅读还具有即时性和互动性，让大家很有参与感。

随着网络阅读在官兵中的快速增长，其对青年官兵成长的"双刃剑"作用也愈发明显。一方面，网络阅读拓宽了青年官兵的视野，引导得好，可以大大提升青年官兵的文化素养，促进和提高部队的思想政治教育水平。另一方面，网络阅读会不可避免地对青年官兵产生一些负面影响。

充分认识网络文化的多元化倾向，心中要有"主心骨"。网络具有开放性，同时又具有国际性。随着网络文学的繁荣发展，文学网站上的仙侠小说、玄幻小说很受年轻人追捧，也因内容充斥着迷信、魔法、神鬼等引起很大争议。青年官兵们应该时刻清醒地认识到，网络文化虽然是多元的，我们的理想信念必须是坚定的。要尽最大努力从网络阅读中汲取有益知识，最大限度地避免其负面影响。

充分认识网络文化的庸俗化倾向，眼前要有"过滤器"。在只有吸引"眼球"才能换来点击量的情况下，网络上的恶搞、媚俗等现象层出不穷也就不奇怪了。一些网络文艺作品格调不高,在潜移默化中冲击着青年官兵的思想道德观念。作为新一代"四有"革命军人,广大青年官兵要时刻牢记在网络阅读中辨别良莠,始终做到自觉文明上网,自觉净化网络环境,为营造积极健康的网络文化贡献力量。

充分认识网络文化的虚拟化属性,胸中要有"定盘星"。有的青年官兵认为网络是虚拟的。其实,每一个网络终端都是与现实相连,纯粹虚拟的社会并不存在。阅读网络作品时,特别是发表感想、留言时,要时刻牢记有关纪律规定,增强保密意识,不给别有用心的人可乘之机。

管好第二个"朋友圈"

净化朋友圈，谨慎择友，健康交往，是对军人特别是领导干部的必然要求。当前，随着网络等新兴媒体的迅猛发展，意识形态工作面临的环境更加复杂，要求我们高度关注另外一个"朋友圈"——微信上的"朋友圈"。

微信作为一种即时通信工具，深受用户的欢迎，影响面越来越广。正因为此，某些敌对势力把微信作为传播意识形态、宣扬价值观念的重要渠道，热衷于编写出一个又一个微信段子，以期用"温水煮青蛙"的方式在"朋友圈"中传播，达到影响渗透的最佳效果。作为军人，我们必须对此提高警惕，切实管住管好第二个"朋友圈"。

转发者无心，编写者有意。对于"朋友圈"中的微信，首先要看政治观点是否正确，信息来源和事实是否准确可靠，特别是要注意分析某些微信背后隐藏的真实传播目的，提高鉴别力和免疫力。对于别有用心传播错误历史观、价值观，不断变换手法、制造思想混乱的微信，做到不相信、不转发。

一个"朋友圈"就是一块传播正能量的阵地。既然有了这块阵地，就要尽量做到为我所用，把传播正能量的微信，通过自己的"金手指"转发出去。当前，"解放军报"微博粉丝总量已突破两千万，要依靠、利用好这些阵地，人人传播正能量，让主旋律更加响亮，正能量更加强劲，让影响日益扩大的移动网络空间成为传播正能量的坚强阵地。这样，就会极大地改变网络意识形态领域的斗争格局，不断提高主流意识形态的话语权。

阳光多一分，阴影就会少一点。只要大家管住管好自己的第二个"朋友圈"，相信微信就可以成为重要的移动网络宣传平台，就可以凝聚人心、引导舆论，成为宣扬社会主义核心价值观的一支逐渐壮大、不可或缺的新兴力量。

何为"绿色文学"?

"绿色文学"首先给我的印象是充满生机与活力的文学。试想,在文学的"高山厚土"之上,一片片绿色的草木在蓬勃生长,这是多么令人愉悦的事。

"绿色文学"从陕西这片黄土地上"生长"出来,是非常符合历史与现实逻辑的。从历史上看,从红军到达陕北之后,中国共产党高举起抗日救亡大旗,吸引了无数文学青年奔赴延安,经过黄土地的哺育与滋养,经过延安文艺座谈会的指引与改造,那一代青年作家的创作焕发出勃勃生机。涌现出《白毛女》《小二黑结婚》《李有才板话》《太阳照在桑干河上》《种谷记》等文学作品,艾青、何其芳、丁玲、贺敬之、柳青等一串串闪光的名字,让青春与文学的延安璀璨夺目。从现实来看,陕西的青年文学也充满了蓬勃生机与活力,"陕西青年走出去"丛书影响不断扩大,初步形成了文学"青年陕军"的人才方阵,这是可喜可贺的事。

此外,"绿色文学"应该是健康的文学。这个健康,一是创作方向,二是创作内容,三是创作者队伍。"绿色文学"就是要坚持扎根生活、服务人民的创作方向,反映人民的喜怒哀乐,讴歌时代的风云变迁;创作内容上要杜绝低俗、庸俗和恶俗,让文学中充满青春的阳光;青年作家要注意涵养修为,力争做到德艺双馨。这也是"绿色文学"对创作的内在要求。

一言以蔽之,"绿色文学"就是青春的文学,健康的文学,充满生机与活力的文学,就是像大树一样扎根于生活、像树叶一样富有绿色生命力的文学。

历史镜鉴的"智性传播"

打赢疫情防控阻击战，是庚子之春传媒关注和报道的重点之一。如果说，抗疫前线是第一战场，那么，新闻报道则可以称为引导舆论场走向、传播防疫知识、鼓舞战"疫"斗志的第二战场。从2月19日起，《华西都市报》"封面新闻"推出《战疫史志》新闻专题。在20多天时间里，连续推出42期共10多万字的历史回顾，多角度呈现瘟疫对人类的影响，以及人类应对挑战的经验教训，为人类战胜此次新冠肺炎疫情提供历史镜鉴。整个专题适应全媒体时代的深刻变化，从话题设置到传播策略、方法，都有新的探索和突破，体现了"智性传播"的特点，成为此次全国抗疫宣传的亮点之一，也是学术话题进入大众传播的一次成功范例。

智在精准化的主题

全媒体时代，在纷繁复杂的舆论场中，依据受众的需求精准确定主题，考验的是一个媒体的素质、眼光和底蕴。在此次抗疫宣传中，人类历史上究竟经历了多少次大瘟疫，这些瘟疫带给人类怎样的启示，是受众潜在关注的话题。"封面新闻"敏锐地捕捉到受众的需求，确定了以史为鉴的报道思路，推出了"全球战疫史"和"人类发展启示录""医学进步启示录""文艺繁兴启示录""抗击非典启示录"五大板块，42篇文章涉及社会历史、医学科学、文化艺术和具体疫情案例，回顾历史，寻找启示，观照未来。在"开栏语"中看到，"以史为镜，眼前的经历，何曾相似，以史为志，应反思的，已有答案。在枪炮、钢铁塑造的人类历史上，抹不去病菌的侧影。人类的发展史，也是与疾病的斗争史；人类的战疫史，同样有着医学进步、文艺繁兴。"正如"医学进步启示录"中《野味致命史：人类打破自然平衡的代价》一文中所给出的结论，"人类大肆捕杀野生动物，破坏它们的栖息地，造成生态失衡，原有物种之间的制约关系消失，才是造成更多疾病暴发的源头。"

主题决定成效，《战疫史志》专题在"封面新闻"客户端阅读量达2200万+，全网传播超1.5亿，收到了良好的传播效果。

智在即时化的策划

全媒体时代，搞好重大主题宣传，不仅需要精准确定主题，还需要根据受众信息需求及时调整策划内容。这是传媒的一种态度，更是一种智慧。众所周知，互动已成为大众化信息传播的基本需求和标志，受众不仅仅满足于获取信息，还需要表达自己的见解。笔者了解到，《战疫史志》的策划是开放式的，根据受众的需求，及时增加、调整内容。"人类发展启示录"中的《被忽视的光绪十六年冬季的传染病》《110年前东北鼠疫：伍连德首次使用现代医学方法四个月扑灭》等文章，就是编者根据读者提供的信息和线索，及时安排的。对于策划的即时化，《战疫史志》专题给出的策略就是，"通过传播真实、权威的信息，用专业的方式做好舆论引导工作，但如果要表现专业，首先就是要深入一线，在集纳各方信息过后，权衡利弊，然后站在媒体自身的角度，形成报道。"在新闻生产的源头解决互动性问题，是《战疫史志》专题在大众传播过程中的智慧之道。

智在学术化的呈现

全媒体时代的信息传播，其实更为注重专业化。因为在网络新媒体、自媒体海量信息的冲击下，信息已呈现碎片化，新闻已成为易碎品。如何突破这一窘境？学术化追求成为未来大众传播的可行性方向之一。有专业人士评价，《战疫史志》有着一种媒体文本上少有的"学术气质"。其知识密集，内容专业，旁征博引，来源权威。10多万字的内容，引用了上百份学术专著、论文或专业性文章。比如，"文艺繁兴启示录"中的文章《疾病如何被隐喻：瘟疫的审美化和污名化》，即研究和参阅了苏珊·桑塔格的《疾病的隐喻》《反对阐释》、米歇尔·福柯的《临床医学的诞生》、弗雷德里克·F·卡特赖特和迈克尔·比迪斯的《疾病改变历史》、凯蒂·洛芙的《暮色将至：伟大作家的最后时刻》等多部专著。此外，42个文本还参考了大量人类历史上的名著，如雷蒙·戴蒙德的《枪炮、病菌与钢铁》、尤瓦尔·赫拉利的《人类简史》等。当今学术界和专业期刊上的最新学术研究成果，也在文本所附的参考资料中有所涉及。这样，既提高了文章的严肃性、权威性，又有效避免了碎片化信息的负面影响，成为学术话题通过报道进入寻常百姓家的有益尝试。

智在故事化的传播

　　"1341年，28岁的乔万尼·薄伽丘回到了佛罗伦萨""眼下有些陌生的家乡让人欣喜——刚修好的深红色环形城墙高6米、全长8公里。全新的市政大厅，红砖白墙非常气派""但薄伽丘并不知道，自己有生之年竟看不到这座雄伟教堂的封顶之日"，这是《战疫史志》"文艺繁兴启示录"中的《黑死病肆虐下的"生之向往"〈十日谈〉吹响文艺复兴号》一文的开头部分。"封面新闻"的这组报道，做到了"主题的新闻化"和"新闻的故事化"，每篇报道既有严肃的主题，又穿插着动人的故事。在全媒体时代，故事化表达是大众化传播的应有之义。大众关心的主题、生动精彩的故事和令人难忘的细节，是提高传播有效性的必由之路，也应成为主流新媒体的价值追求。在《战疫史志》中，从大英博物馆中的古代埃及木乃伊，到长沙马王堆一号汉墓出土的2100年前的女尸；从历史上的天花、鼠疫、黑死病、疟疾，到现代的艾滋病、埃博拉病毒；从名家画作上的瘟疫，到影视剧中的流行疾病……无一不给读者留下深刻印象，使新闻传播更加生动、可感。"须知，我们的现在，正决定着未来"，这是《战疫史志》"开栏语"中的一句话，也使我们看到了公共事件大众传播的未来发展方向。

增强党史宣传的吸引力、感染力、传播力

如何创造性地讲好百年党史，提升党史宣传的吸引力和有效性？七一前夕，《解放军报》连续推出"党的革命精神谱系"系列文章，以生动的文风深度解读井冈山精神、长征精神、遵义会议精神、延安精神等党的革命精神。这是首都各媒体中，第一个推出中国共产党人精神谱系系列文章的中央媒体。系列文章一经推出，备受关注，中宣部《新闻阅评》给予好评，军内外读者纷纷点赞，认为系列文章立意高远，思想深刻，故事生动，文笔优美，给人以精神震撼和情感共鸣，是学习党史军史、传承红色基因的生动教材。

以鲜明主题增强吸引力

在庆祝建党百年报道渐入高潮之际，如何讲好波澜壮阔的百年党史，有效提升宣传效益？关键是要选准一个切入点。《解放军报》"长征副刊"无疑找到了一个准确恰当的切入点——中国共产党人的精神谱系。

今年2月20日，习近平在党史学习教育动员大会上发表重要讲话，深刻指出我党在一百年的非凡奋斗历程中，"形成了井冈山精神、长征精神、遵义会议精神、延安精神、西柏坡精神、红岩精神、抗美援朝精神、两弹一星精神、特区精神、抗洪精神、抗震救灾精神、抗疫精神等伟大精神，构筑起了中国共产党人的精神谱系。"《解放军报》"长征副刊"敏感地捕捉到这些精神蕴含的价值，开始策划相关系列文章。系列文章紧紧围绕习总书记在党史学习教育动员大会上提到的伟大精神，连续推出12块整版，系统宣传中国共产党人的精神谱系。邀请了王树增、韩毓海、唐栋等著名作家、学者撰写了《星火燎原 光耀未来》《伟大史诗，写遍万水千山》《万里征程上的伟大转折》《蕴含在民族血性中的磅礴力量》《春天故事，勇立潮头的壮丽篇章》等12篇文章。这些富于文学色彩的文章，犹如铺展开一幅幅壮阔的历史画卷，矗立起一座座巍然的精神丰碑，提纲挈领地展现了共产党人积淀与传承伟大精神、赓续与拓展精神谱系的百年历史，给人以强烈的思想感染力和历史厚重感。

以深度解读增强感染力

党的革命精神是一代代共产党人用鲜血和生命铸就的宝贵精神财富，有着其形成的复杂时代背景、艰辛孕育过程和深刻思想内涵。系列文章没有陷入对历史的平铺直叙，而是由表及里，深入解读，特别凸显了4种精神内核。

生动阐释理想信念的政治底色。《星火燎原　光耀未来》通过对井冈山岁月的回忆，得出"这就是信仰的力量，就是共产党人的制胜密码"的结论；《宝塔光辉映照信仰伟力》中讲到，一位广东青年在奔赴延安的路上不幸病倒，仍践行着"只要还有一口气，爬也爬到延安城"的誓言，让读者看到理想信仰在那一代人身上不是简单的口号，而是实实在在为之献身的实践。

生动阐释服务人民的价值追求。《"赶考"远未结束》描述了1946年马歇尔的随行记者"在延安听到的最多的一个词，就是'人民'"的场景，得出人民其实始终是决定社会发展前途命运的"考官"的结论，引人深思与回味。在《大江奔涌　遍地英雄》《磨难中奋起的中国诗篇》《同心抗疫，复兴路上铸丰碑》这3篇宣传抗洪精神、抗震救灾精神、抗疫精神的文章中，"人民至上，生命至上"均得到充分表达和生动诠释。

生动阐释艰苦奋斗的优良作风。百年党史就是一部斗争史、一部奋斗史，艰苦奋斗是贯穿始终的主线。系列文章围绕艰苦奋斗，演奏了惊心动魄、百转千回的壮阔乐章，展现出共产党人牺牲奉献、百折不挠的精神气概。《惊天动地的壮歌》中，描述科技人员"咬紧牙关，用心血、用汗水、用双手、用肩膀、用因饥饿而热量不足的血肉之躯推动着共和国核武器事业前进的车轮"，读之不由令人肃然起敬。

生动阐释实事求是的精神品格。《万里征程上的伟大转折》中举了"两句话"的事例：一个是，张闻天曾在台历上抄录了列宁的一句话——"为了能够分析和考察各个不同的情况，应该在肩膀上长着自己的脑袋"；另一个是1963年毛泽东在会见外宾时说，从遵义会议之后，"我们就懂得要自己想问题"。这些细节简短精当，却发人深省、给人启迪，让人们对实事求是的精神品格有了更加真切的认识。

系列文章对于革命精神的解读，树立起共产党人最闪亮的精神坐标，引导读者在回顾历史和关照当下中思考党、国家和军队建设的重大理论与现实问题，从中获得深刻的启示、汲取前行的力量。

以讲好故事增强传播力

党的历史是客观、真实、生动的，宣传党史，关键要会讲故事，讲"好"故事。

任何一种革命精神的形成都有其独特的时代背景和演进的历史脉络。在纷繁的历史中精选最典型、最精彩的故事，真切细腻地表达出来，这考验着作者讲故事的能力。系列文章在这方面下了较大功夫，文中既有党在重要历史关头的关键抉择，又有一代代共产党人无私无畏的牺牲奉献，故事讲得精到细腻，让读者产生强烈的代入感，仿佛回到历史现场，深受教育和感染。

注重文章构思。叙述历史事件时，系列文章注重充分表现矛盾冲突，将历史的偶然和必然如实呈现。文章的开篇之处，有的如电影脚本铺展开历史画面，有的渲染摄人心魄的矛盾冲突，有的在历史拐点引发设问思考，虽形式各异，但史论交织，时空穿插，点面结合，让原本为大家熟知的历史呈现出更动人的面貌。

精准选择素材。《黎明之前，一片丹心向阳开》中，卢绪章和肖林为党筹集经费，一次性上交了12万两黄金和价值1000多万美元的固定资产，仅留下3个银圆作为纪念，甚至贴身衣服都是补丁摞补丁。故事不长，却极具典型性，使共产党人纯洁清白的形象跃然纸上。

运用细节讲述。在《蕴含在民族血性中的磅礴力量》中，作者不惜笔墨，用了全文近五分之一的篇幅讲述了临津江战斗中346团战士金玉山、赵振海、张财书突破3个扫雷点的故事。真实而富有画面感的历史细节让人身临其境，深受震撼。

打造优美语言。语言质感是文学副刊永远的追求。系列文章的文学品质单从标题便可见一斑。《伟大史诗，写遍万水千山》《黎明之前，一片丹心向阳开》《大江奔涌　遍地英雄》……每一篇文章的标题都经过精心打磨，精准且富有诗意。系列文章虽文风各不相同，但都端庄大气，气韵生动，富于哲思。读者留言赞叹"篇篇都是雄文、美文"。

形成传播合力。在时间安排上，系列文章选择在迎接中国共产党百年华诞之际连续以整版篇幅推出，形成强势传播效应；在版式设计上，以习总书记重要论述为引言，以相关重大历史事件为题图，端庄大气而又别具匠心。每篇文章都有一版重点推荐、版面加导读和下期预告式引读，形成累积传播效应；在多媒体融合上，以二维码链接相关主题的党史数字展馆，讲解、文物、影音立体呈现，实现报纸立体呈现、全媒传播，读者的参与性、互动性增强。这些扎实有效的办法使系列文章在较短时间内形成了良好的品牌效应，大大增强了传播效果，为迎接中国共产党百年华诞营造了浓厚氛围，为广大读者学习党史军史、传承红色基因、赓续共产党人精神血脉发挥了重要导向作用，充分体现了中央主流媒体的时代责任与使命担当。

坚守高地，唱响强军大风歌

一

今天，第八届"长征文艺奖"揭晓了。

其实，这是《解放军报》"长征副刊"设立的一个非常简朴的奖项。但同时，这又是一个令许多作家瞩目、令很多读者"高看"的奖项，有的获奖作家所在地、市的党报，用头版头条刊登获奖消息；也有不少作家在寥寥百字的简历中，不忘提及曾获得过某届"长征文艺奖"。

为什么要设立"长征文艺奖"？就是为了奖励上一年度"长征副刊"刊发的优秀作品，以提升文化副刊的刊稿质量和艺术品位。

"长征文艺奖"评选的标准是什么？一句话，就是作品的质量。为了体现公正性，本报同仁的作品一概不参与评选。

为了奖掖文学新人，近年来，我们还加大了新人新作的获奖比例。

这些获奖作品，作为上一年度"长征副刊"发表稿件中的优秀代表，从一个个不同侧面折射出人民军队在强军兴军征程上向前迈进的身影。

放眼望去，"长征文艺奖"推动了"长征副刊"的坚守与创新，使其正在军事文学的沃土上不断焕发出勃勃生机。

群众渴望了解人民军队，所以关注《解放军报》的"长征副刊"；官兵需要精神滋养，所以愿意品读散发着精神光芒的文学作品。

《解放军报》在创刊号上就开始刊登文艺作品。之后，逐渐有了自己的副刊品牌："文化副刊""进军号"和"文艺园地"，1975年底更名为"长征副刊"。老一辈无产阶级革命家对"长征副刊"关爱有加，不时有诗词等文学作品在"长征副刊"上发表。战功卓著的将军们，常将自己的作品寄给"长征副刊"。军内外作家艺术家也对"长征副刊"情有独钟，经常惠赐稿件，一篇又一篇精品力作，通过"长征副刊"走向全国读者。可以说，"长征副刊"自创刊那天起，就通过文艺作品焕发的精神力量，激励着全军官兵以高昂的士气不断向前迈进，助推着人民军队不断攻坚克难、在改革强军中一次次实现跨越，凝聚起全军官兵从胜利走向胜利的如火激情和战斗情怀。

今天，已是"长征副刊"的第4862期。这不是一个简单的数字，不仅仅代表着4862张报纸版面所汇成的激荡的长河，更代表了中国军事文学沃土的辽阔与丰饶。4862期版面，不仅仅见证着一代代"长征人"的初心，挥洒着一位位编辑的汗水，更展现着中国军事文学的坚韧与顽强。

换言之，"长征副刊"不仅仅是一张报纸的版面，更是一种历史的传承，一种情感的凝聚。

二

去年7月1日，我们刊发了报告文学作品《初心如此壮丽》，讲述了1920年早春，陈望道在家乡翻译《共产党宣言》的精彩故事。那墨汁的甜味，正是信仰的味道，也是一位共产党人应有的精神境界与价值追求。

"长征副刊"自创刊以来，一直坚持用文艺作品润物无声地传承红色基因。当年，在长征途中的冰天雪地里，顶着"混沌迷蒙的飞雪前进"的红军队伍里，那位为了他人而自己衣着单薄最后被冻死的红军军需处长，感染和激励了多少读者！其实，这篇题为《丰碑》的作品，最早就刊发于"长征副刊"第488期。本次获奖的《山中怀玉》《阅读父亲》《寻找功勋士兵》《"听风"英雄》《流淌的红脉》《写在朝霞上》等作品，都是用今天的视角，生动的语言，重新讲述着传统故事，续写着红色传奇，力争通过精彩而感人的叙述，打通历史的隧道，让红色血脉奔腾流淌。

在全媒体语境里，以文学的手段塑造英雄形象、彰显血性情怀，也是"长征副刊"一直肩负的重要使命。报告文学作品《永远的军姿》讲述了老英雄张富清坚定信仰，淡泊名利的人生故事。《重返战位》讴歌了用生命守护国家某重点试验平台的老兵姜开斌等人的英雄壮举。

把笔墨投向基层官兵，把镜头对准演训场练兵备战的火热生活，这是"长征副刊"一直大力倡导的。话剧缩写本《前线》及其相关评论，以历史的纵深感对照现实，鲜明提出"要把自己定位于明天的战争前线进行锻造并做军事斗争准备"。《突击，突击》聚焦于"北斗"攻坚团队敢于亮剑、勇于冲锋、无惧挑战的英雄胆魄。《迎着亚丁湾的海风》《只为下一站高飞》《群山的心跳》《我们点亮星空》等作品，直面练兵备战一线，真实刻录官兵的昂扬斗志和铁血情怀。

在此次获奖作品中，我们欣喜地推出了一批年轻作者的作品。在《春天浪漫曲》

里，我们听到了青春的心跳，以及军营里的浪漫。那些"亮晶晶的彩纸从舞台上空大把大把地飘落"，何尝不是战士们放飞的心情。在《焰火星河》里，我们看到了高原军营里，刚刚巡逻回来的青年军官，用"信号并不好的手机"，向爱人直播新年焰火。"他们钟情于焰火，却爱成了星河。"这是戍边军人用青春和生命写出的诗句。

当前，各种观念风云激荡，文化在社会发展中的地位日益凸显。作为党报副刊，必须把引领文艺风尚作为重要职责。在获奖作品中，我们刊发的《写出历史的丰赡与宏阔》《时代坐标与精神史诗》《中国军事科幻片还会远吗》等文艺评论，全方位、多视角地对军事文艺的走向做出判断，发出自己坚定而嘹亮的声音。

三

我们正处于强军兴军的新时代，这样的时代给军事文学以更加丰富辽阔的题材和视域。纵情讴歌强军新时代，理应成为军事文学的主旋律，而这旋律里应该包含着更加昂扬的基调，更加丰富的语言，更加独特的视角，更加多彩的样式。

全媒体时代是信息传播的历史趋势，文化副刊做好媒体融合发展的大文章，在网络时代保持自己的影响力，最关键的是提高作品的质量。令人欣慰的是，近年来"长征副刊"的传播力、影响力在稳步扩大：在各类年度文学选本里，"长征副刊"的作品不时出现；"学习强国""中国作家网"等主流网站和学习平台经常从"长征副刊"选载作品；《求是》杂志和《新华文摘》《小说选刊》《小说月报》等也选载或摘登了"长征副刊"发表的作品……"长征副刊"也受到官兵的喜爱。训练之余读几篇文艺作品，给精神"充充氧"，成为官兵日常生活的一部分。这与其说是读者给予我们的褒奖，毋宁说是赋予我们的沉甸甸的责任。

8年前，在颁发首届"长征文艺奖"时，我们提出了："在感恩时代的同时我们也在思索着，在文化市场更加繁荣、官兵文化需求更加多样，而文学创作尤其是军事文学创作面临严峻挑战的境遇中，如何坚守和巩固先进军事文化的高地？如何使'长征'这一享誉军内外的文化品牌焕发出新的活力？如何在这方文学摇篮推出更多的佳作新人？"8年过去了，这依然是我们不断思考和努力的方向。

"长征"从未有穷期。耕耘着军事文学的厚土，助推着强军大潮的涌动，关注着官兵期待的目光，我们的心中充满了办好"长征副刊"的责任。这份责任也是自豪与期待，让我们在"长征"路上坚守高地，勇毅前行。

我们一起长征

　　"长征人物奖"评选，今年已是第六届了。"我们一起长征"这几个字，作为一种文化印记，也再次印在《解放军报》"长征副刊"的版面之上。年终岁尾的这次评选，让我们感受到一种心灵的温暖。因为，这是一种文化血脉的传承，也是一种精神光芒的绽放。

一

　　克劳塞维茨说过一句话，让人印象深刻："物质的原因和结果不过是刀柄，精神的原因和结果才是贵重的金属，才是真正的利刃。"让文学作品产生一种利刃般直击人心的文化力量，正是"长征副刊"一直坚持的品质和追求。

　　评选"长征人物奖"的标准是什么？首先，"长征人物奖"的获得者需是"长征副刊"一年一度评选出的"长征文艺奖"获奖作品中的主人公。因此，作品的文学性是第一个要素。

　　今年评出的四部获奖作品，在文学性上均有独到之处。

　　彭继超的《永远的马兰花》，从一盆摆放在邓稼先家里的"令人怆然心动"的马兰花入手，以独特的视角，写出了"两弹一星"元勋邓稼先的伟大人格和高尚情怀。结尾处，邓稼先夫人许鹿希给作者那一句微信回复："谢谢，似乎他还在人间，共祝国泰民安。"于平静之中，以万钧之力打开了读者情感的闸门，让人禁不住热泪夺眶而出。

　　周建彩的《逐梦海天间》，主人公是全军挂像英模人物张超。她没有从正面描写英雄，而是深入到张超妻子张亚的内心世界，通过手机、蓝色头盔、深邃的夜空、三件心爱的物品等一系列回忆与日常生活中的意象，如一串串珍珠般，串起了有血有肉的张超形象。"爱人连光也带走了，就学会了让自己发光"。这光芒是属于妻子张亚的，也是属于张超的。

　　王昆的《坚守6号哨位》，着墨于"八一勋章"获得者、战斗英雄韦昌进所坚守的"这潮湿的哨位"，栩栩如生地写出了年轻士兵血染的风采和"为了胜利，向我开炮"

的英勇无畏。不仅如此，作者还将笔墨进一步延伸到韦昌进的战后生活和他的精神境界。在这里，"6号哨位"成为一种象征，成为主人公生命中执着坚守的品格和情怀。

胥得意、关磊的《坚强的父亲养育坚强的兵》，既写了"排雷英雄"杜富国，也写了他的父亲杜俊。写了杜俊看到病床上刚刚经历生死考验的儿子时的肝肠寸断，写了他重返儿子部队、踏上雷场时的深情和心潮澎湃。"让我来"的英雄形象，是建立在"跟我学"基础之上的——坚强的父亲养育出坚强的儿子。

这些作品，都感情丰沛、文笔流畅、描摹细腻、细节生动，是去年"长征文艺奖"获奖作品中的优秀之作。

二

作品精彩，人物形象还要过硬。就是说作品塑造出的人物形象，一定要丰满，要有血有肉，要彰显情感和细节的力量。

邓稼先的形象从马兰花开始，升华于大漠中"那耀眼的光芒"，更因在工作中的危急之时"他来不及考虑个人安危"的性格特点而变得高大。

张超将对妻子的爱，升华为对祖国和人民的挚爱。他的深情和体贴，让人感到温暖，也让人看到了一个英雄的柔情。

韦昌进喜欢和老百姓聊天，尽管群众不知道，眼前和他们一样普通的人，就是大名鼎鼎的战斗英雄。活着的英雄一直在坚守着心中的哨位。

一张珍藏于手机里的儿子的照片、一次转发到朋友圈里的留言，让杜俊父子的家国情怀变得愈加清晰，仿佛伸手可触……

一部文学作品，塑造好一个人物形象，不易。让读者记住，并反复在脑海中浮现，进而产生一种情感共鸣和精神激励，则更难。

三

鲜活生动的人物有很多，为什么会选择这几位？这就牵涉到了人物与时代的关系。

无疑，这几位人物都是英雄。英雄是时代闪亮的坐标。英雄文化是世界各个国家、不同民族都共同信仰的文化。它没有民族之分、国别之辨，彰显表达的是人类可以通约的最美好的人性品质和精神光芒。《解放军报》"长征副刊"一直在关注英雄、塑造英雄、讴歌英雄。

文化的力量更持久，更深入，更润物无声。通过文学作品捕捉到闪耀在人物身上的那种精神光芒，正是我们所希求的。今年的"长征人物奖"获奖者中，邓稼先身上那种"用生命凝聚成那一瞬间的光芒""照亮这民族用血与火所浇铸的共和国，还有永不停息的强国梦想"的精神，如此震撼人心。

《逐梦海天间》讲述了张超成为"尖刀班"的"尖刀飞行员"还不满足，舰载机部队选拔舰载机飞行员，他毅然报了名。歼–15起飞时尾部喷出的"炙热的蓝紫色的火焰"，正是一位中国军人追求卓越、敢于在刀尖上起舞的精神本色。

韦昌进为了胜利不惜代价甚至宝贵生命的壮举，正是新时代人民军队备战打仗必须凸显的价值追求。

杜富国父亲杜俊发在微信朋友圈中的那句"中国军队加油！"何尝不是新时代军人家庭"最后的老棉袄盖在了担架上，最后的亲骨肉送他到战场"的生动写照！

把精神的锋芒呈现给读者，是我们的职责。让这锋芒化为精神的力量，激励读者走好新时代的长征路，是我们的愿望。

新年的钟声即将敲响，更为宏阔的时代画卷也将徐徐开启。让我们一起长征！

香江盛开"雪莲花"

经军委机关批准，带着雪域高原戍边战士的深情厚谊，西藏军区文工团不久前首次赴香港演出，这也是驻港部队首次迎接来自祖国边陲的文艺团体。

洁白的哈达献给驻港官兵

1999年12月27日晚，驻港部队海军基地礼堂。来不及好好休息的慰问团演员们，向驻香港部队官兵献上了一台精彩的文艺节目。驻香港部队司令员熊自仁等驻军领导前来观看，外交部驻港特派员公署特派员马毓真等也应邀观看了演出。

首场慰问演出异彩纷呈，官兵们不断报以热烈的掌声。舞蹈《冰峰雪莲》展示出戍边战士高尚的情怀和对美的追求；男声独唱《特别歌》再现了官兵们在雪域高原上坚决执行军委江主席的指示，战天斗地守卫边疆的风采；二胡独奏《战马奔腾》表现了战士守卫祖国的喜悦与自豪。文工团还带来了不少在全军文艺会演中获奖的节目，如歌颂新时期军民关系的小品《找阿爸》，讴歌边关战士及亲人爱国情怀的音乐快板剧《雪山上的婚礼》，展现藏族同胞勤劳勇敢的舞蹈《酥油飘香》等。在近两个小时演出中，始终洋溢着浓郁的藏民族风情和雪域高原戍边战士伟大的奉献精神。

战士深爱"雪莲花"

虽然在香港的时间不长，但西藏军区文工团的演员们"特别能吃苦，特别能战斗"的精神给驻香港部队官兵留下了非常深刻的印象。从素有"世界屋脊"之称的青藏高原来到香港，演员们产生了"氧中毒"的反应，个个都头晕，嗜睡，驻香港部队的领导要他们多休息，但他们说什么也不肯，都抢着利用有限的时间彩排，为官兵们演出。藏族演员扎西和央宗生病发烧，团领导安排休息，但他们依然带病坚持演出。12月27日下午，文工团到石岗军营演出，当官兵们得知演员们不少是带病坚持演出后，都报以热烈的掌声。官兵们说，看了今天的演出，才了解到戍边战士的辛苦，更坚定了我们无私奉献的信念。

雪莲荷花竞艳开

12月27日上午，慰问团的成员们应广大战士的邀请，为官兵们做了一场"奉献在边疆"的事迹报告会，讲述了他们以青藏高原为家，无怨无悔奉献青春的事迹。他们的事迹深深打动了驻香港部队官兵们的心。官兵们说，西藏军区文工团不仅给我们带来了精彩的文艺节目，更为我们带来了一种值得学习的奉献精神。我们一定会发扬这种无私奉献的精神，守卫好香港，让祖国和人民放心，让中央军委放心。

慰问演出之后，西藏军区文工团向驻香港部队赠送了绣有布达拉宫图案的工艺挂毯，驻香港部队回赠了"技艺精湛、香江留芳"的锦旗。

精彩纷呈情满香江

"早听说你的霓虹灯很亮很亮，早知道你的紫荆花金秋开放……你好啊香港，你的明天会更加美好！"带着祖国人民的深情厚谊，解放军艺术团2004年6月23、24日连续两晚在香港红磡体育馆举行"庆祝香港回归祖国七周年大型文艺晚会"，精彩纷呈的演出赢得香港同胞的广泛赞誉。

23日晚8时，高悬国旗、区旗和军徽的红磡体育馆喜气洋洋，近万座位座无虚席，连一楼过道上也临时增加了观众座椅。在雄壮的《中国人民解放军军歌》声中，驻港部队仪仗队迈着矫健的步伐闪亮登场，全场顿时爆发出雷鸣般的掌声。

香港回归祖国七周年，700万香港同胞见证了"一国两制"的成功实践，感受到祖国大家庭的温暖，广大香港民众对中华民族传统文化有了更深的理解。当解放军艺术团应邀赴港举办"庆祝香港回归祖国七周年大型文艺晚会"的消息传出后，香港同胞翘首以待。6月1日，艺术团23日晚上的演出门票不到半天就被抢购一空。

整台晚会始终洋溢着浓浓的亲情。晚会共分"香港你好""锦绣中华""钢铁长城""我的祖国"四章，突出反映祖国大家庭团结和睦的幸福生活，表达中华儿女对祖国美好明天的良好祝愿。在"香港你好"一章中，艺术团特别演唱了《狮子山下》《东方之珠》等反映香港市民生活和自强不息的歌曲，"携手踏平崎岖……用艰辛努力写下那不朽香江名句"，激情的歌声在场内回旋，热烈的爱国爱港情怀在胸中激荡。

"我们有同宗同源的文化'脐带'，我们有爱国爱港的炽热情怀"，气势磅礴的《长江之歌》《我们是钢铁长城》等合唱节目赢得观众阵阵掌声；曾荣获国家最高奖的大型舞蹈《海燕》《祝福》和《请祖国检阅》深得香港民众青睐；曾获国际最高奖的大型杂技《东方的天鹅》《收获》等精彩表演，把观众带入了如诗如画的童话世界……短短两个小时，21个节目，掌声竟达96次之多！演出结束后，上千名观众留在出口处，久久不愿离去。

"比晚会节目更精彩的，是祖国人民对香港同胞血浓于水的骨肉深情！"香港居民王女士激动地对记者说，"解放军艺术团给我们香港民众送来的不仅是高品位的艺术享受，更有关爱、信心、鼓舞。有强大的祖国做靠山，香港的明天一定会更加美好！"

歌声温暖港人心

　　歌悠悠、舞翩翩、情深深、意切切。为庆祝香港回归祖国7周年，中国人民解放军艺术团于2004年6月23日、24日在红磡体育馆为香港市民奉献了精品荟萃、精彩绝伦的大型文艺演出。此起彼伏、连绵不断的掌声和欢呼声，搅热了香江的清流，令美丽的东方之珠整夜无眠。

放眼舞台　阵容强大盛况空前

　　称此台晚会阵容强大，这绝非虚言。解放军艺术团组织了实力强劲的创作策划班子，成员都曾多次承担国家和军队重大演出活动的创作任务；汇聚了400名艺术家，其中有如彭丽媛、杨洪基、阎维文、宋祖英、王宏伟、谭晶等著名的军旅歌唱家；集纳了合唱、舞蹈、杂技等多种艺术门类，其中不少节目在国际、国内、全军的各类艺术大赛中获过大奖；特邀了驻港部队仪仗队150名官兵，精彩威武的队列表演备受香港市民的喜爱。而"香港你好""锦绣中华""钢铁长城""我的祖国"等4部分的篇章结构设置，更堪称气势宏大，道尽了香港和祖国内地唇齿相依的浓厚亲情，美好的祝福温暖着每一位香港观众的心。

　　晚会所选的曲目都是曾经红遍大江南北的经典名曲，如《保卫黄河》《掀起你的盖头来》《春天的故事》等等。歌曲的旋律或抒情、或豪迈、或委婉、或庄严，演员们的歌声时而浑厚低沉、时而嘹亮高亢、时而委婉动听，令在场的观众如醉如痴。有这样一些人，虽然上了年纪，但听到动情之处，仍情不自禁地鼓掌、叫好，那心满意足又激动不已的神情，倒像是"追星"的小歌迷一般。

　　在合唱的过程中，功力深厚、技艺精湛的独唱也让观众大饱耳福。最受观众欢迎的要数由北京军区战友歌舞团演员初瑞演唱的香港名曲《狮子山下》。由于这是一首粤语歌曲，初瑞在演唱时仍有个别的字音咬得不准，但他却将歌中的精髓——反映港人自强不息和顽强拼搏的精神表现得淋漓尽致。为此，现场观众在他演唱的过程中报以三次如雷的掌声。

曾在第26届摩纳哥蒙特卡罗世界杂技比赛中获"金小丑"奖的杂技《芭蕾对手顶——东方的天鹅》，在红磡体育馆又一次艺惊四座。近10分钟的节目，观众们始终站着为演员鼓掌叫好。每当女演员的足尖在男演员的肩膀上、头顶上挺立起来时，都引得无数闪光灯频频闪动，无与伦比的精湛技艺深深地定格在人们心底。

直面观众　市民媒体齐声叫好！

"好""了不起""太棒了"是欣赏完解放军艺术团表演后观众的共同感受。的确如此。喜欢听歌的，不忘赞叹军旅歌唱家的歌声优美；钟情舞蹈的，不忘为《海燕》《祝福》《祖国，请检阅》尽情鼓掌；就算是纯粹来欣赏一场精品荟萃的大型文艺表演，也定是满载而归，不虚此行。

23日晚7时左右，名车穿梭于红馆停车场，各界政要及知名人士陆续进入会场。特首董建华伉俪自然不会错过精彩节目，香港律政司司长梁爱诗也早早赶来"捧场"。政坛元老级人物、全国政协原常委、93岁的庄世平，坐着轮椅观看演出。演出结束后，老人激动地说："这是最动人、最好的一场表演，起到了文化交流、鼓舞人心的作用，也带来了中央政府对香港的全力支持和关怀，展现了人民军队威武、文明的精神风貌。"有"香港特区人大声乐家"之称的简福饴则对彭丽媛的一曲《我的祖国》高举拇指："我以前也听过她唱歌，如今她唱得更好了！"

香港广纳多元的文化氛围，造就了香港市民对艺术的鉴赏力之高、口味之独特、眼光之挑剔。然而，从港人对解放军艺术团此次演出的强烈反应和高度赞誉，我们有理由坚信，不管世界如何变化，有着强烈民族特色和时代气息的文艺作品，在香港始终能够获得认同、引起共鸣。据了解，艺术团6月23日的演出门票，6月1日发售当天就全部售罄。获知24日要加演一场的消息后，很多市民又等着来到红馆购票，售票口前排起了长龙。不多时，加演的门票也已售完，不少市民为无缘一睹艺术团的精彩演出而扼腕叹息。演出结束后，观众们久久不愿离去。他们汇集到后台的出口处，期待着能与心中的艺术家们见上一面。每当晚会的演职员们走出来，人群当中就会爆发出一阵热烈的欢呼声。一位中年女士拉着宋祖英的手，动情地说："你们演得太精彩了，你们可要年年都来啊！"

解放军艺术团的到来引起香港媒体的特别关注。连续两晚的演出，香港的报刊始终保持了极大的宣传热忱，《大公报》《文汇报》《香港商报》等纷纷撰文刊照对艺术团的演出进行了及时的报道和高度的评价。亚洲卫视全程转播了晚会盛况，凤凰卫视还专门在"时事直通车"节目中给予了报道。一时间，"军艺团技震红馆""解放军歌舞风靡香江""美好祝福温暖港人心""解放军艺术家同歌香江你好""解放军歌舞团与民同乐"等报道，传遍了香港的大街小巷；军旅艺术家们至情的歌声和优美的舞姿，烙在了港人的脑中和心上。

回眸幕后 无限感动在心头

艺术团自5月11日正式成立，5月14日就全部投入了排练。为了将最好的艺术表演献给香港同胞，为了展现军队多年来丰硕的艺术成果，演员们一天的排练时间达10个小时以上，连双休日都顾不上休息。《东方的天鹅》表演者魏葆华、吴正丹夫妇刚刚休了5天婚假，就被召回投入排练；乐队长号手明道勇即使是在妻子临产期间，也没有请过一天假回家照料；歌队队员罗惠珍为了不耽误排练，硬是放弃了浙江电视台歌手大赛的决赛入围比赛……

6月22日下午3时，艺术团抵港后进入了最后的连排阶段。面对与剧场截然不同的演出场地——体育馆，连排中不断有这样那样的新情况发生。然而，有着丰富经验的总导演张继刚镇定自若、胸有成竹，两次连排过程中就解决了许多问题，有力地保证了演出的成功，显现出不俗的"大将风范"。由于舞台的地板太滑，舞蹈技巧跪转无法完成。大家急中生智，把护膝套在演出服外以增大摩擦力，为了确保演出效果，演员们还一遍又一遍地做着练习。红磡体育馆中的冷气强劲，杂技《草帽》的抛接受到了影响。演员陈华一有机会就拿着草帽到台上练习，不断调整自己的抛接高度、速度和角度。正式演出时，没有出现过一次失误，高超的技艺令在场的观众钦佩不已。

晚会是一门综合艺术，它需要表演、舞美、灯光、音响等多方面的"协同作战"。作为艺术团的"先遣队"，舞美队于21日零时进入红馆装台，一直干到22日下午演员进行连排，疲倦之极的舞美工作人员常常是刚才还在与你说话，几秒钟后就进入了梦乡。

解放军艺术团成员来自全军大大小小30多个单位，面对如此众多复杂的人员，要完成如此艰巨重要的任务，不能没有一支认真负责、吃苦耐劳的管理队伍和创作班子。以总政歌舞团为主组成的这支队伍，从晚会的筹划、构思到实施排练、演出保障、人员管理，事无巨细，一丝不苟，让香港市民在欣赏到精彩纷呈的艺术表演的同时，也看到人民军队的良好素质和良好风范。

长城辉映金字塔

文化架起连心桥，长城辉映金字塔。中国军事文化周自2017年3月20日开幕以来，高潮迭起，好评如潮，给当地民众和埃及官兵留下了美好深刻印象，为中埃两国两军友好交流增添了新的动人色彩。

"朋友圈都刷爆了"

当地时间20日晚，美丽的萨拉丁城堡。中国军事文化周拉开序幕，古老剧场与现代灯光美轮美奂，中埃两个文明古国的优美军乐交汇相融。现场预留的800个座位全部坐满，还有不少观众闻讯赶来，在春寒料峭中站了两个多小时，就是为了一睹两军文化交流的风采。"太精彩了！中埃两国都有数千年的文明史，今天我仿佛现场触摸到了！中国文化博大精深，中国军乐历史厚重，让我耳目一新。"开罗大学学生穆斯塔法·穆罕默德边看演出，边发出这样的赞叹。沈文超是当地华人华侨代表，她说："我来埃及七年多了，第一次现场听到来自祖国的军乐，太令人激动了！演出非常精彩，现场有很多朋友都发了微信朋友圈，我的朋友圈都刷爆了！"

中国军事文化周拉开序幕的消息，引起了当地媒体的广泛关注，埃及影响力最大的《金字塔报》等主流媒体和网站，纷纷刊发消息和图片。"中国文化热"，让春天的开罗更增添了一种独特的、韵味悠长的美。

"中国军队的成就令人惊叹"

当地时间21日下午，中国军事文化周走进埃及军事学院。这座始建于1811年的著名军事学府，以全体学员观看演出的"最高礼遇"，迎接来自中国军队的客人。军事学院的大礼堂内，3000余名军事学院教职员工，军装严整，精神饱满，对中国军乐团的精彩演出报以阵阵热烈掌声。军乐团演奏的埃及著名乐曲，引起了学员们的强烈共鸣。男高音歌唱家陈苏威还邀请3名埃军学员共同用阿拉伯语演唱了埃及著名歌曲《尼罗河畔的歌声》，现场掌声雷动，洋溢着浓浓的友好氛围。

演出结束后，埃军官兵还参观了在校园内举办的图片书画展。埃及军事学院院长贾迈勒少将，仔细观看了展出的100余幅反映中国军队建设最新成就的图片，以及20余幅中国军旅书画家的艺术精品，边看边由衷地说："中国军队的成就令人惊叹，我祝愿中国和中国军队取得更大的发展成就，相信中国会成为埃及最可信赖的朋友。"

"中埃友谊地久天长"

当地时间22日下午，中国军事文化交流代表团一行，来到著名的海港城市亚历山大，给埃及海军学院的官兵带来了一场精彩的"军事文化盛宴"。地中海的海风传送着友谊，优美的军乐融汇着心灵。看完演出和展览，从中国来亚历山大文学院留学的徐天娇激动不已："当听到国歌在这里响起，禁不住热泪盈眶，祖国和军队强大了，是我们最坚实的靠山。我们一定会好好学习，传播中埃友谊，建设伟大祖国。"

文化使心灵接近，文化使友谊长久。通过军乐，埃及军事学院院长贾迈勒少将忆起了他在巴基斯坦留学时的中国同学，认为中国人可亲、可信、可交。通过展览，埃及海军学院院长瓦利格少将深情地回忆起他与中国军队始于1984年的友谊，那时他刚刚从海军学院毕业。通过联合演奏，中埃两国军乐团彼此留下深刻印象。20日晚联演结束后，埃及军乐团的团员们自发地给中国同行送来一张张精美的祝福卡片，中国军乐团团员们回赠了饱含着深情和友谊的鲜红"中国结"。此外，中国军事文化交流代表团还向埃军赠送了中国军事影视作品、军乐作品，参观了埃军媒体中心、舆情中心、音像制作中心、心理和行为学中心等，双方进行了卓有成效的文化交流……一路文化一路情。两国军人都在心里发出最美的祝愿："中埃两国两军的友谊地久天长，万古长青！"

金灿灿的进行曲

2017年3月25日，赴埃及圆满完成"中国军事文化周"任务的中国人民解放军军事文化交流代表团返回祖国。归国后的几天里，一支嘹亮的军乐一直在我耳畔回响。这首乐曲，一定在埃及古老的萨拉丁城堡演奏过，也一定在亚历山大美丽的地中海海边演奏过。这支嘹亮的军乐有着金灿灿的色彩，它是一支永远回荡在中埃两个文明古国大地上的友谊进行曲、合作进行曲。

镌刻在文明古国的文明剪影

文化交流，对方最看重的是业务素质。埃及军队军乐局局长塞米尔少将从解放军军乐团开始排练，就默默观察着这支队伍。他观察到，团员们的技艺个个十分精湛，能够近似完美地演奏不同时代、不同风格、不同题材的中外乐曲。特别令他难忘的是，排练结束后，团员们对自己乐器的细心擦拭与悉心呵护——珍惜武器的战士绝对是一流的战士！

回到军乐局，这位指挥埃军50多支专业军乐演奏队伍的将军，用这样的方式表达了对中国同行的钦佩：3月21日上午，中国军事文化交流代表团到军乐局访问前，他请人加班把楼前的场地粉刷一新！这个动作，表达的是对中国同行的敬意。

文化交流，给埃军官兵留下了中国军队的强军剪影。3月22日下午，在位于尼罗河三角洲西部的埃及最大海港城市亚历山大，中国军事文化交流代表团带来了一次高质量的图片书画展览。埃及海军学院，就坐落在风光旖旎的地中海之畔。校园里，可见美丽的沙滩，可见翱翔的海鸥。图片书画展览所展示的灿烂文化与崭新风貌，与周围的环境浑然一体。100余幅图片，充分展现了党的十八大以来，在党中央、中央军委和习主席坚强领导下，中国军队向着实现强军目标、建设世界一流军队阔步前行的时代风采；20余幅中国军旅书画作品，充分展现了中国传统文化的灿烂辉煌与军事文化的独特魅力。埃及海军学院院长瓦利格少将仔细地观看了每一幅图片和书画作品，深受感染和震撼。他说："非常精彩！感谢中方的艺术家们，给我们带来了精彩的演出和图片书画展览！"展览结束后，他向中方代表团团长提出，把这些展示中国军队崭新风貌的图片留下来，在该学院继续展出！

文化交流，向当地民众展现了中国繁荣发展的时代画卷。这一点，在当地工作的华人华侨和留学生感受尤为深刻。当乐曲《歌唱祖国》响起时，他们自发地高声唱和，当中国国歌奏响时，他们热泪盈眶。在亚历山大文学院读书的赵思源说："最令我感动的是，军乐团演奏国歌时，中方代表团成员们整齐敬礼的场景。现场每一个人都深深感到：祖国强大了，祖国的军队强大了，我们十分骄傲自豪！"埃军官兵也纷纷表示，对伟大的中华文明饱含敬意，对中国和中国军队取得的辉煌成就充满钦佩。

金字塔畔荡漾友谊之波，地中海滨闪耀文化之光。7天时间，代表团的官兵们，在埃及这个文明古国留下了自己的文明剪影。回眸此次中国军事文化周，可谓"亮点"迭出：内容丰富，既有联合军乐演出，也有图片书画展览，还有新闻传播交流、文博陈列考察；交流广泛，代表团一行会晤埃及国防部副部长克什克，会见埃军士气鼓动局局长马哈茂德少将和军乐局局长塞米尔少将，走进埃及军事学院、海军学院，赠送中国军事题材电影和军乐作品；互动友好，双方军乐团团员台上同台演出，台下交流技艺，代表团一行处处受到老友般的热情接待、同事般的全方位业务交流；反响强烈，先后有6000多人观看了演出和图片书画展览，埃及主流媒体和各大网站纷纷给予报道。

这是一次意义特殊的文明对话之旅，也是一次成果丰硕的文化交流之旅。3月20日至24日，开罗、亚历山大等埃及主要城市掀起了一阵阵"中国军事文化热"——这是2017年的春天，中国军人留给埃及军民的温暖记忆。

归来，满载着沉甸甸的收获

文化，于无声处培育人塑造人。

军事文化交流，培育着中国军人的世界眼光。令解放军军乐团艺术指导程大明印象深刻的是，埃军军乐团在演出时融入的古文明的文化符号。"在他们的军乐演出中，演员们身着古代埃及法老时代的服饰，让人耳目一新，同时又令人赞叹埃及几千年的灿烂文明。"

对于解放军军乐团首席小号手侯冰来说，埃及之行最令他自豪的收获是一张埃及国防部副部长克什克将军与他的合影照片。照片上，克什克将军手捧着侯冰的小号放在嘴边，与他交流着军乐演奏。侯冰说："我感觉他很懂音乐。他眼睛始终看着我，是音乐使我们产生了交流。"

"大国的军队，不仅要看他的武器装备，还要看他的文化艺术。"埃军官兵的文化素养给代表团成员、著名书法家刘洪彪留下深刻印象。"在我为埃及军事学院院长贾迈勒少将讲解中国的书法艺术时，他听得很认真，从交流中可以看出他的艺术修养"，他这样评价。

3月20日上午，代表团一行参观了埃及军队媒体中心、舆情中心、音像制作中心。舆情中心里，埃及军人和文职人员一起，实时监测着世界各地的舆情。在大屏幕上，当搜索与中国军队相关的新闻时，一张打着"中国国防部网站"标记的中国士兵在冰天雪地里刻苦训练的照片马上被检索出来。代表团成员、解放军电视宣传中心吴彬说，埃及军队运用新媒体开展报道和舆情监测方面有不少值得我们学习借鉴的地方。

埃及军队非常注重士气鼓动工作。3月23日，埃方邀请代表团全体成员参观了位于伊斯梅利亚的战争纪念园。我们的眼前，就是茫茫沙漠，而这里的每一名军人，都像一只苍鹰在坚守。在纪念园里，到处有阿拉伯语的标语牌。同行的中国使馆人员大致翻译了一下，有"勇于献身""祖国之盾""这里是侵略者的坟墓"等，这不禁让人联想起中国著名的"两不怕"精神和歌曲《我的祖国》中的歌词"要是那豺狼来了，迎接它的有猎枪"……忠于祖国、不怕牺牲、英勇献身，是世界军人的共同语言。

举办中国军事文化周，在中东北非地区是第一次。对于代表团成员来说，能够亲身感受一次文明的熏陶，是一次难得的经历。"我们不但传播了优秀的中国军事文化，而且感受到了埃及的古老文明，与埃军同行进行了卓有成效的业务交流，归途上，人人满载着沉甸甸的收获"……这是代表团每一位成员的共同心声。

传播强军故事，军事文化正逢其时

中国梦引领强军梦，强军梦支撑中国梦。在实现强军目标，向世界一流军队迈进的宏伟征程中，如何展示大国军队的形象？军事文化发挥着不可替代的作用。

鲜红的"中国结"，足以让埃军军乐团的成员们铭记中国同行的友谊。在两国军乐团的共同演奏中，团员们通过音乐语言，进行了友好的交流。中国军乐团演奏的埃及名曲《古老的曲调》，让埃军官兵产生强烈共鸣；埃及军乐团演奏的《歌唱祖国》，同样让中国军人热血沸腾。这种文化交流的形式，让人觉得自然可亲，留下的印象难以忘记，产生的影响深入心灵。中国驻埃及大使馆于海波武官说："目前，中埃两军关系发展巩固顺利，两军高层互访频繁，院校及专业团组交流保持不断，两军务实合作不断推进，这次文化周活动就是两军交流合作的新拓展。"

中埃两军关系的发展，是中国军事外交的一个缩影。党的十八大以来，在党中央、中央军委和习主席的坚强领导下，中国国防和军队建设取得了辉煌成就，呈现出崭新的气象面貌，中国军队的形象更多地出现在世界关注的目光里。讲好中国军队故事，传播好中国军队声音，展示好中国军队形象，日益成为我军建设发展的时代课题。这次文化周活动就有效增进了中埃两国两军的相互理解，进一步密切了两国两军传统友谊。"永远做好朋友、好伙伴""中埃两国军队的友谊万古长青""中埃两个文明古国是天然的命运共同体"……一句句真挚的话语，记录着这一周的美好时光，书写着此次军事文化交流带来的收获。

文化具有强大的凝聚力感召力推动力。向世界一流军队迈进，需要通过对外文化交流不断地增进与世界各国的友谊，向全世界展示中国军队的形象。中国军事文化周在埃及的成功举办，生动证明通过先进军事文化展示大国军队形象正逢其时，前景广阔！

事业是奋斗出来的

——访庆祝改革开放四十周年文艺晚会总导演杨笑阳

2018年12月18日，由中共中央宣传部、中华人民共和国文化和旅游部、国家广播电视总局、中央军委政治工作部、北京市组织实施的《我们的四十年——庆祝改革开放四十周年文艺晚会》，在CCTV-1综合频道、CCTV-3综艺频道黄金时间同步播出。

整台晚会大气磅礴、构思巧妙、催人奋进，融会新媒体技术等多种表现手段，以改革开放40年的伟大征程为主线，全面展现在中国共产党的领导下，中国人民从站起来到富起来再到强起来的历史性跨越，体现中国特色社会主义道路引领中华民族走向伟大复兴的历史规律。晚会气势恢宏，高潮迭起，播出后在军内外引起强烈反响，受到社会各界好评。笔者采访了晚会总导演、解放军文工团团长杨笑阳。

问及这台晚会的总休结构和构思时，杨笑阳介绍说，受领任务后，我们按照"出彩出新、不走老套"的原则进行了整体布局和策划。晚会分为序曲、上篇《壮丽东方潮》、下篇《奋进新时代》和尾声四部分，巧妙运用与情境相结合的戏剧化表演，将文学、音乐、舞蹈、戏剧、影视、美术等艺术样式融为一体，强调民族化风格和时代化表达，体现史诗性的艺术风格。

晚会上篇《壮丽东方潮》，通过情景音乐剧的形式，让经典歌曲与人们的记忆共鸣。《年轻的朋友来相会》《我们的生活充满阳光》《金梭和银梭》《春天的故事》《在希望的田野上》《江山》等经典老歌，让电视观众仿佛穿梭在40年时光之中，内心充满激动和感慨。

晚会下篇《奋进新时代》，以情景史诗剧的形式，通过歌曲《时代号子》、情景舞蹈《绿水青山》、歌曲《强军战歌》、戏曲《一带一路畅想曲》、歌曲《相约世界》等，生动展现了党的十八大以来，中国进入新时代，前进脚步更矫健、社会更开放、国力更强大、人民更幸福的繁荣景象，表达了人民实现中华民族伟大复兴中国梦的信心和勇气。

当问到这台晚会艺术上最大的特点时，杨笑阳说是"创新"。他坦言，受领任务后，感到压力最大的就是如何能出新。杨笑阳介绍，晚会首先从结构上打破以往"一作品、一报幕"的模式，采用更为文学化、戏剧化的方式结构全局，以一个大杂院、两个家庭、几代人的人生故事、发展变化贯穿整个晚会。杨笑阳说，事实证明，这样的探索效果是很好的。观众们都说，情景音乐剧的样式第一次亮相此类晚会，表达很新颖。另外，晚会还有一个重要特色，那就是新作品多。杨笑阳说，特别是晚会下篇，基本都是全新创作的作品，这样一个布局，非常大胆，当然压力也非常大。要感谢领导给予主创人员和艺术家们巨大的艺术空间，让我们尽情去发挥艺术才能。如此多的新作品集中在这样的大型文艺晚会亮相，近年来还是不多见的。

这台晚会上，有不少部队文艺工作者亮相，军队的作曲家、舞美等，也在晚会中发挥了重要作用。在谈及这一点时，杨笑阳介绍说，军队文艺工作者怀着作为改革开放受益者的心态去努力创作，在晚会中积极参与、主动作为。他说，军队艺术家的创作素材都取自40年来的真实历程，就是想要把这伟大变革和真实生活艺术地呈现给观众，致敬改革开放四十周年。杨笑阳说："改革开放40年来，中国人民在党的领导下众志成城砥砺奋进，书写了国家和民族发展的壮丽史诗，这些都是军队艺术家创作和演出的源泉和力量。"

谈及作为《我们的四十年——庆祝改革开放四十周年文艺晚会》总导演，自己有什么最大体会和收获时，杨笑阳深有感触地说："事业是奋斗出来的！军队文艺工作者一定要发扬拼搏和奋斗精神，在重大任务面前勇于承担，勇往直前，才能无愧于军队文艺工作者这个光荣的称号！"

第三辑 论剑

一册诗书点亮青春

——我读《艾青诗选》

对于艾青的诗，年少的我是颇有些不屑一顾的。那时，我正在上初中，喜欢押韵的诗。读贺敬之、郭小川的诗，朗朗上口，特别喜欢。尤其是郭小川，读他的《甘蔗林——青纱帐》《团泊洼的秋天》，感觉激情澎湃，对仗森严，节奏感强，又押韵，是人间最好的诗。对于语文课本中选录的艾青诗作《大堰河，我的保姆》，我觉得连韵都不押，也没有多少"激扬文字"，实在不值得去反复诵读。

再后来，我从省会回到老家的高中就读，与父母天各一方，开始体会到人生的分离与亲情的可贵。加上阅读与理解能力的提高，我慢慢开始品出了艾青诗作的滋味。那是一个冬天的夜晚，天地寂寥，明月朗照，残雪在地上闪着光。我读着这些文字，少年的心扉被叩响，铮然有声："大堰河，今天我看到雪使我想起了你/你的被雪压着的草盖的坟墓/你的关闭了的故居檐头的枯死的瓦菲/你的被典押了的一丈平方的园地/你的门前的长了青苔的石椅/大堰河，今天我看到雪使我想起了你"……这首诗，写的全部是朴素的人和事，真实的感情。真情，是这首诗奔流的血液——诗人抒情时用的是血，而不是水。诗中的主人公"我"对养育他的保姆"大堰河"的感情，隐藏在字里行间。从那一刻起，我才知道诗并不仅仅依靠音调来押韵，"大音希声"，真正的韵律在于流淌其中的情感。

第二天，我来到老家县城的新华书店，买了一本人民文学出版社的《艾青诗选》。封面上，艾青的签名，再加上印刷体的"诗选"二字，组成了"艾青诗选"的书名。朴素的包装，掩不住文字的光芒。从此，这本《艾青诗选》和它所收录的百余首诗作，成了我青春的伴侣。这本书，陪伴我度过了离家在外的少年时光。现在想起来，我的参军入伍应该与这本书也有着千丝万缕的联系。在艾青的《吹号者》一诗中，我第一次真正理解了战士的形象。"他用自己的呼吸摩擦了号角的铜皮使号角发出声响的时候，常常有细到看不见的血丝，随着号声飞出来"。这样的意象，让我理解了什么是士兵的牺牲和奉献。因此，当年面临着人生的选择时，我毅然选择了从军。

1990年春天，我在这样激越的号声中穿上了军装，来到北京卫戍区某团服役。临行前，我把这本《艾青诗选》打进了背包。简单的行囊，因为有了一册诗书，而显得珍贵无比。新兵的训练生活是非常艰苦的。在紧张的训练之余，读书成了生活中必不可少的那一部分。这本《艾青诗选》成了我经常阅读的书籍。多年之后，我写过一首诗，题目就是《士兵的大堰河》，记录的正是这样一段令人难忘的生活，以及艾青诗作对我的精神激励和巨大影响："1990年，春季如约而至/风沙把昌平的天空打磨如青铜/3月，一个唇上刚刚拱出胡须的青年/穿上军装，成为京师防护林中的/一棵。那一天，他来到营区之中的/一片疏林，拿出了那本诗选/在尚未回暖的旷野之上/开始高声地朗诵——/《大堰河，我的保姆》//青春有诗，就有河流/军旅有诗，就有落日照大旗/那朗读之声，如战马嘶鸣/击退风沙，唤醒了群星/'哗哗'的声音，是鲜红的血液在燃烧/是苍茫的夜色在流淌/'哗哗，哗哗'。是梦之苍鹰/在夜幕降临之时，飞翔到无限高远之处/让稍迟一些响起的熄灯号/如群山般巍峨，在士兵的正北方高高耸起"。

1992年，我考上了军校，来到原解放军南京政治学院新闻系就读。当然，行囊中还有这本《艾青诗选》。军校毕业后，我被选调到正在组建中的驻香港部队工作。公元1997年7月1日，这本《艾青诗选》再次被我装入行囊，随我一起在滂沱大雨中进驻香港。一本书对人的影响究竟有多大？我常常想起这册薄薄的诗书。一本好书，就是情感的寄托，就是生活的航标，就是人生的导师。可以说，《艾青诗选》是我青春的见证。确切地说，是这本书点亮了我的青春。

《艾青诗选》为什么能够点亮我的青春？作为军旅诗人，艾青诗作对我产生了怎样的影响？这也是我经常思考的问题。

从《艾青诗选》中，我们可以读到时代的风云，可以读到中华民族在面临着最深重的危机时发出的"最后的吼声"。正如中国诗歌学会所评价的："在民族危亡的年代，艾青始终如一坚定坚持对光明的信念，并以强烈的爱国主义精神礼赞光明、礼赞太阳、礼赞人民，表达了对和平与尊严的热切呼唤""艾青自觉将诗歌作品和国家、人民命运紧密融合，使诗创作自觉站在时代的舞台上放歌"。可以这样说，《艾青诗选》对我最大的教诲就是如何处理诗歌与时代的关系。革命战争年代，他的《复活的土地》《雪落在中国的土地上》《火把》《向太阳》《吹号者》《他死在第二次》等大量诗作，激励着抗战的将士，讴歌着太阳的光辉，点燃着时代的火炬："我们来了 举着火把 高呼着/用霹雳的巨响 惊醒沉睡的世界/我们是火的队伍/我们是光的队伍"。文章合为时而著，歌诗合为事而作。优秀的诗作与时代密不可分，每一行、每一字，都会带有时代的脉动。只有拥抱时代、与时代同行，诗歌作品才会焕发出勃勃生机，拥有经久不衰的生命力。

艾青诗作对于我的教诲还有，诗歌的写作应该扎根于生活，诗歌的写作应该为了人民。"为什么我的眼里常含泪水？因为我对这土地爱得深沉。"艾青的诗歌深深根植于生活的土壤里，抒写的是人民的悲欢。他的《大堰河，我的保姆》《船夫与船》《献给乡村的诗》《一个黑人姑娘在歌唱》等诗作，都是写给人民的诗歌，都饱含着深情和大爱。社会主义文艺的根本立场，是源于人民、为了人民、属于人民。"生活就是人民，人民就是生活。"象牙塔里，永远无法产生真正打动人心的诗歌。离开人民，诗歌会变成无根的浮萍，沦为无病的呻吟。这些年来，如果说我的诗歌创作取得了那么一点点成绩，诗集《强军 强军》《岁月青铜》有了那么一点点反响，根本的原因在于，我从艾青的诗歌中深深感悟到，我的军旅诗要为时代歌唱，为官兵歌唱，为强军事业歌唱。

岁月无声，我与《艾青诗选》的缘分还在延续。2015年秋天，我从军委政治机关到解放军报社工作，负责文化副刊。有一天在整理资料时，我如获至宝地发现诗人艾青首发在《解放军报》"长征副刊"的诗作《鱼化石》，诗中写道："离开了运动/就没有生命/活着就要斗争/在斗争中前进/当死亡没有来临/把能量发挥干净"。诗人将他丰富的人生体验，通过平淡的句子升华为诗，从中可以读出历史，读出哲学，有着巨大的艺术感染力。由此我想到了《艾青诗选》对于我的另一个教诲，那就是：诗人所创作的诗歌必须是艺术的结晶，必须有撼人心魂的精神震撼力，必须有打动人心的艺术感染力，只有这样才能成称之为"诗"。诗歌不能只是口号，也不能只是简单的分行，更不应该是没有美感与味道的文字。它应该成为春天里绽放的花，夜空中闪耀的星，点亮生活带来温暖的灯。

为祖国和人民放声歌唱

——贺敬之和他的诗歌

一

贺敬之最难忘的旅程中，一定有那次重返延安。

对于诗人贺敬之来说，他的青春岁月是和延安紧密相连的。对他来说，延安意味着青春与热血、希冀与奋斗、信仰与坚守。

全国抗战爆发后，少年贺敬之随学校师生一路流亡，从山东一路迁往大后方，最后落脚在四川。在那里，贺敬之一边刻苦读书，一边参加抗日救亡的宣传。

在抗日救亡的道路上，贺敬之最后选择了奔赴延安。因为他越来越真切地认识到：只有共产党是抗日最坚决的，只有共产党才能挽救民族危亡，只有共产党可以把中国带向光明的未来。

在一本杂志上，贺敬之看到了延安"鲁艺"的招生简章。于是，贺敬之沿着川陕公路走了一个多月，步行到了西安，再辗转几百里抵达延安。

贺敬之当时只有初中文化程度，也不懂什么文艺理论，但还是被"鲁艺"录取了。据说是文学系领导和教员看了他的诗后，觉得是一个可塑之材，所以录取了他。

贺敬之后来说：历史证明，我们当年投奔延安的路是走对了。是延安让我们真正地理解了革命、理想、文学、文化，把自己的命运和祖国的命运、民族的命运融合在了一起，有了家国情怀的自觉。没有延安就没有我后来的文学成就，就没有我的今天。

"鲁艺"的学习，让贺敬之找到了创作方向，一系列优秀作品纷至沓来。他创作了《翻身道情》《南泥湾》《白毛女》（合作）等精品力作，在解放区内外产生了广泛的社会影响。

1946年，贺敬之离开了延安，但延安的一山一水、一草一木，仍旧时常萦绕在他的梦中。

1956年3月的延安，延河水清澈见底，清凉山春意初绽，迎接着一位特殊客人的到来。他就是当年那个延安"鲁艺"的毕业生，一位激情澎湃的诗人。

这一年，贺敬之从北京来延安参加西北五省（区）青年造林大会，回到了阔别10年之久的延安。

当时，与贺敬之同志住在一起的是西北人民广播电台记者郭强。贺敬之告诉郭强，他是吃延安小米、喝延河水长大的，这里到处都留着他的回忆，重回延安感到比回到故乡还要亲切。延安的父老乡亲深情地接待他，用延安的土特产像招待亲人一样招待他。他回想起当年的往事，再看到延安的变化，心潮澎湃，一气呵成写下了诗作《回延安》。

郭强要到了诗稿，说广播电台可以请人朗诵。但没想到的是，当时的领导没有同意播出《回延安》。郭强决定把诗稿送给《延河》杂志。

经过几次波折，诗歌《回延安》终于在1956年7月的《延河》月刊上发表了。

"心口呀莫要这么厉害地跳/灰尘呀莫把我眼睛挡住了/手抓黄土我不放/紧紧儿贴在心窝上/几回回梦里回延安/双手搂定宝塔山……"这首诗中，饱含着诗人对延安岁月的深深怀念，和对哺育他成长的延安精神的热情讴歌。它成为一个时代的文学记忆，成为大家争相传诵的名篇。

二

2021年10月27日下午，我来到贺敬之家中，拜访这位闻名中外的大诗人。他靠在沙发上，兴致勃勃地向笔者回忆起在《解放军报》刊发的作品情况。他说，有一组歌颂英雄战士王杰的诗作，在《解放军报》发表后，被上海一个音乐团体看中，很快就谱了曲。

2000年5月25日，他还在《解放军报》"长征副刊"发表了题为《致魏巍同志》的诗作。这首标注着写于三门峡的诗作，其中有"我访三门遥致敬，中流砥柱思君容"之句。

沙发对面的墙上，挂着的一幅红色剪纸作品格外引人瞩目。画面上，有耸立的宝塔山，有流淌的河水，还有诗人形象。他是那样饱含深情地凝视着远方，似乎在表达着自己对延安日日夜夜的思念。作品上方，是那句大家耳熟能详的诗句："几回回梦里回延安，双手搂定宝塔山"。除了这个"搂"字，别的字都不能表达对延安的思念之深。

贺敬之表达了对军旅作家的敬意。他说，我很佩服军旅作家。他觉得，部队作家始终是社会主义文艺的中坚力量。社会主义文艺的繁荣发展，离不开军旅作家的参与和推动。他还谈到了一些军旅作家的作品，对他们的创作表达肯定之意。

他还表达了对"长征副刊"出刊五千期的关注与祝贺，谈到了自己的作品《白毛女》《回延安》《雷锋之歌》创作发表后的一些情况。

三

我认为，重返与抵达，构成了贺敬之文学与人生的一组关键词。他重返延安，抵达了生命中最牵动人心的心灵彼岸。同时，在诗歌创作中，他摆脱"小我"，重返人民，重返古典，抵达了自己诗歌艺术的高峰。

"云中的雾啊/雾中的仙/神姿百态桂林的山/情一样深啊/梦一样美/如情似梦漓江的水"，这首写桂林山水的诗歌，像山一样秀美，像水一样缠绵，在一咏三叹、回环往复中完成了诗意的提升与塑造。"望三门/三门开/黄河之水天上来……黄水劈门千声雷/狂风万里走东海"，这首写三门峡的诗，字雕句琢中写出了祖国山河的壮美，气势磅礴、气象非凡，具有古典与现代交织的艺术魅力。

他的诗，是闪电与雷霆，是奔腾的河流，是峭壁上的花朵，是马背上的歌吟。

此后，贺敬之又创作了《放声歌唱》《中国的十月》《"八一"之歌》等诗作。这是他的又一次重返，以诗歌的形式重返时代现场，抵达精神高地。我认为，他的诗作有三个重要的来源，一是中国古典诗词的优良传统，二是五四运动以来中国现代新诗的实践，三是外国优秀诗歌特别是马雅可夫斯基等优秀诗人的探索。所以，他的诗，是主体性与人民性、民族性与世界性的有机结合，开创了新诗发展的一条贴近古典、贴近人民、贴近时代的道路。

贺敬之1924年生于山东枣庄。在抗日战争期间开始文学创作，其中歌剧《白毛女》曾获得斯大林文学奖，为我国民族歌剧的发展奠定了基础。贺敬之长期担任宣传文化界的领导职务，为培养文学新人、繁荣社会主义文学事业做出了突出贡献。他的人生足迹，经历了中华民族从实现民族独立、建立新中国到走向伟大复兴的波澜壮阔的历程。他的一生，都在为祖国和人民放声歌唱。

面对面聆听诗人贺敬之的教诲，愈发感觉到他是一个开创了现代诗发展新路径的诗人，是一位谦逊、幽默的老者，更是一位代表着中国文学发展道路与无限可能性的重要作家。特别是在当下中国诗坛，要重新审视发展理念，澄清一些模糊观念，所以更加需要贺敬之这样的诗人，以恢复文学的正大气象，重振诗坛的雄风。

　　不知不觉间，已经倾谈了近一个小时。我起身向贺敬之告别。临别之前，我再次回望那幅挂在客厅墙上的红色剪纸作品。在那幅题为《回延安》的作品中，诗人永远是那么年轻。

人类命运共同体的深情咏叹

——评长诗《裂开的星球》

《裂开的星球》（原载《十月》杂志2020年第4期），是中国作家协会副主席、著名诗人吉狄马加在全国人民打响新冠肺炎疫情阻击战期间写就的一首抒情长诗。长诗发表后，引起了多个国家诗人和文化学者的关注，目前已被翻译成15种文字。一首诗引起如此强烈的关注，究其原因，是人们从这首诗中读到了对人类命运共同体的深情咏叹。

吉狄马加是位彝族诗人，他巧妙地将本民族的诗性传说作为长诗的开篇。在彝族的古老传说中，老虎具有特殊的创世纪般的意义：天神用虎的一根大骨做成擎天柱，于是天就稳定了；用虎头做天，虎皮做地，左眼做太阳，右眼做月亮，虎肚做大海……彝族这个"开天辟地"传说，成为吉狄马加长诗的开头部分："是这个星球创造了我们/还是我们改变了这个星球/哦，老虎！波浪起伏的铠甲/流淌着数字的光。唯一的意志"。"波浪起伏的铠甲"，老虎身上的纹路充满时间性的寓意，昭示着人类共同的起源和全球化、数字化时代的到来。在这个充满希望和挑战的世纪，人类如何看待自身？人类现在在哪里？将要到哪里去？如何在充满纷争和考验的时刻创造人类共同的美好未来？长诗从人类命运共同体的角度留下了深刻的思考。

《裂开的星球》是一首思考人类如何共同面对新冠肺炎疫情的抒情长诗，但诗人没有仅仅局限于此，而是直面人类发展中的诸多挑战。可以说，这一诗作的灵感源泉，正是人类命运共同体的理念。长诗以恢宏的气势，诗化的思维，充满穿透力的语言，直言人类所面对的共同挑战："当智者的语言被金钱和物质的双手弄脏"，这是人类共同面对的物质化的世界与拜金主义的冲击。"这场战争终于还是爆发了，以肉眼看不见的方式"，人类还要共同面对突如其来的新冠肺炎疫情。除此之外，诗人还在长诗中列举了饥饿、战争、气候变化、生态危机、种族主义、恐怖主义、网络冲击、思想隔膜等等人类共同面对的挑战，并且要"用诗歌去打破任何形式的壁垒和隔离""要为构建一个更加公平、合理和人道的世界做出我们的贡献"。

于是，诗人告诉世界："其实每一次灾难都告诉过我们/任何物种的存在都应充满敬畏/对最弱小的生物的侵扰和破坏/都会付出难以想象的沉重代价"。于是，诗人发出诗的呼吁："这是我们的星球，无论你是谁，属于哪个种族/也不论今天你生活在它身体的哪个部位/我们都应该为了它的活力和美丽聚集在一起"。最后，诗人深情地预言："我不知道明天会发生什么，但我知道这个世界/将被改变/是的！无论会发生什么，我都会执着而坚定地相信——/太阳还会在明天升起，黎明的曙光依然如同/爱人的眼睛/温暖的风还会吹过大地的腹部，母亲和孩子/还在那里嬉戏/大海的蓝色还会随梦一起升起，在子夜成为/星辰的爱巢"……诗人用诗的语言道出了这样的真理：人类社会应该成为一个休戚与共、风雨同舟的大家庭。让和平代替战争，让沟通代替对抗，让爱与阳光代替仇恨与阴霾。这是一个诗人对人类命运共同体理念的深情诠释和由衷赞美。

优秀的文艺作品反映着一个国家、一个民族的文化创造能力和水平。吸引和启迪读者需要好作品，推动中华文化走出去也必须有精品力作。吉狄马加曾说过："新时代诗歌应该适应时代的变化，在新的历史条件下创造出新的诗歌、新的美学。"一部优秀的文学作品，仅有思想性是不够的，还必须具备非同寻常的艺术感染力。长诗《裂开的星球》艺术魅力在于诗意的澎湃与流淌。整部长诗宛若一条气势磅礴、奔流向前的大河，时时闪烁的诗意犹如波光粼粼的水面，让读者在感受到奔腾不息的语言力量的同时品味到震撼心灵的诗意之美。比如，在写到人类共同抗击新冠肺炎疫情之时，一行行充满哲思与文化含量的诗句如蓄势的江水喷涌而出："这是城市的部落被迫返回乡土的时候/这是大地、海洋和天空致敬生命的时候/这是被切开的血管里飞出鸽子的时候/这是意大利的泪水模糊中国眼睛的时候/这是伦敦的呻吟让西班牙吉他呜咽的时候"……一长串排比句，有"砯崖转石万壑雷"般的语言力量，更有"四弦一声如裂帛"的艺术感染力。

长诗《裂开的星球》的艺术魅力还在于蕴含其间的作家的格局与视野。其内容，写出了全人类共同的感受与期盼；其诗艺，汲取了众多国际性诗人的精髓。阅读这首几百行的长诗，读者可以感受到惠特曼的粗犷、艾略特的深邃、聂鲁达的雄浑、帕斯的深情，以及马雅可夫斯基的战斗性。仅诗中提到的国际性诗人和文化人物就有20多位，展现了诗人宏阔的国际视野。自朦胧诗之后，中国现代诗中普遍存在着"小众化""西方化""形式化"等问题，缺少了与时代的共鸣，对中国精神的倾情书写，以及对大众生活的关注与感知。因此，现代诗越来越缺少大的格局与气象。

长诗《裂开的星球》与诗人近年来创作的另外几首长诗，如《致马雅可夫斯基》《大河》等一道，为中国诗坛注入了国际视野、恢宏气象和强劲的推动力。作者曾说：

"我始终相信，明天依然会来临，而人类的眼睛将会看到一个已经被改变的世界，仍然是人类生生不息的生命的家园。"这是一位中国诗人对人类命运共同体的坚定信心与美好祝愿。长诗《裂开的星球》更加印证了，只有以强烈的现实主义精神和浪漫主义情怀观照人民的生活、命运、情感，表达人民的心愿、心情、心声，才能创作出传之久远的精品力作。

百鸟朝凤会有时

——评电影《百鸟朝凤》

周末，到电影院看了吴天明导演执导的电影《百鸟朝凤》。电影故事情节并不复杂，一言以蔽之，就是在一个变革的年代，黄河岸边的两代唢呐匠对传统文化的传承与坚守。尽管基本没有宣传，偌大的影院大厅里，竟然找不到一张这部电影的海报，但好片就是好片，它不需要炒作也能感动心灵，不需要造势也能震撼人心。因制片人"下跪求排片"而引起关注，因关注而引发观影，因观影而赢得赞誉。在自媒体如此发达的今天，口碑就是票房。很快，《百鸟朝凤》的票房就接近了七千万。其实，即使没有票房，这部凝结着吴天明导演最后的心血、寄托着他对艺术、对人生、对社会深沉思考的严肃之作，也是一部足以传世的优秀电影。

《百鸟朝凤》于2014年2月完成剪辑，一个月后，吴天明去世。在5月公映前，这部电影已获得了金鸡奖、华表奖、"五个一工程"奖等诸多重量级奖项。按理说，这部电影公映时，应该成绩不俗。可偏偏在这个5月，票房不佳，最初几天只有区区300万，各大院线的排片率也只有1%。于是，才有了该片制片人"下跪求排片"的事件。《百鸟朝凤》在仲夏之际的"戏剧性转身"，成了一种文化现象。各大新闻媒体纷纷给予关注。这种文化现象的背后，我们能看到什么？看到的是艺术电影的窘境？的确，一部优秀电影要靠"下跪"才能提高排片率、票房创新高，不能不说反映了艺术电影的无奈。此前，在电影圈里赢得好评的电影《钢的琴》《山河故人》，都遇到过票房不佳的窘境。电影的票房很重要，但票房不是电影的全部。作为雅俗共赏、老少咸宜的艺术形式，电影肩负的责任与使命，比赚钱应该更重要。国家是不是应该有相关的扶持政策？是不是应该设立专门的艺术影院？是不是应该对优秀电影有计划地宣传推介？这些，都值得思考和论证。

《百鸟朝凤》为什么催人泪下？是因为即使在人心浮躁的今天，人们仍然在心中最柔软、最隐秘的角落，安放着对中华传统美德的珍惜与渴望。焦三爷收小天鸣为徒，是因为看到了他在父亲摔倒时急出眼泪的"孝"；天鸣成为游家班班主，克服重重困境维护唢呐队的尊严与生计，是因为他对师父有一诺千金的"诚"，这些在中华传统文化中展现出的传统美德，正是打动观众、温暖人心的原因。或许有人说，这部电影形式简单、手法陈旧，跟不上时代。但我要说，艺术的发展，从来不是自下而上的直线，而是上下起伏的曲线。大师们拍出的黑白电影，也比内容空洞的3D、4D所谓大片要丰富多彩得多。绝大多数人评论《百鸟朝凤》为"一部现实主义的力作"，对于克服重重困难正在走向辉煌的中国电影来说，这是一个客观公正的评价。

《百鸟朝凤》给我们一个启示：随着人们欣赏水平的提高和自媒体传播节奏加快、影响增大，电影票房仅仅靠几个明星加上媒体炒作就能赢得观众的时代已渐行渐远了。感情虚伪、故事虚假的电影，就算是大投入、大场面、大制作，也只能一时引人注意，很快在"微信圈"中失去口碑。《百鸟朝凤》或许是一个分水岭，预示着中国电影，已从"炒作票房"时代，稳步迈入了"口碑票房"时代。电影拍不好，一切都归零。对于想创造票房奇迹的导演、制片人来说，"功夫靠影外"已靠不住了，用真情、真本事拍出艺术精品，才是赢得票房的根本保证。这对于中国艺术电影来说，不能不说是一个好的征兆。

好电影能够让人们从多个角度进行解读，也能够引人畅想。如果从坚守、弘扬中华传统文化的角度对电影进行一番解读也未尝不可。在电影中，唢呐是一种象征，象征着传统文化。那么，游家班在一个大户人家的寿宴上，与西洋乐队冲突，则更具有了象征意味。

5月17日，习近平主席主持召开哲学社会科学座谈会并发表了重要讲话。他说，"历史和现实都表明，一个抛弃了或者背叛了自己历史文化的民族，不仅不可能发展起来，而且很可能上演一场历史悲剧。""文化自信是更基本、更深沉、更持久的力量。"

通过电影《百鸟朝凤》，我们可以对如何传承中华民族传统文化进行一次畅想。钱穆先生说过："如果一个国家民族没有了文化，那就等于没有了生命。因此凡所谓文化，必定有一段时间上的绵延精神"。中华传统文化非常悠久、非常灿烂，与古埃及文明、古印度文明、古巴比伦文明、古希腊文明、玛雅文明等几个世界著名的古老文明相比，中华文明最大的不同就在于它的一贯性、连续性和传承性。它从来没有断裂过，每一个环节都连得上，一脉相承，表现出巨大的生命力和卓越的创造力。所以冯友兰先生在抗日战争期间就说过，"当世列强，有今而无古；希腊罗马，有古而无今"——美国的历史只有300多年，而文明古国有的夭折，有的转移；"唯我中国，有古有今"。作为军人，我们对优秀传统文化要充满尊重、自觉与自信。在电影《百鸟朝凤》中，老匠人焦三爷对唢呐的尊重与自豪，对唢呐艺术的欣赏与陶醉，令人感动和难忘。其实，不忘根本才能开辟未来，善于继承才能更好创新。一棵斩断了根的树，怎么能发出新枝？不禁想到微信朋友圈中盛传的什么"你身边的东西有几件是中国人发明的"等小段子。有一个美国学者叫罗伯特·坦普尔，他在著名的李约瑟博士指导下，出版了《中国：发现和发明的国度》一书，以通俗简明的文字向世界介绍了中国的一百个"世界第一"。在书中，作者说了这样一句话："如果诺贝尔奖在中国的古代已经设立，各项奖金的得主，就会毫无争议地全都属于中国人"。《中国：发现和发明的国度》不但是一部科普著作，更是一部严谨的学术著作，每一个条目都有历史的记录。它无可辩驳地说明，在很长一段历史时期内，中华民族传统文化是领先于世界的。中华文化历久弥新，为人类的文明和进步曾经做出过巨大贡献，我们有什么理由妄自菲薄呢？正如《百鸟朝凤》中的唢呐，只有相信它的美，才能欣赏它的美；只有欣赏它的美，才能吹奏出百鸟朝凤的至臻至妙的境界。

"海纳百川，有容乃大"。我们由此深刻认识到，文明的进步，不是在冲突碰撞中，而是在交流互鉴里。各个文明之间，应该彼此尊重、相互包容，应该避免"文明冲突"，实现"文明和谐"。中华传统文化历尽沧桑却绵延不绝，靠的就是不断吸取融合其他民族的文化精华，从而铸就了中华文明"和而不同""有容乃大""兼容并蓄"的博大胸怀与宽厚品格。在弘扬中华传统文化的过程中，既要摒弃盲目崇外的民族虚无主义，也要避免心胸狭窄的民族排外主义。一定要敞开胸怀，以开放的姿态看待和吸取其他文明的养分。在电影《百鸟朝凤》的结尾，天鸣在师傅的坟前，吹奏着"百鸟朝凤"的乐曲，这里面，饱含了他对过去的深情回忆和变革时代的深刻感悟。当他意识到创新才是唢呐班的出路时，乐曲才会更加优美动听。

唢呐只是一个象征。吴天明的《百鸟朝凤》给了我们无限的遐想。

习主席说，"站立在960万平方公里的广袤土地上，吸吮着中华民族漫长奋斗积累的文化养分，拥有13亿中国人民聚合的磅礴之力，我们走自己的路，具有无比广阔的舞台，具有无比深厚的历史底蕴，具有无比强大的前进定力。中国人民应该有这个信心，每一个中国人都应该有这个信心。"

百鸟朝凤会有时。在实现中华民族伟大复兴的壮丽背景下，中华文化一定会像浴火重生的凤凰，在伟大时代焕发出璀璨夺目的光芒！

"海上蛟龙"震撼出击

——由电影《红海行动》想到的

电影《红海行动》将中国海军陆战队的"蛟龙突击队"作为主角，生动展现了其海陆空三栖作战的精兵风采。影片根据"也门撤侨"的真实事件改编而成，讲述了"蛟龙突击队"在异国他乡解救中国人质，与恐怖组织进行惊心动魄战斗的精彩故事。电影之所以未映先"热"、引人关注，除了海军众多先进武器装备在影片中一一出镜，展现了海军现代化建设风采之外，海军陆战队年轻帅气、骁勇善战官兵的集体亮相，也是重要看点之一。

海军陆战队是海军的一个独立兵种，是由诸兵种合成的海陆空一体、攻防兼备的两栖作战部队，是中国海军走向深蓝的重要组成力量，在维护国家海洋权益、履行国际义务等方面发挥着重要作用。可以说，海军陆战队既是应对局部战争和军事冲突的"铁拳"，又是联合进攻行动的"尖刀"。

中国的海军陆战队自组建以来，充分发挥灵活机动、反应迅速、独立作战等特点优势，成为由海向陆突击的重要力量。特别是我军规模结构和力量编成改革以来，海军陆战队指挥层级更扁平，作战编组更灵活，合成化、模块化程度更高，迅速成为人民军队新型作战力量的重要组成部分。近年来，随着中国海军使命任务拓展，海军陆战队多次走出国门，武力营救渔船、驱离海盗船只、武装护卫撤侨、演习抢滩登陆，连战连捷，扬名海外，成为中国海军一张闻名世界的闪亮名片。

影视作品可以代表一个时代的风貌，可以引领一个时代的风气。电影《红海行动》正是以艺术的形式，充分反映了中国军队的规模结构和力量编成随着战争形态和作战方式变化而重塑的时代风采。有军事理论家提出，陆军模块化、空军隐形化、海军两栖化，应是未来军队的发展方向。而小分队作战的"小型化"则是以上"三化"的重要标志。小分队作战，日益成为未来战场的重要作战样式，美国的"海豹突击队"奉命猎杀本·拉登，就是比较著名的战例。在电影《红海行动》中，我"蛟龙突击队"队员们，无论完成海上战斗任务，还是在沙漠遭遇战、城市巷战中，都表现出了坚决完成使命任务的英雄胆气和三栖作战的过硬军事素质。在此次军队改革中，人民军队由数量规模型向质量效能型、由人力密集型向科技密集型转变，进展如何、成效怎样，观众通过观看电影《红海行动》，一定可以得出完美答案。

电影《红海行动》还从一个侧面展现了近年来人民军队实战化训练的可喜成果。习近平主席一直高度重视军队的实战化训练。1月3日，中央军委隆重举行2018年开训动员大会，习近平主席向全军发布训令，号召全军贯彻落实党的十九大精神和新时代党的强军思想，全面加强实战化军事训练，全面提高打赢能力。全军官兵闻令而动，一幅人民军队波澜壮阔的砺兵画卷在神州大地迅速铺展开来。近年来，新调整组建的海军陆战队在近似实战的环境下摔打锻炼部队，坚持仗怎么打兵就怎么练，打仗需要什么就苦练什么，把新型作战力量的威武气概带到了训练场。在电影《红海行动》中，"蛟龙突击队"深入险境，在极其恶劣的条件下，成功解救人质，成功完成使命，彰显了大国军队的责任担当和海军陆战队"海上蛟龙、陆地猛虎、空中雄鹰、反恐精英"的英雄形象。不能不说，这是近年来我军实战化训练的一个缩影和生动展示。

高于生活的艺术创造

——评电影《守岛人》

自2021年6月8日电影《守岛人》首映以来，观众给予了高度评价，纷纷称赞这部电影是一部感人至深、催人奋进、引人思考的精品佳作。

作为长篇纪实文学《家·国："人民楷模"王继才》一书的作者，我对于王继才的事迹较为熟悉，感到《守岛人》这部电影，艺术地浓缩和呈现了王继才的事迹和他的精神，源于生活又高于生活，是一部具有很高艺术水准的新主流大片。

第一，影片的艺术真实与情感逻辑。王继才的事迹难写，更难拍。为什么？因为电影需要高度的浓缩和提炼，要求在光影、对白与蒙太奇的转换中，于极短的时间内高度浓缩主人公的事迹。太实了，展不开，也吸引不了观众；太虚了，会被认为脱离生活、胡编乱造。《守岛人》比较完美地处理了"虚"与"实"的关系，在"大事不虚、小事不拘"的基础上，完成了对王继才这个人物的塑造，以及对王继才爱国奉献精神的诠释和弘扬。这部电影最大的难度在于，要向观众清晰地传达出王继才为什么守岛？凭什么坚持了32年？守岛32年的价值和意义是什么？在这方面，电影《守岛人》给了观众一个令人信服的答案。电影一开篇，就通过字幕道出了守卫开山岛的价值，再通过展现王继才的英雄情结，以及为了父辈的感情而坚守承诺的情节设置，使王继才守岛有了坚实的逻辑依托。因此，影片中呈现的王继才与恶劣天气做斗争，惊心动魄的岛上"接生"过程，以及感人肺腑、又令人浮想联翩的"小岛春晚"，都那样令人感动和回味，让观众在观影中受到了感动，找到了初心。

第二，影片的主题升华与艺术创造。展现守岛的传奇与艰苦，是为了传递精神，传播一个社会的主流价值观。然而，如果没有艺术的真实与情感逻辑的成立，这种传递、传播就没有说服力和感染力。《守岛人》的成功，更在于其主题升华的成功。我高度欣赏编剧和导演在这部电影中设置了一条辅线，那就是小豆子这个人物。他在风暴中落海，被王继才救起，对王继才充满感激之情。他崇敬王继才的守岛事业，也承认自己没有这样的坚守勇气，但他知道，这个时代不能没有英雄，英雄的事业不能没有人坚守。他是海防连长的儿子，他知道坚守这个海岛的价值。他和儿子通过在船上的敬礼，完成了影片向英雄致敬的主题并掀起了情感的高潮。海防连长的墓前长出的灿烂桃花和累累硕果，何尝不是精神之光，何尝不是信仰之果？如果说包船长是王继才守岛的见证者，小豆子则是王继才守岛精神的衬托者。在主题升华上，电影《守岛人》惜墨如金，却准确高效。《守岛人》的另一个高明之处，在于导演的艺术创造。这种艺术创造源于生活，又高于生活。不拔高，不煽情，通过平实的力量赢得观众的信任，启迪观众的思考。比如通过王继才的一句"一辈子做好一件事，就不亏心"，来展现王继才的坚守与付出；通过王仕花的一句"你守岛，我守你"来展现爱情的力量；通过王继才、王苏父女二人在码头关于海燕的对白，完成了细腻的情感冲突与主题升华。电影先后设计了两场王继才夫妇为对方洗澡的镜头，用背上粗糙的皮肤这个细节，展现出岛上的艰苦和守岛的奉献，可以说是"不著一字，尽得风流"。正是因为《守岛人》完成了主题升华与艺术创造，所以才引起了观众的情感共鸣。其实，每个人的心中都有一座"开山岛"，每个人都是自己人生的"守岛人"。为什么坚守？因为热爱。通过观影，大家深深意识到，只要坚守，时光的潮水就冲不走你心中的"开山岛"。

第三，影片的人物塑造和艺术启示。大胆起用国内一线实力派演员演主旋律电影，是《守岛人》的一大特色。影片汇集了老中青三代实力派演员，如王继才的扮演者刘烨，演过大量优秀影视作品，深受观众喜爱。青年演员宫哲扮演的王仕花具有朴实自然的力量。此外，孙维民、侯勇、张一山等演员，在影片中都有不俗的表现，演绎都堪称完美，细节等各个方面把控得也非常好。影片《守岛人》的热映，给新主流影片的创作带来深刻启示。比如，主旋律电影如何从宏大叙事向精微叙事转变？如何通过"小人物"来折射和反映出"大时代"？如何在移动互联时代影响和打动年轻观众等等，都值得从《守岛人》中寻找答案。

历史与现实的雄浑交响

——评电视连续剧《天涯热土》

由中央电视台、海南省委宣传部、海南省文联等单位联合摄制的电视连续剧《天涯热土》，以中国橡胶产业的历史发展为叙事线索，以海南岛70年沧桑巨变为故事脉络，生动讲述了三代海南农垦人（以下简称"海垦人"）的爱国情怀与奋斗精神。该剧在中央电视台综合频道黄金时段播出后，引起观众强烈反响，受到各界广泛好评，成为庆祝海南解放70周年的一部献礼之作，也成为现实主义题材电视剧的一部标杆之作，给新时代电视剧创作带来深刻启示。

讲好时代故事，反映时代精神，是新时代现实主义电视剧创作的重要使命。《天涯热土》将70年来"海垦人"的奋斗作为主题，讲述三代人的奋斗故事，通过这片神奇沃土上一个个奋斗者的精彩故事，塑造了奋斗者的群像，弘扬了爱国主义、集体主义和艰苦奋斗精神，用时代精神为电视剧注入了深刻的精神内涵。林汉杰、沈丹宁是第一代"海垦人"的代表。解放海南岛之后，国家对橡胶的需求、建设一个充满光明未来的新中国，成为他们青春奋斗的最强劲动力。沈丹宁把家族的橡胶园无偿献给国家，林汉杰所带领的作战营集体转业、扎根海角天涯，以红丰农场为家，以艰苦奋斗为乐，完成了一个又一个看似不可能完成的任务，那一代青年的奋斗精神，深深刻进观众的脑海。陈继胜和林武平是第二代"海垦人"的代表，接手的是红丰农场的烂摊子，但他们无惧困难、锐意改革，完成了自己的历史使命，其改革的精神、决心和力度都是前所未有的，这是对那一代年轻人在变革时代勇于创新的传神勾勒。以林思远、陈俊仁为代表的第三代"海垦人"，有了更广博的专业知识、更广阔的国际视野、更自信的奋斗心态，在与国际资本竞争中，维护了橡胶现货价格的稳定，服从服务于国家战略，为树立海南自由贸易港的形象做出了贡献。环环相扣、引人入胜的剧集，让观众更加理解了"来时的路"如此艰难曲折，更加理解了新时代的长征路，以及所需要的奋斗精神和斗争精神。通过观剧，人们深深认识到，要实现中华民族伟大复兴，离不开"天涯热土"滋养的精神，离不开一代又一代人的接续奋斗。

新时代电视剧创作如何从"高原"迈向"高峰"？最根本的一条就是扎根人民、

扎根生活。挖掘生活的深度，其实就是电视剧创作的厚度。《天涯热土》之所以被称为"厚重之作"，就在于主创团队十年磨一剑，走遍海南农垦的每一处角落，精心采撷创业故事，悉心发现创业者的风采，再加以提炼打磨。如果没有深深扎根生活，就不会有这样一个个精彩感人故事所支撑的70年"橡胶传奇"，也不会有林汉杰、沈丹宁、陈继胜、林武平、林思远、陈俊文等一个个有血有肉的人物形象。《天涯热土》的艺术感染力来源于写实的矛盾冲突。解放海南岛、引进橡胶新品种时，林汉杰与沈丹宁的情感冲突；陈继胜作为红丰农场新任场长推进"砍胶林、种杧果"受阻时的观念冲突；海垦集团与以艾斯资本为代表的国际资本在海南大宗商品交易中心展开较量的利益冲突，都不是生硬刻意的，也不是荒诞离奇的，而是有着自身的生活和情感逻辑。这些矛盾冲突，都来源于深入的生活体验。该剧正是充分挖掘了故事中的矛盾冲突，从而推动了剧情的发展。《天涯热土》的热播启示我们，只有观众被故事所吸引、被真实所打动、为细节所感染，影视作品才能润物无声地对观众进行价值观的传递，产生潜移默化的教育效果，而这些都离不开扎实的生活积累、卓越的写实能力和艺术创造。《天涯热土》以30多集的体量，展现了从海南解放、改革开放到推进自贸港建设所经历70年风雨历程，构成了巨大的艺术张力。它将大时代绘成"海垦人"的"清明上河图"，既以宏大的史诗叙事描绘70年沧桑巨变，又以细致入微的工笔，细描出一组有血有肉的时代群像和奋斗精神，可以说是新时代现实主义题材电视剧的恢宏精美之作。

史中有诗，一直是新时代电视剧创作的艺术追求。客观地讲，剧中有史容易做到，因为每一部影视剧都在或真实或虚构、或主观或客观地记录着历史。但史中有诗就比较困难了，因为这个"诗"，实际上就是艺术，是境界，是感染力、传播力和影响力。没有诗化的画面、人物和情节，就没有影视剧的艺术魅力。在艺术性方面，《天涯热土》始终追求着诗化的效果，同时，在宏阔的视野中追求着细腻的情感表达。林汉杰对沈丹宁的深爱，隐藏在每一个眼神里。老一代"海垦人"对改革的支持，体现在老战友们凌晨集体集合去割胶的行动中。林思远与陈俊文的心灵默契，则表现在喝咖啡的动作细节里。正是对生活细节的刻画处理，转换成强烈的艺术感染力，才使该剧与观众产生了情感共鸣。《天涯热土》剧中人物刻画非常鲜活生动。三代"海垦人"，人人都有鲜明的性格，人人都有性格支配下的人生故事，使这一组奋斗者的群像塑造得格外栩栩如生。此外，该剧还融入了爱情、谍战、商战等诸多元素，增加了观赏的趣味性与吸引力。海南风情的展现、青春元素的加入，也为该剧注入了时尚魅力。比如，林思远、陈俊文联手与艾斯资本围绕国际橡胶价格斗争的情节，就充满了悬念。

这种新的国际视野和国家战略背后的戏剧冲突，构成了新的表达领域，推动情节掀起新的高潮。《天涯热土》的成功热播启示我们，出新才能出彩。一部电视剧要做到思想精深、艺术精湛、制作精良，必须把握时代的脉搏，展现新时代、发现新故事、揭示新矛盾，唯有如此，才能找到影视剧表达的新路径。

揭示规律　昭示未来

——评文献纪录片《从胜利走向胜利》

在建军九十周年之际，九集文献纪录片《从胜利走向胜利》在央视播出后，引起社会广泛关注，大家称赞这是一部系统梳理建军九十周年光辉历程、弘扬时代主旋律的精品力作。

该片主题鲜明，视野宏阔，史实的提炼和运用非常精准。纪录片遵循人民军队九十年的历史脉络，以时代精神谋篇布局，熟练运用丰富翔实的史料、典型生动的事例，深情再现了人民军队九十年来的光辉历史，深刻揭示了人民军队从胜利走向胜利的历史规律。在《建军铸魂》中，人们看到了党创建人民军队，开启中国革命新纪元的精彩篇章；在《淬火成钢》《抗日中坚》《砥定神州》中，人们看到了人民军队夺取土地革命战争、抗日战争、解放战争伟大胜利的生动画卷；在《为了和平》《国之柱石》中，人们看到了人民军队胜利进行抗美援朝战争和多次边境自卫作战，实现保卫祖国、保卫人民、保卫和平的庄严承诺；在《改革年代》《迎接挑战》中，人们看到了人民军队积极投身改革开放新的伟大革命，投身新军事变革的时代风采；在《再造雄师》中，人们看到了人民军队实现政治生态重塑、组织形态重塑、力量体系重塑、作风形象重塑，重整行装再出发，在中国特色强军之路上迈出了坚实步伐。主创人员既依照历史基本线索，又提炼出不同历史时期的侧重点；既以今天的视角关注历史，又以历史的视角观照当下；既有编年史的线性叙事，又通过内在历史规律的巧妙连接，实现了时空的纵深跨越、场景的有序变化、纵论的酣畅淋漓、细节的巧妙穿插。宏大的气势、精巧的结构和主创非凡的驾驭能力，使这部文献纪录片具有较高的艺术性和较强的观赏性。

思想性是一部文献纪录片的灵魂。该片以事叙理，寓情于理，使思想性与艺术性巧妙融合。主创人员将要表达的主题融于历史之中，在丰富的史料中精挑细选，用感人的故事和生动的细节去解读历史。整部文献纪录片始终做到史中有话、话中有画、画中有情、情中有理。在情景交融之间，系统梳理了人民军队一整套建军治军原则，系统梳理了人民战争的战略战术，系统梳理了人民军队特有的光荣传统和优良作风。

一句话，通过观看该片，人们找到了人民军队从胜利走向胜利的传家法宝。每集片尾的经典历史歌曲，也有画龙点睛之效，让观众在欣赏优美乐曲中，再一次接受党史、军史和革命传统教育。

一部优秀的文献纪录片，不仅仅在于回顾历史，还应该以史鉴今，给人们带来深刻的启示。该片通过回顾人民军队波澜壮阔的革命历程，使观众深刻认识：中华民族走出苦难、中国人民实现解放，有赖于一支英雄的人民军队，从而增添了对人民军队的热爱。同时，该片系统梳理了历史经验，揭示出人民军队发展历程中党的领导、理想信念、改革创新、战斗精神、革命纪律和军民团结的伟大力量，对于人民军队今后的建设发展提供了有益借鉴。通过该片，观众深刻认识到，中华民族实现伟大复兴，中国人民实现更加美好生活，必须加快把人民军队建设成为世界一流军队。全军官兵也深刻认识到，只有不忘初心、继续前进，坚定不移走中国特色强军之路，把强军事业不断推向前进，才能不负祖国、人民的期待和重托。可以说，该片既具有历史的厚重，又具有很强的现实针对性和感染力，从而获得了观众的认可，达到了很好的宣传教育效果。

一部源于史实高于生活的艺术精品

——评电视连续剧《归途如虹》

《归途如虹》在中央电视台一套黄金时段播出后，在观众中引起了强烈反响。特别是1997年前后在驻香港部队工作过的同志，看了《归途如虹》之后更为激动，仿佛又回到了那个神圣的时刻。

曾参加了驻港部队的筹备、组建一直到进驻香港的全过程的某作战师政治委员陈杰，作为驻港部队先遣组的主要成员，曾于1997年5月30日带领第三批先遣人员进驻香港。谈起这部电视剧，他深有感触，认为这是一部思想性与艺术性完美结合的剧作，更是一部源于史实、高于生活的艺术精品。

《归途如虹》是国内第一部全景式展现香港回归、我军进驻香港这段历史的影视作品。陈政委说，这样的片子不能照搬历史，否则就是一部文献纪录片；也不能脱离现实，因为这段历史发展的时间不长，经历进驻这个神圣时刻的驻香港部队人员多、地域分布广，如果脱离现实，反而会有副作用。该剧政治性、政策性强，内容敏感，难以把握。陈政委认为，刘岩作为一名年轻的女导演，成功地把握了历史与现实、生活与艺术的关系，成功地拍摄出了一部影视力作。

在谈到《归途如虹》的真实性时，陈杰政委说，该剧首先在取材上就胜出一筹。最贴近生活，最真实地再现历史的作品最有生命力。该剧里的每一个情节，进港前的军官选拔培训、先遣人员进港及由此演绎出的一系列故事，都有生活原型。据陈杰政委回忆，先遣人员的选拔和集训就是活生生的事实。作为当时集训办公室主任，陈杰政委记得，当时的集训共有186人参加，这些人分三批进港，成为先遣组成员，为部队进驻香港做准备工作。陈政委说，当时的集训条件很艰苦，大家以只争朝夕的精神刻苦训练，为进驻香港做了大量工作。遗憾的是，因为忙，大家都没有留下一张照片，《归途如虹》的拍摄播出，为他们找回了那段难忘的记忆。

陈政委说，在《归途如虹》中，还艺术地再现了我军先遣人员与英军的"较量"，这是全剧的亮点，也是艺术上把握得非常好的一个环节。完成进驻香港这一特殊使命，需要进港官兵具有很高的军事素质和政治素质、外交素质、法律素质和文化素质。《归途如虹》正是从我先遣人员与英军的"较量"中体现我军军官素质的。陈政委回忆说，那时与英军的谈判，正像《归途如虹》剧中一样，自始至终围绕"主权"展开。

陈政委说，《归途如虹》这部剧作，演员选得很准，表演也都很到位。以时涛为例，演员就很好地演绎出了他的忠诚、现代、敢于冒险的精神。该剧以铁证般的事实为依据，展示了驻港部队这支新型劲旅乃至整个人民解放军的威武文明形象，展示了人民军队爱祖国、爱人民的高尚情操。

总之，这部作品展现的是我们国家、我们民族、我们军队近年真正的激情燃烧的岁月。同时，也寓意着香港回归不仅仅是主权的回归，同时也是人心的回归和伟大民族情感的回归。这是一部穿透历史烟云和时空的厚重作品，也是一部有很强艺术张力和很高审美水平的作品，更是一部高扬爱国主义旗帜的主旋律作品。

一部历史与现实的交响曲

——电视连续剧《归途如虹》导演访谈

长篇电视连续剧《归途如虹》在中央电视台一套节目黄金时间播出后，创下了很高的收视率。特别是亲历、亲闻、亲睹香港回归和中国人民解放军进驻香港这一重大历史事件的广州军区部队官兵，更是盛况空前激情振奋。这部弘扬爱国主义和民族精神的主旋律作品，为什么能够引起观众如此大的兴趣？我们采访了该剧的制片人兼导演刘岩。

今年只有32岁的刘岩，现为广州军区政治部电视艺术中心主任，少校军衔。她出身于军人家庭，从小就有军旅情结。参军后，先后就读于西安政治学院和解放军艺术学院。在《归》剧之前，她曾执导过《李向群对妈妈说》和《一枚弹壳》等小型剧作。《归》剧是她执导的第一部长篇电视连续剧。小荷才露尖尖角，为何能担此重任？刘岩说，驻港部队进驻香港时，她曾作为一名普通的电视工作者随军记录和见证了那一辉煌的时刻，亲身感受到了那个激情燃烧的岁月。香港回归那一刻，全民族的爱国热情和作为一个中国人的自豪感得到了淋漓尽致的宣泄。什么叫祖国？什么叫民族情结？什么是新型的人民军队？什么是革命的英雄主义？所有这些通过香港回归和部队进驻，使刘岩有了属于她的认识。多年来，她都有一个愿望，要依托这一重大历史事件，拍一部震撼人心的主旋律作品。创作的三年中，她几易其稿，几多锤炼，几多心血，终使《归》剧如期播出。刘岩说，《归》剧的诞生首先得感谢这段历史的丰厚馈赠和现实生活这片深厚沃土的养育，感谢广州军区首长机关和部队的大力支持。此外，该剧还是由广州军区政治部电视艺术中心、中央电视台和中共广东省委宣传部军地合作推出，是科学整合创作资源的一次成功实践。

《归》剧取材于香港回归和我军进驻香港这一重大历史事件。顾名思义，《归途如虹》的主题是回归，即香港回归之路如雨后彩虹，美丽壮阔，前程似锦，同时又寓意了香港回归不仅仅是主权的回归，更是人心的回归和民族情感的回归。然而，香港回归，驻军香港，是拔山盖世的历史事件，任何一部作品也不可能完全再现全部的史实。刘岩说，她和她的主创们，首先要面临一个实际问题：如何在铺天盖地的历史资料中，梳理出最能反映整个事件过程和本质的典型人物和故事。为了达到这个目的，他们深入驻港部队，采访当年进港的官兵，在历史和现实之间追寻心中的"英雄"。几经反复，他们最后锁定了驻港部队先遣组这个特殊群体。他们以先遣组为线索贯穿全剧，提纲挈领，从而使庞杂的进驻过程变得清晰而有条理，通过对先遣组少数军人的刻画，使观众对全体驻港部队的风采有了一个形象的了解。刘岩还告诉我们说，剧中塑造的时涛、何志远等艺术形象，都可以在部队中找到生活原型，仿佛他们就生活在我们身边。

驻港部队是展现我军是威武之师文明之师的一个窗口。曾几何时，由于英国长期的殖民统治和不客观的宣传，一些香港同胞对我军心存担忧和疑虑，但是在我军进驻之后，香港民众通过对驻港部队的不断了解，这些疑虑逐步得到了消除。刘岩说，驻港部队自身的形象是赢得香港同胞的理解、信任和爱戴的基础。因此，在拍摄过程中，刘岩他们始终把握了一条主线：这是一支什么样的新型人民军队？他们选择了通过剧中的艺术形象，让人们看到：我军既是一支百战百胜的威武之师，也是一支具有很高文化素养和文明素养的文明之师；既能在资本主义制度下确保我军性质、宗旨不动摇，又能海纳百川，拥抱现代文明；既能和世界进行开放式的交流对话，又能继续弘扬中华民族的传统美德。刘岩说，他们之所以要把握这一条主线，是由于驻港部队就是这么走过来的，但同时也基于现实和前瞻，证明面对全球化浪潮和开放的世界，我军有能力、有信心、有决心与时俱进地打造出新的文明品牌。

刘岩说，亲历香港回归的每一个中国人，对祖国，对民族情结，对爱国主义，都有切身的具体感受。但爱国主义作为一个国家之魂，民族之魂，军队之魂，不仅仅属于那段特定的历史，而是属于整个发展过程，永远也不会过时。特别是在当今动荡不安的世界格局中，爱国主义显得尤为重要。一个民族，只要有了祖国认同感，有了凝聚力和向心力，什么困难都可以克服，什么胜利都可以夺取。《归》剧自始至终贯穿爱国主义底蕴，并通过时涛、何志远等一大批爱国、爱港、爱故乡的人物一举一动，将爱国主义表现得栩栩如生，可歌可泣。

和平，是对军人的最高奖赏。香港回归，"一国两制"，是小平同志政治智慧的结晶，是我们党和国家和平解决香港问题的总方针、总原则。面对这个和平的大背景，我驻港部队先遣组面临全新的和平考验：他们的工作对象，是即将撤走的英军，两军交往，不是血与火的战场，而是谈判桌。刘岩说，在关注和表现这场没有硝烟的较量时，我们不仅要重视和表现好我军过硬的军事素质，而且还要重视和表现出我军新一代军人全新的政治眼光、外交眼光、经济眼光和文化眼光。事实上，在我军驻港部队中的一大批优秀新型指挥人才，就完全具备了这些素质。如剧中人物时涛、何志远等，他们和英军打交道时表现出来的政治智慧和谋略，都是真实的。剧中的主人翁始终都有一个英雄梦，即随时准备为祖国和人民的最高利益奉献一切，也敢于挑战一切，压倒一切。而这种个人的英雄梦，是与一个国家，一个民族的强国梦紧密相连的。即便是这种"英雄梦"被和平的环境所淹没，也是军人对职业追求的一种守护。

电视艺术，是一门不断创新的艺术。刘岩说，《归》剧吸收了传统电视艺术的手段和方法，同时也尽量用现代人的审美喜好。比如结构，主题突出，矛盾集中，前后呼应，尽量给人以快感和集束的信息冲击；比如画面，大量采用了在香港、深圳等地的实景拍摄，尽量给人以真实和美的享受；又比如语言，既诗化，哲理化，又通俗化，流行化，具有兵味、港味和现代味；还比如人物故事，既有历史的影子，又有现实生活的融合。作为追求，他们企望《归》剧在历史与现实之间交响，让人们重新点燃激情燃烧的岁月，同时让这段难忘的历史告诉现在和未来——祖国利益永远高于一切！

来自历史深处的精神动力

——评文献纪录片《不能忘却的伟大胜利》

12集电视文献纪录片《不能忘却的伟大胜利》在中央电视台第十套节目《探索·发现》栏目隆重播出后，引起了社会各界的广泛关注和好评。在我看来，它堪称一部政治性、思想性和艺术性俱佳的优秀作品。

以高远的立意增强政治性。文献纪录片在记录社会历史进程的同时，也能反映和折射出主流意识形态，体现社会的核心价值理念。抗美援朝战争的伟大胜利，给我们留下了一座极为丰富的精神宝库。该片正是以再现老一辈无产阶级革命家和中国人民志愿军为维护国家安全与尊严、维护世界和平与正义、反对侵略与强权所建立的不朽功勋，为我们今天实现中国梦强军梦提供强大的精神动力。可以说，这部文献纪录片站在中华民族伟大复兴历史进程的宽广视角，通过对这一主题的挖掘，将中国共产党和中国人民志愿军在60多年前所创造的伟大历史生动地展现在观众面前，凸显了作品的时代感和主题表达的深刻。

以丰富的史料深化思想性。从历史资料中发现时代价值，留存时代印记，传播时代精神，是纪录片的一个重要职责。《不能忘却的伟大胜利》摄制组历时一年半，寻访到500多名志愿军老战士，采访了一大批我军高级将领和英模人物，还前往朝鲜、韩国、美国和加拿大等地寻找战争遗址、遗迹，光收集的拍摄素材就有20000多分钟。这些珍贵的历史影像多为首次披露，因此更具有冲击力和感染力，使观众在观看时获得了精神的激励和思想的升华。

以创新的表达提高艺术性。综观整部片子，一种真实的史诗般的艺术品格格外动人。《决策出兵》《首战告捷》《声威大震》等12集一气呵成，结构连贯而严谨，激昂、抒情、大气的风格始终贯穿全片。特别值得一提的是，该片借助现代电视传媒最新科技，科学运用三维技术，使电视画面富有动感和美感。此外，该片解说词植入了很多的历史细节和人物对话，不仅构思精巧，而且非常精炼、语义准确，可圈可点。

用情用力讲好革命故事

——话剧《铁流东进》的新开掘

习近平总书记在给国家话剧院的艺术家回信时强调，"希望大家再接再厉，紧扣时代脉搏、坚守人民立场、坚持守正创新，用情用力讲好中国故事，创作出更多无愧于时代、无愧于人民的优秀作品"。讲好革命历史题材故事，是讲好中国故事的重要组成部分。国家话剧院最近创排、上演的话剧《铁流东进》，在如何用情、怎样用力方面，进行了新探索，取得了新突破。

《铁流东进》根据作家季宇刊发在《人民文学》的中篇小说《最后的电波》改编。"东进，东进！我们是铁的新四军！"抗日战争中，新四军深入华中敌后战场，像一把钢刀直插敌人的心脏，在华中敌后的抗战中发挥了中流砥柱的作用。用艺术形式充分展现这段光辉革命历程，是艺术工作者庄严而神圣的使命。

用情、用力讲好革命故事，首先要为作品注入深厚的思想内涵。从本质上讲，《铁流东进》是一个关于"寻找"的故事。在剧中，"孙子"贺电在现实中"寻找"患有阿尔茨海默病的爷爷的身份，"爷爷"李安本在历史中"寻找"战友们的光辉足迹，观众则随着祖孙两代人的视角，"寻找"着新四军革命先烈的初心。"寻找"是"代入式"的，它充分调动了观众的情感与情绪，调动了观众的好奇心与探寻历史的冲动，从而完成了舞台艺术与观众的互动。在"寻找"中，皖中独立师第三团与日寇激战白马山的历史隐隐呈现；在"寻找"中，彭大刀、小柴火等革命先烈的牺牲精神令人动容；在"寻找"中，作品完成了主题的升华：对为国捐躯的革命先烈的深情致敬，对生生不息的红色血脉的自觉传承，对今天幸福美好生活的珍惜与自豪。

用情、用力讲好革命故事，还必须为作品注入能够感染新时代青年的情感力量。革命历史不能因为年代的久远而失去温度。在优秀的话剧作品中，情感的力量是滚烫的。《铁流东进》在"以小见大"中完成了作品的情感传递。剧中的人物都是普通人，无论是讲述者还是剧中人，都是我们身边可感可触的。顾团长的礼贤下士、杜参谋的书生意气、彭大刀的快意恩仇、小柴火的单纯可爱……这些小人物的信仰力量，小人物的牺牲奉献，小人物的蜕变转化，格外能够引起青年观众的共鸣。"太平本是烈士定，从无烈士享太平""军人离开战场有两种方式，凯旋或牺牲"，这些高度凝练而朴实无华的话语，也让青年人难以忘怀。作品对主题的升华也是通过吸引年轻人的电波密码完成的。"嗒嗒嘀嘀嘀，嘀嘀嘀嗒嗒"，这既是革命先烈向历史深处发出的红色电波，也是新时代青年用"这个盛世如您所愿"对革命先烈的深情祝福。情感的交互渗透和巨大冲击，就在这短短的两个多小时内，狭小的几十平方米的舞台空间上得以完成。这些新意充盈的年轻态叙事，为重大革命历史题材创作提供了可资借鉴的新的艺术空间。此外，剧中的舞美设计也是"小而精"的。舞台上高低不一的白色矩阵，排列成莫尔斯电码符号的形状，既写实又写意，可以完成无数个场景的排列组合。应该说，导演用这种小场面、小切口的方式讲故事，突破幕场的设置使节奏更快，通过情感的冲击使戏剧更具张力，是颇具艺术功力的。

　　用情、用力讲好革命故事，还要在艺术上不断创新，以适应今天的观众，特别是年轻人的审美需求。该剧忠实于新四军皖中独立师第三团被日寇围困于白马山、后又成功突围东进的史实，但在如何讲述故事上进行了大胆创新。高度写实与大胆写意的交织，使这部话剧充满了艺术魅力。两代人的冲突、两个时空的交织、两种观念的矛盾，使该剧充满了悬念。该剧场景的转换不是通过场次实现的，而是通过叙述中历史与现实的自然转换。在舞台表现形式方面，该剧也进行了积极探索。特别是表现李安本在第三团无线电培训班当教员的场面，通过两根竹竿，模拟了他受伤坐在滑竿上被抬上山的姿态，也表现了三团官兵学习无线电发报的场景。这种在现代剧中大胆运用传统戏曲写意手法的探索，增强了话剧的艺术力表现力，值得充分肯定。此外，在背景音乐中加入了莫尔斯电码的元素，用男声合唱与哼鸣的方式表现出来，在"滴滴答答"的循环往复中，既与患阿尔茨海默病的老年李安本脑海中的声音暗合，又表达出了激昂深沉的情感和神圣庄严的旋律。这些都丰富了作品的精神意蕴，彰显了话剧的美学风格。从《铁流东进》的艺术效果与社会影响看作品，无论改编、排练，还是演员对人物的悉心揣摩和塑造，都是下了很大功夫的。用情用力讲好革命故事，离不开艺术家们在舞台上默默耕耘、辛勤奉献，离不开对作品的精心打磨、反复修改。

驻港军人的心灵之歌

——长篇报告文学《往来香港的军车》

一

文学是生活的忠实记录。因此，每一个时代，每一个波澜壮阔的伟大历史事件，都会有一部甚至几部优秀的文学作品留在人们的记忆之中。正如看到美国南北战争的历史自然会想起《飘》一样，看到抗美援朝的历史，人们同样会想起那篇脍炙人口的散文《谁是最可爱的人》。

从某种程度上讲，驻香港部队的题材是新闻的"富矿"，而对于文学领域来说则是一片尚未开垦的"处女地"。人们可能会想起，公元1997年7月1日前后，新闻媒体对驻香港部队投入的无限热情：连篇累牍的报道、几十小时的现场直播……这些让人们了解了驻香港部队官兵们威武文明的风采。然而，人们还并不满足。人们期待着有血有肉的驻港部队官兵的形象。如此重大的历史，怎能没有一部文学作品来记录，来诠释呢？

今天，长篇报告文学《往来香港的军车》终于问世了。这是迄今为止第一部全方位反映驻港部队进驻香港后、生活的长篇报告文学。它的问世，本身就是一个"新闻"。

毋庸讳言，驻香港部队的题材是敏感的。然而，正是因其敏感、因其重大，才会更让人有了解的兴趣。尽管是独家的题材，这部作品也并没有泛泛而谈。作者是通过对一个连队的全方面描述，来书写了一段重要的历史。这个连队就是作者的"切入点"。

这是怎样一个连队呢？驻香港部队深圳基地汽车连，每天都要往返于深圳和香港之间，把驻港部队官兵的生活保障物资源源不断地送往香港。这是一支平凡的连队，只有百十号人，从组建起也才8年的历史。然而，这又是一支特殊的连队，因为从这百十号人中，可以看出驻香港部队官兵的风采；从这8年的时间里，可以折射出驻香港部队从组建到进驻、从进驻到在香港履行防务的一段不容人们忽视的重要历史。

二

选择汽车连为"切入点",可见作者在选材上的独具匠心。前面已经说过,驻香港部队这段光辉的历史色彩缤纷地闪烁在人们的记忆中,既让人感到目不暇接,又让人感到无从下笔。从哪里入手展现这段历史呢?作者选择了驻港部队一个独具特色的连队。

我想,从这个连队入手,最可以激起人们的"兴奋点"。这里不得不提及那份曾引起世界瞩目、如今却又湮没在历史事实中的《考克斯报告》。驻香港部队进驻香港之后,人们关注的不但是官兵们的日常生活,更关注的是这支部队是否能在香港站稳脚跟。《考克斯报告》曾在香港引起轩然大波,人们自然而然地把注意力集中到了这支向港内运输生活物资的特殊连队。是否像《考克斯报告》所影射的,驻军通过这支连队向内地运送了"窃取自美国的高科技设备"呢?——可以说《考克斯报告》的影射,使人们更加关注汽车连。然而令考克斯们所始料不及的是,他们的报告不但没有使驻香港部队官兵守法形象蒙上阴影,反而使汽车连这支特殊的连队引起了世人的瞩目,成为汽车连官兵"遵纪如铁、守法如钢"的注脚。所以,从这个连队入手,足见作者的慧眼,足见作者对驻港部队深入了解之后所具有的宽阔视野。

同样,从这个连队入手,可以最充分地反映出驻港部队官兵的精神风貌。这个连队本身就是驻港部队的一个典型单位,1997年以来年年立功,并荣立集体二等功一次,先后获得过广州军区"基层建设标兵单位""红旗车标兵分队""学雷锋先进单位"等荣誉。况且,这个连队的官兵每天都要穿行于社会主义和资本主义两种不同的社会制度之间,每天都要面对两种不同的思想文化、生活方式、交通规则、法制环境……这个连队官兵身上发生的故事,是驻港部队官兵中最典型、最有代表性的故事。

作品构想是将生活与作家的思想感情加以典型化的过程,是一个实现从感性到理性、从生活到艺术的飞跃的过程。这部报告文学的两位作家,以深厚的生活底蕴、敏锐的洞察力和高度的艺术概括能力,选取了一个连队,把一段可歌可泣的历史凝进这个连队的血脉之中。

三

新闻性与文学性的有机结合，是这部作品另一个非常突出的特色。

说到新闻性，前面已经提到，驻香港部队题材的文学作品并不多见，像《往来香港的军车》这样洋洋二十余万言的则更是少之又少。然而，人们又关注这支部队的生活，想从为数不少的新闻报道之外，以另一个更广阔的视角去观察、去了解这支"神秘"的部队。

我们有必要在这里简单地说一说报告文学的两位作者。陈杰和苗长水是相识二十多年的朋友。二十多年前，他们在济南军区某师的业余文艺演出队共同工作、学习、生活。他们的演出队住在当时生活最艰苦的胶东半岛，虽然是一个师级单位的业余演出队，却演出过《杜鹃山》《洪湖赤卫队》等大戏。那时，他们就经常一起下到基层部队，为连队的战士们演出。从难忘的军旅生涯开始，他们就结下了深厚的友谊。

陈杰同志是驻香港部队深圳基地政治部主任，他与驻港部队深圳基地党委和基地领导们，共同为培养汽车连付出过大量的心血。陈杰毕业于解放军唯一培养新闻专业人才的学院——南京政治学院新闻系。在校期间，他就刻苦攻读，写下了《中国新闻评论名篇赏析》一书。毕业时，他成为当年新闻系唯一的优等生。他的成长经历给予了他宽广的视野，在驻香港部队8年的难忘生活又给予了他厚重的生活底蕴。

苗长水同志是在军内外都享有盛誉的著名军旅作家。他1986年毕业于解放军唯一培养文学创作人才的院校——解放军艺术学院文学系。毕业后就成为专业作家。他先后创作发表了几百万字的文学作品，多次获得全国优秀中篇小说奖、庄重文学奖、十月文学奖、青年文学创作奖等文学大奖，不少作品被译成英、法等国文字。

一个偶然的机会，苗长水同志因采访写作来到深圳，得知了汽车连的先进事迹和那些感人的故事，压抑不住创作的灵感和激情。于是，这两位老朋友就再次合作，写下了这部报告文学。这两位作者的合作，可以说是新闻与文学的结合。

说到文学性，除了前面提到的艺术视角的独特外，还必须提及这部长篇报告文学的文体特色和语言风格。

这部报告文学的文体，是运用的一种接近散文的叙述方式。我想，这一点也可以看出作者的匠心。毕竟，这部长篇报告文学不同于普通的纪实文学，它没有猎奇的成分，它所叙述的，是一段难忘的历史。因此，它所采用的文体，是散文化的。唯有此，才可见历史的庄严与神圣。还有这部作品的语言。语言是一部文学作品的载体，是作品的要素之一。这部长篇报告文学的语言，既有新闻的准确，又有文学的浪漫。如报告文学开头所描述的皇岗——落马洲口岸的清晨，相信读者们会留下深刻的印象，记住"这一天中最激动人心的时刻"，在文字之中感受香港"这世界级的经济血脉"。更为可贵的是，作者以饱含激情的语言，书写了驻香港部队的历史，书写了驻港军人的心灵之歌。在这部报告文学作品里，塑造了一群驻港部队基层官兵的形象。无论是汽车连的干部还是战士，都是那样的栩栩如生，色彩鲜明，让人难以忘怀。风风火火又有浪漫情怀的姜青其，谦和持重又有思想的李玉淮，背着双重处分又再创辉煌的陈烁……还有刚毅质朴的邵飞，吃苦耐劳的"老黄牛"李广中，爱打赌的黄合明，有点"铁公鸡"的张云义……这一个个生动的基层官兵形象，如一道道钢铁的脊梁，支撑起了驻香港部队官兵以热血和青春铸就的巍巍丰碑。

就是这些可爱的官兵们，每天都要面对着全新的考验，实践着"驻军费用由中央人民政府负担"和"不与香港市民争菜篮子、米袋子"的庄严承诺；就是这些可爱的官兵们，为了迎接世界上最稠密、最复杂的交通网络的挑战，以高度的使命感、责任感苦练过硬的驾驶本领；也是这些可爱的官兵们，拿着最微薄的工资，守着特区中那"一片纯洁的净土"，把自己的青春、梦想、热血，都无私地奉献给了伟大的祖国……走进《往来香港的军车》，你就能够倾听到这些年轻军人的心灵之歌！

四

在历史与现实的时空中巧妙穿插，以立体的视角来叙述事件，描写人物，是这部作品的又一显著特色。

历史要靠语言的再现。有许多历史，已随着时光的流逝而褪色，也有许多历史，被一些别有用心的人肆意篡改、歪曲……香港回归祖国，人民解放军进驻香港无疑是一段重大的历史。《往来香港的军车》正记录和再现了这段历史。作者的巧妙之处在于，将这段历史不着痕迹地穿插在汽车连的事迹之中。可以说，汽车连就是一个舞台，连长、指导员、排长、战士们都是一群出色的演员，而作者则是导演。在这里上演的，不仅仅是一个汽车连的故事，更是香港回归的足迹，人民解放军驻军香港的艰辛历程！整部报告文学以汽车连官兵进港保障为主线，在其中穿插了一段一段惊心动魄的历史：驻港部队先遣人员进港、中英两国军队的防务交接、进驻香港前的机动演练、进港初期站稳脚跟的历程……必须指出的是，这些历史并不是道听途说，也不是采访而来，而是作者之一陈杰同志的亲身经历。所以，这些历史带有"揭秘"的色彩，也足以震撼人心。

社会生活是文学的源泉。积累生活，是创作一部有生命力的文学作品的必由之路。值得欣慰的是，《往来香港的军车》正是这样一部来自生活的报告文学作品。

两位作家为了采访汽车连，付出了一年多的时间。这还不包括作者之一陈杰同志8年的驻港部队经历。在人民军队的创作史上，两位作家如此倾情于一个小小的连队，恐怕并不多见。

在陈杰同志的办公室里，堆满了驻香港部队从组建初期到进驻之后的各类资料。大到驻港部队先遣时期的200多幅历史图片（都是陈杰同志亲自拍摄的），小到一个资料卡片、一段领导的批示，都整理得非常整齐，装订成册。这些资料，有许多都是"孤本"，由此可见陈杰同志积累生活、厚积薄发的心怀。

苗长水同志作为文坛上一位较有影响和创作实力的作家，也为汽车连官兵们的感人事迹所激动，为之付出了大量的心血。为了采访汽车连的事迹，他牺牲了与妻子、孩子团聚的时间，往返于济南、深圳之间，用了一年多的时间采访、写作。在连队里，他与战士们同吃同住，与战士们谈心说笑，把自己全身心地交给了这个连队。连队的每一位战士，他都能叫出名字，都能够说出性格特点。战士们把这位著名的作家亲切地称为编外的"指导员"。文学创作不但要"身入"，更要真正的"深入"，苗长水同志为"文学源于生活"这句话做出了最好的诠释。

1997年春节，陈杰和苗长水是在驻香港部队深圳基地最艰苦的地方——潼湖农场度过的。为的是采访汽车连官兵的事迹。这里周围十数里没有人烟。陈杰和苗长水——一位部队领导，一位著名作家，就是在这里与农场的十几位官兵过了一个"团圆年"。他们在简陋的桌子上喝酒，亲手点燃了贺岁的鞭炮……两位作者把这一段难忘的生活也写进了报告文学之中。

为了这部报告文学的写作，陈杰和苗长水同志访虎门、走珠海、观深圳、看香江……一路风尘一路歌，他们把对历史的思考，都浓缩在这千里行程之上、万言作品之中。

由于许多素材是作者的亲身经历，所以作品才可以自由地穿梭于历史和现实之间。也正因为是亲历，作品才具有如此的魅力，如此的真实。如所谓的"周伯荣（时任驻香港部队副司令员、驻港部队先遣组组长）闯关事件"，这件事内地的读者所知不多，但在回归前夕却被香港媒体反复炒作。只有在这部作品中，才还原了历史的本来面目。以铁的事实击破了"无证闯关"的谎言。

再比如中英两国军队之间的防务交接。许多人只看到了电视直播的画面，却很少知道这其间的曲折和艰辛。"电子钟事件"（暂且这样称之）生动地表现了驻港部队先遣人员为驻军准时接管香港防务所付出的曲折。而这些，都巧妙地穿插在作品之中，令人读来为之"叹息肠内热"，深深地为这部精彩的报告文学所吸引。

这部精彩的报告文学成稿之后，两位作者曾反复征求意见。从连队到军、师级政治机关，再到广州军区、解放军总部和国家机关，他们都征求了意见。有近百人看过了这部长篇报告文学。在这些人中，既有连队的官兵，也有领导干部，既有法律专家，也有防务专家。征求了意见之后，他们又反复修改、精雕细刻，从这个意义上讲，这部长篇报告文学又是集体智慧的结晶。

五

尤为可贵的是，这部长篇报告文学作品中，凝进了作者对现实生活、对人民军队现代化建设诸多方面（如训练问题、管理问题等）的深深思考。

文学源于生活，但它是生活的能动反映。在一部成功的作品之中，不仅要有火热的生活，还要有作者对生活的认知。

人民解放军驻军香港，是一项前无古人的壮丽事业。在这其中，遇到了许多新情况、新问题。如何在这样的环境中治军，是一项重大的课题。对此，本报告文学的作者之一，陈杰同志有着自己的理论思考。在一篇文章中，他总结出了香港驻军的15个特点，提出了自己针对这些特点依法从严治军所作出的理论思考。作为军旅作家，苗长水同志同样关注着军队的现代化建设问题。作者们把这种深深的思考带进了这部报告文学作品之中。他们通过对现实的观察，对历史的反思，向读者传达出了对驻军香港、对国防建设、对国家未来的深深思考。正因为如此，这部作品才有了历史的厚重感，才有了人生的向度，思想的锋芒。在当今的文坛上，尤其是在报告文学的领域里，不乏为了媚俗而不敢直面现实的现象。正因为如此，我们才更加尊重两位作者可贵的勇气。

当然，这部报告文学也并非尽善尽美。作品的结构还略显松散，与跃进的激情相比，情节的递进有时显得缓慢等等，给人以"白璧微瑕"之憾。

不管怎样，《往来香港的军车》诞生了。驻军香港这段辉煌的历史有了文学的关照……我相信，这部厚重的报告文学作品必将引起人们的关注，在文学的沃野上散发出夺目的光芒。

著名作家路遥在写完那部载入中国文学史的长篇小说《平凡的世界》之后，曾写过一篇文章，好像叫《早晨从中午开始》。因为在他的日历里，已没有了夜晚，没有清晨，只有创作时的冲动，写完之后一抬眼，外面已是晌午。那么，我们是不是可以说，对于两位作家而言，"夏天从冬天开始"呢？在这部报告文学发表的盛夏时节，陈杰和苗长水同志才蓦然发现——就在他们呕心沥血修改作品最后一稿（第五稿）的时候，春天已在身边静静流逝了。

愿这部厚重的报告文学作品给读者们留下的是故事，是历史，是深深的思考，是一片色彩缤纷的春天。

军事文学呼唤如此"试飞"

——评长篇报告文学《试飞英雄》

军旅作家张子影的长篇报告文学力作《试飞英雄》，由安徽文艺出版社、安徽人民出版社出版后，引起了很好的社会反响，在各地新华书店、各大网站也取得不俗的销量。可以说，《试飞英雄》以充满阳刚和文学色彩的动人叙事，浓墨重彩地塑造了中国空军试飞员群体的英雄群像，完美诠释了"忠诚、无畏、精飞"的试飞精神，是军旅作家学习贯彻习近平总书记系列重要讲话精神、迎接中国人民解放军建军90周年的一部献礼之作，是近年来军事文学向现实主义开拓的一部优秀之作，也是和平时期如何更好地塑造英雄、唤醒英雄情怀的一部探索之作。

习近平总书记在中国文联十大、中国作协九大开幕式上的讲话中深刻指出："祖国是人民最坚实的依靠，英雄是民族最闪亮的坐标。歌唱祖国、礼赞英雄从来都是文艺创作的永恒主题。"军事文学作为现代文学的重镇，理应在歌唱祖国、礼赞英雄方面走在前列。在人民军队实现强军目标的雄伟征程中，更需要记录和传扬这群无惧生死、铸梦蓝天的铁血英雄；在向世界一流军队迈进的壮丽画卷里，更需要英雄精神的鼓舞和激励。《试飞英雄》正是在这样的时代呼唤中涌现出来的优秀作品。

一部优秀的作品，总能给人以多方面的启示。其实，《试飞英雄》何尝不是在军事文学的广阔天宇里，对和平时期如何塑造英雄、唤起人们英雄情怀的一次有益"试飞"？

《试飞英雄》题材选择之"险"，成就了直面现实的创作。在现实主义创作中，题材的选择很重要。"无限风光在险峰"，越是关注程度高、采访难度大的题材，越是容易引起读者的青睐。试飞是"为国舍己"的奉献飞行，更是随时可能牺牲的极限飞行。试飞员们为了祖国的强大，为了人民空军的发展，毫不犹豫地将生死置之度外，被称为"和平时期离死亡最近的人"。张子影是空军的作家，她很早就意识到这个题材的重要性、丰富性，先后酝酿跟踪了16年，艰苦采访写作了3年，使这一独特的题材得以呈现在读者面前。当前，强军兴军正如火如荼地进行，新装备正快速列装部队，浴火重生的人民军队向军旅作家们展现了无限丰富的创作可能。我想，只要军旅作家们像张子影一样，敏锐地感知军队的召唤，找到自己熟悉的创作领域，就一定能够创作出优秀的现实主义作品。

《试飞英雄》介入生活之"深"，找到了最富色泽的故事。官兵需要军事文学，军事文学也需要官兵。一个优秀的军旅作家，一定是离官兵最近的人。军营火热的生活，是军旅作家最重要的创作源泉。16年来，张子影一直在试飞部队深入生活，一有机会就和试飞员们接触，早已成为他们的朋友。16年的生活积累，使《试飞英雄》中关于英雄的描写惟妙惟肖，关于试飞的惊险如在眼前，关于英雄的奉献如数家珍。没有介入生活之"深"，就没有《试飞英雄》面世后在读者心目中的分量之"重"。作者说，"那些年里，我常常创造各种机会去到他们中间，像一个新兵怯怯地跟在老兵身后，又像一个老兵混迹于新兵之中，感受、触摸他们鲜活的、质感毛茸茸的本色模样——没有目的，不设防备，蜕去了一切矫饰的原生状态"。正因为如此，作者才感受到了一代又一代试飞人的心跳，理解了他们丰沛的情感世界，接近了他们牺牲与奉献的精神高地。

《试飞英雄》书写方式之"独"，拓展了塑造英雄的途径。和平时期，塑造英雄不易。一个通病是，英雄形象和读者有"距离感"。一方面，军旅作家们可能会受到传统典型塑造"高大全"观念的影响；另一方面，与作家的书写方式也有关联。《试飞英雄》在"把英雄拉近、使英雄可亲"方面做了有益的探索。作者把英雄们放在事业、家庭和亲人的多重维度下进行书写，正是这些日常生活的平凡，彰显了试飞英雄们的伟大。作者善于刻画细节，让英雄人物在细腻的肌理中展现出人性的光辉。比如，写出了徐勇凌驾驶的飞机从起火到坠落的42秒；写出了沈晓毅本可自救，却选择避开人群而带来的撕心裂肺的爆炸声；写出了英雄回家时，刚掏出钥匙但大门已打开的亲人的爱与担忧。作者还以女性细致入微的观察和感知，用满满两章的篇幅，书写了试飞员妻子们的酸甜苦辣。这些，对于塑造英雄亲切暖人的形象起到了很好的衬托作用。王昂、李中华、邹延龄、雷强、滑俊、黄炳新、李国恩、徐勇凌、王文江、卢军、余锦旺、杨晓彬……一个个试飞英雄活灵活现的生动形象，永远留在了军旅文学的精美画卷中。《试飞英雄》给军旅现实主义题材创作带来的启示是多方面的，军事文学呼唤更多这样的优秀作品！

用光明驱散"黑案"

——评长篇报告文学《黑案》

　　进入新时代以来，在习近平总书记关于文艺工作的重要论述引领激励下，报告文学涌现出了很多优秀作品，这些作品继承了改革开放40年来的报告文学优秀传统，在探寻社会历史、介入现实生活、讲好中国故事等方面具有独特魅力和文体优势。从文学本体而言，报告文学在直面现实和汲取外来营养的过程中，也呈现出了不同以往的文本、结构和审美，催生了新时代的文学生长点。

　　李迪的长篇报告文学《黑案》（《中国作家》2018年6月纪实版载），就是在这样的时代背景下产生的一部优秀的报告文学作品。《黑案》讲述了A省东海市公安局原局长李国和在打击黑恶势力中得罪了背后的"保护伞"，蒙冤甚至入狱最终获得平反昭雪的故事。这样的故事，在中国社会法治化日益推进的今天，还是能见到的。但很少有作家有勇气去写这样的故事。因为书写这样的故事，需要寻找并触动时代的"痛感"。

　　在价值观念多元碰撞的今天，报告文学直面全面建成小康社会、推进社会主义现代化建设征程中激情涌动的生活现场，呈现出更加开阔的视野。它书写着时代巨变的广泛深刻影响，还注重从现实中挖掘触动具有"痛感"的神经，从而把笔触伸展到了中华民族历史性巨变的跳动脉搏上。

　　李迪的《黑案》，弘扬了改革开放以来报告文学"战斗性"的优良传统，在艺术上有以下几个特点。一是寻找时代的"痛感"时，书写事件的角度更加独特。习近平总书记在中国文联十大、中国作协九大开幕式上的讲话中深刻指出："对人民深恶痛绝的消极腐败现象和丑恶现象，应该坚持用光明驱散黑暗、用真善美战胜假恶丑，让人们看到美好、看到希望、看到梦想就在前方。"《黑案》正是一部这样的作品。它虽然寻找和触动的是我们在依法治国进程中的时代"痛感"，但在文学表达上，则充满了光明和正义的力量。比如说李国和局长在遭受迫害时，在哪里都会遇到好人相助；狱中的18个少年，对李国和付出的真情；为他辩护的美丽端庄的女律师孙玉，对他的无言却又巨大的支持；为他秉笔直书的中国刑法界的泰斗级人物邢文鑫，等等。书写这些正面人物，使整部非虚构作品充满了正义的力量和光明的底色。可以说，整部作品是用"光明"的笔法书写的"黑案"。读完整部作品，使我们更加坚定了推进依法治国的信心，更加坚定了对扫黑除恶专项斗争的支持。

二是寻找时代的"痛感"时，介入生活的深度进一步加强。《黑案》这部非虚构作品，是通过作者和李国和局长的访谈对话展开的，既有作者的讲述者视角，也有李国和作为主人公的回忆。李迪是一位有着丰富创作经验的作家，创作了大量优秀的公安题材作品，因此，对于把握类似的题材非常有经验，也知道书写应该向哪个方向努力。尽管如此，李迪还是历时两年深入采访，当事人查阅大量资料，艺术地还原了案件始末。习近平总书记在中国文联十大、中国作协九大开幕式上的讲话中深刻指出："社会是一本大书，只有真正读懂、读透了这本大书，才能创作出优秀作品。读懂社会、读透社会，决定着艺术创作的视野广度、精神力度、思想深度。广大文艺工作者要努力上好社会这所大学校，读好社会这本大书，创作出既有生活底蕴又有艺术高度的优秀作品。"这部作品，通过扎实的采访，介入生活的程度之深，可圈可点。比如说，李国和在狱中争取和研究18个少年里的细节；再比如说，作为国家政法机关的某些单位给李国和"定罪"的细节等，没有深入的采访，没有在采访中的再次"发现"，是很难捕捉到的。可以说，李迪的这部作品，就是这样一部深度介入生活后产生出的优秀作品。

三是寻找时代的"痛感"时，表达生活的力度更加强劲。在这部非虚构作品中，李迪秉承作家的社会责任感，在价值判断、文学立场上，坚守"中锋正笔"的写作伦理，传达着主流价值观，弘扬着时代主旋律。但是，没有人性空间的建立，非虚构就没有呈现的维度，报告文学作品就会成为平面的作品。《黑案》这部作品，有对复杂人性的拷问和终极正义精神的呼唤，所以呈现出更加澄明温暖的艺术境界。在《黑案》中，李迪通过描绘李国和追寻正义的风雨历程，以敏锐和富于情感的文字，书写出一位普通警官矢志不渝的心灵史，更深刻揭示出支撑着这个钢铁硬汉相信司法正义的精神基础，生动诠释了信仰和坚持的力量。李国和也是人，他最初遭受冤屈时也曾灰心失落，甚至想到过死，但他最终成长为一个坚强的斗士，不能不说是缘于信仰的力量和内心对正义的坚守。作品中有一段李国和父子的对话很精彩，可以展现出李国和丰富的内心世界。在对话的最后，李国和喊出："你要战斗到底！不为你个人，要为天下人！"这就是他坚定的信仰！总之，李迪用他饱含情感的健劲笔力，通过非虚构建构起了一个真实且丰饶的文学时空，也为新时代报告文学增添了新的光彩。

在精神火炬的照耀下歌唱

——评散文集《乡情如歌》

蔡多文同志近年来致力于军旅散文的创作。在担任部队领导工作之余，他利用业余时间，陆续创作、发表了不少精美的散文作品，先后出版了《掩卷遐思》《游目抒怀》等散文集，并多次在军内外获奖。最近，解放军文艺出版社又出版了他的散文新著《乡情如歌》。

作者在《乡情如歌》中，以自己家乡的小镇为背景，用行云流水般的笔触，描绘了故乡的美丽风情、纯朴民俗以及生活在这块土地上的勤劳善良的人们。作者既写出了秀美的乡村风貌，也写出了乡间的民俗，还写出了一名军人对祖国、对故土的热爱。一部书中如此集中地描述一个小镇的风景、人物、生活习俗，这在近年来的散文创作中并不多见。

文学艺术是民族精神的火炬。一部优秀的文艺作品，可以影响和塑造民族精神，也必将赢得读者的喜爱。蔡多文同志正是秉承了新时期军旅散文的艺术品格，高扬时代的主旋律，在《乡情如歌》中抒发了一位军人对故乡、对祖国的无比热爱。从这个角度讲，《乡情如歌》最大的特色就是主题的厚重。思乡是文学创作的老题材，在中华民族五千年灿若星河的文学作品中，抒发对故土热爱的作品不胜枚举。《乡情如歌》的可贵之处在于，作者对这个主题进行了更为深入的挖掘。这部书的总体基调，就是把对故土的热爱之情升华为对祖国、对中华民族灿烂文化的赞颂。书中的96篇散文，每一篇都鲜明地体现出了这一特色。此外，作者虽然描写的是故乡的山水风物，其实更多地触及到了作者对人生真谛的探求。如《家谱》一文，作者在一部发黄的家谱中看到的不仅仅是一个家族繁衍生息的历史，更看到了"木本乎根，水本乎源，而人也应当有自己的立身之本"。从而将对家庭和历史的描写，升华到了立身做人的高度。同样，作者在写故乡的人物时，往往最后升华成生命的尊严、人生的思辨、道德的提升等宏大的主题。《我的母亲》《老鞋匠》《嫂子》等作品，都鲜明地体现出了这些特色。作者正是在精神火炬的照耀下，找到了自己故园中珍藏已久的民族意识和民族精神。

感情的真挚是这部散文集的又一特色。近年来，散文创作中滥觞着一种"无病呻吟"的现象，一些散文作品根本读不出作者的真实情感。而读《乡情如歌》时，你一定会被其中蕴含的深情所打动：一个普通的乡村教师，和自己的学生一起在河堤上种植蓖麻，用蓖麻籽到小镇上换回"崭新的练习本，还有带橡皮的花铅笔"，因此，作者"爱那自己种过多次的蓖麻——那里有我童年的欢乐，更有我最初、最深、最真挚的乡情……"（《蓖麻的梦想》）一篇不足千字的短文，却饱含着作者多么深厚的感情！在《乡情如歌》中，无论是对家乡的风景、人物、风俗和历史传说，作者都投入了真挚的情感，因此，书中的文章都能够真正打动人心，让人读后回味无穷。

在对散文语言的把握上，作者追求的是一种朴实无华的特色。散文有所谓"冲淡"之说，既是说意境，也是说语言。"清水出芙蓉，天然去雕琢"，真正优美的语言，其实正是朴实无华的语言。在《乡情如歌》中，作者以平实的语言，为故乡的山水和人物镀上了一层动人心弦的色彩。如《美丽的金医生》一文，作者用白描的手法写出了一位美丽、尽职的赤脚医生的形象。在结尾时，作者没有感叹，也没有热情讴歌，只是写道："我始终记着童年眼中金医生的背影，记着她那一袭蓑衣、一顶竹笠以及挂在她肩上的那只破旧的红十字药箱。金医生是美丽的，在我的记忆里她令故乡的山山水水多了一些温暖的颜色。"《水车》一文也体现出作者直抒胸臆的语言风格。作者首先从读史写起，从《后汉书》《三国志》对水车的记载，到自己童年对水车的印象，都是用白描的手法加以描述。文章的高潮在于用水车劳作的艰辛与快乐。作者写道："踩水车虽说辛苦，但每当夕阳西下，灿烂的晚霞把天边染红的时候，也别有一番情趣。那个时候，清风习习，吹拂着绿绿的庄稼，真像是在画境中一样。"——在这样朴实无华的语言中，我们却能够强烈地感受到作者对生命和劳动的热爱之情。

岁月如诗，乡情如歌，军人对祖国的热爱深如大海。我们有理由相信，这部在精神火炬照耀下创作出的精美散文集，一定会引起文坛的关注，并受到越来越多军内外读者的喜爱。

紫荆花下的庄严使命

——评散文集《香江情韵》

优秀的军旅文学作品，应当直接体现先进文化的前进方向，成为鼓舞官兵奋进的号角。解放军文艺出版社近日出版的散文集《香江情韵》，正是这样一部优秀的文学作品。

散文集的作者蔡多文是首批进驻香港的军人，他在这部散文集中，记录了香港回归祖国波澜壮阔的历史，展示了人民解放军从进驻香港到有效履行防务职责、赢得社会各界广泛赞誉的光荣历程。

题材的独特与重大，构成了《香江情韵》最鲜明的特色。文学是生活的忠实记录。因此，每一个时代，每一个波澜壮阔的伟大历史事件，都会有一些优秀的文学作品留在人们的记忆之中。《香江情韵》正是选取了香港回归、人民解放军进驻香港和在香港履行防务这一重大题材，让人们的目光再次聚焦那个历史的时刻，聚焦驻军官兵们所肩负的庄严使命。作者以香港回归为大背景，写出了回归的来之不易，也写出了人民解放军驻军香港的神圣与庄严，材料丰富而翔实。从香港问题的由来，到中英两国政府围绕香港问题进行的谈判；从一支神秘部队的诞生，到驻香港部队为进驻所做的精心准备；从驻香港部队先遣人员进港，到暴风雨中的神圣进驻；从香港政权的交接仪式，到香港特首冒雨探访军营；从香港独特的风土人情，到驻军在全新的环境中站稳脚跟……书中都有引人入胜的描述。如《中西"铁人"的碰撞》《暴风雨中的神圣进驻》《最壮丽的旋律》等文章，既写出了历史的真实，又写出了作者心中飞扬的激情和履行使命的庄严与自豪。因此，这些文章不仅仅是一篇篇文学意义上的散文，更是香港回归的足迹和人民解放军驻军香港的珍贵历史。所以，这些文章读来能够震撼人心，而且具有相当高的历史价值。

文学源于生活，但它是生活的能动反映。在一部成功的作品之中，不仅要有火热的生活，还要包含着作者的思想感情。深厚而真挚的情感，是蔡多文在其散文作品中一直追求的。从近年相继出版的《掩卷遐思》《游目抒怀》到《乡情如歌》，再到刚刚出版的《香江情韵》，他一直在努力营造自己散文的风格。在他的笔下，香港回归的每一个事件，每一个人物，都蕴含着丰富而且真挚的情感。在《香江情韵》中，作者饱含深情地讲述了驻军官兵"只争朝夕、不辱使命"，"一天当两天、雨天当晴天、黑夜当白天"好进港准备工作的场景，讲述了官兵们冒着倾盆大雨准时进驻香港的神圣时刻，讲述了官兵们在香港遵纪守法，在香港模范履行使命的奋斗历程。这些虽然都是日常生活的记录，但更是作者感悟历史时心灵的战栗，是与驻军官兵感人至深的情感交流。《赤柱朝曦》《小小缆绳责任重》《紫荆花上的绿叶》等文章，虽然写的是驻港部队的普通一兵，但作者同样凝聚了深厚的感情。正因为如此，这部作品才有了历史的厚重，才有了人生的向度，情感的力量。

《香江情韵》继续保持了作者气势磅礴、朴实无华的语言风格。蔡多文散文的叙述语言，像香江的山水一样凝练，虽然朴实平淡，却字字珠玑，且不时有神来之笔。《树荫花影中的军营》《香港街头国旗情》等散文作品，无不体现出作者的这一语言风格。读他的散文，就像听一首首演奏于维多利亚港畔的进行曲，生动流畅而又引人入胜。在《香江情韵》的百余篇散文中，作者还信手引用了不少古典诗词中的精彩诗句，显示了中国当代军人良好的素养和对中华传统文化的深爱。

《香江情韵》的成功说明，只要军旅散文能够追踪时代、紧跟时代、关注历史与现实中的重大问题，凝聚进作者深厚的情感，并努力用有艺术个性和风格的叙述手法加以表现，就一定会产生出良好的社会效应和艺术效果。

情感厚重，韵味深长。《香江情韵》是记录香港回归历史进程的散文精品，也是广大读者深入了解香港、了解香港回归、了解驻香港部队官兵风采的一部不可多得的佳作。这部厚重的散文作品必将引起人们的关注，在文学的沃野上散发出夺目的光芒。

青铜品格的深情吟唱

——论蔡多文的散文艺术

从20个世纪九十年代末开始，蔡多文将军凭着自己多年的文学积累，走上军旅文坛，并且逐渐引起人们的关注。在短短六七年的时间里，他先后出版了《掩卷遐思》《游目抒怀》《乡情如歌》《香江情韵》等散文集，在全国各地的报刊上发表了不少作品，并多次在军内外获奖。特别需要指出的是，由于将军是驻香港部队的第一代军人，曾有过6年多驻军香港的经历，所以他的作品经常一问世，就引起香港媒体的关注。香港《文汇报》《大公报》等报刊，或发评论，或发消息，对将军的作品给予高度评价。

"将军作家"现象，古已有之。这个现象之所以值得关注，是因为无论在古代还是现代，将军作家们的作品，总能为文坛注入一种强劲的活力和独特的个性。仅以改革开放后的军旅文坛为例，徐怀中、朱增泉、李存葆、张庞、方南江……这一个个名字，必定让人想到一部部令人难忘的文学作品。他们，成为军旅文学中一支不可或缺的重要力量。

作为统帅兵马的将军，他们的作品一般主题宏大、立意高远。只有将军，才能全面理解政治、军事、外交等诸多领域的深刻关联，才能站在时代的高峰和全局的角度，抒写自己对使命的思考、对祖国和人民的热爱。同时，他们的作品普遍具有思想的深度。他们的思想，来自于斗争的实践，来自于崇高的使命，因此，具有一般作家难以达到的深度和广度。尤其重要的是，在文学主张张扬个性的今天，将军作家们的作品，一般都具有强烈的个性。性格决定命运，从一定意义上说，性格同样决定作品的风格。俗话说，个性是艺术的生命，没有个性便没有艺术。身为经过各种风浪洗礼的将军，练就的是强烈的血性、不屈不挠的品格和独来独往的潇洒与自信。而这些，展现在文学中，就会处处洋溢出军人的阳刚之美，挥洒出一种天马行空的境界。

通读蔡多文将军的几部散文集，无疑具有上述艺术特征。而我们关注的是，在散文创作空前繁荣的今天，作家在创作中具有哪些独特的个性，它能留给人们怎样的启迪？我们只有从他的几部散文集中寻找答案。

在阅读中，我们发现了蔡多文作品中具有一种强烈的"故园意识"。无论是《掩卷遐思》，还是《乡情如歌》，作者的笔尖更多的是对准自己的家乡。他以家乡的小镇为背景，用行云流水般的笔触，描绘了故乡的美丽风情、纯朴民俗以及生活在这块土地上的勤劳善良的人们。作者既写出了秀美的乡村风貌，也写出了乡间的民俗，还写出了一名军人对故土的热爱。《掩卷遐思》大体可以分为三个部分，它抒写出的，是作者不同阶段的人生感悟，而这种感悟的核心，正是对自己故土的热爱。散文的本质，是对真情的延续，它带给人的感情力量，是无穷无尽的。在这部作品集里，我们能够从每一篇散文中感受到作者心灵的关照。从童年到入伍前，是作品的"第一乐章"，在这个乐章里，作者为我们写出了一个个真情故事。从故乡的风情，到成长中的经历，作者在这个部分侧重为我们讲述了自己的成长历程，以及在成长的过程中道德的力量。或者更直接地说，这些乐章是"劝人行善"的心灵指引。作者在写故乡的人物时，往往最后升华成生命的尊严、道德的提升等宏大的主题。《我的母亲》《老鞋匠》《嫂子》等作品，都鲜明地体现出了这些特色。从入伍到进驻香港，是作者作品的"第二乐章"，在这个乐章里，作者展示出了一名新中国军人的奋斗历程，从围田造湖，到带兵的经历，从院校的磨砺，到为党和国家领导人站岗，一个个生活的场景，无不向人们诉说着，这个在洞庭湖畔长大成人的军人，始终没有忘记家乡对自己的教育，坚持着不断奋斗的品质。进驻香港，是作者人生中的一个亮点，在这个"第三乐章"里，作者同样从回忆中找寻出最明亮的部分，如亲身出席香港回归盛典等，由此写出了他对香港的热爱、对香港同胞的祝福。在作者的眼里，故园的概念也并非仅仅局限于自己的家乡，作为军人，作者像苏东坡一样，坚持"此心安处是吾乡"，他走到哪里，就把哪里作为自己的"第二故乡"，并且发自内心地喜爱她。贵港是他工作过的地方，在作者的笔下，贵港也和《同春，我的故乡》中的故乡一样，写得充满了深厚的感情。

《乡情如歌》是作者写作的一个新的起点。在一部书中如此集中地描述一个小镇的风景、人物、生活习俗，这在近年来的散文创作中并不多见。在这部作品集里，更为集中地体现了作者的"故园意识"，只不过作者将这种意识升华为对祖国的爱、对民族的爱、对中华文化的爱。在中华民族五千年灿若星河的文学作品中，抒发对故土热爱的作品不胜枚举。《乡情如歌》的可贵之处在于，作者对这个主题进行了更为深入地挖掘。这部书的总体基调，就是把对故土的热爱之情升华为对祖国、对中华民族灿烂文化的赞颂。书中的96篇散文，每一篇都鲜明地体现出了这一特色。作者虽然描写的是故乡的山水风物，其实更多的触及到了作者对祖国大好河山的热爱。二十世纪中国散文有所谓"自我回归"的思潮，许多作者沉迷其中无法"跳"出来，蔡多文的成功之处，正在于他"跳"出了自我的空间，把自己的"故乡意识"放大成为"故园意识"，从而使自己的生活空间和情感天地都变得宽阔无比。

蔡多文散文作品中，还有一种强烈的"行走意识"。这种意识，体现出的是中国军人对现代知识的向往，对美好生活的追求。作者的散文集《游目抒怀》，正是集中体现了"行走意识"。作者从军30多年，因工作关系去过不少祖国的名山大川。全书以作者故乡湖南的风景"桃花源"开篇，92篇散文都精心描写了祖国山河的壮丽。从冰天雪地的漠河，到椰风轻拂的海南；从瓜果遍地的吐鲁番，到高楼林立的上海，到处都留下了作者深情的笔触。作者说过："游历大好河山的过程，其实也是一种对祖国历史文化的认识过程。中国960万平方公里的土地上的每一处山河，无不蕴含着历史的沧桑，文化的变迁，无不展现着独特的自然价值和人文精神。"蔡多文将军正是以手中的笔，记录了祖国山河的壮美，书写了一个军人对伟大祖国的真爱。时代在进步，军人的素质也在不断提高。在这部散文集中，作者不是仅仅写景状物，更以真挚的人文情怀开掘着隐藏在山水间的深厚文化内涵。《宋王台怀古》既写现实又交织着鲜为人知的历史；《书法的故乡》既写了碑林历史又写出了一位军人对书法的理解和感悟；《家乡的诗墙》则通过对故乡风物的描写，道出了具有几千年历史的"楚文化"的博大精深。作者正是在这种"行走"之间，有了生活的积累，有了生命的感悟，有了知识的提升。

"使命意识"，是作者散文作品中另一个不容忽视的特征。完成好祖国和人民赋予的使命，是军人的天职。军旅文学的可贵之处，也正在于可以再现军人的这种特质。在体现使命方面，蔡多文的优势在于他驻军香港的经历。因为这种"洗雪百年国耻"的神圣经历，使他的作品比一般作家的作品更直接地体现出了军人使命的庄严。《香江情韵》是国内第一部全方位反映驻军香港历程的散文集，正是这部散文集，使蔡多文的散文创作进入了一个新的阶段。作为首批进驻香港的军人，作者在创作中融入了浓厚的情感，香港回归的每一个历史事件、驻香港部队的每一个先进的群体、每一个英雄人物，他都饱含深情地记录在这部书中。所以，这本书，也是作者感悟历史时心灵的战栗，是与驻香港部队官兵感人至深的情感交流。全书以香港回归为大背景，描述了回归的艰辛与不易，记录了人民解放军进驻的神圣与庄严。可以说，她既是一部记录香港回归和人民解放军进驻的历史书籍，又是一本神圣使命教育和革命人生观教育的生动教材。这部书，以极浓的笔墨，讲述了驻香港部队官兵"一天当两天、雨天当晴天、黑夜当白天","流血流汗不流泪，掉皮掉肉不掉队"的精神，讲述了官兵们在香港遵纪守法、模范履行使命的奋斗历程，讲述了官兵们过硬的素质和良好的精神风貌。将军以军人和作家的双重身份，赞颂军队、赞颂士兵、赞颂浓郁的战友情。《飘扬在车队前方的"八一"军旗》《暴雨中的雄鹰》《进驻香港第一天》等文章，真实记录了驻军官兵努力实现"站稳脚跟，取信于民，树好形象"这一目标的奋斗历程。那些动人的场面，让人身临其境；那些气势磅礴的描写、朴实无华的叙述引人入胜，读起来震撼人心、催人奋进。

有了思想的支撑，散文艺术才能焕发出更加瑰丽的光芒。上述的三种意识，使蔡多文的散文作品具备了一种与众不同的品格，使他的散文内涵更加丰富多义，审美价值也达到了一定的高度。也同样因为有了这三种意识，他的散文思路开阔，内容精美，想象丰富，知识广博，文采飞扬。

在散文文体方面，蔡多文同样进行了自己深入的探索。读他的散文，既可以读到气势的恢宏，又可以读到意境的深邃，还可以读到旁征博引的乐趣、绚丽壮阔的场景和激情澎湃的思绪。

他的散文具有主题的深邃美。作者十分注意追求作品的时代感，寻找与这个时代相契相合的主题。在《凝望邓小平同志的塑像》中，作者从"深圳人对邓小平同志是非常有感情的"写起，描述了人们敬仰莲花山上邓小平同志铜像的场景。然而，作者没有仅仅停留在对风物的描写，笔触延伸到了经济特区的改革开放，延伸到了"一国两制"伟大构想在香港的成功实践，最后落笔在"夕阳在天地间弥漫出灿烂的晚霞，向人们昭示着一个更加辉煌的明天"。《站在明斯克号的甲板上》不仅仅写了游览航母的过程，更写了世界军事革命的风云变幻，写了一位军人对战争与和平的深刻思考。还有《家谱》一文，作者在一部发黄的家谱中看到的不仅仅是一个家族繁衍生息的历史，更看到了"木本乎根，水本乎源，而人也应当有自己的立身之本"。从而将对家庭和历史的描写，升华到了立身做人的高度。

他的散文具有构思的精巧美。虽然蔡多文的散文篇幅大多不长，但其构思却颇具匠心。如《赤柱朝曦》的构思，就出奇制胜。作者将战士矗立在哨位上的英姿比喻成美丽的"赤柱朝曦"："万花丛中，那位哨兵手握钢枪，立姿铮铮，宛若一根高高耸立的石柱！"我们发现，军人眼中持枪站岗的普通一景，在作者笔下却成了传说中香港八大景观之一的"赤柱朝曦"。《烟花·心花》的多侧面描写，把文眼置于描写和叙述之中，作者反复以"新年的烟花在升腾，在怒放……"来抒发回归开启的香港一派欣欣向荣的喜人景象，雄辩地折射出港人生活在祖国春天般温暖大家庭中灿烂的心境，毫无刀刻斧凿之痕，足见作者构思的精巧。

他的散文具有情感的真挚美。古语云：感人心者，莫先乎情。在蔡多文的作品中，真挚的情感，一直深深地感染着读者、拨动着读者的心弦。如散文《蓖麻的梦想》，是一篇不足千字的短文，却饱含着作者深厚的感情：一个普通的乡村教师，和自己的学生一起在河堤上种植蓖麻，用蓖麻籽到小镇上换回"崭新的练习本，还有带橡皮的花铅笔"，因此，作者"爱那自己种过多次的蓖麻——那里有我童年的欢乐，更有我最初、最深、最真挚的乡情……"在这里，你一定会被其中蕴含的深情所打动。真挚感人的情感描写，在《香江情韵》中也比比皆是。比如写香港回归，作者写道："激动人心的时刻一秒一秒地逼近，时钟的指针指向7月1日凌晨6时整，根据上级的指示，已集结在各口岸的陆路编队启程向香港进发！这时，仿佛与老天爷商量好似的，狂风暴雨骤然而降，大雨哗啦啦地下了起来。在我的眼中，它分明是在冲刷中华民族在香港问题上那历时一百多年的耻辱啊……"这些生动的情感描写，不但把读者带回到了历史的现场，更能让人感受到将军作为回归的亲历者的自豪感。

他的散文具有语言的朴实美。在对散文语言的把握上，作者追求的是一种朴实无华的特色。散文有所谓"冲淡"之说，既是说意境，也是说语言。"清水出芙蓉，天然去雕琢"，真正优美的语言，其实正是朴实无华的语言。如《美丽的金医生》一文，作者用白描的手法写出了一位美丽、尽职的赤脚医生的形象。在结尾时，作者没有感叹，也没有热情讴歌，只是写道："我始终记着童年眼中金医生的背影，记着她那一袭蓑衣、一顶竹笠以及挂在她肩上的那只破旧的红十字药箱。金医生是美丽的，在我的记忆里她令故乡的山山水水多了一些温暖的颜色"。《水车》一文也体现出作者直抒胸臆的语言风格。作者首先从读史写起，从《后汉书》《三国志》对水车的记载，到自己童年对水车的印象，都是用白描的手法加以描述。文章的高潮在于用水车劳作的艰辛与快乐。作者写道："踩水车虽说辛苦，但每当夕阳西下，灿烂的晚霞把天边染红的时候，也别有一番情趣。那个时候，清风习习，吹拂着绿绿的庄稼，真像是在画境中一样"。——在这样朴实无华的语言中，我们却能够强烈地感受到作者对生命和劳动的热爱之情。更为可贵的是，作者在文字营造中能渗入富有哲理的感悟和思考，使他的语言具有很深的文化内涵和哲学意蕴。他总在不经意的语言中藏进耐人寻味的哲学理念。《几度风雨和春秋》《感受罗湖桥》《本色》《香港街头国旗情》等作品，在看似朴实的抒写中寄寓着将军睿智的个性思考，平实自然处熠熠闪亮。

　　蔡多文散文的成功能给我们很多有益的启示。军旅散文只要能够高扬时代的主旋律，追踪时代、紧跟时代、关注历史与现实中的重大问题，凝聚作者深厚的情感，并努力用有艺术个性和风格的叙述手法加以表现，就一定会产生出良好的社会效应和艺术效果。我们相信，在漫长的岁月长河中，蔡多文的散文作品一定会更加引起人们的关注，在文学的沃野上散发出夺目的光芒。

传统和诗意的回归

——评李少君诗集《海天集》

李少君诗集《海天集》（江苏人民出版社2018年9月出版）里，有一首意味深长且颇具象征意义的诗——《我是有背景的人》："我们是从云雾深处走出来的人/三三两两，影影绰绰/沿着溪水击打卵石一路哗哗奔流的方向/我们走下青山，走入烟火红尘//我们从此成了云雾派遣的特使/云雾成了我们的背景/在都市生活也永远处于恍惚和迷茫之中/唯拥有虚幻的想象力和时隐时现的诗意"。在这首诗中，李少君表达了诗人介入现实生活的意愿，并且找到了诗人拥有"时隐时现的诗意"的根源：那就是大自然，就是山中的"云雾"。

李少君在诗歌《我是有大海的人》中写道："海鸥踏浪，海鸥有自己的生活方式/沿着晨曦的路线，追逐蔚蓝的方向"。

这首具有象征意义的诗作，标志着李少君对自己诗歌写作的发展方向开始了深刻思考。改革开放40年来，中国新诗经历了朦胧诗、后朦胧诗等发展阶段，崇高、庄严、价值、意义等终极追求还在诗意的顶端隐约闪耀。随着中国诗人对西方现代诗歌的逐渐重视和越来越多的模仿消化，进入新世纪以来，中国新诗似乎越来越远离古典传统、主流价值和大众生活，逐渐向内心的独白、日常生活的扫描和小众化发展，在美学风格上表现为越来越口语化、口水化、庸常化，造成的结果是，一些诗歌越来越远离人民、远离生活，成为自娱自乐的"一己悲欢"与"杯水风波"。

《海天集》是李少君2014年初从海南到北京四年多的新作结集。在这些诗艺日趋成熟的诗作中，可以看到李少君向中国古典抒情传统回归的努力。换言之，在中国古典诗词特别是山水诗、田园诗与中国新诗之间，李少君架起一道相通相融的桥梁。这是对改革开放以来，新诗忽视中国古典诗词传统的一种弥合。在这样的诗句中，我们读到了唐诗的意蕴："在没有雨的季节，整个林子疲软无力/鸟鸣也显得零散，无法唤醒内心的记忆/雨点，是最深刻的一种寂静的怀乡方式"（《热带雨林》）。在这样的诗句中，我们又可以读出宋词的质感："伊端坐于中央，星星垂于四野/草虾花蟹和鳗鲡献舞于宫殿/鲸鱼是先行小分队，海鸥踏浪而来/大幕拉开，满天都是星光璀璨"（《海之传说》）。李少君认为，自然在古典诗歌中居于中心地位，自然是中国文明的基础，是中国之美的基础。中国之美，就是青山绿水之美，就是蓝天白云之美，就是诗情画意之美。所以，李少君的诗总是从大自然出发，找到自然的意境和诗意。中华诗词源远流长，积淀着民族最深层的精神追求，是中华文化独特的精神标识。李少君从自然山水间找到了中国新诗能够继承的精神标识，那就是"自然"，并且用简约、委婉、宁静的诗写出了自然之美，也正因如此，李少君被誉为"自然诗人"。

中国新诗的现代化，绝不可能抛弃中国古典诗词的抒情传统。《海天集》的可贵之处在于从古典诗词抒情传统中，找到了一条中国新诗通向现代化的路径。李少君说："是到了重新认识我们的传统和借鉴西方对现代性的反思的时候了，是重新认识自然、对自然保持敬畏、确立自然的崇高地位的时候了。"同时，他突破了古典诗词山水田园的意象，向更博大、更深远、更具现代性的诗意进发。他写了不少海洋诗，那是一个诗人内心沉淀的深沉之作，是当代诗歌中书写海洋的重要收获。这些风格独特的诗作，既源于古典山水田园诗，又有别于传统，具有现代性风貌："海鸥踏浪，海鸥有自己的生活方式/沿着晨曦的路线，追逐蔚蓝的方向/巨鲸巡游，胸怀和视野若垂天之云/以云淡风轻的定力，赢得风平浪静"（《我是有大海的人》）。这些特征，在他的《云之现代性》《珞珈山的樱花》《敬亭山记》等诗作中也得到鲜明呈现。在抒写诗意时，诗人没有远离时代："我是有故乡的人/每次只要想到这一点/我心底就有一种恒定感和踏实感/那是我生命的源头和力量的源泉"（《我是有故乡的人》），这份"恒定感和踏实感"，正是诗人对这个伟大时代和灵魂故乡的诗性回应。此外，《海天集》中收录了诗人刚刚完成的叙事长诗《闯海歌》，这是献给改革开放40周年和海南建省办特区30周年的致敬之作，也是深入生活、关注现实、拥抱时代的叙事诗佳作。

诗歌评论家谢冕先生在《中国新诗史略》一书中，对新世纪以来的中国新诗表达了某种程度的失望："失去了精神向度的诗歌，剩下的只能是浅薄。同样，失去了公众关怀的诗歌剩下的只能是自私的梦呓。"他还说，"现下的诗是离开诗的语言的精致和音乐性越来越远了，这不能不让人感慨焦虑。"是的，在民族复兴的伟大历史进程中，中国新诗不能失语，更不能缺席。《海天集》给我们最大的启示是，中国新诗一定要从中华古典诗词和世界优秀诗歌中汲取双重养分，在传统文化中寻找精神根脉，古为今用、洋为中用，辩证取舍、推陈出新，"以古人之规矩，开自己之生面"，实现中国新诗的创造性转化和创新性发展。"云卷云舒，云开云合/云，始终保持着现代性，高居现代性的前列"。李少君的这首《云之现代性》，也是极具象征意义的。"云"是中国古代诗词中的代表性意象，如何使"云"具有现代性，考验着中国诗人的智慧。

纵情唱响英雄赞歌

——评刘立云长诗《上甘岭》

诗歌的终极价值是什么？诗歌与时代有着怎样的关系？在阅读刘立云刊发于2017年第八期《中国诗歌》头条的长诗《上甘岭》时，我一直在思考着这个问题。秦汉以降，中国古代的一些诗人们认为诗歌与时代无关，诗歌应该是自我的、唯美的，写下了不少在小圈子里玩味流传的诗，吟咏于花间，诵读于雅集。然而，在大浪淘沙的中国诗史里，这些诗作终被"雨打风吹去"，真正被后人所铭记的，是那些记录时代风云、人民冷暖和博大情怀的黄钟大吕之作。

刘立云说："我写这首《上甘岭》并非心血来潮，而是希望以诗歌为触须和媒介，对那场惊心动魄的战争……作出自己的判断，发出自己的声音。"以诗歌为载体，深入挖掘党领导人民在革命、建设、改革中创造的革命文化和社会主义先进文化，并精心创作更多打动人心的精品力作，是一个优秀军旅诗人应该秉承和坚持的创作道路。以长诗的形式，书写抗美援朝中的一次重要战役，已很长时间无人问津了，甚至在互联网上还出现过否定这场战争的历史虚无主义的声音。因此，对这一题材的选择，本身就彰显出了刘立云作为军旅诗人的使命担当。

以诗来记录和描述一场战争，殊为不易。在长诗《上甘岭》中，我们欣喜地看到了刘立云驾驭这个题材的能力。这是一部诗的电影：有简要的背景交代，有宏大的战争场面，有感人的局部细节……在诗人跳荡的诗行中，读者像随着电影镜头一样，面对惨烈的战争场面，倾听"被越来越深的草木掩盖的呐喊/呼吼，和骨头的断裂声，鲜血的滴答声"，目睹"山的高度被雨点般倾泻的/炮弹，反复涂抹和改写/从断崖到断崖，是一片红色沼泽"；深入到战争双方主将秦基伟和范弗里特的内心世界；触摸到美军眼中的中国士兵的形象——"他们纷纷从尘土中，从废烟/升腾的战壕里，一跃而起"，"他们化作山的魂魄，融化在/山的血液和骨骼里，山的心跳和呼吸中"……随着诗人高超的剪接技巧，读者得以在最短的时间里，看到最典型的画面，以最少的篇幅读到最精粹的文字，在最跳跃的旋律中，感受到最动人的情感，这就是诗歌的力量。

最令人动容的是诗人对中国士兵伟大精神的讴歌。在《38个黄继光》一节中，诗人描写："他们从身体里掏出了誓词/掏出了忠诚和胆魄/最后只剩下慷慨一死，掏出自己的命了""代替死在他前面的/所有人，顽强地活下去/把他们想做的事做完，然后去追赶他们/和他们在另一个世界团聚，重做一支部队的兄弟"。这是我近年来读到的，对革命英雄主义和集体主义最富于感性和概括力的诗句。在第14节"比钢铁更坚硬的"诗行中，诗人以排山倒海般的情感和文字，以美国士兵观察的视角，写下了诗人对中国士兵的由衷赞美："他们比钢铁更坚硬的意志/他们面黄肌瘦的身体里/隐藏的彪悍和决绝，他们随时迸发的英勇/渐至他们能消化沙子和稻草的胃/他们的骨密度和骨头中磷和钙/的含量；他们的喜怒哀乐/他们的世界观、价值观，还有人生观"，从而得出"是的，比钢铁更坚硬的，是一种精神"的结论。从这些诗行中，我们可以读出中国人的思想观念、人文精神、道德规范，可以读出中国士兵的崇高与伟大。

长诗《上甘岭》之所以能够打动人心，还在于作者写下了这些诗句时，饱含着深厚的情感，他把这种情感真切地写进了"从三万斤苹果中/被送上上甘岭的唯一/一个苹果"，写进了秦基伟将军忍痛派出了自己警卫连官兵，以及官兵们在上甘岭光荣牺牲后，"一颗硕大而浑浊的泪/从将军的眼睛里，夺眶而出"。可以说，如果没有真挚的情感，诗人无法写出这样饱含深情的诗句。

诗言志。诗歌应该展现时代的画卷，书写人民的心声，传递主流的价值。贯彻落实党的十九大报告中关于"不断推出讴歌党、讴歌祖国、讴歌人民、讴歌英雄的精品力作"的历史使命，军旅作家理应走在前列，军旅诗更需站在排头。诗人刘立云说，"面对当下这个瞬息万变的大时代，如果我们的诗歌甘于沉默，或者只满足于抒发内心的孤傲和小情调，可能难逃苍白的命运"。是的，诗歌需要从自己的"小书斋""小冷暖"中走出来，从少数人的"文字游戏""喃喃自语"中走出来，去拥抱伟大的新时代，并且发出自己响亮坚定的声音。从这个意义上说，长诗《上甘岭》是2017年军旅诗创作的重要收获之一，也给我们带来了深刻启示。

灵魂与韵味的和声

——评王久辛长诗《芦花红，芦花白》

今年是中国人民抗日战争暨世界反法西斯战争胜利70周年，中国作家们倾心创作出一大批聚焦抗战的文学作品，以此表达中华民族铭记历史、缅怀先烈、珍爱和平、开创未来的信心和决心。在诗歌创作中，王久辛的长诗《芦花红，芦花白》显得格外引人注目。王久辛钟情于抗战题材的创作，如祭奠南京大屠杀的长诗《狂雪》、歌颂百团大战的长诗《肉搏的大雨》等。此次，王久辛以强烈的使命意识、责任意识和忧患意识，创作出了一部有筋骨、有温度的优秀诗作。

如何弘扬抗战精神，如何提高抗战文学的社会价值和精神力量，这就需要作家们以强烈的历史责任感，到历史纵深处去思考、发现和挖掘。以往王久辛侧重于重大历史事件的描绘，此次，长诗《芦花红，芦花白》则以充满深情和色彩的笔墨，为中华民族文学长廊增添了一位普通抗战英烈的感人形象。在对历史的探寻中，王久辛的目光聚焦于一位普通的抗战女英烈。诗中的主人公叫朱凡。1939年秋，朱凡参加了江南抗日义勇军。1941年初她任区委书记。1941年7月，日伪大规模"清乡"，她不幸被捕，被日寇捆系在急速开驶的汽艇后活活拖死，牺牲时年仅22岁。王久辛实地了解到朱凡的事迹，敏锐地感觉到她的文学价值，并称之为"江南的赵一曼"。其实，我们的抗战史和抗战文艺，正需要这样对全民族，对每一段历史时空、每一个感人故事、每一位英雄个人进行深度发掘、严谨论证、探究意义、叩问灵魂，再带着对人民的深厚感情去创作。有深度自然有高度，有感情自然有才情。中华民族抗战文学需要的是有历史感的作家、诗人们，进行有细节的发现与描绘，唯有此，才会使抗战文学的画卷更加色彩斑斓、激动人心、异常生动，从而更加深入人心。习近平总书记深刻指出，"能不能搞出优秀作品，最根本的决定于是否能为人民抒写、为人民抒情、为人民抒怀"；"文艺工作者要想有成就，就必须自觉与人民同呼吸、共命运、心连心……对人民，要爱得真挚、爱得彻底、爱得持久"。王久辛正是以充满激情的笔触，表达了对抗战烈士真挚、彻底、持久的爱，从而使我们记住了"纤尘不染、清素高洁"的朱凡。她的形象，因为被赋予了文学的意义，从而如穿透黑夜的晨光，具有了"夺魂摄魄、令人惊艳"的恒久之美。

一部成功的诗作,不仅要有灵魂,还必须有韵味,也就是艺术价值。《芦花红,芦花白》取得成功的原因之一,在于对核心意象"芦花"的成功捕捉和运用。芦花是普通的,也是崇高的。艰苦卓绝的抗日战争,正因为有了无数普通而又崇高的志士们,才形成了全民族抗战的局面,并取得了最后的胜利。芦花之红,红在民族的尊严,红在勇敢的抗争;芦花之白,白于惨烈的牺牲,白于无声的祭奠。这红与白,既是意境,也是色彩,更是精神。"什么是信念 信念就是/泪水之外 生命之外/看不见的刚强/没有性别也不分老幼/天长地久 海枯石烂/也不会改变的/心的所属 灵魂的归依/并且时刻被人敬仰"。在长诗中,诗人把对历史的拷问,对人生意义的探求,对英烈的赞美,对民族精神的颂扬,浑然一体于洋洋数百行之诗作中,完 成了自己对抗战文学的又一次跨越。

诗人娴熟地运用蒙太奇的手法,用"被捕、担当、拷问、诱降、狱中、就义"等6个具有典型意义的场景,全方位展现了朱凡烈士从被捕到牺牲的全过程,艺术地提炼出烈士最感人、最生动的精神世界,热情讴歌了烈士为中华民族抵御外侮、为争取国家独立与自由拼死斗争的伟大精神。镜头转换之间,诗意跃然之处。诗人说过:"优秀诗歌的真正价值,是美学的价值、审美的价值",这充满感情和正义力量的诗句,形成了一种内在的节奏和韵律,彰显了信仰之美、崇高之美,具有极强的感染力和穿透力,以独特的审美价值,让人读来热血沸腾,久久不忘。

长诗《芦花红,芦花白》保持着一种语言的惯性。带动语言向前推进的,是诗人充沛的情感、鲜明的意象,以及作者深刻的思考。这种思考,化为了诗中 描绘的议论:"人的生命 只有一次/一旦选择了担当/必须用生命作抵押 否则/你凭什么——/把泰山压下去/把忠诚举起/把热血洒出去/把永恒迎进来……"在娱乐化、低俗化不同程度存在于文艺作品中的今天,王久辛对弘扬主旋律的坚持,显得格外具有"坚守"的意义。文艺作品如何防止脱离群众、脱离生活的倾向,如何防止媚俗、低俗、庸俗的倾向,我想,只有像王久辛等作家、诗人 一样,以强烈的忧患意识和责任担当,以高度的文化自信和文化自觉,以"为人民抒写、为人民抒情、为人民抒怀"的情怀,坚持"思想精深、艺术精湛"的追求,才能创作出好的作品,才能为培育和弘扬社会主义核心价值观做出积极贡献。长诗《芦花红,芦花白》很快被《光明日报》刊登,并在新媒介上广泛传播,正从一个侧面证明了优秀文学作品的价值和生命力。

温暖的力量

——评曹宇翔诗集《向岁月致意》

今年是新诗诞生百年，也是中国人民解放军建军90周年。在这样的年份里，军旅诗人是应该给予极大关注的。不久前，人民文学出版社出版了武警部队诗人曹宇翔的诗集《向岁月致意》，笔者读后感触颇多。首先，曹宇翔的诗作展现出了军旅诗的正大气象。他的诗作，主题非常鲜明和集中：对祖国和人民的热爱，对军队和事业的忠诚，以及对美德和善良的讴歌。从20世纪八九十年代起，我们就从曹宇翔的一系列诗作中，读到了一位优秀诗人对于军旅诗题材的耕耘与开拓。从他的名篇《祖国之秋》等诗作中，我们可以触摸到诗人对祖国怀有的深厚情感："谁能不爱自己的祖国呢？/祖国，当你轻轻说出这个词/等于说出你的命运、亲人、家乡"。故乡，也是曹宇翔钟情的创作题材，在对故乡的深情回忆中，他完成了对劳动的赞美："劳动变成大地美景/果实闪光，压手/在丰收之舞节拍里，翻卷/坚实，落地生响"（《一夜好风》）。他抒写了对亲情的怀念："我的逝去的老祖母，我的命/原野上，我蒲公英的童年/一阵风把我吹向远方"（《雁群飞过都市夜空》）。对祖国大好河山的吟咏，在他的创作中也占有相当大的比例，诸如《伊犁河边》《拉萨谣曲》《金鞭溪小记》等，在这些诗作中，他以军人的视角、男人的襟抱，挖掘出了隐藏在景致背后的家国情怀。在《盲艺人》《在物质时代歌唱友情》等诗篇中，他执着地"守着许多故事"，把"宝石般的美德，向着村庄一遍遍歌唱"。可以说，在新诗百年的创作中，正因为有了军旅诗的正大气象，才使中国诗坛有了一道温暖而坚毅的风景。

自然与温暖，是曹宇翔诗作的又一大特色。他的语言，初读朴实无华，细品则如酒般香醇。他从不故意雕琢，而是让诗句如春风化雨般自然生长，"清水出芙蓉，天然去雕琢"。他的诗，常给人营造出一种温暖的画面，在普通的意象中捕捉到不平凡的诗意。在诗作《珠穆朗玛高峰》中，诗人写道："鸟说：我们上班了，在空中劳动/祝福人类，我们献上最好听的歌/没有我们，人间该多寂寞/别把树木砍尽/那里有我们的巢，我们大地上的爱情。"

其实，阅读曹宇翔的诗作，给人最大的启迪就是：温暖是有力量的。一部优秀的文艺作品，一方面应该反映出对生命的尊重，对理想道德的追求，对幸福生活的向往；另一方面，则要充分体现艺术品质，在真和善相统一的基础上，给人以精神上的愉悦。曹宇翔的诗作，呈现出了善与美相统一的特色。他的诗，意象是鲜明的，情感是真挚的，词汇是温暖的，既庄严大气，又优美明亮。在当前的诗歌创作中，存在的一些与真善美相背离的现象，有的主题灰暗，有的格调不高，甚至有的以恶为美，以丑为美，造成"口语化"泛滥，"下半身"盛行，一些诗作喃喃自语、不知所云，这与诗歌创作的正大气象，与文艺的追求崇高是相悖而驰的。曹宇翔的《向岁月致意》，是一本给人心灵以温暖的作品，打开这本厚重的诗作，我们可以感受到这部作品所蕴含的筋骨、道德和温暖。相信这部铭刻着诗人心灵温度的诗作，一定会受到读者的喜爱。习近平总书记深刻指出："中华优秀传统文化中很多思想理念和道德规范，不论过去还是现在，都有其永不褪色的价值。我们要结合新的时代条件传承和弘扬中华优秀传统文化，传承和弘扬中华美学精神。"这就是军旅诗的一个方向，也是中国新诗的一个方向。

战士的诗心辽阔而温暖

——评诗集《一颗，滋润大地的雨滴》

读罢老兵王发宾的诗集《一颗，滋润大地的雨滴》（线装书局2021年5月出版），我的脑海中一跃而出的是这句话：辽阔而温暖的诗心。

何为诗心？也就是诗人之心，作诗之心。有了诗心，自会有诗从心田汩汩流出。诗人王发宾说："诗，是心灵的一种飞翔，诗人一定要给它插上翅膀。对于每一首诗来说，触及事物的灵魂是诗人的根本。"他的观点我是赞同的。诗是心灵的飞翔，诗人要靠诗心为诗句插上翅膀。

和王发宾结识，源自于他的诗集《战士的心在燃烧》。在中国诗歌网组织的作品研讨会上，王发宾给我留下了深刻的印象。天下战友一家人，早一天当兵也得叫班长。面对一位入伍之时自己还未出生的老兵，那种尊敬岂止是叫一声"老班长"可以表达的。渐渐地，我们工作中有了交往，诗艺上有了交流，对他的了解也一点点加深。

我一直认为，诗歌的最高境界，其实不仅仅取决于诗艺本身，更取决于诗人本身。换言之，诗如其人。作诗的最高境界，拼到最后就是拼做人的境界。苏轼为人如不豁达，岂能写出"一蓑烟雨任平生"这样潇洒的诗句？如果没有军旅生活的积淀而熏陶出的战士品格，王发宾又如何能写出"部队的生活，火光般闪烁/战友情，刻进了骨头"这样的诗篇？

说其诗心辽阔，是因为王发宾的诗作，以战士的独特表达方式，写出了军旅生涯，以及退役后生活的方方面面。他的诗集《一颗，滋润大地的雨滴》共分为九辑，每一辑各有侧重，但都有一个鲜明的特点：战士的诗心。他的诗抒情的主人公是一位老兵，由他带领读者去解读辉煌的军史，去理解火热的军营，去诠释军人的使命，去展现铁血的情怀。他的每一行诗，都像籽粒饱满的稻谷，诉说着对军营这块沃土的眷恋；他的每一句吟唱，都像行吟的歌手去倾吐着对草原般庄严与辽阔的军人职责的热情讴歌。他这样写军营：爱一个兵/如同拥抱一道万里长城/倾听战士的号声/类似一条闪电横空（《神圣的军营》）。他这样描写军营对战士成长的锤炼："熔铁、熔钢、熔顽固的思想/把事物放在这里，都可以/发出光，我看见一株草/熟成一片金色的海洋"

（《熔炉》）。他这样写军营里的战士："一颗战士的心/雄浑，壮阔，忠诚/大地是影子，山川是血性/一条河奔涌着历史的涛声"（《战士的心》）。他这样形容对战友的思念："那些从春天里飞出的歌声/结满了压弯枝头的果实/沿着天山弯曲的路径/走进夜空奔腾的黎明//又一次在骨头上刻下记忆/酒杯摇动的山川/时间变成瀑布般思念"（《守候》）……这些诗句给人们一个极其清晰的信息：王发宾的诗句仅仅属于战士，王发宾的诗歌题材专门属于老兵，王发宾的诗歌艺术皆因军旅而生发、成长。诗人的思绪，萦绕着各种身份的军人，也包括退役士兵；穿越过各种生活场景，也包括退伍后老兵们的诸多角色；完成了各种时空的跨越，从入伍到独特的修筑独库公路的经历，再到地方的奋斗打拼……王发宾通过对"泛军旅生涯"的全方位描述，修筑起一道属于本人、也属于退伍老兵的诗歌"长城"。可以说，这道"长城"雄伟庄严，连绵不绝，也风光无限。

说其诗心温暖，是因为你可以从王发宾的诗作中，读出一位老兵的淳朴、善良、对社会的责任。这是当前诗歌中非常稀缺的一种元素。中华文化的诗歌传统需要诗人传递真善美，传递温暖与明亮。当下诗坛，技艺好的诗作并不算少，但真正传承了中华诗心的诗作并不多见。有些诗人，着魔于西方技巧中；有些诗人，"蜗居"沉浸于自己的生活里。其诗有小聪明，却无大智慧；有小感动，却无大情怀。王发宾的诗作中有一种温暖人心的力量。他这样写一位退伍后种菜、卖菜的老兵："无论干什么事，都很认真/心常与大地相通"（《菜篮子的早晨》）。他这样写硝烟中铁骨铮铮的老兵："听一座山的颤动/会感到一株草的疼痛"（《一座山与一位英雄》）。在回忆戍守新疆的军旅生涯时，作者写道："总觉得丢下了什么/把天山隐隐牵挂/军营，雪崩，泥石流，和缺氧的头疼/昔日的余晖，从落日中滑过/天山，注定了要爱你一辈子"（《轻轻地向战友问好》），生动地写出一位老兵对军旅生涯的念念不忘。即使退役了，一个老兵还能做到："用枪口的精准解读锄头的技能/大地翻动着丰收的年景/一颗颗汗水是子弹的激情/在穿透黑暗中获得提升"（《燃烧成一把熊熊的火》）。他这样写军人的情怀："深冬，漆黑的夜/我们和星星坐在一起/几个战友举起杯/碰响了一个难忘的除夕//你略有醉意，抱起寒冷的/雪山，非要把它化成雪水"（《思念你》）。通过这些诗句，人们可以阅读到军人心灵的崇高，可以体会到军人生活的孤寂，更可以从这种崇高与孤寂中感知到一种温暖，从而更加理解了军人为人民的"岁月静好"而高尚地"负重前行"。

在辽阔而温暖的诗心中，王发宾也在寻找着一个富于创造性的诗歌世界。我认为他的诗，有着像种子萌发般对于诗情和诗意的感知，所以，意境显得辽远、深厚，语言显得质朴、自然。他写戈壁滩上的一场细雨，是这样开头的："天空在硝烟中静了下来/一朵云，寻找一片草叶"（《一颗，滋润大地的雨滴》）。他写老兵的生活与心灵："大江滚滚，用波涛/沏一壶茶，慰问坚忍不拔"（《风，吹醒了前行的春夏》）。他还用这样写意的笔法去勾勒一位老兵在抗疫一线的心路历程："天黑了下来/我喜欢站在这里慢慢枯萎/不移动位置，昂着头迎风历雨/像山崖的一株草，自然间的空气//脚印辽阔成一种品德和意志/在血液里流淌着大海的气势/我愿意这样，默默地涌动/在一座城市的心里"。这样的诗句，拂去了蒙在心灵上的灰尘，从而闪射出一种新意盎然的灼灼其华。

当然，王发宾诗歌中也有欠缺与遗憾。个人感觉，他还没有把这颗辽阔温暖的诗心悉心呵护起来，自由自在地成长——在种子破土而出的过程中，往往受到周围环境的干扰，而影响了诗意的萌发。他的诗，有时比较直白，缺乏灵动；有时带有杂质，缺乏纯粹；有时可见灵光一现，而缺乏贯穿始终的诗歌之光。不过瑕不掩瑜，对于一位老兵来说，这未免过于苛求。相信他能够通过自己的诗歌修炼，达到更加完美的艺术境地。

对于当代军旅诗来说，我非常赞同朱向前先生所说的：如果说"落寞"是新世纪军旅诗歌一个令人刺眼的关键词，那么另一个关键词"坚守"的出现，则赋予了军旅诗歌一种可贵的品质。虽然新世纪的军旅诗歌在内外环境的夹击之下，出现极为窘迫的生存状况，但是依然有一批诗人坚守在军旅诗坛之上（《新世纪军旅文学概观》）。王发宾正是这样的诗人。虽然落寞，却依然坚守。这是一种情怀，还是一种境界，更是一个老兵对于诗歌的真诚与热爱。正如他在诗中所说："一个老兵很普通/心中却有一片广阔的天空/装得下风雷、星辰"；"一个老兵一座山峰/千万个老兵就是一道万里长城"！

期待新时代的军旅诗能够在无数诗人的坚守中再现辉煌。

有韵脚的煌煌军史

——评长诗《我们的军旗》

军旅诗人胡世宗为纪念建军90周年创作的长诗《我们的军旗》近日由春风文艺出版社出版。胡世宗是一位在诗坛具有一定影响的军旅诗人，出版过《北国兵歌》《鸟儿们的歌》《雕像》《战争与和平的咏叹调》《沉马》《永存的雪雕》《我把太阳迎进祖国》等十几部诗集。这部书中的1.2万行长诗，以序诗《回首》开篇，以尾声《瞻望》结束，以"军旗"为核心意象，抒写了人民军队跨越90年的"战火硝烟，疾风骤雨"，以及经历浴火重生之后，展现出的"辉煌壮丽"的前景。

军史与诗情紧密交织，绘就了建军90周年波澜壮阔的历史画卷，是这部长诗的最大特点。《我们的军旗》共十一个章节，从南昌起义写起，写到了井冈星火、古田铸魂、红区斗争、长征铁流，写到了抗日战争、解放战争、抗美援朝战争以及新中国成立后的边境作战，还有人民解放军的抢险救灾和强军之歌。可以说，整部长诗基本涵盖了人民解放军的90年辉煌历史，写到了每一次重大战役、战斗，以及军史中涌现的赫赫有名的英雄人物。为了进行长诗的创作，胡世宗记录了五百多页的阅读提纲，查阅大量的历史资料，通过他从军半个世纪的见闻感受，一点点追踪这支军队的历史，一笔笔书写这支军队的荣光，尽力把这支军队的每一段路程，每一次重大的战役，每一个典型的动人细节展现给读者。从读者的反响看，他取得了成功，这部长诗被读者誉为"有韵脚的煌煌军史"。

叙事与抒情有机结合，在军旅诗的海洋磨砺闪亮珠玑，使这部长诗具有很强的艺术感染力。以诗的形式书写人民军队90年辉煌历史，无疑属于主旋律创作。主旋律创作不易，因为强调政治性、思想性，容易造成作品艺术性的缺失，这似乎是长期以来困扰军旅作家和诗人的难题。胡世宗的万行长诗《我们的军旗》，通过叙事与抒情的有机结合，使略显枯燥的历史，有了情感的交流与融合，有了韵律的碰撞与交响，从而使长诗既有史诗般的架构，又有细腻入微的纹理。这部长诗融入了作者几十年军营生活的切身体验，融入了大半生对人民军队的了解、认知，融入了一位老兵对军队的全部情感，也融入了他在诗歌创作道路上的阅历和写作经验的全部储备。因此，一万两千行的长诗几乎一韵到底，可谓一气呵成，以炽热的情感、宏大的气势、酣畅的语言、激扬的节奏，使整部作品产生了强大的艺术感染力，震撼着读者的心灵。"你像一团火/暖在我们的心坎上/你像一朵云/飘在我们的梦境里/你永远、永远/是那么庄严、庄严/你永远、永远/是那么美丽、美丽"，随着作者充满韵律的诗句，读者尽情领略着军旅诗的庄严秀美与酣畅淋漓。

这部长诗催人奋进、给人启迪，也为文艺作品如何更好发挥激励鼓舞作用提供了借鉴。习近平总书记强调，"人民需要文艺，文艺需要人民。"文艺作品要为广大人民群众服务，而不是为了少数人服务，更不能不食人间烟火，自言自语、自拉自唱。现代诗歌创作中，这种自我封闭，不关心社会阴晴、人间冷暖的"孤岛式"写作甚嚣尘上，有的更是传递负能量，传播庸俗甚至错误的价值观。《我们的军旗》这部长诗，在创作上无疑坚持了传播正能量和主流价值观的创作导向。读者通过朗诵阅读这首长诗，可以重温我军的光辉历史，学习我军的优良传统，感受我军展现的时代精神。对于青年官兵，这部长诗具有很可贵的启迪作用。阅读之余，诗作可以使官兵深深思考：我们的军队，为什么能够从胜利走向胜利，从而更加坚定对党的信赖，更加理解了"火红的军旗呀/你朝霞一般艳丽/金色的大星/是你跳动的心曲/那是你崇高的灵魂/它指向哪里你就飘向哪里"……这些诗句所蕴含的深刻含义。相信这部长诗一定会得到读者特别是青年官兵的欢迎，激励官兵们在"火红的军旗下挺立"，为实现强军目标，向世界一流军队迈进而不懈奋斗。

倾情抒写"最闪亮的坐标"

——诗集《士兵花名册》

诗人陈灿通过自己的诗作营造了一个丰饶辽阔的文学世界。在这个世界里，最让人难忘的是那场战争，以及通过战争展现出的中国军人的英雄情怀和精神高地。生活是创作的不竭源泉。20世纪80年代初，陈灿参加了边境自卫防御作战，并开始诗歌创作。战斗中负伤后，在长达两年半的治疗过程中，他躺在病床上坚持文学创作，在《人民日报》《解放军报》等报刊发表了不少诗作，获得过一些文学奖项，被誉为"战士诗人"。

我想，陈灿的创作激情源于他和战友们身上流淌的英雄热血和英雄情怀。中国文学有一个重要传统，就是致力于英雄的叙事与抒情。爱国主义和英雄主义，一直是中华文脉的正脉，正因为如此，中国诗词始终具有英雄主义、理想主义的风骨，具有崇高、阳刚、壮美的品格。可以这样说，爱国主义是中国诗歌世代相传的精神支柱，堪称世界诗歌史上的一道奇观。尽管那场战争已渐行渐远，但作为诗人，陈灿一直难以忘记那场战事，更难以忘记那些长眠的战友。于是，他继承了中国诗词的优良传统，创作了这部诗集《士兵花名册》（红旗出版社出版）。"我要一笔一画一丝不苟地写/我要把你们喊不醒的名字写活/我要让你们碎了的名字/整整齐齐列队/请老连长按着这个花名册/再点一次你们的名字/我仿佛听到队列中那些空了的位置上/回声四起"（诗作《士兵花名册》）。这部诗集，洋溢着强烈的爱国主义和革命英雄主义精神，生动地反映了一个"战士诗人"的崇高使命和强烈责任感，给人以奋发向上的力量，是诗人献给战友的跨越时空的呼唤，是彰显英雄情怀的诗的花环，是新时代军旅诗的一部厚重之作。

歌唱祖国、礼赞英雄是文艺创作的永恒主题。在诗集《士兵花名册》中，诗人陈灿用那场战争中的士兵风采，为爱国主义和英雄主义做出了最好的诠释。他写战争的残酷："我来到昔日的战场/找到了我的阵地/站在当年倒下的地方/我突然感到视线模糊/语言全无/一发渴望中的子弹/再次将我击倒"（《站在当年倒下的地方》）；他写士兵的情怀："对于一个上了前线的士兵来说/只有那一封含泪放进留守包里的遗书/是最值钱的家当"（《一个士兵的财产》）；他写战士们的英勇豪迈："把酒瓶盖咬掉，咬掉/口，接住长江接住黄河/举起出征的酒碗/我们豪饮起男儿的烈性"（《出征酒》）。在这里，陈灿不仅仅是一个亲历者，更是一个讲述者。他把记忆中的战争和战友作为背景，去努力寻找一种精神的真谛。他的讲述，呈现出了比生活更高远的视角，更宽广的视野，更独特的表达。因此，在他的诗作中，英雄的形象是触手可及的，英雄的情怀是滚烫灼热的，那既是一幕幕动情的回忆，更是一曲曲英雄的赞歌，具有穿透人心的艺术力量。

英雄是民族最闪亮的坐标。如何让英雄形象更加立体生动，更加打动人心？这是新时代对文艺提出的新任务，也是作家艺术家们必须思考的新课题。主旋律创作容易让人贴上"生硬"的标签，以往创作中也或多或少地确实存在直白化、说教化的问题。诗集《士兵花名册》的可贵之处在于，它不仅仅描写了一场战争，一个英雄群体，更深入到了英雄的精神世界，用诗歌抵达了英雄的心灵。只有深入到英雄的心灵深处，你才会发现："军人是一杆/行走的枪"（《行走的枪》），"战壕是一首纵横交错的诗/战士，是一个动词/攻，势如破竹/守，坚如磐石"（《战士是一个动词》）；你才会找寻到士兵的精神之核："一个老兵与其他人/最明显的区别在于/他有一根骨头/一根倔强的脊梁骨/如一尊裸雕/始终坚挺着"（《老兵》）。也只有深入到英雄的精神世界，你才会蓦然发现一个士兵的精神高度和对祖国的深爱："祖国有多辽阔/我的爱就有多稳固与辽阔"（《爱你的样子》），"当祖国把界碑交给我和战友/我就把脚下的土地当作母亲护佑"（《又一个春天开启》）；你才会发现一个士兵的赤诚本色："他为别人修理鞋子时/神情专注的样子/好像是修补自己多年前/丢失在阵地上的那两只脚"（《街边一位修鞋的老兵》）。在这里，英雄成为一个一个具体的人，有血有肉，有情感，有爱恨，有梦想，也有内心的冲突和忧伤。这些诗句，既崇高豪迈，又激昂深刻，更敏感细腻，如情感的岩浆，如心灵的清溪，奔流在读者的心田，构成一幅由血与火、情与梦交织而成的撼人心灵的诗歌画卷。诗人在诗集后记中写道："我的诗可以拧出血来，我的诗句都是战友的骨头在支撑着"。信斯言。

不可否认，在文学创作中，曾出现过去英雄化的倾向，有的作品甚至存在历史虚无主义倾向，漠视英雄、对英雄大泼污水。"现在开始点名——/我要把你的名字喊醒/我要把你倒下的名字/喊起来/站在墓碑上"（《点名》），诗集《士兵花名册》正是以诗歌的名义，为英雄辩护，为英雄正名，从而使他的诗作气势磅礴、生动感人，具有一种崇高正大的审美品格，呈现出一种清醒深沉的艺术力量。诗集中的《那天他去看阅兵》《一把剑梦想出鞘》《无名烈士墓》《一个士兵留下了什么》《轻轻喊你》等诗篇，都鲜活地体现出这些特色。

习近平总书记深刻指出："任何一个时代的文艺，只有同国家和民族紧紧维系、休戚与共，才能发出振聋发聩的声音"。新时代的诗歌创作，要继承好中国诗歌千百年来弘扬爱国主义和英雄主义的优良传统。我们欣喜地看到，诗集《士兵花名册》"是来自生命最强大、最真实的声音""是向国家和民族致敬的诗，向国家和民族表达大爱的诗"（评论家彭学明语）。其实，我们这个伟大的时代，并不缺乏英雄，缺乏的是对英雄的倾情抒写，缺乏的是以滚烫的心灵、文学的方式、艺术化的形象去描摹英雄、礼赞英雄，在这方面，陈灿的诗集《士兵花名册》给我们带来了深刻启迪。

《钓鱼城》会为我们留下一座城

——在长诗《钓鱼城》读者分享会上的致辞

合川是一个美丽的地方，合川因为钓鱼城而闻名于世，合川因为有了长诗《钓鱼城》必将变得更美。首先对晓梦表示祝贺，祝贺长诗《钓鱼城》的出版，我想一个人坐着晚班机、忍受着旅途颠簸，这么远来参加会议，本身就是最深情的祝贺。其次，我想表达对活动主办方、协办方、承办方，包括出版方表示深深的敬意。这是一次非常有价值、有意义的活动，因为《钓鱼城》是一部非常有意义、有价值的长诗。

《钓鱼城》在《草堂》诗刊首发时，我即拜读了，后来出了单行本，我又再次认真阅读，感受比较深的有以下几点。

第一，正因为钓鱼城值得书写，所以晓梦"钓到了一条文学的大鱼"。钓鱼城被称为"上帝的折鞭处"，是一个改写历史的地方。在中国历史上，能够被称为改写历史的地方并不多。举个例子，赤壁之战的赤壁，就是改写历史的地方。因为赤壁之战，吴蜀联合在水上战败曹魏，才使三国鼎立的局面得以形成。所以赤壁这个地方留下了很多文学作品。无疑，钓鱼城之于历史的意义，比赤壁显得更宏阔，更曲折，更幽深，也更博大。因此，晓梦选择这个题材进行创作，我认为本身就是一种文学题材选择上的成功。

第二，晓梦对钓鱼城进行了成功的书写，使这座城"咬上了诗意的鱼钩"。我这样说是有根据的。首先长诗《钓鱼城》的结构就很独特，是深思熟虑的结果。一般长诗的书写都选择的是正面强攻的方式，而晓梦放弃了这样的书写，通过九个人物的内心独白，写出了一段震惊中外的历史。这是一次文学上的冒险，类似于诗歌创作的"仁川登陆"，却取得了成功的"战果"。三个章节，九段独白，以文学的、诗歌的方式，而不是历史的、记叙文的方式，书写了一座城。还有，这部长诗的语言也很考究，一读便知是反复锤炼的结果，这里就不展开讲了。总之，长诗《钓鱼城》是用诗歌雕刻出的一座艺术之城。

第三，长诗《钓鱼城》的文学范本和精神意义值得深入挖掘。我认为，长诗《钓鱼城》对于新时代诗歌创作是有借鉴意义的。在相当一段时间以来，诗人们回避时代，回避英雄，造成了诗歌创作精神气象上的"一地鸡毛"。诗歌创作的精神格局和气象变得十分狭小，诗歌创作成了喃喃自语，成了脑筋急转弯，成了文字上的"抖机灵"。长诗《钓鱼城》给新时代诗歌创作的启示，正在于诗歌的精神气象要宏大，要雄伟。这个时代，既需要花花草草，更需要高山大川。长诗《钓鱼城》就是矗立在诗坛上的一座山，很厚重，连绵起伏。

最后一句，风景名胜会因为文学插上翅膀。在中国历史上，亭台楼阁何止千万，但人们能记住的就是醉翁亭、幽州台、岳阳楼、滕王阁等等。为什么？就是因为有《醉翁亭记》《登幽州台歌》《岳阳楼记》《滕王阁序》。因为有了像这样的文学作品，这些地点数千年之后还能焕发出精神的光芒，让大家记住它。我想，《钓鱼城》也会为我们留下一座城，一座文学之城、诗歌之城。

把情感写出温度

——评诗集《玉清茨》

《玉清茨》（作家出版社出版）是一部充满情感力量的诗集。诗人杨清茨把满腔真挚的情感投射到诗作中，使诗歌形成了一个充满温度的生命体。从诗作中，除了可以读到语言的灵动、古典的优雅之外，最让人难忘的，就是情感的细腻与丰沛交织而成的充满呼吸和心跳的诗意。

《玉清茨》中有一些红色题材的诗作，更能体现出这些特点。革命历史题材的诗歌不好写，难就难在写出新意，难就难在写出情感的共鸣。诗人没有在困难面前止步不前，而是大胆深入历史深处进行挖掘。就诗歌的文体而言，其长处不在于发掘史实，而在于发掘情感。诗人选准了表达的主题，进行情感的再次挖掘，写出情感的温度，让历史有了生命的呼吸。在《绣红旗》一诗中，诗人写了江竹筠烈士绣红旗的感人场景。这个场景此前在很多文学作品中，已有精彩演绎。如何出"新"，考验着诗人的智慧。诗人从"针儿短短、线儿长长"写起，发现了这位川南女子"娇小的身子巨大的能量"，以及"高贵的灵魂是钻石般闪耀"，这些无疑是江竹筠烈士身上独有的光彩。再向深处挖掘，光彩之上一定还有精神闪耀，还有情感的闸门。果然，诗人发现了烈士"将故乡泥土的方向绣进了她"。这个泥土的芳香，其实就是情感的催化剂，一下子让读者感受到了情感的万钧之力。

《示儿书》把时间聚焦于江竹筠烈士牺牲前的片刻时光。诗人选取了这个时间节点，想象着在重庆渣滓洞监狱里，她给儿子云儿写下遗书。全诗通篇围绕着爱来书写：最让人肝肠寸断的是，江姐对于儿子的不舍与牵挂。正是因为这种爱，才使江姐的大爱——对于党和人民的爱，显得更加伟岸。诗人写江姐思念儿子"软绵绵肉乎乎的小手"，写"触抱到你柔软而弱小的身体/内心深处涌动的温馨柔暖"。经过层层的情感铺垫，让读者更加感受到了革命先烈把生命的诗篇"写在朝霞上"的壮丽与神圣。

如何把情感写出温度？最关键的是要对书写的对象充满朴素而真挚的情感。诗人写革命历史上有名的"刑场上的婚礼"，并没有用更多的笔墨去写背景、史实，而是集中于"木棉花正红"这一意象，让红色的木棉花寄托了诗人全部情感。在红色木棉花下，革命烈士"在彼此的眼睛里看到了明亮的星辰"，在红色木棉花下，诗人写出了"你勇敢温暖温柔的目光/照在我心上最柔软的地方"。正是这样的描写，使诗歌充满了情感，而正是因为这种充满情感的诗歌，使读者感受到并感动于革命先烈的呼吸和体温。

永恒的马兰飞扬的诗

——评诗集《孔雀河畔》

"雪净胡天牧马还，月明羌笛戍楼间。"一位优秀的军人应当有金戈铁马、卫国戍边的经历。马兰，这个曾经在地图上无法找到的神秘地方，是令无数热血男儿深深向往的精神高地。能在马兰这个神圣的地方工作学习生活，是一位军人的幸运。因为在这样一个历史与岁月、苦难与辉煌、使命与奉献的交汇处，他们可以得到全方位的磨砺。

王方方就是这样幸运的人。他是军人，也是一位年轻的诗人。在马兰这个充满诗意的地方，他寻觅着、思考着、记录着。青春岁月伴随着澎湃的诗情，何尝不是人生的乐事！

品读青年军旅诗人王方方的诗集《孔雀河畔》（太白文艺出版社出版），给人最大的感受是，诗情画意的描绘、青春岁月的激情、引人入胜的哲思，三者巧妙地融合在一起，使人仿佛置身沙漠瀚海的璀璨明珠——博斯腾湖畔，不觉随着他的文字游走在神秘的土地上，去认识一种精神，去聆听一段历史，去感知一片纯净而神秘的风光。

王方方用诗歌阐释、讴歌永恒的马兰精神。"在无垠的荒漠/马兰，你葱郁的身影/是一面旗帜/官兵们爱你的心情/热烈而恒久"……诗人每天都在感受马兰美丽的风景、深厚的历史。他把马兰的点点滴滴不断地提炼、打磨、升华，把所有的爱恋与感动聚集到这片伟大的热土。于是，他找到了马兰的定位——"在祖国复兴的期盼里/将你奉为/一座伟大的城"。更令人激动的是，当年的战鼓依然在诗人身边震颤，当年的呐喊依然在诗人心头回响。他作为这支"艰苦奋斗干惊天动地事，无私奉献做隐姓埋名人"英雄部队的一员，作为这个有着特殊称谓"马兰人"的群体中的一分子，用手中的笔和青春飞扬的诗句，感受并继承、发扬着为祖国铸造盾牌、为国防锻造利剑的伟大征程和不朽精神！

"你无时不保持着缄默/有谁懂得静谧背后的伟大/凋落中远远地注视着你/矗立在那片岁月征战的大地上/一直对你无法释怀/即便是身体在四方游走/我也用心对天空的虔诚/化为你叶片上的某颗露珠"。王方方用诗歌带我们领略马兰独特的风景。他钟情于与军旅、与马兰一切有关的事物——每一朵花、每一片雪、每一棵红柳、每一株骆驼刺，甚至每一点细微的响动，诗人都是那么熟悉、那么热爱、那么深情。他用诗句把马兰的风景描绘得那么美丽而纯粹。这些跳跃的文字、动人的篇章，如泣如诉，扣人心扉，给马兰的一草一木赋予了生命的内涵，寄予了生活的哲学，并且把这些生命和生活演绎得伟岸高大，注解得温馨亲切。读着这些青春的诗句，我想到英国诗人华兹华斯曾说过的话："一切好诗都是强烈情感的自然流露……它起源于在平静中回味的情感。"

唯有生命的本真，才能抵达精神的高度，激起生活的律动；唯有真诚的文字，才能让人读出感动，唤起情感的共鸣。王方方的诗简约而不简单，不失其内在的张力，不失其深刻的思考。这样的诗歌风格有着一种低调的美丽、一种潜在的力量。他对生活细腻而超脱的感悟，对生命精致而激烈的感知，给军旅诗歌注入了一丝清新的气息。永恒的马兰，飞扬的诗。这本诗集收录了诗人100余首诗作，内容丰富，题材广泛，阅读这本诗集，不知不觉与年轻的诗人一起，一起聆听马兰的歌声，共同感受生命的辉煌。

军旅诗曾是中国历代诗歌的主要题材之一，思想性深刻、想象力丰富、艺术性强。那种烽火狼烟、宝剑铠甲、孤城羌笛、胡雁杨柳、大漠长河的意象，那些默默无闻、无私奉献、舍生忘死、保家卫国的高尚情操，那些诗句中洋溢着的雄浑瑰丽、悲壮豪放、磅礴浪漫的美学风格，令多少人为之神往！相信王方方能够把对诗歌的那份执着和热爱继续保持下去，自觉地继承军旅诗的优秀传统，更深刻地感悟马兰的历史与风物，更深邃地挖掘伟大的时代精神，用诗为强军梦树碑，为马兰立传。

铜草花下的富矿

——读诗集《捕星录》

中国古典诗论中有"妙悟"说。重生兄为什么将他的诗集命名为《捕星录》？读罢全书，恍然大悟。在思维这个浩瀚天宇中，灵感或者说诗句，正如闪烁的星星，而捕捉这个灵感或诗句的过程，可以谓之"捕星"。在这里，通过对灵感的捕捉，从而领悟诗歌的艺术特质及其神韵，也为我们打开了通往诗意的一扇窗口。"捕星"的过程，亦即"妙悟"的过程。

阅读《捕星录》的过程中，我发现吴重生诗歌作品中有一种浓烈的对家园故土的爱。无论是《给你火把，照耀你解冻的河堤》，还是《金东四章》等诗作，作者的笔触更多的是描写自己的家乡，或者说是描写江南文化。他以家乡浦江为背景，用行云流水般的笔触，描绘了故乡的美丽风情、纯朴民俗以及生活在这块土地上的勤劳善良的人们。诗人既写出了秀美的小城风貌，也写出了民间的风俗，还写出了一位游子对故土的热爱。不仅如此，诗人不但写出了家乡的美和对故园的深爱，更能将这种爱升华为对祖国的爱、对民族的爱、对中华文化的爱。在中华民族五千年灿若星河的文学作品中，抒发对故土热爱的作品不胜枚举。《捕星录》的可贵之处在于，诗人对这个主题进行了更为深入地挖掘，把小家放大为国家，把小我放大为人民，从而使自己的情感天地和艺术空间都变得更为宽阔。

吴重生的诗歌不是凭空的想象，而是来自于扎实的脚力。诗人从事新闻工作多年，因工作关系去过不少祖国的名山大川。诗集以大运河开篇，很大比例的诗作都精心描绘了祖国山河的壮丽。从"花香雨一样飘落"的泸州，到花海都"澎湃着诗经和楚辞"的台湾；从"浑身冒着热气"的广州，到"蓝天下放牧星群"的内蒙古，到处都留下了诗人的深情笔触。游历大好河山的过程，其实也是一种对祖国历史文化的认识过程。中国960多万平方公里的土地上的每一处山河，无不蕴含着历史的沧桑，文化的变迁，无不展现着独特的自然价值和人文精神。诗人正是以手中的笔，记录了祖国山河的壮美，书写了一位诗人对伟大祖国的真爱。在这部诗集中，诗人不是仅仅写景状物，更以真挚的人文情怀开掘着隐藏在山水间的深厚文化内涵。《衢州九章》既写现实风景又交织着鲜为人知的历史文化;《大运河是条太阳河》则通过对故乡原野上运河的描写,道出了具有沧桑历史的"运河文化"的博大精深。作者正是在这种行走之间,有了生命的感悟,有了哲理的思考。

《捕星录》里抒写亲情的诗篇也令人动容。对于长辈和女儿,诗人在创作中融入了浓厚的情感,陪老父亲登高,以及女儿的每一次成长进步、每一个生活细节,他都饱含深情地记录在这部诗集中。所以,这本诗集也是诗人感悟亲情时心灵的战栗,是与亲人与读者感人至深的情感交流。"今夜,天空格外宁静/一个父亲在月坛写诗/写在一行,便用白云擦去"(《写在女儿生日之际》),写得不动声色又充满张力。有了情感的支撑,诗歌艺术才能焕发出更加瑰丽的光芒。

《捕星录》中还有一类诗作值得关注,那就是诗人的生活"感悟"。以诗写出哲理,是中国诗歌的传统之一。在吴重生的诗作中,诗人在意境营造中能渗入富有哲理的感悟和思考,使他的诗歌具有很深的文化内涵和哲学意蕴。他总在不经意的语言中藏进耐人寻味的哲学理念。《今日小寒》是一首很短的诗作,但诗人却能在这个"小"字中感悟到一种视角、一种态度、一种精神。《在北海,遇见真谛门》《北京大学的门》等作品,在看似朴实的抒写中寄寓着诗人睿智的个性思考,平实自然处熠熠闪亮。

在诗歌文体方面,吴重生同样进行了自己深入的探索。读他的诗作,既可以读到气势的恢宏,又可以读到意境的深邃,还可以读到旁征博引的乐趣和善于发现的哲思。同时,他的诗歌具有主题的深邃美,十分注意追求作品的时代感,寻找与这个时代相契相合的主题;具有构思的精巧美,诗作篇幅大多不长,但其构思却都颇具匠心;具有情感的真挚美,首首深深地感染着读者、拨动着读者的心弦……

《捕星录》中有一首《他用朱砂往大地额头一点》。这首很短的隐藏在众多诗作中的诗,在我看来是这部诗集的"诗眼"。这首诗写到了一种叫作铜草花的植物。铜草花下,往往隐藏着矿藏。人们找到了铜草花,也就找到了深藏于地下的铜矿。

这是一个多么美妙的隐喻:"不是我们找诗,是诗找到我们/我们都是诗的铜草花"。

书写春天的意象

——诗作《三月，由你来命名》赏析

意象是什么？意象是诗人主观情意和客观物象的有机融合，是一个抽象与具象相结合的复合体。主观的"意"认知了客观的"象"，换言之，客观物象融进了诗人的主观情意，便成为了意象。因此，诗人对意象的捕捉，是奇妙的创造性的活动。吴重生是一位有着丰富阅历和出众才华的诗人，他对春天和春天里充满喜悦的故事有着自己独特的认知和表达。

《三月，由你来命名》，是诗人吴重生献给春天的诗，也是献给亲情的诗，献给希望的诗。诗中所表达的，既是对春天的礼赞，也是对未来的期许，更是对青春与奋斗的追忆。在现实生活中，这是一位父亲对女儿的喃喃细语和美好祝福。看起来，诗人是在回忆往事、陈述当下，展望未来，但他所表达的绝非一家一户的"个人情感"，而是对这个伟大时代的一种呼应，是一种"大世界观"语境下的公共情感表达。

阳春三月，草长莺飞。在诗人吴重生的笔下，河流、春风和紫燕们，都是三月的贵客。而远方的通知书是和故乡的山峦，紧紧联系在一起的。诗人对于三月的审视和赞美，犹如在空中俯瞰人间。他把孩子获得升学机会的努力过程，以诗的语言一一还原，大声喊出"这个三月由你来命名"这一带有强烈浪漫主义色彩的论断。

对于孩子所取得的成绩，诗人的自豪和欣慰之情是跃然纸上的，但他深深知道，"宝剑锋从磨砺出，梅花香自苦寒来"，任何成绩的取得，都是孩子"心之所向，步之所履"的结果。没有扎实的功底和艰苦的付出，是无法叩开"112号托福之门"的。值得一提的是，诗中运用了一连串叠映式意象，把不同的时空交织在一起，既富于新意，又拓展了诗的内涵和空间。

诗人将写实和写虚自由转换，体现了高超的诗歌技巧。诗人运用跳跃的语言，把不同时空的画面叠印在一起，从而把故乡与他乡、过去与现实、奋斗与收获沟通起来，极具冲击力和感染力。2016年第12期《美文》杂志发表了诗人女儿写的小说《孤星驭光师》。诗人在这里借用这一历史，将自己的女儿比喻为"驭光者"。如果说"每一朵浪花都辉映着你驭光者青春的脸庞"是虚写，那么，"哥伦比亚大学"等诸多美国高校的录取通知书则是实写。在诗人笔下，"三月"不仅仅属于中国，也是属于全世界的。"三月"如此美好，不正是应该值得全人类共同珍惜吗？无论是"从南到北"还是"从东到西"，既然春风刷新了整个世界，那么，我们为什么不和诗人的女儿一起，在这个澄澈的黎明，打点行装准备出发呢？

诗人的女儿是从燕园出发的。为何出发？为了这一片绿色、和平的大地。我相信，这里的"大地"，是"世界"的代名词。诗人坚信，"未来的任何一天，都是三月的一部分"。这个结尾是意味深长的。因为这个春天里的风景，春天里的人们，春天里的故事，都是美好的，都是值得回味的，也都是充满希望的。

那一抹红，在海天之间闪耀

——品读歌词集《那一片海，那一片天》

北京的十月，秋高气爽。忽接到吴广兄的电话，让我为他的歌词集写点东西，我欣然从命。

吴广是我驻香港部队的战友，也是我漫长艺术旅程上不离不弃的同路人。1998年，广州军区在珠海举办了一次歌词笔会，我和吴广始得相识。知其毕业于军艺，诗书画印俱佳，便引为同道。吴广是湘人，有着那片土地养育出的特有的达观、幽默与侠气，与其相处，其乐融融。是时，我在香港，吴广在广州，常互通有无，分享彼此青春的故事。

两年之后，忽接到他到驻香港部队报道的消息。作为老相识，迎接他进港是我义不容辞的责任。此后，我们成为驻香港部队的战友，共同在紫荆花下履行着神圣的使命。

这本歌词集，有很大一部分作品都是记录的我们盛开着紫荆花的青春岁月。我想，作家的作品，很多都因为地域的不同而呈现出不同的风貌和特色。在西北大漠中成长，写出来的必是雄浑壮阔的"边塞诗"；在江南水乡生活，写出来的应是低吟浅唱的"婉约词"。正因为吴广有了戍守香港的经历，所以他的作品呈现出别具一格的魅力。

2000年春，吴广来到驻港部队，开始了新的军旅历程。"东方之珠"的美丽、驻港军人的光荣，唤起了吴广无限的诗思，使他诗如泉涌。无疑，吴广用诗与歌词在寻找表达自己这种感情的最佳方式。

在这个情感世界中，吴广最先感受到的是庄严与神圣。在"一国两制"条件下履行特殊的使命，使他的内心充满了驻港军人的自豪。他写哨兵的神圣："紫荆白鸽与我自由亲吻，蓝天白云约我合影签名，东方明珠万家灯火，是肩头灿烂的彩虹"（《紫荆树下的哨兵》）。他还写驻港军人对祖国的深情："你问我，问我香港的天空为什么这么蓝……告诉你，只有强大的祖国才有这艳阳天"（《告诉你》），无不洋溢着这种神圣的情感。

作为一个诗人与词作家，吴广不仅仅写出了驻港的光荣与神圣，更写出了一个军人的使命与责任。这种责任是流淌在军人血脉中最为动人的部分。在词作中，他以一个驻港军人的细腻情感诠释了自己的庄严使命。他认为，选择了军人这个职业，就是选择了一种与众不同的生存方式："在接过钢枪的军号里，十八岁的青春又将铁骨铮铮"（《永远的歌声》）。他在这种生存方式中，感受着作为军人的魅力，感受着"来自五湖四海的乡音，集合成一笼热气腾腾的馒头"。在这样的词句中，声音变成了可以触摸的物质，从而使他的词句带有了通感的魅力和艺术的光泽。他时刻不忘军人的责任，认为有奉献就有牺牲，为了祖国的安宁，他愿意"把青春站成风化的墓碑"，不惧"把死亡视为美丽的归宿，赋予生命别一种崭新的形式"。

歌词集中，吴广还以艺术的表达，展现出了驻港军人的美好爱情。诗人郭小川曾用"忠贞不渝，新美如画"来形容军人的爱情，在吴广的笔下，驻港军人的爱情也同样打动人心。这是一个忠贞的誓言："你说你胸中藏着千万个我，我的心中只有你一个"（《你中有我》）；这是一种美丽的期待："那才是你幸福的生活，我在这里静静地等你，等你说一声你爱我"（《等你说声爱我》）。在这些词作中，他记录的是驻港军人对爱情的忠贞、渴望和承诺。

最为难能可贵的是，吴广的词作中还展现出了驻港军人丰厚的文化底蕴。著名文学批评家朱向前先生就曾说过，吴广的词作"有较好的古典诗词修养"。而《中国军人》《你中有我》等诗作中还有一种深刻的历史感，体现了诗人对于历史事件的思考与独到的见解，这同样离不开作者丰富的文史哲知识。令我欣喜的是，在这部歌词集中，我还读到了他的最新佳作，如《百年党庆组歌》《那一片天》《走在前列》《深圳义警之歌》《人生气象歌》《一座城》，等等。读着这些歌词，我不禁想到我们延伸到香港之外的友情。吴广兄转业之后，在深圳警界有了自己的发展空间，有了自己的书画院。这让我深深意识到：一个有才华的人，只会随着时光的流逝而愈加光彩夺目，而不会被岁月所湮没。从他的歌词中，我读到了红色的血脉，读到了凛然的正气，读到了海天之间那一抹闪耀的红。这种红，刻进了吴广的歌词创作，亦刻进了新时代大鹏湾畔的潮起潮落之间。歌词集《那一片海，那一片天》，记录的是吴广独特的人生体验，记录的是大湾区发展进步的历史脚印，记录的是伟大的新时代不断凝聚的走向复兴的磅礴伟力。

衷心祝愿吴广兄的歌词集受到越来越多读者的喜爱，衷心祝愿他的文学创作能够紧跟新时代的步伐，不断放射出独特的光芒，流传于热土之上，闪耀在海天之间。

月光背面的思索者

——评《背对月光旅行》

在我的诗人朋友中，周承强无疑是具有独特个性的一位。构成这种独特个性的是他与他的诗之间的关系：诗歌在他的手中，不是美丽的吟唱，也不是灵魂的感动，而是一种待发在弦上的箭，永远是那么冷峻，那么饱满，那么张扬，甚至有点激愤。

1995年7月3日，已在军校修成学业，即将奔赴新的工作岗位的承强，来到了南京著名的景点——雨花台。面对着庄严的雕像和茂密的树林，他写下了一首诗——《雨花台》。诗并不长："一来到这里/呼吸便异常急促/强烈地感受到/一种牺牲的惯性/那么多优秀的儿女/把自己鲜活的呼吸/献给了自己追求的理想"。我之所以引用这首诗，是因为我觉得这首诗是他创作的一个分水岭。以此为标志，可以清晰地看到，他告别了过去，迎接了未来。承强是我的同窗好友，在大学时就已接触颇多。他外表平静，但心中常有烈火；他不善言谈，却时有惊人之语。在彼此的交谈中，可以感到承强对诗的真爱。我们毕业之际，他出版了第一本诗集《热血》，并送我一册留作纪念。此后便是"人生不相见，动如参与商"。他先去了广西防城港，后来又凭着自己的实力到了南宁，成为军报的一名记者。我则先到深圳，后去香港。虽是遥闻彼此的消息，但也有"世事两茫茫"的感觉。直到新世纪的第一年，我在北京参加全军青年作家培训班，才又见承强。他告诉我，自己的又一本诗集快要出版了。

之后承强寄来了厚厚的诗稿，并要我写点文字。说实话，我迫不及待地读完了承强的诗稿，因为读这些诗的同时，我可以了解到分别六年以来承强的精神历程。

承强震撼了我。他的诗或许语言并不那么完美，照所谓"纯诗"的标准尚有差距，但他首先告诉你一个再明确不过的事实：他在飞快地前进。

这种前进是灵魂上的前进。通读了他的诗稿之后，我可以清晰地看到他创作的三个阶段。像《雨花台》一样，承强第一个阶段的创作有一首有意义的诗作，那就是写于1984年5月的《洁净的镜面》。我认为，在承强早期的创作里，"镜面"是一个非常核心的意象，并且对他这时候的创作具有强烈的象征意义。那时的承强刚刚起步，外界的信息折射到他心中的时候，还不具备认知和升华的能力，只能凭着自己的直觉记录下来，"见鹿是鹿，见狐是狐"。正是因为对艺术感觉、诗歌特质和认知判断的缺失，才导致了他早期诗作只是一些模仿的片段、短暂的火花，"什么都是，又什么都不是"。然而，承强凭着对诗的真挚热爱，无怨无悔地走在这条寂寞之途上。几年之后，他走出了"镜面"，眼前一片光明。

进入二十世纪九十年代应，他的创作迎来一个新起点、新阶段。这个时候，他开始有了自己坚硬的声音。我觉得，他第二阶段的创作是以写于1990年的《背对月光旅行》这首诗开始的。我不知道承强为什么把这首诗的标题作为整部诗集的名字，只是觉得这首诗对于他同样具有阶段性的意义。从这个时候起，承强开始成为一名思索者，"一半在黑暗中检点以往，一半在光明中开拓未来"。思索的自觉无疑增加了他诗作的厚度，于是，他的诗走出了一片新的天地："一扇门就这样打开了，天地间飘满灵感的雪花"。在大学的几年里，承强一直在思索着，耕耘着。他这一阶段的诗作中，都留下了思索的影子。

我们再次回到《雨花台》这首诗。这首诗使我找到了承强诗作中又一个核心意象，那就是石头——"雨花石"。在这首诗中，他热情地讴歌献身者："那么多优秀儿女/把自己鲜活的呼吸/献给了自己追求的理想"。是的，从这个时刻起，承强自己也正式成为这些献身者的一员：把自己的理想和信念注入到了诗歌当中。从这一时刻起，承强开始强烈地关注社会，贫困的乡村、无依无靠的小人物、种种社会丑恶现象，尤一不叠印在他的视野之中。他也开始自觉地记录生活，在他生活过的高地边防，在他熟悉的绿色军营，找到了许多生动的回忆，回眸之处，皆是诗意盎然。

不知承强是否同意我对他诗歌创作三个阶段的划分。不管怎样，我们可以看到他在进步，一步一个脚印地进行着他的诗歌苦旅。

《背对月光旅行》创作的时间跨度有十几年，我不知道它是否涵盖了承强所有重要的诗作。但我必须承认，与上一部诗集《热血》相比，承强出现了明显的变化。

作家有自己的地域。莫言有"东北高密乡"、贾平凹有"商州"……正是在这种独特的地域中，作家才展示出自己的魔力，歌唱出自己的声音。承强在这部诗集中的重要变化之一就是有了自己精神的圣地。这个圣地就是他所熟悉和热爱的广西边防。据我所了解，在一部诗集中能够如此集中、如此生动、如此鲜活地写出广西边防的诗人并不多，承强可以说是相当突出的一位。他的诗中，记录了原生态的广西边防的生活。他写边防军人爱国的情怀："当然心胸深处亮着一扇窗/忧郁时也能数着雨珠打开/新鲜风采/仰望楼顶那面不落的国旗/让人毛孔扩张浑身温暖"（《电视机是一种摆设》)。他写边防哨卡独特的景观:"凝望蜿蜒的国防公路/哨位细小得不易察觉/蕉叶挡住了视线的延伸/一只斑鸠熟悉地飞向针叶丛"(《渴望遇见一位陌生人》)。不熟悉广西边防生活的人,是不可能写出这种生活中的细微之处的。在《宁静时刻》《喊山的意蕴》等诗作中,处处可以看到承强笔下美丽而又独特的边防风情。

承强的"广西边防系列"里,还生动地描绘出一群独特的边防军人:有默默奉献的老志愿兵——"用5加8年光阴/钻进技术圈里成了精/该送儿子上学了/才知道青春已被岁月刮去多年/可兵再老也是一个兵啊……"(《志愿兵素描》);有"即使丈夫远隔千里,照旧把家拾掇得有棱有角"的军嫂;还有"排了九千九百九十九颗地雷"的列兵小何……这些人物,分明都经受过广西边关生活的打磨,在承强的诗中,色彩鲜明,有棱有角。《巡逻:苍山如血》《怀念一位战友》《背包带》《关于小马扎的说法》等等诗作,也能够给人留下深刻的印象。

承强诗歌创作上又一个显著的变化就是题材的广泛性。除了"广西边防系列"之外,他的目光还关注着更为广阔的生活。在承强眼中,没有什么不可以"入诗"。甚至说他的诗歌摆脱了题材的束缚,这是相当不容易的,也正是他的高明之处。从《朱红色的售票窗口》到《菜园》,从《瓦罐饭》到《观音土》,从《仰望一把锄头》到《认识一位拾破烂的老人》,承强把最深沉的爱和最真挚的情感奉献给了他所熟悉的乡村。承强是湖北蒲圻人,那里产生过许多诗人,曾经因激愤歌唱而蜚声诗坛的叶文福就是他的同乡。在自己的诗作中,他秉承了诗歌关注社会的传统,把笔触伸向了社会底层的方方面面。帕斯在《卡洛斯·佩利塞尔的诗》中有两句话,一句话是"每个诗人都能为诗歌带来一点新东西",承强正是以他的诗歌给我们带来了社会生活的方方面面景观;还有一句话,"一切诗人都是神话的创造者",而承强所创造的,正是一位农民之子、一位站在最底层者透视现实的神话。在这个神话中,他甚至可以不做诗人,而是一位激愤者。愤怒本身证明了承强作为诗人的社会责任感。但我不得不说,仅有社会责任感是不够的,作为诗人的承强在展现复杂生活的时候有时还显得有点力不从心。艾略特说:"我们的文明包含了巨大的多变性和复杂性,当这种巨大的多变性和复杂性在一个精细的感性上发生作用,必然导致不同的和复杂的结果,愈加转弯抹角。目的就是让语言逼近、打乱(如必要的话)而表达他的意义"(《玄学派诗人》)。其实,承强的这类诗歌到目前为止正是缺乏这种多变性和复杂性。它们总是指向单一的情感诉求(同情抑或愤怒),而缺乏进一步地对这种情感诉求的把握。因此,这时的诗歌给人的整体力量是单薄的。或许我们有些苛刻。能够关注这些广阔的生活,对于一个诗人来说就已经相当不易了。

承强诗歌的叙事视角也发生了某些变化。在他早期的诗作中，叙事只是一个"点"状的结构，到后来才逐渐打开、放大。在诗作中，他可以赋予一枚公章以独特的"奇遇"，在人性化的幽默叙述中表达出一个深远的主题（《一枚公章的奇遇》）。这可以看出承强的叙事功力在与日俱增。他总是能在不经意的生活里找到诗意的灵感。火车的一次偶然的临时停车，他能生出无限感慨："谁在剥夺旅客的知情权/这是本次列车的一个谜/匆匆过客永远无法破译"（《临时停车》）；在清洁工打扫大街的扫帚里，他也能找到诗意的"喷泉"："一些人瞬间的/一个随意动作/另一些人用一生的劳动来/——复原"（《扫帚直立响过街道》）。正是承强在时刻观察着生活、体验着生活，生活才会给他的创作以如此丰厚的回报。

承强把为他的诗作写点文字的重任交给我，是对我们友情的肯定，更重要的是希望我能够对他的诗提出一些值得参考的意见，而不是恭维几句了事。那么，从这个意义上说，我必须指出，至少在我的眼中，语言是承强诗歌创作的一个弱项。我始终认为，诗归根到底是一种语言的艺术，也许正是我的这个观点，才使我对承强的诗歌语言会如此挑剔。但是，从更高的意义上说来，挑剔往往是与期望联系在一起的。每一个时代的大诗人，其成就都是以他对民族语言的丰富与拓展为重要标志的。我个人认为，承强诗歌语言的最大缺点是缺乏质感、缺乏汉语言本身古老、神圣、光辉、宁静的特质。同时，在对有些意象的描述中，还缺乏相对的精确性。但是，我们可以看出，承强在不断地努力。他的汗水正在使他的诗变成一块块精美的"雨花石"。在这部诗集中，我们看到了承强在诗歌语言上的进步。"体温　经握手相互留存/比时间更为永恒/燕子飞越雪峰/一转眼　雪粒落满家园……"（《血源》），在这样的语言中，我们可以感受到时间的庄严、情感的神圣，还可以体味到那一"快"（雪花飘落）一"慢"（体温留存）的强烈对比所营造出来的一种特有的"诗歌速度"；"倾听一种声音/当骆驼的喘息逐渐清晰/我把双掌伸开/让汗水依次冰凉……"（《恕语：苍穹透蓝》），在这里，那依次冰凉的汗珠，多么打动人心！"生命终究要消失/只有那精神海洋的亮点/注定要跨越时代/激荡一些久远的回响……"（《短章》），在这里，我倾听到了一种独特的、只有诗歌才具有的富于金属质地的响亮声音，让人联想到普希金的名作《纪念碑》……我期望这样的语言在承强的诗作中更多地涌现出来。

写了这么多文字，不知承强是否认为适当。但我想，不管个人的意见如何，从一个更高的角度来面对这些或许并不准确的文字，我们又都会问心无愧，这个角度就是对诗歌的真爱。布罗茨基有一篇著名的文章，叫作《哀泣的缪斯》，在文章中他写道："在历史发展的某些阶段，只有诗歌可以应付现实，它将现实浓缩为可以触摸的、心灵可以感受的某种东西"。请注意"可以触摸"和"心灵可以感受"这两句话，这是诗歌可以存在的根本原因之一。没有诗歌的参与，"寂寞"这个词将永远不能在人与人之间传递，而"念天地之悠悠，独怆然而涕下"一下子就让我们的眼眶里充满泪水；没有诗歌的参与，悲喜也是不可言传的，而"感时花溅泪，恨别鸟惊心"，则可以让我们感知复杂的情感变化……正因为如此，承强爱诗，写诗，并且时刻感受着诗的温暖。

在结束这些文字的时候，我不妨与承强一起眺望一下中国诗歌的未来。

是的，在中国经济腾飞的时候，有五千多年文化积累的中国诗歌也必将走向世界。但不是现在。

她走向世界的时候，是有一大群诗人收起名利之心，真正关注人生的价值、人类的情感、生活的意义和灵魂的回响的时候；

她走向世界的时候，是有一大群诗人视诗歌为荣誉，以诗歌如生命，拥有高雅的精神和高尚的品德，拥有良好的文化修养和外国语言基础的时候；

她走向世界的时候，是有一大群诗人意识到自己的责任，以真正相互契合的艺术理念和团队精神联合向世人发出自己独特声音的时候；

她走向世界的时候，是有一大群诗人都能锤炼出自己独特语言，让汉民族的语言一下子放出耀眼的光芒的时候……

布罗茨基在《哀泣的缪斯》中还说："诗歌全然是时间的寓居之地……它们将永存，因为语言比国家古老，因为诗歌比历史长寿。诗歌不需要历史，它需要的只有诗人……"这些话使我置身于一种回忆的状态里：就在若干年前的某一时刻，有一位军校的大学生，他爱诗，经常到学校西侧的一家书店里买诗集。在毕业的时候，他送来了第一本诗集。诗集的名字叫《热血》。

若干年后，我和他重又相逢。我又想起布罗茨基的话："诗歌不需要历史，它需要的只有诗人……"或许有一天，有谁会告诉我："朋友，周承强正是这样的诗人。"

爱如大海　激情如歌

——读诗集《放飞激情》

花红树碧，云白风清。即使是冬季，"东方之珠"香港依旧是气候宜人、美丽如画。在这样美好的时刻，我一连几天，端坐在维多利亚港畔的驻香港部队大厦内，拜读了张启荣同志厚厚的诗歌作品集《放飞激情》。

启荣同志是我的老领导、老朋友。早在驻香港部队进驻香港之前，他就被选调去驻军工作。1997年7月1日，更是亲身经历了那个庄严而神圣的历史时刻。启荣同志长在西北，加之长年从事干部工作，所以形成了谦虚、诚恳、率直的品格。他在驻军干部处任副处长、处长时，就常动笔写诗，且时有作品在《解放军报》《解放军文艺》等报刊发表。然而，这次读到厚厚的《放飞激情》，才让我真正认识了作为诗人的他。的确，干部工作者与诗人之间，似乎有着很大的距离。启荣同志自谦，说："我不是诗人，但我向往诗人，向往那丰盈的人生，无穷的意境。"但读完了《放飞激情》，我可以肯定地说，他就是诗人。他用自己一首首诗歌，渐渐弥补了这种距离。聚沙成塔，集腋成裘；吉光片羽，弥足珍贵，我感叹他的这种坚持写作的激情和毅力。

阅读完《放飞激情》，我觉得这部诗集有三个鲜明的特色。一是感情真挚。作者无论是回顾军旅，还是感悟生活；无论是怀念桑梓，还是抒发情怀，都紧紧扣住了一个"真"字。如《母亲的唠叨》一诗，"已是中年的我淡忘了许多回忆，唯难以忘记的是母亲的唠叨"，虽是平白的诗句，却可以直见作者的真情。《火红的紫荆花》《父亲的心事》《不要欺骗自己》等诗作，都体现出了这一特色。诗贵情真，"青青子衿，悠悠我心，但为君故，沉吟至今"，情，因为有了诗而丰富，诗，也因为有了情而多彩。

《放飞激情》的第二个特色是题材广泛。时下，诗歌往往在一些诗人的手中，变成了只面对自己"内心"的"加密载体"，别人听不懂、看不明白。启荣同志则是继承了中国诗歌的优良传统，直面生活，从生活中发现，在发现中升华。他既写军旅生活，又写情感生活；既写人生的体验，又写瞬时的感悟。大到国家大事，如奥运报捷、神五升空，小到生活琐事，如徒步行军、朋友聚会，他都可以感悟良多，欣然提笔。这一方面说明作者对生活的热爱，同时，也反映了他独特的发现和概括能力。

《放飞激情》的第三个特点是文采飞扬。必须指出的是，启荣同志是在繁忙的工作之余进行诗歌创作的，可以说是真正的"业余"诗人。但他没有因为自己是"业余"诗人，就让自己的诗仅仅停留在"业余"水平之上。他的诗，展现出了丰厚的文化底蕴，如《深圳八景》《秋菊》等诗作，就显示出作者扎实的古典文学底子。"秋风吹来，粉菊带露清香怡人，寒风阵阵，黄菊幽雅醉我心脾，虽未见过陶渊明，却有黄巢《题菊花》，在追寻爱的日子里，慢慢读懂了秋意……"（《秋菊》），这样的诗句，没有良好的古典文学基础，是难以写出的。同时，他的许多诗作中还有一种历史感，如《我何以坚强》《在跨越回归的日子里》《巴格达的枪声》等诗作——同样离不开作者丰富的文史知识。可以说，没有"腾蛟起凤""紫电清霜"般飞扬的文采，就不会有这飞扬的激情。

读罢《放飞激情》，我感触颇多。让我感受最深、也最打动我的，是作者在整部作品集里包含的爱。

我个人认为，爱有大、中、小之分，大爱如对祖国、对人民之爱；中如对生活、对工作之爱；小如对亲人、朋友之爱。在这部诗集中，这三种爱都有，而且正是这三种爱，撑起了这部诗集的风骨。

对亲人、朋友之爱，他写得情意绵绵，如几篇怀念母亲的诗，写得令人十分感动。对爱人，他写"如果说一棵树能代表一份思念，我愿送你一片森林……"（《我把祝福送给你》），这样的诗句，细腻感人，把人们的情感引入了作者营造的艺术境界之中。

对生活、对工作之爱，他写得情深意长。军旅生涯的光荣，唤起了他无限的诗思，使他诗如泉涌。他用诗寻找到了表达自己感情的最佳方式。《战士情怀》，写得那么自豪；《情驻香江》，写得那么神圣；《感悟人生》，又写得那么真诚……责任是流淌在军人血脉中最为动人的部分，作为驻港部队的一员，他还写出了驻军香港的光荣与神圣，写出了一名军人履行神圣使命的心路历程。

对祖国、对人民之爱，他写得真挚博大。在这个情感世界中，他最先感受到的是作为中国人的自豪。《民族之魂》《放飞中国心》等诗篇，写得多么庄严与神圣！《祖国啊祖国》，写出了一名军人对祖国的深情。正是因为爱的浓烈、感情的真挚，所以这些诗篇能够打动人心，让人过目难忘。

《放飞激情》即将出版了，她为我们带来了一个军人独特的情感世界，愿这部用心灵吟唱出的诗集能够得到读者的喜爱。

我们期待着。

巴丹吉林密码

——组诗《写给祖国的申请书》读后

　　诗人对词语是非常敏感的。一些词语常常令诗人迷恋，比如麦粒、村庄，比如光芒、歌唱，等等。军旅诗有其独特的语言和意境，这是自《诗经》《楚辞》开始，经由唐宋的边塞诗词，一代又一代在中华文脉中传承至今的。

　　董庆月是我未曾谋面的、非常年轻的军旅诗人。他的诗作《写给祖国的申请书》里，有一个词反复出现了四次，让我深感兴趣，那就是巴丹吉林。巴丹吉林是沙漠，极度干旱，基本上不适合人类生存。不适合人类生存的地方，一直是军人存在与坚守的地方，因为那里往往是边关，是要塞，是"咽喉"。我在不少军旅作家的作品中，读到过巴丹吉林这个词。它让我的思绪随着董庆月的诗作一起，滑翔、升空，在高空中俯瞰诗中的词语所营造出的独特风景。

　　把军旅诗写好不易，因为从美学意义上，军旅诗必须是雄浑的、壮丽的、阳刚的、升腾的，必须给人以暴雨锤击般的力量。我不看好一些柔弱绵软的军旅诗，因为缠绵悱恻的情感，一地鸡毛的日常，自有别的诗人书写，军旅诗人应该书写别的诗人难以书写的东西。如果军旅诗中没有爱国主义和英雄主义的情怀，没有令人热血沸腾的力量，军旅诗就失去了存在的意义与价值。在阅读这组诗作时，我欣喜地看到董庆月继承了中华优秀军旅诗的传统。

　　诗人对祖国充满了深厚的情感。但作为军人，仅有深厚的情感是不够的，他还必须具备军人的素质。所以在《写给祖国的申请书》一诗中，诗人这样写道，"祖国啊！请用您风暴硕大的双手/把我拽进巴丹吉林沙漠，不给一棵草木/一滴水，用您最热烈、三伏天的太阳/以沙地为炉、朔风为铲，翻我烤我/让我修炼一颗火眼金睛，辨认潜伏的敌人"。他无惧任何艰难险阻、恶劣环境，请求祖国把一名士兵放到最艰苦的环境中去摔打，不惜被"扔进狼群"，被"困在海洋最深处"，为的是锤炼出能够保卫祖国的过硬本领。"祖国啊！我有一个强烈的愿望/十八九岁的我要拥有不可战胜的力量/这个愿望，让我的一生深刻了许多"。军旅诗最大的特点就是诗中有时代的风云。董庆月的这首诗，抒写出了新时代中国军人聚焦备战打仗、在实战化训练中苦练精兵的精神风貌。

严羽在《沧浪诗话》中，最推崇的是汉魏古诗与盛唐之诗，谓之有"气象"，因此也有了"盛唐气象"这一美学概念。何谓"盛唐气象"？一是雄壮与浑厚有机结合，作品气象雄浑，具有整体之美，"全在气象，不可寻枝摘叶"；二是浑然天成，反对过分雕琢字句。真正的军旅诗，也应该追求这样的境界。我欣喜地发现，董庆月作为军旅诗人的后起之秀，在诗艺上正在朝着这个方向努力。他没有陷入于辞藻之间，没有迷失于"造句"之中，而是追求诗境的雄浑大美。其实，那我看来，"气象"来自于深厚的生活土壤，军旅诗的"在场感"应该更为强烈。董庆月这样写出早操："我记得凌晨前进的口令，我们挺起胸膛/原地踏步，把细小的沙土从地面/一脚一脚翻扬出来，敲响大地的鼓声"（《金塔一夜》）。他这样写训练时的眼神："如果能赐予我造字术/我要把所有的词语全部献给军人的/眼神。如果你想知道何为深邃/——超越一切的深邃/仅仅盯着太阳看，把眼睛瞪圆/让身体里一把利剑锵啷出鞘/在日落之前，在汗水浸透衣服之前"（《如果你想知道》）。应当说，这样的完全来自亲历的军旅生活现场感构成了一种"气象"，而这种"气象"在当代诗歌中是比较稀缺的。

军旅诗不应仅仅限于雄浑、壮阔，还必须优美。任何宏大的主题都不应该成为机械的、口号式的、肤浅苍白的诗作的借口。诗人在自己的诗作中必须有灼见，有发现，才会点铁成金，点金成诗。董庆月的诗尽管因年龄原因尚嫌稚嫩，但诗行里也时有诗意之美。比如，他对官兵戍守的雪域高原生活环境的概括："你只有两个季节，而天气五五开/一半是风雨，一半是冰雪"（《鹰飞不过去的地方》）战士们在军歌中行进的场面，在他的笔下也饶有兴味："大风把我们的歌声/无限放大。那边——祁连山/青稞和油菜倒进金黄色的煅烧炉火里"（《沿旗帜的方向前进》）。"青稞和油菜倒进金黄色的煅烧炉火里"，这样对祁连山风物的描述，有着自己独到的诗学见解。

回到巴丹吉林这个词。董庆月的诗中反复出现这个地点："我朝祁连山一瞥，方位是重要的/而我现在跟进的方位，在巴丹吉林/是空中飘扬的旗帜"；"然后喊着番号，轰轰隆隆地/迈开大步，向巴丹吉林边缘走去"。

巴丹吉林究竟是什么？巴丹吉林是沙漠，是军人存在的地方，有军人的地方就会有军旅诗，因此，巴丹吉林也是高声朗诵军旅诗的地方。巴丹吉林沙漠，因为有了军人而成为"生命的绿洲"；巴丹吉林的荒凉，因为有了军旅诗而有了浓烈的色彩与炙热的温度。巴丹吉林是军人的"风花雪月"——"铁马秋风""战地黄花""楼船夜雪""边关冷月"的一部分。它与"死生契阔，与子成说""操吴戈兮披犀甲，车错毂

兮短兵接""醉和金甲舞,雷鼓动山川""八百里分麾下炙,五十弦翻塞外声"等等诗
句和词语一起,共同汇成了波澜壮阔的军旅诗的海洋,共同耸起为巍峨雄伟的军旅诗
的山脉。

巴丹吉林有一个密码,董庆月用军旅诗打开了它。

来临

——顾城和他的诗作

顾城说，最先使他感受到诗的是雨滴。在雨后的塔松上，他看到了无数粒雨滴，里面闪烁着无数游动的彩虹。他说，诗就是理想之树上闪耀的雨滴。顾城用他那细如雨滴的声音，深深地打动了少年的我。

顾城是一个秋天的孩子。他1956年出生于北京。五六岁的时候，他看到一张美丽的明信片，便产生了一种写诗的欲望。他央求姐姐代笔，自己口授了他一生中最早的诗："星星在闪耀/月亮在微笑/我和姐姐啊/等着爸爸回来了。"他记忆中的姐姐，那天穿着一件漂亮的红毛衣。他们把写着诗的明信片寄给了父亲顾工。单位的人都对顾工说，你儿子是个天才。据我所知，顾城真正自觉地转入诗歌创作，应该是12岁左右。一天傍晚，顾城从一堆书里找到了一本法布尔的《昆虫记》，上万种昆虫构成一个无限神奇的世界。无论是闪烁金色光辉的金龟子，还是长着怪诞图案的瓢虫，都令他感受到世界的美丽和神奇。诗像细小的泉水一样，涌出了他稚嫩的心灵。

1969年，顾城一家随父亲下放到农村。在那里，他找到了灵魂真正的归宿。多年之后，他说，"我习惯了农村，习惯了那个黏土做成的小村子。"在那里，候鸟在他的头顶鸣叫，大雁在河岸上沉睡。他可以想象美丽的路，可以直接面对太阳、风，面对海湾一样干净的颜色。

在乡村的日子里，他阅读了大量的文学作品。他的生命在震颤中感受到了诗歌的美丽和纯洁。他写了满满的一本诗，在封面上写下了五个字：无名的小花。

粉碎"四人帮"以后，他把《无名的小花》寄给北京的一份文学小报《蒲公英》。很快，其中的几首诗发表了，《蒲公英》为此销售一空。

顾城当过翻糖工、搬运工、借调编辑。1980年，他再一次成为待业者。1983年，顾城与上海的一位美丽小姐成婚，夫人的名字叫谢烨，也搞一些外国文学的翻译。他们夫妇经常到郊外捉小虫，捕蝴蝶。1987年，顾城应邀到欧洲讲学之后，取道香港去了新西兰，并且基本定居在那里。

1981年，他曾写过一首诗，其中写道："我希望/能在心爱的白纸上画画/画出笨拙的自由/画下一只永远不会/流泪的眼睛/一片天空/一片属于天空的羽毛和树叶/一个淡绿的夜晚和苹果/我想画下早晨/画下露水/所能看见的微笑/画下所有最年轻的/没有痛苦的爱情"……我还想"让所有习惯黑暗的眼睛/都习惯光明"。他为人类带来了诗歌和美丽的梦想。

顾城是中国历史上第一位纯粹的童话诗人，也是第一个把成人深邃的思考和孩子透明的忧伤结合在一起的理想主义诗人。他的诗，是露珠、云彩、火苗和冰花的灵魂所铸就的。他永远属于大自然。

顾城写过一首诗，叫作《我会疲倦》，他写道："我会疲倦/不，不是今天"。那是什么时候呢？他写道，"当我对你说：永远，唯一/当你对我说：唯一，永远。"难道这位童话般的诗人，真是要用死亡来铸就永恒的爱情殿堂吗？

"呵，没有万王之王，万灵之灵/你是我的爱人，我不灭的生命/我要在你的血液里，诉说遥远的一切/人间是陵园，覆盖着回忆之声。"这是顾城一首诗的结尾，这首诗叫作《来临》。当我写下这首诗最后的文字的时候，突然感到诗神降临在我心灵的殿堂里。她在我的心中留下一片异样的光明，并且久久不散。

朴实无华的心灵画卷
——评回忆录《历史使命》

近日，华艺出版社出版了杨斯德同志的回忆录《历史使命》。捧书细读，感慨良多。老一辈革命军人在离退休之后继续发挥余热，将自己的经历感悟整理出来，确是一件好事。对青年官兵来说，这本书是一部不可多得的教科书。青年官兵有朝气、有热情，但相对缺乏人生的经验和工作的阅历，读一读老一辈革命军人的回忆文章，是十分必要的。

杨斯德同志的这部回忆录，可以概括为"奇人有奇事，奇事成奇书"。杨斯德同志可谓"奇人"。他出生于山东滕州，少年时即参加革命，有着丰富独特的革命经历。这位"奇人"做过不少在人们记忆中永久闪耀的"奇事"：解放战争时，他曾秘密作为陈毅将军的代表，做策动国民党军队起义工作，凭着自己的大忠、大智、大勇，策动了国民党军队两万三千多名官兵起义，真可谓"一人堪抵十万军"。新中国成立后，杨斯德同志长期在总部工作。改革开放后，又先后任中央对台办主任，全国政协常委，为促进祖国和平统一而鞠躬尽瘁。

《历史使命》这部"奇书"有以下几个主要特点：一是具有很强的思想性。书中的回忆，充满了对党忠诚、对党的事业高度负责的精神，非常值得青年官兵学习。更为珍贵的是，作者比较详细地记录了他亲身参与的一些重大历史事件。细读下来，对党中央的对台大政方针、"一国两制"伟大构想，以及我军政治工作"瓦解敌军"的原则，都有了更加深刻的理解和认识。二是展示了鲜明的个性。在特殊的工作岗位上，杨斯德同志形成了自己独特的性格。在这部书中，无论是革命战争年代深入开展敌军工作，还是新中国成立后组建空军师的难忘岁月，抑或改革开放后老骥伏枥的奋斗历程，都可以看出，他把中华民族的传统美德与共产党人的优良作风紧密结合起来，形成了对党忠诚、勤奋敬业、磊落光明、稳健果敢的儒将品格。阅读本书，可以学到很多如何做人、如何工作的道理和方法。这也正是此书引人入胜之处。三是文风朴实无华。《历史使命》一书，鲜明地体现了作者的文风。有话则长，无话则短，天马行空，不拘一格。全书的文字非常朴实，似一位充满人生智慧的长者，在向人讲述自己的人生经历和感悟。尤其值得一提的是，他把自己戎马一生的经验体会，专门写了一章《思考与展望》，给人以深刻的启迪。在这一章里，作者真诚地写道："这既是我的历史思考，也是我的一点期望，对年轻人、对广大读者能有一点启迪"。相信作者的这个真诚愿望一定能够实现，相信这部回忆录一定能够激励官兵们忠实履行新世纪新阶段我军历史使命，在伟大的时代画卷上留下自己闪光的足迹。

"道技并重"的意蕴

——评《问学：汪碧刚书法集》

《问学：汪碧刚书法集》（人民美术出版社）近日出版，收录了学者、书法家汪碧刚创作的71幅书法作品。品读之，感到书法集中的作品兼具古典美与现实美，对于读者欣赏中华传统艺术，提高美学欣赏水平都大有裨益。

新时代对繁荣发展文学艺术提出了新的要求，对于书法创作而言，思想观念也应该进入新时代。新时代书法应该是对中华优秀传统文化的创造性继承。诗词、京剧、书法等中华优秀传统文化是"中华民族的基因""民族文化血脉"和"中华民族的精神命脉"，对于增强我们的文化自信发挥着重要作用。书法创作的每一笔里都有渊源、都有出处，很多行家在点画之间就可以看出书家临摹过哪些帖。这是中国书法与传统文化的密切关系。

汪碧刚的书法作品集《问学》即鲜明地体现了这一特点。中国的书法包含很多的哲学思想，比如"和而不同"。我们欣赏汪碧刚的《问学》书法集，里面有很多书写的变化，很多点画的不同，但在宣纸上又如此和谐地呈现出来，这就是"和而不同"。他的书法里既继承了传统，又呈现出一些新的创作面貌。既书写了不少中国古典诗词、文章，也书写了自己探求书艺的《问学散论十五则》等，从中可以看出创造性继承的清晰脉络。

新时代书法应呈现出新的美学气象。一个民族的文化实际上也是本民族的软实力，能够在与世界各国人民文明交流互鉴中发挥重要作用。在《问学：汪碧刚书法集》一书中，汪碧刚比较全面地论述了"问学"与"问道"的关系，进而在古人理论的基础上提出了新时代书法"道技并重"的理念。新时代要有新时代的书法格局，也要有新时代的艺术气象。现在书坛为什么"丑书"一度流行，使书法失去了人民的喜爱，就是因为没有做到"道技并重"。

《问学：汪碧刚书法集》一书较好地体现了作者的实践和探索。其巨幅榜书《美丽中国》《高峰入云，清流见底》等书法作品，气势磅礴，遒劲有力，既可见作者的家国情怀，也可见书法家的学识修养和笔墨功力。由此可见，在打造新时代书法的新气象方面，"道技并重"是一个发展方向，既重道，又重技，以道为本，以技为要，这是中国书法的未来发展之路，也为军旅书法爱好者提供了鉴赏方法和努力方向。

传统文化绽新枝

——评杂文集《未名墨语》

如何深入挖掘中华优秀传统文化蕴含的宝藏，在守正创新中展现永久魅力和时代风采？阅读汪碧刚杂文集《未名墨语》（中国城市出版社），感触颇多。书中收入了作者多年来在《人民日报》等报刊上发表的文章近40篇，按照内容排序，既有论文，也有文化札记和文艺大家的一些访谈、印象记，还有一些关于传统文化的解析论述。

因家乡的缘故，作者与中华文脉中的桐城派渊源颇深，也从中汲取了不少养分。桐城派主张"言有序"，就是说文章要有条理和形式技巧。这本书即有这样的特点，有考据，很严谨。比如《物联网时代汉字教育的问题与对策研究》一文，从引言开始提出互联网时代对汉字教育的冲击，然后讲到汉字蕴含中华文化价值，最后提出自己一些思考和对策，起承转合都很严谨有章法。桐城派还有一个很重要的古文主张，即讲究辞章，也就是文辞精美。这本书中就有不少文笔优美的文章，给人印象比较深的有《书法大家李铎的别样人生》等，把李铎先生写得很传神、很深刻。在这篇文章里面，作者回忆了与老师的诸多交往，写得非常有感情，语言很优美，写出了李铎先生作为军旅文艺战士的高尚情怀和精神境界。

桐城文风与文德教化之风的昌盛，不是那种"半天云里做文章"的所谓作文，而是君子文化的精髓文脉，如雾如气，无形却又无处不在，弥漫于田间地头和古巷新街，"穷不丢书"的传统古训至今仍在传承。桐城文风文气已经形成一股精气神，在一方土地上指导着人们的行为和精神走向，并且为社会的清平安定发挥着潜在的作用。《未名墨语》中的很多文章都可以看出这种文化的传承。可以说，桐城派的文人风骨、雅士之气、至情至性，都在这本书中的文章里得到体现和传承。该书的出版也启示我们，中华优秀传统文化中蕴含着丰富的营养，我们要坚定文化自信，在尊重中继承，在继承中实现转化与发展，使中华传统文化绽放出新的时代光彩。

守正创新向高峰

——徐里和他的油画

笔墨当随时代。一位画家的作品，总是能反映出他所生活的那个时代。"丹青壮怀——徐里绘画作品展"在亮相书画频道美术馆之后，之所以能引起广泛关注和好的社会反响，很重要的一条，就是徐里的画作中体现出了鲜明的时代特征。

习近平总书记在中国文联十一大、中国作协十大开幕式上的重要讲话中指出，"广大文艺工作者要增强文化自觉、坚定文化自信，以强烈的历史主动精神，积极投身社会主义文化强国建设，坚持为人民服务、为社会主义服务方向，坚持百花齐放、百家争鸣方针，坚持创造性转化、创新性发展"，为作家艺术家的艺术创作指明了方向。中国共产党从成立之日起，就是具有高度文化自觉的党，从创建之初就把民族的、大众的、科学的新文化作为自己的方向。我们所追求的新文化是民族的，应该具有深厚的中华民族的文化传统；也是大众的，让广大人民能够接受和掌握；还是科学的，一定要建立在守正创新的基础上，符合文化发展规律，能够展现新的面貌。此次展出的47幅徐里的油画作品，实现了把中国人独特的审美追求融入油画作品，用国际上广为接受的艺术语境，创造出具有中国元素、中国精神的艺术作品。

徐里的油画作品，在精神气象上是属于新时代的。"丹青壮怀"展出的47幅油画作品，都是"从时代之变、中国之进、人民之呼中提炼主题，萃取题材，展现中国历史之美、山河之美、文化之美，书写中国人民奋斗之志、创造之力、发展之果，全方位全景式展现新时代的精神气象。"无论是展现敦煌、丝路的作品，描绘青藏高原的"吉祥雪域"系列，还是以油画艺术表现戏曲人物的作品，徐里创作的这些写意油画，都展现了中国的历史之美、山河之美、文化之美。徐里的油画作品展现出了新时代美术的精神气象，它是博大的、庄严的、壮丽的、昂扬向上的，有别于一些油画作品中所追求的那种小情小调，或是丑化变形。中国油画的发展经历了几次学习西方油画的热潮：20世纪初是第一次，留学欧美的学生引进了油画艺术；第二次在20世纪中叶，学习前苏联的油画艺术；第三次是20世纪末、本世纪之初，对西方现代艺术的学习。但客观地说，这些学习和模仿，是跟在人家背后的"亦步亦趋"，还没有真正实现融合与超越，徐里油画作品的出现，终于展现出了新时代的精神气象，这是值得高度关注的。

徐里说过，油画创作一定要研究中国文化。他说，我画中国山水系列的时候，有意把中国画和书法传统，尤其是中国人的审美追求融入到油画的创作中，在油画中追求中国文人画的本意。徐里的这番话，就是他创作的一个宣言。油画本身是西方绘画艺术，但经过徐里对其技法的"创造性转化、创新性发展"之后，传递出的是中国精神。"丹青壮怀"展出的油画作品《雄峰秋韵》等，用本源于西方的油彩与画布，画出了属于东方的峰峦和劲松，传递了一种不屈不挠的时代精神。《神圣的辉煌》系列，雪山庄严、壮丽，神圣不可侵犯，传递的都是中国人新时代的精神。在徐里的油画作品中，看不到现在有一些现代派油画作品中热衷于表现的比较落后、高度变形、哀伤低沉的那些东西，看到的都是辉煌的、阳刚的、正大的、开阔的，以酣畅淋漓的笔墨传递浩然正气的作品，这是对民族文化的高度自信。徐里说过，中国油画经历百余年的历史发展到今天，如果没有融入中国的文化，中国的环境，一味按照西方要求来画，将永远是欧美人的学生，永远跟着人家走。徐里用油画的技法传递了中国的精神，展现了中国人的审美，这一点也是对中国油画的重要贡献。

在艺术风貌上，徐里的油画真正做到了守正创新。习近平总书记讲"要把握传承和创新的关系，学古不泥古、破法不悖法，让中华优秀传统文化成为文艺创新的重要源泉。"徐里的写意油画，就是守正创新的产物。从"丹青壮怀"展出的47幅油画作品看，除了油画艺术水准达到了一个高度之外，更重要的是构图的方法，处理的空间感觉，都大胆融入了中国山水画的技法。此外，西方的绘画是以写实为核心的，注重对具体物象的刻画，西方绘画也有它的不足，就是意境不够。按照中国传统美学，西画造境的能力还是有提高的空间。徐里的作品，就是把中西文化很好地融合在一起。最主要的，徐里是以中华传统文化为基础，在守住这个"正"的前提下，融合西方的技法再进行创"新"。

徐里的油画里面，最根本的东西还是中国元素和东方艺术的神韵。比如说，传统绘画里边改变透视关系的"散点透视"法，就比西方油画有视觉的冲击力。徐里的油画中有画黄山的作品，把松树放在视觉最突出的位置，如果是西方人，是不会这样做的，西方人是很写实的，他不会把树画那么大，放在这么突出的位置。徐里的油画却这样做了，不但收获了巨大的视觉冲击力，还以鲜明的艺术语言形成了意境，使画面更加深沉、优雅，用油画的技法开创了山水画的意境。他把印象派的绘画理念跟中国画的笔墨意境、写意精神很好地融合在了一起。徐里继承了传统文人画的笔法，又大胆地用油彩展现出墨法，不断丰富了当代中国油画的表现力和表现方式。总之，徐里的油画，画如其人，端庄、大气、浑厚，有意境、有气韵，有很强的艺术表现形式和感染力。他的创作在传统中求变，在当下多元与个性化的时代里，是中西融合的创新范例。这种中西相融的艺术，应该说走向了一个艺术的"高峰"。

徐里的油画作品是深入生活、为人民立象的作品。习近平总书记深刻指出，"广大文艺工作者要把个人的道德修养、社会形象与作品的社会效果统一起来，坚守艺术理想，追求德艺双馨，努力以高尚的操守和文质兼美的作品，为历史存正气、为世人弘美德、为自身留清名。"徐里就是这样做的。徐里创作的每一幅作品，都是深入生活的产物。他几次入藏创作"吉祥雪域"系列，走过了祖国的山山水水，以深入生活的姿态进行创作，为艺术工作者树立了榜样。只有这样的德艺双馨的艺术家创作出来的作品，才更有影响力、说服力、传播力，才能称得上文质兼美。

墨梅三重奏

——品读画家霍春阳的《墨梅》

梅是梅。一树梅花，枝简花幽，多么淡雅、冲和、空灵，尺幅之间，让人可触墨韵之悠远，可品梅花之淡香，可感枝干之柔韧。

梅不是梅。这分明是一种意趣，在空乏单调的生活中探出的精神之枝条；分明是一种境界，在物欲异化的世界里卓尔不群绽放的心灵之花瓣。这哪是梅花啊，分明是霍先生的学养、修为和情怀在宣纸上的流溢与呈现。

梅还是梅。这是独一无二的，可载入中国画史的，属于霍春阳先生的墨梅。

贾浩义其人其画

贾浩义先生是我非常敬重的老师之一。敬重的原因，一方面是由于他的人品，另一方面是由于它超乎常品的国画，以及他对绘画艺术孜孜不倦的追求。贾浩义先生和我虽说没有传道、授业、解惑之类的师生之谊，但多年来，他宽厚正直的人品，以及他的绘画精神一直对我产生着深刻的影响。我从他和他的作品里"习君子之说"，领悟人生的境界，寻找生活的哲思。他并不像一些名人那样孤傲，和他交往让你感到平等而亲近。

贾浩义先生1938年生于河北省遵化县，1961年毕业于北京艺术学院美术系，现为北京画院一级美术师，著有《贾浩义画集》多种图书。作品《人之初》入选奥斯卡罗世界艺术大展，世界第二大拍卖行英国的佳士德，还以上万美金的价格拍卖他的作品。他的大量艺术作品被中国美术馆、全国政协礼堂、香港中环大会堂和英国大英博物馆、澳大利亚博物馆等海内外著名艺术馆及收藏家收藏。

贾浩义先生为人坦诚热情，我随便拈来两个例子，便可见贾先生做人的品格。一年冬天，我和一位青年画家去北京拜访贾先生，当时下着大雪，温度极低，我们深一脚浅一脚地来到贾先生家。因彼此熟识，所以也没什么客套话，一壶热茶，几碟水果，好客的贾浩义夫人忙前忙后招待我们。贾先生也催促我们换鞋、烤火，我们两个晚辈在炉火边休息，看着鹅毛大雪漫天飞舞，颇有些"燕山雪花大如席"的气势。不知不觉已近傍晚时分，我们谁也没注意，贾先生推着自行车出去了，过了一会儿，只见他浑身是泥地回来了。天冷路滑，又下着大雪，他竟自己骑车出去给我们买来了烧鸡、牛肉、火腿肠之类的熟食，因为路滑，他连人带车跌进沟里。还有一次，是去年的年底吧，我的一位诗人朋友筹备婚礼，我们试着发了一封邀请信，告诉他结婚的日期，到了那天，他竟拎着一个包，风尘仆仆地赶来祝贺。

我觉得贾浩义先生作为一位出色画家的同时，也是一位思想家。他的思想最大的特色就是纯粹和宽容。所谓纯粹，是灵魂经历过庞杂万物的洗涤，艰难世事的锤造后所呈现出的清明之境。表现在画上，就种毫不迟疑的笔墨和力度，以及一种近乎禅宗式的纯美和宁静。广为传颂的《人之初》，虽不足以说明这个问题，但从中也可以略见一斑：一个孩子，一个赤着身子撒尿的孩子，充满朝气地站在地平线的边缘，头顶的一轮红艳艳的朝阳，或者你可以说他是云霞或母乳，画面就是这么简单。更简单的是色彩，孩子是焦墨，浑身乌黑，太阳是鲜红，一尘不染，左下方是"人之初"三个字，右上方一方朱红的小印——这就是画的全部。宽容，是贾先生艺术探索中的又一个特点，这种宽容就是在生活和艺术中得到了赖以生存的"本"，从而对生活、对艺术呈现出的一种信心。各种各样的艺术形式在他的思想里逐渐转化为绘画的语言，所以他的画里，你能找到田园诗的意境，绘画的韵律，以及交响乐恢宏的气魄。

在对艺术的追求上，贾浩义最大的特点是投入。他每天都在思索着他的绘画，然后在他那长三米、宽一米半的大画案前，实践着他的构想。他的这种投入，使他在生活中变成了一个近乎于听天由命的人，夫人的生日是几号，孩子的学习成绩如何，他都疏于过问和关心。不过，他并不是陶渊明式的"乐琴书以消忧"，他是在用全部的生命投身于一种处于变革阶段的中国绘画艺术探索之中。他的投入是一种生命的紧迫感，是一种艺术上迫不及待的探寻。我的一位作家朋友说，贾浩义将成为中国绘画艺术的一座里程碑，信斯言。

我和贾浩义先生已结识多年，惭愧的是，竟然得出了这样一篇不成样子的短文。但我觉得，至少这篇小文并不是为了歌颂什么，吹捧什么，我只是老老实实地记下了我的感想。我想，若干年之后，人们看到我的这篇"列序时人"的小文，一定不会见笑的。

对韩羽的三种感觉

久慕韩羽之名。一日造访，颇觉似一笑眼弥勒，世事尽收眼底，幽默诙谐，胸襟坦荡，宠辱不惊。

二次见韩羽。观其画，乍看似出自顽童之手，笔墨随意，线条歪斜，拙意力透纸背。细品则醇厚如陈酿，摄戏、文之神韵于画中，意趣盎然。《促织》一画，将幼童点上翅膀装入罐中，真神思之笔，令人笑中含泪，难辨画境、人生。

三见韩羽。共进晚餐。对坐神聊，忽觉作画之韩羽身着彩翼，翩翩化为蝴蝶，身形翕合于画幅之上。室内融融春暖，顷复为作文之韩羽。二人相视而笑。

作画、为文之于韩羽，同为一体，而韵味各异。当今文坛、画界诸老，能忽文忽画，画文相映，各自成趣，而形、神又超然于文、画之外者，唯韩羽独领风骚。

气韵清雅溢兰香

第一次欣赏杨清茨的画，是一幅牡丹图。最直接的感受有两点：一是有功底。无论是笔墨功夫，还是造型与构图，都颇有法度。细品之，每个花瓣都层次分明，每一笔都有墨色，可见其书画功底的扎实。二是有气韵。在我看来，画作最忌无韵无味，而气韵来自哪里？自然来自画家的学识和修养。杨清茨的画，清雅与古朴交织，传统与现代辉映，笔墨精到，有自我对牡丹的理解，有书卷之气与诗词之境。因此，我把这幅画作以《欣欣向荣》为题，在《解放军报》"长征副刊"发表。

后来，又得以欣赏到杨清茨的画作《问花何处鱼最多》，扑面而来的是一股清新典雅的气质。没有热闹的繁花，只有仿佛从梵音中氤氲出的清雅花枝；没有色泽鲜艳的鱼群，只有几尾灵秀的锦鲤。花枝绽放得那么自然与含蓄，有着中国古典诗词的意蕴和内敛。如庄生梦蝶，如妙玉烹雪，画卷上萦绕着梦，流淌着诗，清雅绝俗，别有韵味。对以陈淳、徐渭为代表的写意花鸟和于非闇、陈之佛等工笔花鸟均有自己独特的解读。所以，我主编的"长征副刊"再次刊发了她的作品，命名为《清秋》。

随着交往的深入，渐知杨清茨不但书画了得，还擅写诗与散文，常有作品在全国各大报刊发表；还曾是一位优秀的主持人，主持过电视节目与多场高规格的文化艺术活动。这也印证了我在她的作品中读出的气质和韵味，是其来有自的。中国自古以来就有文人画的传统。中国文人画是中国历代文人雅士所传承的艺术形态。它是一个综合体，融合了古代的哲学、文学、诗词、书法等多种文化形态。它既是画，也是文化，更是内心。所以才有了画意的书风，书法化的画意，还有诗与画的融合等。我认为，杨清茨继承了中国文人画的传统，把她的阅历与修养融入她的书画作品之中。

后来，又多次到清茨家的四合院，品味她的书画作品。她的篆书，笔势圆融，章法有致，自得其趣。她的行草，点画圆润，气韵内敛，舒缓有致。她的花鸟画作，色与墨相溶相生，枝干灵动，线条流畅，花朵丰腴圆润，洋溢出勃勃生机和强劲的生命力。她的人物题材画作，色彩细腻丰富，着色简朴大气，自有悲悯天下的情怀。总之，近年来，通过坚持不懈的努力，她的书画作品有了令人耳目一新之感，取得了长足进步，逐渐形成了自己独特的风格和样貌。

　　我喜欢在寂静之时，品着醇香的清茗，仔细品读清茨笔下那些颇具书卷气的花朵、鱼虫，捕捉隐藏其间的画境和雅致。其实，每个人的心中都有一片清风、一轮明月，它深深隐藏在你的心中，只有当某一天，你读到一首诗，一幅画，它才会从心底跃出，照亮你的人生之路。

　　杨清茨把她的书画展命名为"雪霁兰香"是非常有意味的。人生的经历，皆可化为艺术的养分。大雪纷飞之后，兰花的香气才会更显醇厚与香甜。这是艺术之境，亦是人生之境。

攻城
——书法家李劲松的"书道"

书道是一座座壁垒森严的城池——篆隶真草行，莫说入城，就是渡过城外的护城河，也绝非易事。

金陵二十六年前。劲松兄与吾同窗，痴迷于书法，数年间常见其以指为笔，在空中勾勾画画。吾尝喟然而叹曰："噫！将事业融入日常细节者，定胸中有大城池也！"

劲松兄一直在谋求"攻城"之道。深研学术，涉猎军旅美术史论，是为侦查"地形"；求学浙美，冥思于西子湖畔，是为研究"战法"；染秋饮竹，日夜纸上行军，是为准备"利器"。

人生不见，动如参商。劲松兄攻城之壮举吾未尝目睹。然读其近作，秦骨汉魂，篆隶相融，洞开古韵新境；朴拙飘逸，劲健婀娜，早已自成一家。嗟乎！劲松兄历时几十载，已攻下几座大城！

攻城之路，甘苦自知。劲松兄不妨假以时日，打通这几座城，然后再信步踱出城来。到了那时，随笔一挥，定是风光无限。

人与词

窗外是海。那一阵阵激昂而又有旋律感的潮音，使我沉浸在这个静谧的夏夜所带给我的平淡和孤独之中。蓦地，有一种近乎于伤感的音节，在我的脑海里反复出现："少年郎、壮心忽跳，双眼含悲离笑……"

我不知道自己为什么会想起这样的句子，也想不出这首词到底是出自谁手。

总之，我觉得它肯定与我的一个朋友有关。

那夜，海水正蓝，清凉的月光洒满了海面。

当我终于彻悟这海边之夜的时候，已是将近一个月之后的事情了。我翻动案头的那本《赵培华诗词选》，整本书的第一篇，赫然印着我脑海中反复出现的那个句子。我终于明白了，我必须为培华兄的这本诗词集写点什么以示祝贺，否则我会感到自己的内心里总是欠缺些什么。

培华兄是大高个子，即使是那副眼镜也未能减少他的英豪之气。我一直以为他是山东人，因为他颇具山东大汉的豪爽和仗义。

培华兄所在部队的驻地有一个美丽的名字：马兰。看到这个名字，我便会自然而然地想起一些优美的东西：譬如说鲜艳的晚霞、泠泠的泉水或者是沉积着几千年黄沙的大漠。

在赵培华的诗词里，就有一部分是描述这种边塞风光的。在他的诗词里，边疆美丽的风光充满了瑰丽的色彩，充满了戈壁与马兰、红柳、风沙、冰雪等景观。他所描述的风景是一种边陲的风景，男人的风景，因此，他的诗词也充满了阳刚之气，给人一种孔武有力的感觉。

这无疑是他的风格和特色，然而并非仅仅如此，他那冷峻深沉、瑰丽神奇的边疆风情里，还能洋溢出前人不曾有过的东西：战士的豪情。一种革命乐观主义的精神充实着词的色彩，也使他的诗词产生出了一种有别于前人的粗犷与豪迈。

赵培华的诗词里还充满着"家事国事天下事事事关心"的味道。无疑，诗人应当是敏锐的，他应当时刻关注着我们赖以生存的这个世界，关注着时代的变迁和生命的价值。从这个意义上讲，赵培华是一位典型的诗人，他的心灵仿佛一个敏感的雷达，伟大祖国的每一次腾飞和进步，火热生活中的每一声战鼓和号角，都能引起他深深的战栗和激动。

他的情感世界是丰富而细腻的，这大概和他淳朴的天性和多年的军旅生活有关。

赵培华一看上去便知，是那种扎扎实实的人。已过而立之年，正在奔向"不惑"的时候，他又来到了南京政治学院读书。据他的同学们讲，老赵干什么事都特认真，一丝不苟。我看过他抄写得工工整整的作文，也见过他很认真地抱着《英语》课本在读。

赵培华还有一部分诗词记录了他个人生活的轨迹，表露了他对亲情和友情的独特理解和认知。在一首《采桑子·南京站送友归程》里，他描述了送友人返回新疆的真切感受："习风细雨寒春伴，送友无言、送友无言，会意心通泪断弦……"此情此景，颇有跃然纸上之意，勾起了人们无限的依恋之情。在他的诗作中，情感很少是直抒胸臆的，它们大多是与身外的景物融合在一起，营造出一种物我交流、情景合一的独特的象征气氛。

我始终觉得真正的诗歌是无需评论的，让读者自己去品尝、体味好了。评论家就是一群研究如何做出美食，美食为什么具有色、香、味等问题的家伙。而读者其实只需要四个字：品尝、消化。

无疑，了解一个人的某些特点，对理解他的作品是大有好处的。因此，我把赵培华的人和词结合在一起写。其实我倒并不想像评论一样精准地点出他诗词的优点和不足（这需要用论文的笔调来写），我只想读者诸君能在品尝赵培华诗词这道"大菜"的同时，再加点油盐酱醋之类的东西。

赵培华大我十几岁，自己竟然以如此轻松的笔调来写他的评论文字，但愿培华兄不会对我说：唉，你这小子！

甄彦苍的仿西雕刻

曲阳石雕始于西汉，盛唐时代审美情趣和艺术风格上有了长足的进步。到了元代，曲阳石雕有了新的发展。新中国成立后，曲阳的石雕艺人更是人才辈出，为新中国的建设事业做出了巨大贡献。首都十大建筑、人民英雄纪念碑、毛主席纪念堂、引滦入津纪念碑等重大工程，曲阳石雕艺人都曾倾注了大量的心血和汗水。

甄彦苍，正是立足于这样的传统之上。这位土生土长的曲阳人，在寻找一条路，一条通向崭新的艺术境界的路。

甄彦苍今年57岁，他那宽大的额头上雕刻着岁月流逝的印记。

甄彦苍喜欢冒险。但他对"冒险"二字的理解是独特的。"从某种程度上讲，世界是由冒险家开创的。"甄彦苍如是说。不错，他一手创办的新英雕刻厂，就是他的"冒险"成果之一。然而，你绝对不会想到他是37岁才开始搞雕刻的。

"山高留明月，村有杏花香。邻水二三家，饭罢话农桑。"这是他所写的古体诗中的一首，舒缓的韵律中透露出的恬淡和豁达，令人怦然心动。

甄彦苍的石雕艺术首先源于他对故乡敏锐的观察。1973年的一天，一件石雕作品在一个庄稼汉手里诞生了：一个上山下乡的女学生，背着背包昂首挺胸地站在山冈上。或许这件作品倾注着他内心中的情感，总之，这个37岁的人终于懂得了把自己所观察和体会到的东西称之为情感，然后再将它塑造成形，成为一种永恒的记忆。

从此，他干起了石雕这一行。由于天生的聪颖，他很快能够将先人的艺术品模仿出来。

在甄彦苍之前，曲阳雕刻走的都是传统路子，而甄彦苍正是把欧美雕刻的技法引进家乡的第一人。在他的仿西雕刻里，完成了对传统的超越，也完成了对欧美雕塑的改造和升华。比方说，他把传统的人物形象加入了西方雕刻的准确比例，同样，他也为他的西方式的雕像融入了一种佛的深邃和博大。

新英雕刻厂是一个花园式的工厂，一排厂房掩映在碧树繁花之中。车间里成型的、半成型的大卫、维纳斯、阿佛洛狄忒们，正在工人们的钢钎下获得生命和价值。甄彦苍正在进行这样的努力——让中西方文化在雕刻中相遇，并且相互交融。

"风雨见证"徐铸成

　　香山饭店斜倚在群峰掩映下的一片山坡上，乳白色的建筑，在早春的氛围里颇为惹眼。此时，香山的腰身上并没有裹满欲滴欲流的红叶，但由于今年部分全国政协委员再次下榻饭店，不免增添了几分忙碌。

　　1991年3月29日下午，我到香山拜访了老报人徐铸成。

　　1926年，19岁的徐铸成怀着对世界的新奇，辗转数地来到与铁狮子坟为邻的北师大就读。时代的洪流，使他产生了不可遏制的创作冲动。不久，他信手涂来的一篇小说在天津《庸报》获征文第一名，几篇新闻作品和译自英文的小说也相继发表。贫穷，对于胸怀大志者是"苦其心志、劳其筋骨"的考验，也是诞生正义、尊严和善良的摇篮，徐铸成就这样半工半读，一边在书海中流连，一边给《国闻社》当一名抄写员。

　　香山饭店的设计新颖别致，建筑与湖光山色融为一体，采光条件极佳。徐老卧室的阳面是茶色玻璃的落地窗，整个屋子显得格外宽敞明亮，摄山色于斗室，听清风于屋中。若不是室内装饰的现代化，真有几分隐士草庐的优雅和温馨。面对徐老的时候，我刹那间感到，自己面对的是一位近代中国沧海桑田的历史见证者。

　　徐老是报界的老前辈，曾亲自参加开创了五个（次）赫赫有名的报馆。他目睹了国民党在大陆土崩瓦解的全过程。他曾在上海"孤岛"与敌伪"搏斗"，在海外和"大后方"宣传抗战正义的事业……

　　徐老曾任天津《大公报》编辑（1929年），参加筹备创刊《大公报》上海版（任要闻编辑，1936年），曾任上海《文汇报》主笔（1938年）。

　　1939年8月，他赶赴香港就任《大公报》编辑主任。1942年，辗转到桂林任《大公报》桂林版总编辑。1944年，桂林沦陷，他又取道重庆主编《大公晚报》。抗战胜利后，他赶到上海复刊上海《大公报》，后又重入《文汇报》任总主笔。《文汇报》被封后，他于1948年3月抵达香港，9月初，创刊香港《文汇报》，任总主笔。1949年5月，重回上海主持《文汇报》的工作。新中国成立后，历任《教师报》总编辑，《文汇报》总编辑，并率中国新闻工作代表团访问苏联。

昔日黑发如墨，今朝白发依稀。回忆以往，徐老感慨万千。在《旧闻杂忆》后记中写道，"尽管我为了不愿说假话，不会善观风向，吃足了苦头，但积习难改，下笔还是要写点自己想写的东西，否则宁可不写。"

透过落地窗，我看到不远处浅青的山冈和隐隐约约的绿色。在一座山冈之上，有一棵高大的松树，经历了严冬的风雪，在春风的和煦之中愈发苍劲和青翠。

徐老回忆着那些风雨故人，语言中透出一种深深的怀念，望着他和蔼的面庞和瘦小的身躯，我难以置信，这就是抗击过国民党、日寇和敌伪军无数次威逼利诱，坚持讲真话的原则，独立自主地办报，一次又一次地从前进的路上爬起，跌倒又爬起的徐铸成？

反动派曾在他的报馆投射炸弹，曾寄给他一只血淋淋的手臂，并声言："如不改写你的毒笔……"但他毫不畏惧，凭着坚定的信念和一个新闻工作者的良知，继续义无反顾地投身于正义和进步的光辉事业之中。1947年，徐铸成在回答蒋介石一个幕僚"劝降"时说，"我们办报的唯一宗旨，就是想代表人民说出几句真话。我虽然年轻，但也做了20年新闻工作，相信能够明辨是非黑白。我们的同事，也都抱着同一的志趣，想为中国新闻事业尽一份力，留一点正气！"

房间东壁上是一幅精巧细致的国画，令你的视觉轻巧又充满了动感。春色不声不响，使你有一种懒洋洋的惬意。

徐老脸上尽是安然，你很难读到多少倦意，更不会想到徐老已是85岁高龄了。他愉快地回忆起与毛泽东、周恩来的交往，回忆起面晤金日成将军和胡志明主席的情景。从鲁迅到徐悲鸿，从赫鲁晓夫到莫洛托夫，这些声名赫赫的人物，都曾接受过他的采访，或与他有过正面接触。

徐老忠贞不渝的品格，使他淡泊于名誉和地位。一些文化界知名人士偶尔说起徐老时，语气里都带有一种深深的敬重。

"四人帮"的倒台，使徐老抖落了两鬓的霜雪，重又提笔了。他说，"我想，在这垂暮之年，还能贡献些什么呢？力所能及的，只有尽快把所知、所闻、所经历的，凡认为对今后可以借鉴的，统统写出来……我自己认为，这是今天我对国家唯一可能的贡献。"

烈士暮年，壮心不已。近年来，徐老用笔拂去了旧日的灰尘，唤醒了往昔的岁月，相继推出《旧闻杂忆》《风雨故人》《八十自述》等21部著作。洋洋洒洒，从容不迫，纵横交织，文采飞扬，徐老在书写着一部中国近代新闻史，也在浓缩着风雨飘摇的共和国前夜和新中国诞生后辉煌曲折的图景。

徐老一直认为，在他所熟悉的十余处地方里，除了故乡宜兴外，印象最好的莫过于保定了。

上海人民出版社的《报海旧文》里，有一篇《古城保定》，用舒缓朴实的笔触，描绘出古城保定的风土人情。徐老饱含深情地忆起"保定三宝"，忆起保定军官学校和达官贵人们常去的"光园"。徐老曾在河北大学读了半年书，他父亲也曾是保定车站的一名小职员。1928年，母亲和妹妹也迁居保定。徐老动情地写道，"这个古老的城市和我们一家三代（如果连已在中学、小学读书的孙儿们，该说是四代了）结了缘，屈指算来，断续已达60个年头，整整一个甲子了。"

徐老打开橱子，端出糖果要我吃。我拿起一块巧克力，将剥开的纸，轻轻地放在烟灰缸里。外面的天气极是晴朗，碧空宛若平山郁夫笔下的湖泊，不时有几只小鸟悠然飞过，留下金色的歌唱。

谈起了徐悲鸿。徐老说，"我和他是在1949年第一次全国政协会时认识的。有一天，他请文化界的朋友到家里饮酒，记得有我，还有叶圣陶和郑振铎。他那天很高兴，特地拿出一份家藏光绪年间的陈酒，酒倒在碗里，黏稠深黄，香气扑鼻。这是我生平品过的最醇的好酒呢。"徐老笑着，仔细地回忆着当时的情景，"郑振铎是很能饮酒的。"他仿佛又回到了逝去的岁月，与老朋友们开怀畅饮了。

"您去过石家庄吗？"我家住在石家庄，也知道徐老在保定住过，自然不免一问。

"常常路过的"，徐老点点头，"当年到太原采访冯玉祥、阎锡山，常路过那里。"他长长舒了一口气，仿佛逝去的岁月，又勾起了他无限的深思。

问起了徐老在上海的生活。

"早晨散散步吗？"徐老微微点头："有时候读点书，然后到外边也走一走。"我想，徐老如今已儿孙满堂，该是怡然自乐的时候了。

说起写作。徐老把身子靠在沙发上，微微合眼，然后说道："有时候写一点，主要寄给香港一些报纸，他们给我开了专栏。在香港，我的笔名是金戈，铸成的一半。上海人都知道金戈就是我。"徐老补充道。

该起身道别了。我祝福徐老健康长寿。

第四辑　补白

放歌强军新时代

"八一"建军节前夕,我的军旅诗集《强军　强军》由华艺出版社出版了。这是我的第15本书、第6部诗集,也是作为军旅诗人奉献给伟大强军新时代的脉动和心跳。

中国特色社会主义进入了新时代,国防和军队建设也进入了新时代。那么,对于广大军旅作家、诗人来说,这个新时代究竟新在哪里?新时代的军旅诗创作如何才能从高原迈向高峰?换言之,能够与伟大强军新时代相匹配的杰出军旅诗在哪里?在这本诗集中,我试着能不能找到一点答案。

新时代的军旅诗,就在强军兴军的伟大实践里,只有拥抱时代,才能激发创作的灵感。习近平总书记指出:"任何一个时代的文艺,只有同国家和民族紧紧维系、休戚与共,才能发出振聋发聩的声音。"与时代脱节,抒写现实能力不够,是当前军旅诗创作的一个短板。一段时间以来,诗人们写历史题材多,写现实题材少;写自身感悟多,写官兵情怀少;写个性的多,写共性的少。不少初学写诗的部队作者问我:军旅诗究竟写什么?我说,就写你身边发生的、过去没有的东西!是啊,党的十八大以来,人民军队发生了多么巨大的变化啊!强力正风肃纪反腐,恢复和发扬我党我军光荣传统和优良作风,重整行装再出发;人民军队组织架构和力量体系实现革命性重塑;军队聚焦能打仗、打胜仗,大抓练兵备战和军事能力建设,全力推进国防和军队现代化……这些伟大实践,都为军旅诗创作提供了丰厚土壤。在《强军　强军》这本诗集里,我从强军兴军的伟大实践中寻找创作灵感,写了古田全军政治工作会议、朱日和阅兵、"辽宁号"航母训练、亚丁湾护航,等等。这些都是强军新时代的忠实纪录。善于发现新时代的诗意,离不开学会捕捉新时代的意象。在诗作中,我捕捉到了潜艇的极限深潜那道"冷峻坚硬的光",捕捉到了部队移防之夜在官兵心中闪烁的"刻满雷霆和闪电"的巨大羽翼,捕捉到了空军金头盔竞赛中"快于光"的思维闪电……这些都是过去的军旅诗作中不曾出现过的意象。

新时代的军旅诗,在官兵戍边卫国的汗水里,只有深扎军营、走近官兵,才会收获诗意。坚持以人民为中心的创作导向,把广大基层官兵作为主人公和"剧中人",是军旅诗人必须把握的创作导向。作家、诗人们不能离开生活,空调房里永远不会有真正的风景。作为新时代的军旅诗人，就要主动地离开办公室、书房，把自己诗歌的根深深扎在军营的土壤里。可以这么说，真正的军旅诗，就在战争的硝烟里，就在练兵备战的沙尘里，就在战士刻苦训练的汗水里。这部诗集中的诗作，真正打动读者的，都是来自强军兴军一线的作品。2016年，我在一个边防部队采访，适逢部队正在准备移防。官兵们舍小家顾大家、舍亲情顾事业的举动深深感动了我。在那些钢铁的营盘里，战士们自觉做一个"流水的兵"。他们有的家属刚刚随军、孩子刚刚找好学校，但一声令下，他们就要到一个陌生的地方驻防，用自己的实际行动支持军队改革的历史大业！我含泪写下了《移防之夜》一诗："这漆黑的夜晚空无一人/只有马蹄声碎"。这时，我把官兵们想象成承受断尾之痛的壁虎："失去团队，就如同翅膀失去风和天空/所以，我要走，就在今夜/亲爱的，我现在就变成一只壁虎/请你紧紧咬住我的尾巴——/让我剧痛/也让我重生"。如果没有那次深夜的采访，没有八百里边关的跋涉，就不会有《移防之夜》这样的诗篇。

新时代的军旅诗，在不断打磨的提炼中，只有提高艺术水准、形成自己的风格气象，才能把"主旋律"化为战士心中回荡的"真旋律"。当前，与过去的辉煌相比，军旅诗创作之所以面临着影响力下降、读者群减少的问题，有一部分原因是没有形成新时代军旅诗歌的气象和格局。一方面，一些诗人只强调思想性而忽视艺术性，把军旅诗写成了大白话，写得太生硬，官兵们不爱读、不认可。另一方面，有些军旅诗远离时代、喃喃自语、基格灰暗，官兵们也不爱读、不认可。在这部诗集里，我尽量做到诗人的主体性与人民性的统一。我认为，脱离时代的呐喊，只能是喃喃自语；远离生活的激情，只能是无病呻吟。没有艺术性，军旅诗就不能打动人、感染人；没有思想性，军旅诗也只能是纸草、塑料花，不可能有生机和活力。

越是重大的历史事件，越需要"感时花溅泪"般的个体生命体验，只有这样，文学才不会流于直白，流于空洞，流于口号。在书写人民解放军进驻香港这一重大历史事件时，我选择了"火焰、刀锋、花海"这三个意象，用三首诗围绕着这三个意象尽情铺陈和表达，让情感的烈马找到了合适的骑手。在写老连队时，我让自己的回忆如魔盒般一层层打开，让老营盘最后出现，升华为"精神的舍利"，这样的表达是个性表达，也是新鲜的共性表达，更是用个体生命吟唱历史。优秀的军旅诗人，一定要在艺术上反复打磨，形成自己的特色、风格和气派，将鲜明的艺术特性和强烈的时代气息融为一体。只有这样，才能让军旅诗在艺术上大放异彩，真正走进战士心灵，成为伟大强军新时代的合格见证者、书写者、讴歌者。

我们都是"守岛人"

电影《守岛人》即将公映的消息在网络上引起热议。我在朋友圈也转发了解放军报客户端的相关消息，并加了一段按语："一件事，一辈子！6月18日去影院，看八一厂厂标，听那曾经暂时沉寂的旋律再次响起：有些事情，哪怕只剩下0.013平方公里的阵地，也值得我们坚守32年……"

我又想起了王继才。想起了在《中国作家》纪实版首发的反映王继才先进事迹的长篇纪实文学《万里瞻天红旗扬》（和王志国合著）。

是啊，在几乎与世隔绝的、只有0.013平方公里的、曾经没有电没有淡水的小岛上坚守了32年，王继才有着怎样坚韧不拔的毅力啊！

王继才生前是江苏省连云港市灌云县开山岛民兵哨所所长。从1986年开始，他奉命守卫开山岛，和妻子一起，32年如一日坚守孤岛，把人生最美好的年华无私奉献给国防事业，曾荣获"时代楷模""感动中国2018年度人物""最美奋斗者""全国优秀共产党员"等荣誉称号。2019年9月17日，国家主席习近平签署主席令，授予王继才"人民楷模"国家荣誉称号。

2018年10月，我领受了创作反映王继才先进事迹长篇纪实文学的任务。领受任务之时，压力之大可想而知：我是中央军委机关报《解放军报》的一个部门主任，自己本身就承担着繁重的工作任务，创作只能全部利用业余时间。

于是，利用业余时间，我搜集了20多万字的文字材料。利用业余时间，我两赴开山岛采访。还到天津、南京、连云港等地采访了王继才的子女和亲朋好友。在开山岛上，我循着王继才巡逻时走过的路，一级一级地数着台阶。在连云港，我沿着王继才大女儿王苏保障父母守岛时曾无数次走过的小路逡巡。在天津，我与王继才的儿子王志国数次进行长时间的对话。在南京，我听王继才的小女儿王帆讲小时候在岛上的云淡风轻而又惊心动魄的往事。

我至今记得，在船上第一次依稀看到小岛时，那褐色的岩石、黄色的海水、绿色的植被、白色的灯塔、鲜艳的红旗深深震撼了我。我感觉有一种光芒深深刺痛了我。我说："不理解开山岛的人看不到这种光芒；不理解王继才的人也看不到这种光芒。"

我至今记得，王苏那双因过早承担生活重担而变得十分粗糙的手……

有了比较深入扎实的采访，心里有了点底。但过了采访关，还要过构思关。于是第二个难题出现了，作品采用什么样的结构？对于一部长篇纪实文学，作品的结构或许是最重要的。在构思作品的结构方面，我费了很大的心思。难在哪儿？空间太小，王继才夫妇在一个小岛上生活了32年，可以说每天面对的几乎都是同样的事情：升旗、巡逻、记日志……报告文学不能成为流水账啊！

苦恼中，我和解放军出版社副总编辑（时任军事图书编辑室主任）丁晓平的一次电话，启发了我的思路。他说，围绕着家国写吧，标题可以叫《家国》。我灵机一动，想到了诗：用诗的结构！

于是，这篇长篇纪实文学的结构基本出现了——三幕"诗剧"。第一幕《岛》，写王继才的生存环境；第二幕《家》，写王继才和他的家庭为了守岛做出的牺牲奉献；第三幕《国》，写王继才守岛的价值和意义。

经过几个月的艰苦创作，长篇纪实文学《万里瞻天红旗扬》（解放军出版社出版时书名为《家·国："人民楷模"王继才》）终于创作完成了。作品在《中国作家》纪实版发表之后引起了比较大的反响。《人民日报》《解放军报》《光明日报》等中央媒体纷纷刊发评论，称赞该书"是一部有境界、有情怀、有温度的优秀图书"，"写出了新时代奋斗者的价值追求"。在今年1月揭晓的第五届全国党员教育培训教材展示交流活动中，该书获得"优秀教材奖"。此外，还获得了第八届"徐迟报告文学奖"优秀奖。

在《万里瞻天红旗扬》中，我尝试了跨文体写作。有评论指出，新闻、小说、散文、诗歌等多种文体要素在这部纪实文学中得到了有机融合，使文本兼有小说的悬念、新闻的简洁、散文的抒情、诗歌的灵动。"巧妙营造戏剧性的冲突场面，成为本部作品的一个突出亮点""写作者借鉴电影与纪录片的表达技巧，用立体的思维与角度观察人物，使作品富有画面感"。还有评论指出："诗意的叙述也是本书的一个鲜明特点。诗的规矩在于格律，或者说旋律。本书就像一部诗乐，作者选排故事的重点不在时间、人物等逻辑线索，而是将主题化作一个指挥棒，统领演奏着王继才的一生。"

创作《万里瞻天红旗扬》，是一个艰辛、痛苦而又难忘的过程。采访、写作之后的日子，我常常和王继才相遇，换言之，王继才的守岛精神深深地影响了我。工作中遇到了困难与烦恼，我时常会对自己说：你的困难有王继才遇到的困难大吗？王继才能坚守32年从不退缩，你遇到一点困难就要退缩吗？

王继才的事迹为什么引起如此巨大的反响？因为能引起每一个人的共鸣。

其实，每个人的心中都有一座"开山岛"，每个人都是自己人生的"守岛人"。对于写作者来说，文学的高地就是"开山岛"，艰苦的创作过程就是"守岛"的过程。

为什么坚守，因为热爱。电影《守岛人》中，主人公王继才有一句话：一辈子做好一件事，就不亏心。

每个人都是如此，我们都是"守岛人"。

只要坚守，时光的潮水就冲不走你心中的"开山岛"。

我不会"躺平"，因为我的心中有爱。

青春季，我参加了作家培训班

那时的我，不是现在这个样子。那时的我，刚刚步入而立之年，正是"指点江山、激扬文字"的时候。文学之梦绽放得如盛夏正午的蝉鸣和夏夜池塘里的蛙鼓。

那时的文学，也不是现在这个样子。刚刚进入新世纪，文学虽不及二十世纪八九十年代那样万众瞩目与洛阳纸贵，但也还是有一些勇于献身、甘于默默无闻的耕耘者、跋涉者，军队还有一支没有被市场经济大潮和其他外力冲刷得七零八落、颇有朝气与希望的创作队伍。

2001年6月初，我以驻香港部队首任新闻干事的身份，接到了广州军区政治部创作室给驻香港部队政治部的通知，要我参加由总政宣传部艺术局主办的全军青年作家培训班。艺术局是主办方，具体承办的是《解放军文艺》编辑部和解放军艺术学院轮训队。

其实，我搞文学创作纯属业余。入伍之前，喜欢写点诗，也发表了一些诗作，因此被来家乡招募新兵的北京卫戍区某部接兵干部看中，于1990年3月入伍，当上了战士报道员。1992年《解放军报》的"连队新闻"还刊出过《战士刘笑伟入伍两年出版两本诗集》的报道。1995年，我从解放军南京政治学院新闻系毕业后，有幸被选调到正在组建中的驻香港部队。1997年7月1日，亲身经历并参与报道了香港回归祖国、人民解放军进驻香港的神圣历史时刻。有这点生活底子，我在《解放军报》《解放军文艺》等报刊创作发表了一些诗歌、报告文学和小说。出版了长篇报告文学《世纪重任》（合著）、《震撼世界的和平进驻》（合著）和诗集《歌唱》等。参加这个培训班，是时任《解放军文艺》副主编王瑛推荐的结果。

对于《解放军文艺》，我既心存敬意，又心怀感恩。2016年8月，我给中央军委后勤保障部首届文学笔会的学员们谈过一次创作体会，其中就谈到了，我的重要作品几乎都是在《解放军文艺》刊发的，写出自己满意的作品，首先想到的也是给《解放军文艺》投稿。

记得我还说过这样一句话，《解放军文艺》是军队作家的家，也是军事文学作品的家。之所以这样说，是因为《解放军文艺》编辑部有着悠久的关心、帮助作者的好传统。试举一例。我从香港到编辑部送稿，返回招待所前，编辑部的领导会细致地问清你的驻地，然后为你规划返程的路线：如果打的，走哪条线路最划算；如果坐公交，坐哪趟车最省时。《解放军文艺》的编辑们，正是以这样的优良作风，团结了一大批军队作者，并使他们把编辑部视为温暖的家。

在这种温暖的感觉中，培训班开课了。

天马行空的教学

大概是解放军艺术学院教学场地有限，培训班确定在空军指挥学院的北院招待所举办。这个招待所的地理位置紧靠西四环，就在昆玉河边。

跟班教学的有时任总政宣传部艺术局副局长的汪守德和《解放军文艺》副主编王瑛，以及解放军艺术学院轮训队的领导。多年之后，我还向汪守德局长谈到了这次培训班，谈到了培训班对自己的巨大影响。

2001年6月10日，一个晴朗的夏日，我来到空军指挥学院北院招待所报到。参加培训班的，一共有来自全军的27位青年作家。有已经出名的，如当时总装备部的陈怀国，也有像我和301医院的李骏一样，还在创作道路上探索的业余作者。

最开始，我对培训班的课程能够吸引自己半信半疑，大概是觉得刚刚走出军校不久，又去上课会很枯燥吧。

然而，我错了。这次培训班安排的课程，精彩得出乎我的意料。从6月11日开班，到6月29日结业，一共安排了18节课，每节课都是本领域的名家大腕来授课。这些名家中，既有军内的，也有地方的；既有文学领域的，也有其他艺术门类的。

6月12日，王蒙给我们讲授了《文学的挑战与和解》，第一次近距离地听名家讲课，大家都很兴奋。我还记得一个细节：来自河北海兴县人武部的青年作家李浩，坐在我身边，反复斟酌准备给王蒙先生提问的问题，在纸条上写了好几遍。

中央戏剧学院的丁涛教授来了。他给我们讲授当代戏剧的现状，向我们发出了"你独立地存在过吗"这个振聋发聩的问题。解放军艺术学院的张志忠教授，给我们讲了世纪之交作家笔下的历史与现实。他讲到了刘醒龙的《痛失》，柳建伟的《英雄时代》，阎连科的《坚硬如水》，王蒙的《狂欢的季节》，以及铁凝的《大浴女》等作品。

6月14日上午，中国社会科学院文学研究所所长杨义教授，给我们讲授了《中国叙事学》。他讲到了什么是叙事时间，什么是历史时间，以及时间在文字中的流动速度。6月15日上午，北京大学比较文学研究所戴锦华教授给我们讲授了《大众文化包围下的文学》。她谈到了在转型期，大众文化代替了经典文化，构建和影响着社会文化；大众文化多样化的表象，掩盖了单调的本质，涸尽了文化想象的空间——这何尝不是一种真知灼见，给我们带来了深刻的启迪。

6月16日上午，八一电影制片厂文学部主任周政保给我们讲授了《新军事时代的军事文学创作》。给我留下深刻印象的是，他谈到了军旅文学作家书写现实缺乏现实感的问题。他谈到军事题材小说创作题材选择的失衡问题：书写战争少，书写和平生活多；书写现实生活的少，书写以往生活的多。当时，他的一句话，给我留下了深刻的印象：一个军旅作家，哪怕是书写和平题材，也要用战争的目光！

接下来，时任解放军艺术学院训练部副部长的朱向前教授，讲授了《文学生长点在世纪之交的寻找与定位》，武警电视艺术中心副主任丁临一，讲授了《青年作家的位置与使命》。解放军文艺出版社副社长黄国荣，讲授了长篇小说的创作问题。他为改革开放以来的小说创作划分了三个年代：英雄时代、平庸时代和职业时代。他分析了优秀作家们创作的视角，提出了作家的根本任务是"发现"。北京大学中文系的曹文轩教授，讲授了《论艺术感觉》，他说，一个感觉正常的人是难以成为伟大作家的。一个作家存在的理由，就是将自己个人的记忆和感觉通过文字表现出来。时任空军创作室副主任的乔良，则通过对中国成语的解构，深刻指出中国的文坛缺少思想家，对某些作家快速成名的方式方法给予了辛辣的讽刺。作家出版社社长张胜友通过讲授《文学与市场》，给我们上了一堂生动的作家如何面对市场经济的课。

还有几堂与文学并非直接相关的课，也给我们留下深刻的印象。比如说北京大学经济研究所副所长刘伟教授讲授的《中国当前的经济形势》，北京电影学院倪震教授讲授的《亚洲电影发展趋势》，中国艺术研究院电影研究所副所长贾磊磊教授讲授的《军事及动作型影片》，中国音乐教育协会的周荫昌教授讲授的《音乐艺术与人的素质》，中央美术学院邵大箴教授讲授的《中外美术思潮》，新华社军分社陈虎讲授的《国际军事战略》等。

写下这篇文字的时候，已是17年之后的又一个夏天。那一堂堂天马行空般的讲授，至今依旧生动地存在于我的记忆之中。招待所二楼那间课堂，窗口照射进来的阳光，至今还在我眼前晃动着。有时，我会有些伤感地想：现在再办一个文学培训班，还能请得动如此多的名家吗？名家们还会有时间、有精力、有耐心，无私地给文学爱好者们讲课、和他们平等地交流吗？当年听课时我们身上散发出的文学的理想和情怀，到今天还剩下多少呢？

同学们

我又翻开了当时培训班的同学录，一张张比现在年轻得多的面孔出现在我的面前：有东海舰队的史一帆、济南军区空军的陶纯、成都军区空军的张子影、广州军区空军的谌虹颖、兰州军区的任真和王族、济南军区的康桥、北京军区的苏学文和李浩、成都军区的王曼玲和许明扬、南京军区的黄雪蕻、武警的衣向东、301医院的李骏、二医大的汤宏，以及沈阳军区的王伏焱、张立江、曾剑，总装的陈怀国、王秋燕和毛建福，《解放军文艺》编辑部的文清丽和王洪山，还有军艺的黄恩鹏、唐韵和杜离。最早的名单中还有辛茹和祁建青，但因为种种原因没有见到他们来上课。

在众多的同学中，我第一个见到的应该是陈怀国了。他来报到时，我就在他的身后。陈怀国当时已是青年作家中的名人了，短篇小说《北纬41度线》获《解放军文艺》年度优秀奖、《疏勒河故道的赶驼人》获1991年《人民文学》优秀奖、《荒原》获第四届青年文学奖、《毛雪》获《人民文学》创刊45周年小说新人奖、《黄军装黄土地》获《昆仑》年度优秀小说奖。令我念念不忘的，是他那篇小说《毛雪》，以及小说所吟唱出的"农家军歌"。他说话条理清晰，且总是带着一脸憨笑。多年之后，我们常以会议代表、评委等身份坐在一起，如今他写了很多电视剧，经常东奔西走于各类开拍仪式。在谈笑间，我还时常能想起那个夏日的下午，我走在他身后时，看到他肩上流淌下来的明媚阳光。

女同学里，因为工作关系，后来见面比较多的算是文清丽了。因为文清丽一直在《解放军文艺》当编辑，我也经常参加《解放军文艺》组织的一些活动。当时，文清丽在小说创作领域已小有成就，短篇小说《盼》曾获总后勤部第六届军事文学奖。文清丽不但是一位好作家，也是一位好编辑，听她的同事们说，文编辑约稿时的"软磨硬泡"功夫是非常了得的。在微信朋友圈里，她也经常晒一晒自己编辑的作品被各大选刊选载的情况。我常在《小说选刊》等各大文学期刊上读到她的小说作品，感觉越写越有自己的品位与风格。曾读到过一篇文清丽小说的评论："诗情的坚持、守望与功利世界的困扰或许是倾诉者文清丽内心的一个心结。倾诉与倾听构成了文清丽的多面，也成就了其作品的丰富多彩。"信哉斯言。

2017年8月，《解放军文艺》编辑部组织著名军旅作家徐贵祥一行7人到安徽省金寨县开展采风活动，我又见到了作家班的同学陈怀国、陶纯、衣向东和文清丽。

在上青年作家培训班之前，我就经常在《解放军文艺》上读到陶纯的小说，他的小说经常选取革命战争题材，写得非常成熟稳重。之后，他在创作领域取得丰硕成果，出版了长篇小说《芳香弥漫》《阳光下的故乡》等，另外与人合作写出了电视剧本《我们的连队》《红领章》《雄关漫道》等。作品两次获得中国人民解放军文艺大奖，两次获"全军新作品奖"一等奖，以及《人民文学》杂志优秀作品奖等奖项。2015年4月，他的长篇小说《一座营盘》由人民文学出版社出版，并迅速在读者中引起强烈反响。就在不久前，我收到了他新近出版的长篇小说《浪漫沧桑》，在这部长篇里，他探讨了"革命时期的爱情"，通过女主角余开贞跌宕起伏的一生，展示了新女性对爱情的追寻和坚守，书写出了个人无力与历史洪流抗争的沧桑感。在小说中，他既写出了历史的复杂性，更写出了人性的光辉。

衣向东的小说，转载率和获奖率都比较高，当年他是《小说选刊》《小说月报》的"常客"。他笔下的军营中的各种小人物活灵活现，令人难忘。《吹满风的山谷》《我是一个兵》《老营盘》等，是他中短篇的名篇。后来，他出版了长篇小说《一路兵歌》《牟氏庄园》，还创作了电视剧剧本《我们的连队》《东西南北兵》等。在金寨采风的日子里，他的乡音——山东"栖霞"口音，常常给大家带来无尽的欢乐。他总是很认真地说："在国家普通话评级考试中，我被评定为二级甲等，有证书。"

在当年的同学中，有两位转行很成功。一个是原《西北军事文学》主编任真，他"跨界"画起了国画。任真出道也比较早，出版了散文集《依然认真》，长篇随笔《品读历史》，长篇报告文学《边关》《亲历国家行动》和《任真获奖报告文学选》等。近年来，他开始国画创作，已有多幅作品发表或参展。他的同事、军旅诗人马萧萧说，在照相机和摄像机早已普及的当今，如何突破传统国画的程式化，为山川万物整形、请神、喊魂，在笔下展示出我们肉眼所罕见、所不见、无法见的东西？有知识之士、有才情之士理应先行。任真尚在路上，却已给我们带来了一丝惊喜！

另一位转行的同学是王伏焱。在参加青年作家培训班前，王伏焱在文学创作之路上比较活跃，曾获1996年《解放军文艺》优秀作品奖，并于1999年和2000年连续两年获得全军新作品奖。我读过他的《高雪部队》，感觉其创作有着鲜明的地域特色，人物个性也非常鲜明，并且行文干净，很少有多余的话。自主择业后，王伏焱选择了油画创作。某一天，他在微信里给我发来一幅油画作品《彩霞满天》。画面有两个视角，一个是俯角，以上观下，一位牺牲的红军女战士仰面卧在草地之上；另一个是平面视角，表现的是草地上的一个树杈。这个树杈，我想有两个功能，一是暗示树下的"水面"，二是引导观者的视线。整幅构图是"巴洛克"风格，以对角线强调动感和人物牺牲之前的悲壮。我想，他是在用浪漫主义手法处理悲情题材，以期形成强烈对比效果。看过此作后，我对不少人都说过，王伏焱转行是比较成功的。

2017年5月，我参加了张子影同学长篇报告文学《试飞英雄》的研讨会。在研讨会上，我说，《试飞英雄》是一部在和平时期讴歌英雄、唤醒血性的探寻之作。和平时期怎样塑造英雄，怎么样唤醒血性，《试飞英雄》带给我们很多启示。在青年作家培训班时，张子影是以女诗人的身份亮相的。记得当时她给我送过她的诗集。如今，她更多地侧重于编剧，创作了话剧《甘巴拉》、音乐剧《生死抉择》、电影《生死之间》和电视连续剧《新女驸马》《我爱芳邻》《佛宝传奇》等。

今年6月，《解放军文艺》编辑部和国防科技大学政治工作处联合在长沙举办了"诗颂强军新时代"全军诗歌创作笔会。在笔会上，我与当年的同学史一帆、谌虹颖又见面了。史一帆一口浓重的浙江口音，交流起来常常需要猜测他讲了什么。他诗写得不多，但质量颇高，有点"湖畔诗人"的意味。去年，他的诗作《静海苑》获得由《解放军文艺》杂志和《诗刊》杂志联合举办的"纪念中国人民解放军建军九十周年"军事题材诗歌大赛一等奖。同学时，他曾送我一本他的诗集《生命的悬崖只有鹰能描述》，我想，这个书名也是他创作风格的一个描述。2010年1月，我和他同时荣获首届"全国十佳军旅诗人"奖，颁奖时在西安见过一面。后来，他在浙江宁波过起了"隐居"生活。在长沙见面后，感觉话更难懂了。他解释说，一段时间以来，只和当地的渔民打交道，说的都是本地土话。

著名评论家朱向前老师写过一篇文章，谈到军旅诗坛女诗人的状况。他说，只剩下几个编制在专业创作室的女诗人在孤独起舞。1997年，解放军出版社给她们出版了一部诗歌合集，并取了一个现在看来寓意深刻的书名《火中舞者》。这本6人的诗合集作者中，就有谌虹颖。可见，她也是军旅诗坛成名较早的一位。在培训班里，谌虹颖比较低调，话不多，但诗写得好。在长沙，我们再次见面时，又读了她在《解放军文艺》诗会增刊上的诗作，感觉意境开阔，语言饱满，诗意盎然。殷实编辑说，谌虹颖的旧体诗也写得好，虽未有机会读，但认可殷实的话，因为从现代诗中，可以读到她语言的源泉。

在当年的培训班上，有四个初出茅庐的"小人物"，除了我之外，还有李浩、李骏和曾剑。当时，我们的共同话语比较多，业余时间里常在一起散步、聊天。李浩尚未成名，却颇有锋芒。结业后，我们一直保持着联系。后来，他凭着短篇小说《将军的部队》荣获第四届鲁迅文学奖。此外，还得过蒲松龄全国短篇小说奖和庄重文文学奖。他用现实镜像建立了一个自己的世界，这是一个具有魔法般的世界，这个世界折射出的是充满寓意的光芒。今年3月，"中国好故事写作营·千岛湖营地"在浙江淳安正式成立。作为营员，我和李浩都参加了开营仪式。多年之后再聚首，彼此的变化都很大。我们还像多年前一样，在千岛湖边散步，谈文学，聊人生。他送我一本最新出版的小说集《灰烬下的火焰》，在宾馆房间的书桌上，他略做沉吟，在扉页上工工整整地写下了：给我多年的兄弟、亲爱的同学笑伟。

和我一样，李骏当时只是一个小干事，当然现在他也成长为主任一级的领导了。他的作品《英雄魂》《英雄血》《英雄泪》《英雄表》等，构建了一个英雄的文学世界。我们也一直保持着联系，也熟悉彼此的成长轨迹。后来，李骏深入研究自己家族和家乡的革命史与成长史，以母亲三个相关家族革命中和革命后的际遇为历史背景，创作出了长篇小说《黄安红安》。《解放军报》长征副刊刊发过这部小说的书评，作为军报文化部的领导，我签呈大样写下自己的名字时，写得格外认真。

在我看来，曾剑的才华在同学中并不算特别出众，是对文学的热爱和坚守成就了他。培训班结业后，他出版了长篇小说《枪炮与玫瑰》、小说集《冰排上的哨所》等。有多部作品被《小说选刊》《中篇小说选刊》《新华文摘》等转载。朱向前老师说，"他用舒缓的笔调，从容不迫地书写着普通士兵的故事……用心感受，用笔书写，用春日般的人性美温暖着为生活奔波的人们"。培训班结业时，举办过一次联欢晚会。其他的节目我都忘记了，唯有曾剑表演的独舞让我记忆犹新。他一身西北农民打扮，舞姿并不优美，甚至有些僵硬。但他的手臂坚定地尽力伸向高处，那是一个人的躯体抵达不到的远方。

业余生活及其他

因为年轻，所以美好。在课堂上汲取丰富养分的同时，培训班的业余生活也可谓非富多彩。

在昆玉河边散步，是晚饭后的一大乐趣。那时，我经常和李浩、李骏等漫步河边，畅谈理想和人生。晚风如烟，夕阳似酒，人生快意，不过如此。当年的昆玉河边，留下了多少军事文学跋涉者的足迹啊。

还有几件事，值得一提。一个是每天晚上，培训班都会组织放映一些对文学创作有启发的电影作品，供大家自由观看。其实，这是一种很好的教学方式，我至今仍能记起韩国电影《八月照相馆》在展现细节方面对我创作的启迪。

还有一次，解放军出版社的领导请大家吃晚餐，说了一些鼓励的话。大家都很高兴。在返回的车上，大家情绪高涨，王曼玲同学还高歌一曲。她唱歌的内容已记不得了，但那高亢入云的音调，火热四溢的青春，让大家十分难忘。青春无限美好，因为有随时流淌的梦想，有随时而来的歌声，还有随处可以吟诵的抒情诗。

印象中，培训班还组织参观了中国现代文学馆。在展厅里，大家看到一个个现当代文学巨匠的掌印，内心里既有崇敬，也点燃着渴望。当时我最感兴趣的是一个电子显示屏，可以触摸查阅中国作家协会会员的名字和照片，当时自己是河北省作协的会员，能够成为中国作协的会员，是最大的梦想之一。

在那个丰沛而充实的6月，培训班还组织参观了在国家博物馆（当时叫中国革命博物馆）举办的"肩负人民的希望——纪念中国共产党成立八十周年图片展"，组织欣赏了空军的建党八十周年文艺晚会。为了提高大家的阅读视野，还专门组织了到西单图书大厦采购图书。

那是一个个梦幻般的日子，那是一个个因为文学而充实饱满、与众不同的日子。

遥远的回响

美好的记忆，就是在岁月中熠熠闪光的舍利子。它永不褪色，所放射出的光华，无声，清澈，让人的心安静，让人的身体充满无言的力量。

从全军青年作家培训班返回驻香港部队后，我遇到了生命中一段灰暗的日子。主要是转换了工作岗位，工作上存在诸多不顺。在这样的环境中，支撑我的是文学的梦想。在此期间，我写下了后来获得"全军文艺新作品奖"二等奖的一些诗作，写下了获得"全军文艺新作品奖"三等奖的中篇小说《放牧楼群》。炎热的夏天，我的宿舍在办公楼一楼，明令不许开窗。我拉着窗帘，在蚊帐中写下一篇又一篇文章，每一个字都是一滴汗水。直到2002年5月，我再次返回香港，开始了军旅生涯中第二次"驻港时光"。

2005年12月，我从香港返回内地，到广东省军区任职。几个月后，调到总政办公厅秘书局工作。在高级领率机关工作的日子里，支撑自己应付繁杂工作任务的，还是那束文学的光芒。2015年9月，我从副师职秘书的岗位，到《解放军报》社任文化部副主任。这是我人生中，继迎接香港回归之后，迎来的第二次回归。这是一种心灵的回归。

2016年金秋，我有幸出席了中国作协九大，并当选为中国作协第九届全国委员会委员。2017年2月，中国作协书记处研究并通过了军事文学委员会委员名单，我也忝列其中。这是多年之前，自己从不敢有过的梦想。

2018年5月，我参加中国作协的全委会。会上，一些老作家出于对军事文学的深深热爱，直言不讳地表达了对今天军事文学现状的忧虑。是的，今天，由于军队改革调整期间部队对文学的重视程度不够、人才队伍出现青黄不接等原因，文学没有很好地完成反映火热时代的任务。与深化国防和军队改革的广度和力度相比，与这场重塑重构后焕然一新的我军体制和结构、发展格局和部队面貌相比，与这场改革对官兵心灵带来的洗礼和冲击相比，我们的文学创作显然落后于强军实践。但正是因为参加过那次青年作家培训班，我懂得了，任何时候，我们的文学梦不能破灭；任何地点，我们文学的敏锐触角不能迟钝。只要坚持下来潜心创作，多年之后人们一定会说，那是一个能够产生精品力作的伟大时代。

2001年6月底，我们从全军青年作家培训班结业时，都收到了一本印制精美的《同学录》，打开这本红色封面的通讯录，首页有一个"前言"，上面写着：每一串脚印都牵着道路远行，每一双眼睛都闪烁灿烂星辰；每一双翅膀都撑起蓝天风景，每一种思情都化作细雨缤纷；每一颗心灵都珍存一段故事，每一个身影都站成一座山脉；每一次跨越都是人生的奔腾，每一次吟唱都是青春的回声。

是啊，17年之后再回眸，我们因为文学的梦想，实现了一次又一次人生的跨越。每个人心灵中珍存的故事，都是那么的精彩。

2001年夏天的美好记忆，如诗，如歌，在我的青春岁月里留下了难忘的印记，每一次回眸，都会传来青春的回响。

给什么，都不如给人一个梦。

教什么，都不如教会对梦想的坚持与热爱。

我常常想，2001年的那次培训班，对于我究竟意味着什么呢？

这是一场盛宴。

一场文学的盛宴，更是一场青春和梦想的盛宴。

细水长流

——我和《解放军文艺》

在浩如烟海的文学报刊方阵里，对于我来说感情最深的，报纸是《解放军报》"长征副刊"，期刊则非《解放军文艺》莫属了。

我和《解放军文艺》的故事，跨越了近三十年的漫漫光阴，所以只能慢慢地想，慢慢地忆，慢慢地写。所有的记忆，组成了一片广袤的大地，《解放军文艺》如一条清亮的小溪，蜿蜒曲折，细水长流，始终陪伴着我的人生之路。

记忆里的人和事太多，一时不知从哪里说起为好，索性信马由缰，天马行空吧。

在原解放军南京政治学院新闻系图书馆的阅览室里，赫赫陈列着二十世纪九十年代初各大期刊、报纸，那阵势就像文学博物馆中列队的兵马俑。记忆中，二十刚出头的我，满脸朝气，带着憧憬和崇拜的目光，走进阅览室。向左转，找到第三排陈列架，架子上从上面数第四排第三本，对，就是这本杂志：《解放军文艺》。这本杂志陪伴了我几年军校时光。我的脑海里，坐在阅览室里阅读《解放军文艺》的场景，至今栩栩如生。

多年之后，与军旅诗人戎耕交流时，他说了一个细节：对于战士文学爱好者来说，《解放军文艺》就是神圣的殿堂，当年给杂志投稿时，信封上的字都要反反复复写很多遍，直到工工整整，自己满意为止。连贴在信封上的邮票都不能贴歪一点点。的确如此，我从新兵入伍开始，就一直坚持阅读《解放军文艺》，也把能在杂志上发表作品作为最高目标。记得当年有个重点栏目叫"九〇方队"，对于这些作品，自己都是"仰视"着阅读的。

一九九四年金秋的一天，我下午上完课，刚回到宿舍，就收到文书送来的一封信，信封是《解放军文艺》编辑部的。打开一看，是当时的诗歌编辑刘立云老师寄来的一封短信，大意是我的《坦克》一诗，拟于近期在《解放军文艺》刊发。当时，我只是一个军校的普通学员，《解放军文艺》我一个人都不认识，编辑部门朝哪边开都不知道，能在这样的殿堂级的刊物上刊发作品，对于一个军校学员的鼓舞可想而知。

记忆的溪水在流淌，在闪光……

一九九五年，我军校毕业后被选调到正在组建中的驻香港部队工作。一九九七年七月一日，我作为人民解放军的一员，在滂沱大雨中进驻香港。现在回想起来，自己当时是多么自豪啊。是的，我们作为国家恢复对香港行使主权的重要象征，进驻香港、驻守香港，是人生中多么大的幸事啊！我们用行动写出了自己人生中最美的一首诗。后来，在建军九十周年之际，文清丽约我写一组诗作，我写出了《进驻香港的三种意象》在《解放军文艺》上发表。我有很多首与驻香港部队有关的诗作，都大多是在《解放军文艺》上刊发的。

一九九九年春天，即将迎来进驻香港两周年的驻港部队军营，也迎来了《解放军文艺》编辑部的客人：原解放军文艺出版社副社长佘开国和《解放军文艺》副主编王瑛。他们在原广州军区创作室作家张为的陪同下，到驻港部队采风。《解放军文艺》将拿出一些版面出一个"驻香港部队官兵作品小辑"，由于我在驻港部队政治部宣传处负责新闻宣传工作，也喜欢业余创作，领导就把陪同作家的任务交给了我。老师们在港内待的时间并不长，我陪同他们到赤柱、石岗等军营采风，也去香港《文汇报》等拜访了一些老作者，日程安排得满满的。当年的第九期《解放军文艺》杂志，刊出了"驻香港部队官兵作品小辑"，我的两篇精短小说《仪仗》《开放日》位列其中。后来，《开放日》一文还被《小小说选刊》选中刊发。在此期间，我感受到《解放军文艺》编辑部的老师们高超严谨的专业品格，精益求精的工作态度，热情温暖的待人处事作风。这种温暖，一直延续到今天。

记忆的溪水在流淌，在闪光……

二○○一年，我接到原广州军区政治部文艺创作室的通知，由《解放军文艺》编辑部和原解放军艺术学院文学系承办的全军青年作家培训班，要我作为学员参加。这一次培训班，对于正在事业和人生十字路口徘徊的我非常重要。多年之后，我还专门写了一篇一万余字的散文《盛宴》，详细记述了参加青年作家培训班的前前后后。这篇文章也是在《解放军文艺》上刊发的。在培训班上，与《解放军文艺》编辑部的老师们有了更多的接触，在交往中，我深深感到，《解放军文艺》就是军队作家和业余作者们温暖的家，在这里，你可以找到精神的慰藉，更可以感受到心灵的温暖。

记忆的溪水在流淌，在闪光……

记忆中，《解放军文艺》多年来刊发的一篇篇优秀作品出现了。这些作品，持续几十年地给予我精神上的养分，写作上的指导，情感上的安慰。这些作品，陪伴我从新兵连开始，到战士、军校学员、驻港部队军官，一直到军委政治机关、解放军报社的几十年漫漫时光。这些作品，更陪伴了多少基层官兵的业余生活和情感世界！多年以后，当我们回想起这些优秀文学作品，可以看到它们排列成军事文学的巍巍城墙，在官兵的心中筑起一道坚不可摧的精神长城。作品中承载的红色基因、英雄情怀和崇高品质，激励了一代又一代官兵，使人民军队的优良传统，永远在官兵的血脉中流淌。

记忆中，原主编刘立云的面孔出现了。是他发表了我在《解放军文艺》上的第一篇作品，让一个军校学员的诗歌登上了文学殿堂。原主编王瑛的面孔出现了。是她的热心扶持和精心指导，让我跨过了人生和事业的十字路口，坚定地选择了文学之路。原主编姜念光的面孔出现了。是他延续了《解放军文艺》在文学期刊中独树一帜的光荣传统，守护着军旅文学的荣光。现任主编文清丽的面孔出现了。是她在军事文学的艰难时刻，默默承担起重任，勇敢地在阵地上坚守，等待着那一声清晰而嘹亮的冲锋号。

记忆的溪水在流淌，在闪光……

一九五一年六月，《解放军文艺》创刊了。自创刊之日起，它就始终紧跟时代、直面现实、贴近官兵，大力弘扬爱国主义和革命英雄主义的主旋律，在文学方阵中发出自己的青铜之音。近年来，在面对官兵的文学讲座中，我多次说过：《解放军文艺》就是我的家。我的很多作品，都是在《解放军文艺》发表的，自己写出好的作品，首先想到的也是给《解放军文艺》投稿。

党的十八大以来，人民军队火热的强军兴军实践，为军事文学创作提供了丰厚的土壤。在这样的新时代、大时代，《解放军文艺》大有可为，一定能够成为培养"四有"新一代革命军人、锻造"四铁"部队、催生部队战斗力、推动强军兴军伟大实践的精神高地。

这些天来，与《解放军文艺》有关的画面一直在脑海里流淌，如潺潺小溪，在耳畔不时弹奏起深情而又婉转的旋律。俗话说：细水长流，就让这记忆之水在纸上深情而舒缓地流淌吧。这里面，折射着我们的梦想，我们的真情，我们的友谊，我们不再重返的青春。我感觉，这记忆之水，已化作我周身的血脉——我的人生岁月，早已和《解放军文艺》难舍难分。

感情在心，细水长流；事业不断，祝福常在！

副刊是事业，也是情怀

北京的金秋实在是一个美好的季节。就在单位不远处钓鱼台国宾馆北侧的阜成路上，种着不少银杏树。一到金秋银杏树叶变黄时，这里金灿灿的风景就会吸引不少人慕名而来。当我写下这个标题时，正值北京的金秋。这是一个美好的季节，更是一个金色的收获季节。回想2015年，我面对着人生中的一次重大选择。在总政治部机关已任副师职秘书的我，下一步何去何从？是留在机关？是到部队任职？还是有别的选择？

我的选择是，到解放军报去，去做自己喜欢做的事！

喜欢做什么？就是办报纸副刊。

在我看来，办报纸副刊是事业，也是情怀。在纸媒日渐凋零的今天，我依然坚持着这样的看法。我始终认为，越是在纸媒的低潮期、转型期，报纸副刊如果能异军突起，就越引人瞩目。

与新媒体相比，报纸副刊的优势是明显的。它具有新媒体目前还很难拥有的传统、人脉和品牌。解放军报长征副刊就是如此，她记录了军旅文学近70年的辉煌，团结和培养了一代又一代军旅作家、作者。

与同一张报纸的新闻版相比，报纸副刊的优势也是明显的。在全媒体时代，发布新闻报纸已不占优势，但是以文学的手段传递新闻、以艺术的情怀传播价值观，则是这个全媒体时代所稀缺的。

与文学期刊相比，报纸副刊的优势也是明显的。文学期刊出版周期长，而报纸副刊的节奏比较快，更能直面社会现实、同时满足受众对文学和历史大事记录和解读的双重期待。我一直有这样的判断与坚持。2018年8月，解放军报调整改革，我任文化部主任。我算了一下，从历史传承的角度，我是军报文化部门的第十四任主任。

我想，报纸副刊正如一个人：她应该有"魂"，就是政治家办报的灵魂和方向；应该有"气"，那就是气质，作为报纸副刊，一定要有自己的气质和努力方向；应该有"格"，就是品格，我常对编辑们讲，我们是大报副刊，一定不要迎合，而要引领；应该有"骨"，那就是风骨；应该有"情"，那就是情感的力量；还应该有"韵"，就是美感和韵味。

试举一例。党的十八大以来，军队能打胜仗，是习主席从实现中国梦强军梦战略高度深深思考的课题。"我想的最多的就是，在党和人民需要的时候，我们这支军队能不能始终坚持住党的绝对领导，能不能拉得上去、打胜仗，各级指挥员能不能带兵打仗、指挥打仗？"这一"胜战之问"，萦绕在习主席的心头，也是解放军和武警部队官兵必须用实际行动问答的问题。

三军将士闻令而动，在处处军营掀起实战化训练热潮，绘成一幅幅波澜壮阔的强军画卷。如何在报纸副刊展示这样的画卷？我的想法是，把"长征副刊"做成一个记录历史大潮的文学范本——从这个范本中，读者可以清晰而鲜明地感受到，近年来中国军队实战化军事训练的壮阔图景。其实，从某种程度上讲，这个范本也是力图从一个侧面，回答这个庄严神圣的"胜战之问"。

解放军报"长征副刊"是中央级报纸中的著名品牌。近年来，"长征副刊"一直关注和提倡军旅现实主义题材的创作，并且取得了一些明显成效。近几年，先后受军委政治工作部宣传局委托，举办了"与改革同行""强军进行时""新时代之歌""我和我的祖国"等全军文学征文活动，引导全军和武警部队的文学创作向现实主义题材聚焦，培养和发现了一大批基层文学创作人才。

为了展示实战化训练的图景，从2016年以来，"长征副刊"刊发了200多篇直面军队训练场的精短报告文学作品。这些作品中，有名家和专业作家，但更多的是来自基层部队一线的业余创作骨干，是对全军业余创作队伍的一次检视和激励。这些精短文章，或写人，或记事；有全景式的扫描，有局部细节的描绘。不管写作技巧是否成熟，但有一个标准是相同的：都带着硝烟味泥土味，都流淌着基层官兵训练时的汗水，都近距离地生动描绘着中国军队训练场上的动人故事，让读者触摸到中国军队近年来实战化训练的蓬勃脉动……

这几年，我深深体会到：副刊是事业，伴随着报纸副刊人的脚步而不断前进；副刊是情怀，伴随着报纸副刊人的苦辣酸甜而不断升华。

长风破浪会有时。"长征副刊"还在继续长征，报纸副刊也一定会迎来新的辉煌！

军旅文学于文化发展是参与者、构建者、助推者

——与光明网记者孔繁鑫的对谈

孔繁鑫：您很早就开始接触文学创作，至今已出版了《歌唱》《情满香江》等许多不同类型的优秀作品，今年再出版诗集《强军 强军》。请问推动您一直坚持写作、创作出感人作品的动力是什么？

刘笑伟：我的创作动力主要来源于对生活点滴改变的观察。有人曾问我，文学入门者可以写什么，我建议写以前没有发生过但正在你身边发生的一些新事物。激励我创作的正是这些事物。我入伍已近30年，我们的军营、军队发生了脱胎换骨的变化，发生在自己身边的、生活中的这些变化推动着我坚持创作军旅文学作品。

孔繁鑫：对于北京文学艺术整体呈现的发展状态，您如何看待？

刘笑伟：北京文学发展整体上呈现出比较繁荣的局面，从我比较熟悉的文学角度而言，可以从几个方面来观察。

第一，北京作协中有一批在全国能够"叫得响"的驻会作家或签约作家，如获得往届茅盾文学奖的张洁、刘心武、王蒙、凌力、霍达和格非，以及刚刚获第十届茅奖的徐则臣等等。北京拥有得天独厚的作家资源。

第二，北京的文学"阵地"具有全国性影响力。例如，《十月》杂志是北京市的文学杂志，但它的影响范围覆盖到了全国文艺界。再比如由北京市文联及老舍文艺基金会组织和评定的"老舍文学奖"，在中国文学界也很有影响。

第三，在重大文学奖项中，来自北京的作家和作品获奖颇丰，这也是一个重要指标。据我的观察，北京市作协在国内外许多重要文学评奖中都有不俗的业绩。这是对北京文学创作的肯定。

需要加强的也有几点：

首先，北京市在诗歌乃至文学领域的品牌活动仍然比较有限。应该利用好北京拥有的文化资源，做出一些精品的诗会、朗诵会等活动。

其次，政府在文学领域的资金投入可以继续加大，可以参照中国作协的重点作品扶持项目等，甚至可以更灵活地做投入，把好的作家吸引过来、把好的选题挖掘出

来。应当树立这样的理念，即一个地方的经济发展之后，就应该把资金有计划地投入、反哺到文化产业上。

孔繁鑫： 如今我们都在讲"守正创新"。在您看来，在北京建设全国文化中心的过程中，如何更好地将文化传承和创新发展结合起来？

刘笑伟： 北京市委书记蔡奇提出首都文化包含"四个文化"——源远流长的古都文化、丰富厚重的红色文化、特色鲜明的京味文化和蓬勃兴起的创新文化。这四个方面中，如果用一个人来做形象的比喻，古都文化是双脚，红色文化是头脑，京味文化是气质，创新文化则是灵巧的双手。古都文化和红色文化，就包含守正的概念，京味文化和创新文化，都仍然在不断地发展、变化和创新。我认为，处理好这四种文化的关系，就是在发展首都文化的过程中坚持"守正创新"的具体体现。

谈到发展古都文化，我看到北京已经有相应的主动意识，例如对徐则臣创作《北上》给予扶持。《北上》通过一个意大利人的故事，写出了大运河的沧桑变迁以及与这座古都的联结，它实际上包含古都文化的缩影。从《北上》创作本身，也引申出如何与时俱进地讲好中国故事这个问题，即如何用现代的视角、话语讲述古都文化，这部作品是一个比较好的例子。

北京的红色文化，有大家耳熟能详的部分，但也有一些仍然不为人知的或宣传力度不够的部分。例如北京的重要红色景点双清别墅，曾是新中国即将成立时的中共中央驻地和毛主席故居，在这里发生过许多扭转中国命运、决定中国前途的大事，承载着光辉的历史。在双清别墅，毛主席指挥了渡江战役、筹备了新政协、写下了《人民解放军占领南京》等不朽诗篇，最重要的是与各界人士共同筹建了新中国。对双清别墅的文艺形式的宣传还不够，如果组织力量创作一部历史大戏，相信一定能够推出精品力作。再如，2014年时，我在北京百望山看到一处抗战纪念设施，才了解到了黑山扈抗战的事迹，我们的游击队还打下来一架日本飞机，但对此地此事还没有足够的宣传。这类包含着厚重的红色故事、红色文化的历史文化遗存，还应该再多加挖掘，如果再以当今的话语讲述出来，同样是很值得倡导的创新作为。

孔繁鑫： 您认为军旅题材的文艺作品在首都精神文明建设中有怎样的特殊意义？

刘笑伟： 为什么军旅题材在文学中的分量很重？实际上，在中国共产党领导自己的军队取得民族独立和人民解放的斗争过程中，党史和军史有很大程度的重合，大部分红色文学经典也是军事文学经典。新中国成立后，军旅文学作为中国现当代文学的重要支脉，推出了众多文学名篇，创造了一大批光彩夺目的人物形象。进入新时代，红色基因在传承，英雄情怀在延续，军旅文学在构建社会主义文化中依然发挥着重要作用。

在首都文化建设过程中，军旅文学可以充分发扬自己的优良传统，助推北京全体市民树立爱国主义理念和坚定社会主义信念，可以助力北京文学艺术的发展繁荣，增强北京人民精神力量、激发更好地建设首都的热情。军旅文学本身就是天然的主旋律，它所塑造和提倡的坚定信仰、爱国情怀、英雄气概、奉献品格等，在新时代北京文学艺术发展中，既是参与者也是构建者，更可以成为助推者。一句话，助力发展首都文化，军旅文学大有可为。

孔繁鑫：推动军旅诗被更多大众接纳和喜爱，您认为还需要哪些扶持措施？

刘笑伟：2018年6月，中央军委政治工作部宣传局委托《解放军文艺》杂志在长沙举办了"诗颂强军新时代"军旅诗笔会，活动期间在国防科大办了一场军旅诗朗诵会，学校微信平台发布活动视频后，观看量在短时间里达到了2万多。有人说诗歌是小众的、军旅诗更是小众，但如果真正深入到民间去、走到群众当中去，并不是无人关注，并不会缺少读者。所以，应该多办、办好诗歌朗诵、笔会、对话等类型的文学交流活动。如果能够加之有计划地扶持诗人、诗歌创作，也会慢慢地产生一个带动作用。北京市驻军很多，在这方面有得天独厚的优势，相信也可以发挥重要作用。

孔繁鑫：您是中国作协全国委员会委员，请您结合自己的工作经历，谈一谈如何更好地调动作协等文学艺术专业协会参与到北京文化建设中来？

刘笑伟：我认为比较重要的一点是，中国作协、北京作协都不要忽视年轻的创作群体、不要忽视网络对文学艺术的影响。我曾在与北京的一位文学网站负责人聊天中了解到，20岁左右的年轻人占该文学网站用户的96%，让我比较惊讶。由此可见，北京作协更应该做好团结更多年轻作家的工作，让更多年轻的血液流淌在红色文化的脉管中，多支持北京文学界青年的创作，多组织这个群体的交流，扩大创作的面、扩大传播的面。

另外，中国作协和北京作协都要更多地注意研究网络给文学艺术形态带来的影响，倡导适应新的传播方式做出艺术风格、创作方式等方面的一些转变，才能够吸引到更多的人关注文学、文化发展。

孔繁鑫：您长期从事新闻宣传工作。从宣传、传播的角度来看，您认为北京如何更好地构建自身的文化形象？

刘笑伟：从文学角度而言，构建文化形象需要有一些本土标志性的作品，北京应该有意识地组织创作这类文学作品，例如针对北京地标、北京文化组织采风、创作活动，并给予大力扶持。文化具有更深沉、更持久的力量，能够在岁月中留下痕迹。天下的亭很多，但广为人知的是醉翁亭；天下的台很多，但广为人知的是铜雀台；天下的楼很多，但广为人知的是岳阳楼；天下的阁也很多，但广为人知的是滕王阁。为什么？是因为文学为这些风景插上了翅膀，是那些广泛流传的文学作品使它们广为人知，一部好的文学作品的传播力和影响力是不可估量的。对北京而言，我们也可以看到一些先例，例如地坛、百花山，都是一篇好的散文、一首好的诗歌带来了传播的力量，这不应也不能被忽视。

传播是一个很复杂的过程，是隐性的功夫，在这方面不能着急。我曾看一篇文章讲到"应该允许诗歌的无用"。无用，意为当即来看是没有什么用，但是它蕴藏的长久影响力会慢慢显现。文化的传播应该允许不急功近利的长期过程，"润物无声"地讲好故事、软性地浸润，具有最好的传播效果。

从传播的角度，还要注意网络新媒体的传播。北京具有深厚文化底蕴，有很多东西可以去讲。怎么样适应新媒体传播的新形势，需要北京在城市形象方面做一个新媒体产品生产和传播的规划，这样对北京文化形象建构和宣传会有很好的促进作用。

报告文学的"前世今生"

—— 与《中国作家》纪实版编辑部主任佟鑫的对谈

佟鑫： 报告文学创作突飞猛进，报告文学理论体系建设却相对滞后，尤其是关于报告文学的定义依然有诸多分歧。请您谈谈报告文学是什么，它最突出的文体特征是什么？

刘笑伟： 报告文学是用文学的方法与手段，记述人们普遍关注的真实的人物或事件的一种散文文体。其实，报告文学的诞生是很有意思的现象，它是社会发展与文学发展的共同结合体。是不是可以这样说，有了新闻媒介的诞生，如报纸、通讯社等，才有了报告文学。在中国，早期的报告文学很多都是在杂志和报纸副刊上发表的。我个人认为，报告文学最主要的特征有三点。一是真实性，这是报告文学文体的基石，不管写什么题材，无论是写历史还是现实，它必须是真实的。从这个意义上讲，它的确具有"非虚构"的特征。二是新闻性，报告文学的书写对象一般都是大家关注的人物和事件，有人说报告文学是新闻与文学相互结合的产物，有一定道理。三是文学性，也就是说，从报告文学的文体中，你可以看出许多文学创作的方法与手段，这是报告文学与新闻的通讯最本质的区别。

佟鑫： 近年来，非虚构创作风生水起，似乎作为一种新的文体形式与报告文学双翼齐飞。到底如何区别看待非虚构与报告文学是大家争论较多的话题，请您谈谈您眼中的报告文学与非虚构。

刘笑伟： 我个人认为，报告文学与非虚构没有本质的区别。报告文学的创作，本身就要"非虚构"；非虚构在本质上也是用文学的方法和手段向社会大众的一种"报告"。可以说，非虚构是报告文学的"方法"，报告文学是非虚构的"目的"。之所以提出非虚构这个概念，可能是有人认为报告文学的宣传意味比较浓，是"歌德派"文体，也还含有某些虚构的成分。但这些短板本身，也是报告文学这种文体需要警惕和克服的。我不主张把报告文学与非虚构对立起来。

佟鑫：报告文学有很强的现实性和现场感，报告文学作家既要用眼睛看，用耳朵听，更要用自己的内心去感受和思考，如何处理现实与艺术的关系是进行报告文学创作的独特考验。请您谈谈报告文学写作的公共性与个人性。

刘笑伟：这是一个比较有意思的话题。报告文学的写作，选题上的公共性与表达上的个人性要完美结合。报告文学写作的公共性，决定了其选题必须具备时代性和新闻性。这里说的公共性，指的未必是多么重大的历史事件、多么著名的人物，而是这个事件或人物背后所折射出的时代印迹。所以说，写作的公共性就决定了报告文学作家要书写人民关注的社会问题，揭示生活的基本矛盾，紧扣时代脉搏，反映人民心声。至于个人性，是针对报告文学的文学化表达而言的。每个作家观察事物、构思文章、剪裁材料以及作品的结构，语言的运用，细节与人物的描写等等，都肯定是有差异的。不同的作家一定会有不同的写作面貌，这就是报告文学写作的个人性。公共性决定了报告文学的时代性是否鲜明，个人性决定了报告文学的文学性是否醇厚。

佟鑫：艺术的真实和现实的真实在报告文学创作似乎有着明显的倾向性，但是所有的报告文学作家都不满足于简单的真实，都在努力探寻属于文学的表达方式和表现方法。请您谈谈报告文学的"报告"与"文学"。

刘笑伟：捷克著名报告文学作家埃贡·艾尔温·基希说过这样一句话："事实对于报告文学作者只是尽着他的指南针的责任，所以他还必须有望远镜，和抒情诗的幻想。"我觉得基希的话很好地解释了报告文学中"报告"与"文学"的关系。报告文学的素材必须是真实的：时间、地点、人物等等，都应该有据可查，经得起历史的、实践的、大众的检验。真实的"报告"是一部作品的指南针，必须遵循这个方向行进。但是这个"报告"不仅仅要有素材的真实，还必须具有艺术的真实。而艺术的真实，实现途径就是文学，也就是基希口中所说的"望远镜"和"抒情诗的幻想"。在报告文学中，素材的真实是外在的、局部的认识，只有经过文学创造，才会有本质的、整体的真实。如果一部报告文学只有"报告"，而无"文学"，那就像一首歌词没有音乐，一只小鸟没有翅膀。

佟鑫：我们刚刚谈到报告文学的文学性，报告文学的文学性又该如何区别于其他文体而能否自成一家，请您进一步谈谈报告文学叙事的审美化。

刘笑伟：这个话题有启发性。报告文学从根本上说是一种叙事学，也就是要讲好故事。报告文学要自成一家，就必须具备自己叙事风格，形成自己的审美。我觉得在全媒体语境下的今天，在众多报告文学作家对如何叙事进行了无数艰辛探索的今天，要做到"融"。融合为美。这就引出了跨文体写作的可能性。有人说，报告文学写作的文学性就在于能否跨越文体。虽是一家之言，也从一个侧面反映出在媒体融合的时代，报告文学写作的困境与突破路径。客观上，文学形式的相互兼容，为提高报告文学写作的文学性提供了新的路径与可能。我在《中国作家》上刊登的反映"人民楷模"王继才守岛32年感人事迹的报告文学作品《万里瞻天红旗扬》，就进行了跨文体写作的尝试。我试图把新闻、小说、散文、诗歌等多种文体的写法在这篇报告文学中进行尝试，使文本兼有小说的悬念、新闻的简洁、散文的抒情和诗歌的灵动。跨文体写作，为报告文学的文学性提供了新的发展空间，注入了新的活力，可以使所讲的故事更生动、更精彩，自然也更能打动人、感染人。所以我认为，报告文学叙事的审美化，隐含在跨文体写作的探索之中。

佟鑫：在新媒体时代，"短阅读"成为日常阅读的主流，而"深阅读"似乎才是文学及报告文学的诉求。请您谈谈新媒体时代报告文学应该如何应对和发展。

刘笑伟：新媒体时代必然带来报告文学这种文体的变革。我觉得，首先要转变叙事视角。这种视角不能再是高高在上的、指导性的、说教式的，而是平和的、平等的、探讨交流式的。其次，要转变叙事风格，做到宏大与精微相结合。以前，很多报告文学作家习惯构建宏大的叙事结构，追求文艺范儿的语言风格。进入全媒体时代，读者容易对这种方式产生审美疲劳。这就要求报告文学写作必须做出改变，从重视新闻性到重视故事性，从强调宏大叙事到关注细微的日常生活。再有，就是要从新媒体的叙事中不断学习技巧，这是一个值得专题研究的话题。做到这几点，就会产生新媒体时代报告文学的精品力作，适应"深阅读"的需要。

用诗歌展现强军兴军精神气象

——与《解放军文艺》主编文清丽的对谈

从时代脉搏中感受军旅诗的脉动

文清丽：笑伟好，第一次见你，是二〇〇一年。当时，在总政宣传部艺术局委托《解放军文艺》和解放军艺术学院承办的全军青年作家培训班上，我们成了同学。那时，我刚调到解放军出版社文史编辑部工作，解放军出版社和解放军文艺社还没有合并，你还在驻香港部队，穿着刚配发不久的、跟我们不一样的九七式军装，特别是带有紫荆花图案的臂章，到现在我还清晰地记着。再然后，是《解放军文艺》为"纪念中国人民解放军建军八十周年诗歌专号"，约一批风头正健的诗人写长诗，后来出了诗歌专号。你写的诗名是《和平颂》："青春的梦/穿过阳光的飞鸟/在天空上留下闪光的印迹/这新鲜的军装/这美丽的军装/如诗如画/看一看帽徽/可以看到北国蓝蓝的天/抚一抚衣角/可以触到南海奔腾的浪花/庄严的八一/在头顶点燃我们心中的梦/红色的领章/记载着这段辉煌的记忆/啊，九百六十万平方公里的国土/ 都浓缩进这片动人的绿色/每天早晨，当我穿起这军装/就感受到全中国的重量……"读来令人激情飞扬。时任主编王瑛曾高度评价你的诗，原话我记不清了，大意是笑伟能很好地驾驭大题材，既能写出时代风云和思想深度，又能提炼出气韵生动的诗意来。对此你怎么看？

刘笑伟：是的，我记得那一次培训班。我曾经写过一篇近万字的散文《盛宴》，详细记录了参加那次全军青年作家培训班的情况，这篇散文也是在《解放军文艺》发表的。是《解放军文艺》引导我走上了业余文学创作的道路，我也一直把《解放军文艺》当作自己的"创作之家"。我的一系列长诗，包括您刚才提到的《和平颂》，以及后来的《纪念碑》《玉树涅槃》《铸魂》《中国声音》等，都是在《解放军文艺》首发的。我不敢说自己的诗作有多么高的艺术水准，但有一条是可以说的，那就是有时代气息。紧跟时代风云，高扬爱国主义和革命英雄主义的主旋律，是中国军旅诗绵延不断的文脉，也是我一直所追求的。从时代的脉搏中感悟军旅诗的脉动，就是我的所思所愿。

文清丽： 我知道你因为工作勤奋，从驻香港部队被选调到军委政治机关。一般说来，诗人都比较有个性，可是你在机关工作得也比较出色。后来，从原总政办公厅副师职秘书到《解放军报》任文化部副主任，实现了角色的转换，工作也取得了成绩。你是怎么处理工作与爱好这两者之间的关系的？

刘笑伟： 其实，工作与爱好并不矛盾，关键是要处理好两者的关系。我一九九〇年入伍，先后在北京卫戍区某团和原军事教育学院宣传处任报道员。我上学时喜欢写诗。我至今仍清晰记得当报道员后，中央人民广播电台一位老师跟我说过，工作是暂时的，爱好是长久的，一定要把爱好坚持下去。这就是我多年来一直坚持业余创作的原因，甚至从事秘书工作的近十年时间里，也一直没有中断。首先，工作要勤勤恳恳，踏踏实实；其次，要把爱好与工作结合起来，最好是有利于工作。比如说，文学创作提高的是文字水平和谋篇布局的能力，与机关工作的写材料并不矛盾。只要利用业余时间进行，并不会影响工作，还可以提高机关文字水平。都说"工学矛盾"，在我看来，工作和学习并不矛盾，工作可以让学习更有方向，学习可以让工作更有效率。两者是相辅相成的。

文清丽： 你是驻香港部队首任新闻干事，在那个重要的日子里一定有许多美好的记忆，或者印象最深的事或人，而这些也催生了你作品的独特性。请你回忆一下，这些经历对你创作的影响。

刘笑伟： 是的，香港回归祖国的那一天，是自己当年青春的履历中最为难忘的一天。我曾经写过一篇散文，题目就是《一生中最美的诗》，讲的就是香港回归那一天，我用进驻香港的行动完成了"一生中最美的一首诗"。由那一天回望，我此前做出了到驻香港部队的选择，经过岁月的熔炼和风雨的考验，终于迎来了香港的回归。我深深感到，个人的前途和命运，只有深深融入国家和民族的前途和命运之中，才能焕发出光彩。其实，个人是微不足道的。但是露珠虽小，却可以浸入一轮朝阳。个人虽渺小，但在恢宏的历史背景之下，只要把个人的命运与国家的命运紧紧相连，就可以创造出值得铭记的功绩。驻香港部队的生活和阅历，深深地影响了我的业余文学创作。记得建军九十周年时，也是您向我约了一组诗作，就是后来发表在《解放军文艺》上的《火焰》《刀锋》《花海》这三首描绘驻香港部队进驻香港那个神圣时刻的组诗。我发现，文学创作更像酿酒，时间越长，味道越醇香。我的获得"全军文艺新作品奖"的诗集《歌唱》，中篇小说《放牧楼群》，都取材自驻香港部队的生活。如今，香港回归已有二十多年了，但所有关于青春和紫荆花的记忆，对于我来说还是那么清晰。最近,百花文艺出版社出版了我的长篇报告文学《紫荆卫士》,相当于一部我书写的自己驻港岁月的"回忆录"。我还计划专门写一本关于驻香港部队的诗集。相信总有一天,我会把它写出来。

如果用一句话概括军旅文学的现状,那就是:坚守与冲锋

文清丽:《解放军报》副刊军味浓郁,文学性强,版面庄重大气,通过文艺作品焕发的精神力量,激励着全军官兵,也受到了军内外读者的喜爱。作为中央军委机关报的副刊主编,可谓使命在肩,责任重大。你认为在强军兴军征程中,军队报纸的副刊和文学杂志,如何牢记"国之大者",如何担当与作为?

刘笑伟:这个话题很有意思,也说来话长。首先,我想谈一谈文学的作用。我们党为什么这么重视文学的力量?就是因为文学是润物无声地影响人的价值观的,是最柔软也最坚硬的力量。她可以让人们形成共同的价值观,在这个价值观基础上,形成共同的行为准则。因此,她的力量是持久的,更是深沉的。2021年12月14日,习主席在中国文学艺术界联合会第十一次全国代表大会、中国作家协会第十次全国代表大会开幕式上发表重要讲话,用四个"激励"概括了文艺在建党百年来发挥的重大作用:"激励受剥削受压迫的劳苦大众浴血奋战、百折不挠,激励站起来的中国人民自力更生、发愤图强,激励改革开放大潮中的亿万人民解放思想、锐意进取,激励新时代的中国人民自信自强、守正创新,为增强人民力量、振奋民族精神发挥了重要作用。"进入新时代,更需要文学的号角去激荡人心,需要文学的火炬去照亮征途。新时代的军事文学必须要以更加坚定的自信、更为强烈的担当,在唱响时代主旋律、服务强军兴军上积极作为,贡献智慧力量。其次,我再讲一讲报纸副刊和文学杂志的作用。这些都是党的文艺阵地,在这个阵地上,一批批作家在这里集结、出发,如火种点燃军事文学的沃野。更重要的是,这个阵地传播的是党的声音,唱响的是时代的主旋律,激励的是官兵的精神,所以这个阵地必须守住、守好。第三,我谈一谈如何担当与作为。担当离不开作为,有作为必须敢担当。在人民军队转型重塑的今天,军事文学也面临着机遇与挑战。军队的报纸副刊和文学杂志,是军事文学的百花园。这个百花园有着自己独特的运转规律,既要有政治敏锐性,还要有文学专业性;既要弘扬主旋律,又不能空喊口号。文学是柔软的、细腻的,一定要细心呵护,才能百花盛开,让文学的百花园永远向官兵绽放。让军事文学的百花园永远盛开、芳香四溢,为强军兴

军的伟大事业永远提供精神滋养，就是我们的使命与担当。

文清丽："或许是一个动词/也可能是一个名词/我必须小心打磨/保持它们微妙的平衡/让它们发出形容词般的微光/我怀抱着这个炮弹/尽量让里面的火药温柔下来/变成黑色的土/孕育一畦繁花/军旅诗就是这样诞生的/你必须把这金属的炮弹/拆分　组合　打磨　抛光/让它变得浑圆/不再有棱角/让它在你的手中沉甸甸的/有了上膛的渴望"（《拆弹手》）。我读了不下十遍，它新颖的比喻让人字字不易忽略，也让我想起了你一篇文章中的一段话："军事文学在改革中前行，在转型中重塑，在挑战中突破，坚持思想引领，聚焦备战打仗，饱蘸时代笔墨，抒写英雄情怀，生动记录了强军兴军的伟大历史进程，讴歌了人民军队重整行装再出发的精神风貌。"请你谈谈军旅文学现状。

刘笑伟：谢谢您的鼓励。《拆弹手》这首诗我主要想表达的是军旅诗创作过程，那一种艰辛的冒险，那种精神的闪耀，那种引爆火药般的爆发与升腾。为了迎接中国作家协会第十次全国代表大会，我比较系统地总结了中国作协九大以来军旅文学的情况，并写了一篇文章，刊登在《解放军报》上，题目是《唱响强军兴军的主旋律》。近年来，军旅文学坚持了光荣传统，在主题创作、文学评奖等方面都取得了比较引人注目的成绩。同时，军旅作家们抵近强军现场，向现实主义聚焦，已经形成了一种趋势。同时，近年来，军旅作家们坚持突出军事文学的特质，彰显英雄叙事，在讴歌英雄、礼赞英雄方面，形成了鲜明的风格和导向。近几年，在军委政治工作部宣传局的指导下，《解放军文艺》和我们军报"长征副刊"，为培养军事文学创作人才做出了不少努力，基层文艺创作队伍不断壮大。军旅文学具有光荣的传统，具有蓬勃强劲的生命力，过去创造了举世瞩目的辉煌，今后也一定会在服务强军、服务基层、服务官兵上发挥更大的作用。如果用一句话概括军旅文学的现状，那就是：坚守与冲锋。

文清丽：你不但写诗、散文，还写综述，在我看来，那些容易写得枯燥乏味的文章你却写得很漂亮，既有政策精神的深刻解读，又有诗意的飞扬，说句真话，你的综述我是当散文和诗歌来读的。你的长篇报告文学《家·国："人民楷模"王继才》最近又得了奖，说说你的采访经过。此书与其他报告文学你认为有何异同？换言之，它新颖在什么地方？

刘笑伟：写综述是过去在军委政治机关工作时练就的本领。你的任何阅历，都会在你的文字中体现出来。作家也一样，你是否深入生活，是否用情用力写作，读者一眼就能看出来。《家·国："人民楷模"王继才》是我写得比较艰难的一部作品，之所以艰难，主要是工作太忙。这部作品全部是利用深夜和凌晨这两个时间段完成的。我利用业余时间，搜集了二十多万字的文字材料。利用休假时间，两赴开山岛采访。还到天津、南京、连云港等地采访了王继才的子女和亲朋好友。经过几个月的艰苦创作，长篇纪实文学《家·国："人民楷模"王继才》终于创作完成了。作品在解放军出版社出版，同时在《中国作家》纪实版以《万里瞻天红旗扬》为题发表，引起了比较大的反响。《人民日报》《解放军报》《光明日报》等中央媒体纷纷刊发评论。在2021年1月揭晓的第五届全国党员教育培训教材展示交流活动中，该书获得"优秀教材奖"。此外，还获得了第八届"徐迟报告文学奖"优秀奖。我自己认为，这部长篇纪实文学新颖的地方是跨文体写作的尝试。有的评论家也认识到这一点。有一篇评论指出，新闻、小说、散文、诗歌等多种文体要素在这部纪实文学中得到了有机融合，使文本兼有小说的悬念、新闻的简洁、散文的抒情、诗歌的灵动。还有的评论指出："诗意的叙述也是本书的一个鲜明特点。诗的规矩在于格律，或者说旋律。本书就像一部诗乐，作者选排故事的主要考虑不在时间、人物等逻辑线索，而是将主题化作一个指挥棒，统领演奏着王继才的一生。"我想，由一位军旅诗人创作一部纪实文学作品，总会有与众不同的地方。至于效果如何，也只能由读者去评判了。

文清丽：你的军旅诗有鲜明的辨识度，善于用语言"画"出逼真而震撼的画面，既写出了军旅生活的日常之美，又抒写出了精神的超拔之美，"每一个当过兵的人/我在人群中只看一眼/就可以认出/因为他的头发里有光/身子里有光/胸前有一枚亮闪闪的/别人看不到的东西/这就是岁月静好的和平/如此耀眼的勋章/就挂在/每一位士兵的胸前"（《勋章》）。一个写诗的朋友给我说，对于一个诗人来说，没有比找不到词句更加痛苦的了。如何把自己感受到万物的新鲜和陶醉写出来，这是诗人一生追求的目标。你写诗怕有三十多年了吧，你认为好诗的标准是什么？内容，形式，还是别致的句子？请结合自己的作品详谈某首诗从灵感的忽然而至到修改完成的整个创作经过，特别是某一句让人怦然心动的诗句是如何"横空出世"的？也给写作者以启发。

刘笑伟：我中学时就开始写诗了。1992年某一天的《解放军报》"连队新闻"栏目还曾刊登过《战士刘笑伟入伍两年出版两本诗集》的报道。什么是好诗？我想肯定没有标准答案，但有几条是我的评判标准：一是诗的时代性，你的诗是否反映了这个时代；二是艺术性，你的诗是否打动了人心；三是人民性，你的诗作是否被人民所接受；四是独特性，你的诗是否具有很高的辨识度；五是现代性，你的诗作是否在继承前人的基础上有新的创造。这是我的对于好诗的"极简"评价标准。您让我举一首诗为例，我想起了一首写了近三十年的短诗《老连队》。我的老连队在驻京部队的某坦克团。1992年，我考入南京政院新闻系后，就想写一写老连队。我开了几个头，都不理想，就放下了。直到2016年的某一天，我从上学时的笔记本上又看到了当年那首只开了个头的诗作，夜不能寐，我想到了去陕西扶风参观法门寺时，最珍贵的佛指舍利是一层又一层包裹着的。我想，在我的记忆中，最珍贵的老连队也应该是这样。于是，诗句一下子就喷涌而出了："岁月多像一个巨大的魔盒/记忆也是如此//打开第一层是风/攥着飞扬的沙子/第二层是雨/握紧一些雷霆/第三层是北京/隐隐可见故宫的剪影/第四层是昌平/有着不少温泉和大片的密林/我用我的手指/一层层打开记忆的盒子/伴着心跳和泪光/第五层 开始出现/一座小镇的模样/至今依旧叫'南口'/第六层是一座营盘/让我想起法门寺里/那一层层精美的盒子/最后出现的舍利//第七层是一口老井台/第八层是一片操场/第九层你出现了/——一座苏式建筑的老平房/打开这最后一层时/我流泪了/这就是我的老连队/里边住着我的青春"，诗的最后我终于发现了老连队的价值和意义，"我的骨头在这里/经过那段岁月后/也晶莹剔透/闪闪发光/并且时常铮铮作响"。写诗最难的是发现最独特的东西。有时是一个意象，有时是一个构思，有时只是一句话，只要你发现了它，你的创作就基本成功了。总体上说，近些年来，我从强军兴军的伟大实践中寻找创作灵感，写了古田全军政治工作会议、朱日和阅兵、"辽宁号"航母训练、亚丁湾护航，等等。这些都是新时代的新意象。在诗作中，我捕捉到了潜艇的极限深潜那道"冷峻坚硬的光"，捕捉到了部队移防之夜在官兵心中闪烁的"刻满雷霆和闪电"的巨大羽翼，捕捉到了空军金头盔竞赛中"快于光"的思维闪电……这些都是过去的军旅诗作中不曾出现过的意象。写诗要善于捕捉和发现。写军旅诗更要具有敏捷的思维和眼光。

文清丽：你办报那么忙，除了长征副刊，还有体育和生活周刊，每周有十多个版吧，那么你是何时写诗的，最满意的是哪首？或哪本？我个人特喜欢你的《岁月青铜》，著名诗歌评论家谢冕对其给予了很高评价，"展开这本诗集，满本都是雄浑的声音""那些诗句都是钢铁的韵律"，它是"一种由坚定和刚健拧成的旋律，呈现的是庄严的雄浑之美""军人的诗可以有柔情，但不可没有钢铁的音响和节奏。正是在这点上，我充分肯定刘笑伟的写作""刘笑伟有一支点铁成金的笔，他能够在平凡中写出不平凡"。我认为这些评论极其精准，你对此如何看？

刘笑伟：关于最满意的一首诗或是诗集，是比较难回答的问题。至于最满意的诗作，我只能说到目前为止，我认为自己有一首比较重要的诗，那就是《朱日和：钢铁集结》。这首诗之所以对我来说很重要，是因为书写了新时代强军兴军的精神风貌。写这首诗，源自2017年7月30日上午，庆祝中国人民解放军建军九十周年阅兵在朱日和联合训练基地举行。沙场点兵，气势如虹。看着凤凰涅槃、浴火重生的人民军队在阅兵场上的雄姿，我激动不已，写下了这首诗，并在《诗刊》发表。此后，这首诗被选入中央文史研究馆、中国作协、诗刊社、人民文学出版社等选编的多个重要诗歌选本。在中央电视台和多家省级电视台播出过，还被制成系列融媒体产品，作为"红色诗词里的党史故事"，在学习强国等多个平台播出。这首诗之所以受人重视，正是因为我用诗抒写了强军兴军的伟大时代，让人一想起建军九十周年大阅兵，就会想到这首《朱日和：钢铁集结》。说到诗集，到目前为止我最满意的当然是最新的一本《岁月青铜》（中国言实出版社出版），因为这是一本纯粹的军旅诗集，里面全部是铁马秋风、战地黄花、楼船夜雪、边关冷月。这部诗集出版后，受到了不少读者的好评，也在业内引起了比较好的反响，已经有几十家媒体刊发了诗集的评论。我感谢谢冕老师对我的鼓励。我想，这个鼓励不仅是对我个人的，而是鼓励一种诗歌写作的方向：那就是诗歌创作一定要有时代的"风云之气"，一定要有阳刚正大的精神气象。

读书与写作，就像鸟的一对翅膀，缺一不可

文清丽：我读了你不少诗，发现你用的频率最多的一个词是"青春"，还有"诗意"，比如《坐上高铁，去看青春的中国》《诗意南湖》。一些别人写过多次的题材，你总能挖掘出新意来，比如你说那艘红船，是"整个南湖，吐露出的/最美的一句语言"。我敢说没有人能写出这么看似普通却让人心灵震颤的诗句来。你喜欢哪些诗人的作品？中外古今都可。你从中汲取了哪些营养，请详细谈谈。

刘笑伟：我小学时就爱读诗。当时读的是《唐诗三百首》等古典诗词，我小学四年级时就背诵了李白的长篇诗作《蜀道难》，至今仍然能够流利地背诵出来。初中时开始研读王力的《诗词格律》，读了不少宋词作品，并开始接触现代诗。最初喜欢郭小川的诗，能够背诵他的名篇《甘蔗林——青纱帐》《团泊洼的秋天》等等。后来喜欢艾青，被他的《大堰河，我的保姆》《火把》《吹号者》等诗作深深打动。现在想来，当时自己还是个中学生，却喜欢读军旅诗，包括蔡其矫的那首《肉搏》，当时都能背诵下来。我初中毕业的时候，在一位画家大哥的影响下，开始接触朦胧诗人的作品，并把其中几位重要诗人，比如北岛、舒婷、顾城等的主要作品，熟读下来。老木编选的那

本《新诗潮诗集》（上、下册），我背诵了很多诗人的作品。所以，如果您仔细读我的诗歌作品，一定能够找到某种韵律，那就是多年来背诵诗歌的结果。现在回想起来，印象深刻的是中学时，我手抄了不少诗集，比如说北岛的诗集，戴望舒的诗集，我甚至还手抄过闻捷的长诗《复仇的火焰》。再后来，又慢慢接触了外国诗歌。上学时对我影响较大的有聂鲁达、普希金和歌德。我买了聂鲁达多本厚厚的诗集，反复读了普希金的《叶甫盖尼·奥涅金》和歌德的《浮士德》，感觉接触到了一片更为广博的精神世界。再后来，我喜爱的诗人有美国诗人希尼，波兰诗人米沃什，叙利亚诗人阿多尼斯，瑞典诗人索德格朗，韩国诗人高银等等，这里可以列出一大串名单。还有历届获得诺贝尔文学奖的诗人作品，国内有译本的，我也会尽量找来阅读学习。至于我吸收到的营养，也不是一两句话能够说清楚的。简单说，我从古典诗词里学会了创造意境与提炼词汇，从艾青等中国现代优秀诗人的诗作里学会了如何处理诗歌与时代的关系，从外国诗作中汲取了不少现代诗歌的技巧，比如隐喻、象征、通感等等，不同的流派有自己不同的技法。这些都不是几句话能够表达出来的。总之，读书与写作就像是鸟的一对翅膀，缺一不可。多读书，多读经典的书，那是经过时间的大浪淘洗出来的真金。多写作，多写真挚的作品，那是永远不会被岁月所湮没的绿洲。

文清丽：咱们都是南京政治学院新闻系毕业的，你那么爱写诗，好像没有上军艺文学系或鲁迅文学院，你对大学能否培养出作家如何看？

刘笑伟：作家的确不是科班能够培养出来的。院校里学习到的，只能是基本的写作常识，而写作最重要的是实践。这和游泳有点像，你在陆地上教再多的知识都没有用，必须到水里去，才能学会游泳。写作就是用文字"游泳"。基本的技法当然有，但更重要的是实践。我虽然没上过军艺文学系，但上过军艺文学系承办的全军青年作家培训班；虽然没有上过鲁院，但也接受过鲁院的短期培训，比如说"新时代诗歌高研班"。这些培训，学习是一个方面，更重要的是开阔了视野，在交流中碰撞出了思想火花，让自己对文学有了更深入的思考。

文清丽：讲讲你的文学道路之初，比如第一篇作品是如何诞生发表的。我记得你爸爸也是一位报人和作家，你是不是受其影响？

刘笑伟：我发表的第一篇作品是一首诗，记得标题好像是《春天的风》，描写的是春天原野上的景色，发表在河北省学联主办的一个青年刊物上。作品当然很稚嫩，但因为是初中生，发表后，在学校里还是引起了一点小小的反响。我上中学时，文学事业很神圣，到处都是梦想当作家的青年学生。我们还办过一本油印的小刊物，叫作

《黑眼睛》，主要意象来自顾城那首诗："黑夜给了我黑色的眼睛，我却用它寻找光明。"我们自己组稿，自己刻蜡纸，自己印刷，每期都能在中学校园里引起关注。那是一个文学的黄金时代。我父亲是业余写作爱好者，当年曾在省委的一个核心部门工作，后来自己主动提出到报社任总编辑。他对我的影响肯定是非常大的。我学生时代就开始喜欢文学，主要是父亲的影响。"推敲"这个词是我上小学时从父亲身上感知到的：他经常在下班路上想起一句诗，回到家里对我们朗诵一下，然后记下来。读到好的文学作品，他也会积极主张我们去读一读。比如说《高山下的花环》，就是他推荐给我的，那时我还是一名初中生。

文清丽：你是哪年兵？请回顾一下军旅生涯中最美的青春年华。最后结合你的成才之路，给爱好写作的官兵们讲几句人生经验好不好？

刘笑伟：我是1990年的兵，所以写过一首诗，题目就是《一九九〇年的铁钉》。我还写过《老连队》，以及关于军装、军姿、军被等等的诗作，都是连队生活的忠实记录。我入伍时是春天，地点就在北京昌平的南口。记得北京当时风沙很大，也很寒冷，连队条件也不算太好。现在各个军营的条件已经好太多了，可以说有了天翻地覆的变化。现在看来，我的连队生活还是短了，还是太舒适了，如果让我重新选择，我会选择到一个边防连队多干几年，一定能写出更高蹈、更纯粹、更富有青铜色泽的军旅诗。我常常讲，文学创作也是一次长征，你会遇到很多娄山关、腊子口，遇到很多雪山、草地，但只要你坚持下来，就一定会体会到"天高云淡"的境界，享受"红旗漫卷"的喜悦时光。多年前，有位朋友说过，写作是一种心的祈祷。在我看来，写作更是一种冲锋，去占领一座又一座阵地，把精神之旗插在时代之巅。如果让我对文学爱好者说一句话，那只有两个字：坚持。坚持里有人生的大智慧，大境界，大欢喜。谢谢您的访谈。